La duquesa

Danielle STEEL

La duquesa

Traducción de
Rosa Pérez Pérez

PLAZA  JANÉS

Para mis queridos hijos,
Beatrix, Trevor, Todd, Nick, Samantha,
Victoria, Vanessa, Maxx y Zara.
Luchad siempre por lo que sabéis que es lo correcto.
Buscad justicia y todo lo que os merecéis.
Dios y el destino harán el resto.
Os quiero con toda mi alma
y cada fibra de mi ser.
Con todo mi cariño,

Mamá/D. S.

El valor no es la ausencia de miedo o desesperación, sino la fortaleza para vencerlos.

1

El castillo Belgrave se erigía en todo su esplendor en el centro de Hertfordshire, como había hecho a lo largo de once generaciones y casi trescientos años desde el siglo XVI. Aparte de algunos elementos más modernos añadidos con posterioridad y unos cuantos detalles decorativos, muy poco había cambiado en su historia. De hecho, sus dueños conservaban las mismas tradiciones desde hacía más de doscientos años, lo que para Phillip, duque de Westerfield, resultaba reconfortante. Era su hogar. La familia Latham había construido el castillo Belgrave, uno de los más grandes de Inglaterra y, gracias a la fortuna del duque, uno de los mejor conservados.

Estaba rodeado por vastas tierras que se extendían hasta donde alcanzaba la vista y que incluían bosques, un gran lago que los guardas mantenían bien provisto de peces, y granjas arrendadas, explotadas por agricultores cuyos antepasados habían sido siervos. El duque lo supervisaba todo desde que su padre murió en un accidente de caza en una hacienda aledaña, cuando él era joven. Y bajo su concienzuda dirección, Belgrave y todas sus tierras y propiedades no habían dejado de prosperar.

A sus setenta y cuatro años, llevaba mucho tiempo instruyendo a su primogénito, Tristan, sobre la administración de la hacienda. Phillip creía que su hijo estaba listo para encargarse de todo y hacerlo de forma responsable, pero abrigaba otras preocupaciones con respecto a él. Tristan tenía cuarenta y cinco años, estaba casado y era padre de dos hijas. El hijo menor del duque, Edward, de cuarenta y dos años, no se había casado y no tenía ningún hijo legítimo, aunque sí incontables ilegítimos. Nadie sabía cuántos exactamente, ni siquiera el propio Edward. También era propenso a darse al juego y a la bebida, así como a cualquier clase de exceso imaginable, sobre todo si tenía que ver con caballos veloces o mujeres. Habría sido una catástrofe de haber sido el primogénito, pero por suerte no lo era, aunque ninguno de sus hijos había tenido un descendiente varón y, por consiguiente, un heredero.

Ambos eran hijos de la primera esposa del duque, Arabella, hija de un conde y prima segunda de Phillip. Poseía una cuantiosa fortuna propia, pertenecía a una familia intachable, de linaje aristocrático, y era una joven de asombrosa belleza cuando se casaron. Ambas familias se mostraron muy satisfechas con esta unión, a pesar de que Phillip tenía veintiocho años y Arabella apenas diecisiete. Causó sensación en su puesta de largo en Londres, en la que se esperaba que conociera a su futuro esposo. Desde luego, ella supo aprovechar la ocasión de manera muy satisfactoria.

Con los años, Phillip descubrió que tenía un carácter frío y estaba mucho más interesada en figurar en sociedad y gozar de las ventajas de ser duquesa que en su marido, y que aún tenía menos interés en sus hijos. Era una mujer muy egocéntrica, aunque admirada por su belleza. Murió a causa de la gripe cuando los niños tenían cuatro y siete años. Phillip los crio solo, si bien tuvo que echar mano de institutrices, de la nutrida servidumbre que tenía contratada y de su madre, la duquesa viuda, que aún vivía en esa época.

En los años posteriores, las jóvenes de las familias que vivían en las proximidades del castillo y las anfitrionas que lo invitaban a fiestas durante su estancia en Londres hicieron todo lo posible para captar su interés. No obstante, sus hijos ya habían cumplido la veintena cuando Phillip conoció a la mujer que lo hechizó por completo y se convirtió en el amor de su vida desde el momento en que la vio.

Marie-Isabelle era hija de un marqués francés, primo hermano del último rey galo que había muerto en la Revolución francesa. Era Borbón por una rama de la familia y Orleans por la otra, con miembros de la realeza en ambas. Nació durante el primer año de la Revolución y poco después mataron a sus padres, incendiaron su *château* y robaron o destruyeron todas sus pertenencias. Presintiendo lo que se avecinaba, su padre la envió a Inglaterra con unos amigos cuando era solo un bebé, asegurándole de esta forma el porvenir por si en Francia se cumplían sus peores temores.

Marie-Isabelle se había criado feliz en el seno de la familia inglesa que había accedido a acogerla y la adoraba. Era una joven fascinante, de asombrosa belleza, con el pelo casi rubio platino, enormes ojos azules, una figura exquisita y piel de porcelana. Y se quedó tan prendada del duque cuando lo conoció como él de ella. Ambos procedían de buena familia y tenían parientes entre la realeza. Marie-Isabelle se enamoró de él de inmediato.

Se casaron cuatro meses después, cuando ella tenía dieciocho años, y por primera vez en la vida, Phillip conoció la verdadera felicidad, al lado de una mujer a la que adoraba. Como pareja llamaban la atención. Él era alto, de constitución fuerte y elegante, y Marie-Isabelle combinaba las costumbres aristocráticas de los ingleses, entre los que había crecido, con el encanto de los franceses, que llevaba en la sangre. Resultó ser un elemento maravilloso en la vida del duque y, como adoraba Belgrave tanto como él, le ayudó a complementar las reliquias de su familia con nuevas y hermosas piezas decorativas. El castillo resplandecía con su presencia y todos la querían, tanto por su carácter alegre como por la evidente adoración que sentía hacia su marido. Él tenía cincuenta y cinco años cuando se casaron, pero volvía se sentirse como un niño cuando estaba con ella.

Su vida en común era como un cuento de hadas que terminó demasiado pronto. Ella se quedó encinta en su primer año de matrimonio y murió dos días después de dar a luz a una hija a la que llamaron Angélique, porque parecía un ángel, con el mismo pelo rubio platino y los ojos celestes de su madre. Desolado sin Marie-Isabelle, Phillip consagró su vida a su hija, que era la alegría de su existencia. La llevaba a todas partes con él y le enseñó todo lo que sus hermanos sabían sobre la hacienda, incluso más.

Angélique compartía su pasión por sus tierras y su hogar, y poseía el mismo instinto innato para administrarlos. Pasaban muchas horas durante las largas noches de invierno hablando sobre la gestión de Belgrave y las granjas, y en verano cabalgaban juntos mientras él le enseñaba los cambios y mejoras que había llevado a cabo y le explicaba por qué eran importantes. Ella conocía a la perfección el funcionamiento de la hacienda, tenía buena cabeza para los números y las finanzas y le daba buenos consejos.

Phillip contrató una institutriz francesa que educó a Angélique en casa y le enseñó el idioma de su madre. Quería que también hablara francés, al igual que Marie-Isabelle, que lo aprendió gracias a las atenciones de la familia que la acogió.

Cuando creció, Angélique cuidaba de su padre, lo observaba con atención, se preocupaba cuando no se encontraba bien y lo atendía ella misma siempre que caía enfermo. Era la hija ideal y Phillip se sentía culpable por no llevarla a Londres más a menudo. No obstante, le cansaba ir a la gran ciudad y hacía tiempo que había perdido el interés por asistir a bailes y actos de sociedad importantes, aunque en 1821, cuando Angélique tenía doce años, la había llevado a la coronación de su primo, el rey Jorge IV, en la abadía de Westminster. Ella fue uno de los pocos menores presentes, pero el rey no puso objeciones gracias a su estrecha relación. A Angélique le impresionó tanta pompa y boato, así como los posteriores festejos. Phillip, que en esa época tenía sesenta y ocho años y una salud cada vez más frágil, se sintió aliviado cuando regresaron al campo, pero feliz de haberla llevado. Su hija le dijo que jamás lo olvidaría, y habló de ello durante años.

Desde entonces, el duque había pensado a menudo en la puesta de largo de Angélique, el baile que debería organizar en su casa londinense de Grosvenor Square, y en los hombres que allí conocería. Pero no soportaba la idea de exponerla al mundo tan pronto y perderla al dejarla en manos de un marido, quien seguro que la alejaría de él. Era demasiado hermosa para que eso no sucediera, y lo aterraba.

Hacía unos años, había permitido que Tristan, su esposa y sus dos hijas se instalaran en la casa de Londres, ya que él no la utilizaba. Estaba más cómodo y tranquilo en Belgrave; Londres y el ajetreo de la vida social le resultaban agotadores. Y Angélique siempre insistía en que era feliz con él en Hertfordshire y no necesitaba ir a Londres. Prefería estar en casa con su padre.

La esposa de Tristan, Elizabeth, podría haber asumido sin problemas la función de acompañar a Angélique en su presentación en sociedad e incluso haberle organizado un baile, que el duque habría sufragado. Sin embargo, Tristan sufría unos celos enfermizos hacia su hermanastra desde el día en que nació, un sentimiento que empezó con su odio hacia su madrastra y su enfado por el segundo matrimonio de su padre. Pese al linaje real de Marie-Isabelle, Tristan y su hermano menor se referían a ella llamándola «la puta francesa». Su padre lo sabía bien y sentía una pena indescriptible. Y la franca hostilidad del hijo hacia su hermana nada más nacer, le preocupaba cada vez más con el paso de los años.

El mayorazgo dictaba que el título, la hacienda y la mayor

parte de su fortuna debían transmitirse a Tristan, y establecía un legado bastante menor para Edward, el benjamín. Él heredaría Dower House, una espléndida mansión dentro de la hacienda en la que vivió su abuela durante muchos años, hasta su muerte. Además, Phillip le había asignado una renta con la que viviría holgadamente si ponía freno a sus locuras. No obstante, si no lo hacía, el duque sabía que su hermano mayor se haría cargo de él, ya que ambos siempre habían estado unidos y Tristan jamás permitiría que acabara en la ruina.

Sin embargo, Phillip no podía dejarle nada a su única hija, aparte de una dote si se casaba. En varias ocasiones había manifestado a Tristan su deseo de que Angélique viviera en el castillo durante el tiempo que ella quisiera, y en la casa de la hacienda, a la que llamaban «casa de campo», cuando envejeciera, si así lo decidía, incluso aunque estuviera casada.

La casa de campo era casi tan grande como Dower House y también requería de una nutrida servidumbre para su buen funcionamiento, pero su padre sabía que a ella le gustaría vivir allí. No obstante, la decisión final dependería de Tristan y de lo generoso que quisiera ser con Angélique, ya que no tenía ninguna obligación legal de mantener a su hermana.

El duque también le había pedido que la ayudara económicamente y le asignara una cantidad apropiada cuando se casara, como correspondía a su posición social y noble cuna. No quería que Angélique se quedara sin un céntimo o la hicieran de lado cuando él muriera, pero, por ley, no tenía forma de impedirlo. Su hija estaría a merced de sus hermanos y no podría heredar directamente de él. Había hablado del tema con Angélique a menudo y ella insistía en que no se preocupara. No necesitaba mucho para ser feliz y, mientras pudiera vivir en Belgrave para siempre, no quería ni podía imaginar nada más. No obstante, al conocer mejor que ella cómo funcionaba el mundo, los peligros del mayorazgo, la dureza del carácter de Tristan y la codicia de su esposa, Phillip pasaba muchas noches en blanco, preocupado por su hija. Y más en los últimos tiempos, sabiéndose mayor y con una salud frágil.

Phillip llevaba un mes enfermo, con una neumonía que no había hecho sino agravarse, y Angélique estaba muy preocupada. El médico lo había visitado varias veces, pero ya llevaba una semana con fiebre. Era noviembre, había hecho más frío que de costumbre y Angélique pidió a las criadas que tuvieran encendida la chimenea de su habitación para que estuviera caliente. Belgrave solía tener corrientes de aire en invierno, y ese año estaba siendo gélido, con nieve desde octubre.

Angélique le leía en voz alta, sentada a la cabecera de su cama, mientras oía el viento en el exterior. Se había quedado dormido varias veces esa tarde. Cuando se despertaba, parecía agitado y las mejillas le brillaban por la fiebre. La señora White, el ama de llaves, entró a verlo mientras dormía y coincidió con la joven en que debían volver a llamar al médico. John Markham, el ayuda de cámara del duque, opinaba igual. Markham estaba a su servicio desde mucho antes de que naciera Angélique y era casi tan viejo como su señor, a quien profesaba una honda devoción. A ninguno le gustaba cómo estaba evolucionando la enfermedad. El duque tenía una tos profunda y convulsiva y no quería comer ni beber, aunque Markham le había llevado varias bandejas a la habitación.

Hobson, el mayordomo, se encargaba de la casa y a menudo competía con Markham por la atención del duque, pero, de momento, con Phillip tan enfermo, Hobson permitía que el ayuda de cámara lo atendiera sin inmiscuirse. Angélique les agradecía la devoción que mostraban por su padre, a quien todo el mundo apreciaba en la casa: lo tenían por un hombre bondadoso que se preocupaba por todos, además de ser un patrón considerado y responsable. Y había enseñado a Angélique a hacer lo mismo.

Ella conocía los nombres de todos sus lacayos y criadas, sus historias y algunas pinceladas de sus orígenes. Y lo mismo de los guardas, los mozos de las caballerizas y los aparceros y sus familias. Hablaba con ellos cuando se los encontraba a lo largo del día, mientras recorría el castillo realizando sus tareas, revisando la ropa blanca con la señora White o escuchando problemas en la cocina. La cocinera, la señora Williams, era una mujer arisca pero de buen corazón que dirigía sus dominios con puño de hierro y daba órdenes a las criadas como un sargento militar, pero las comidas que preparaba eran deliciosas y dignas de cualquier casa distinguida. En ese momento estaba intentando tentar al duque con algunos de sus platos preferidos, pero las bandejas retornaban intactas a la cocina desde hacía tres días. Ella lloraba al verlas y temía que fuera una mala señal, al igual que quienes habían visto al duque. Parecía muy enfermo, y Angélique también se había dado cuenta.

Tenía solo dieciocho años, pero era madura para su edad, sabía cómo llevar la casa de su padre y lo había cuidado muchas veces en los últimos años. No obstante, esa vez era distinto. Llevaba enfermo un mes y no daba muestras de mejoría, y después de tener fiebre durante casi una semana, no estaba reaccionando a los cuidados y atenciones que le prodigaban. Lo único que quería era dormir, lo cual no era nada propio de él. Pese a tener setenta y cuatro años, hasta ese momento había sido un hombre vital e interesado por todo.

Volvieron a llamar al médico, que dijo que no le gustaba el cariz que estaba tomando la situación. Cuando se marchó, Angélique intentó engatusar a su padre para que se tomara el caldo que la señora Williams le había preparado, acompañado de unas finas lonchas de pollo hervido, pero él no quiso ni probarlo y lo rechazó con un gesto de la mano mientras ella lo miraba con lágrimas en los ojos.

—Papá, por favor... prueba la sopa. Está deliciosa, y la señora Williams se molestará si no te tomas al menos un poco.

Intentar discutir con ella le provocó un acceso de tos de

cinco minutos, tras lo cual volvió a recostarse en las almohadas, con aspecto de estar agotado. Angélique se dio cuenta de que parecía estar encogiendo, adelgazando y perdiendo las fuerzas, y era innegable que se había debilitado, aunque ella intentara fingir lo contrario. Se quedó dormido con su mano entre las de ella, que no dejaba de observarlo. Markham fue a verlo varias veces: lo miraba desde la puerta y se marchaba sin hacer ruido.

Hobson, el mayordomo, vio a Markham entrar en la cocina.

—¿Cómo está Su Excelencia? —le preguntó en voz baja.

—Más o menos igual —respondió Markham con cara de preocupación, mientras la señora White rondaba cerca para poder oír lo que decían.

La cocina bullía de actividad, aunque ni Angélique ni su padre comían. Iban a subir la cena de la joven en una bandeja, pero aún quedaban veinticinco criados que alimentar. En Belgrave siempre había mucho movimiento, sobre todo en las dependencias del servicio.

—¿Qué va a pasarle a nuestra pequeña? —preguntó la señora White al mayordomo cuando Markham se sentó a cenar con el resto—. Estará a merced de sus hermanos si algo le pasa a Su Excelencia.

—Es inevitable —suspiró Hobson.

Le habría gustado no estar tan preocupado como el ama de llaves, pero lo estaba. Llevaba sirviendo como mayordomo desde que su esposa y su hija habían muerto en una epidemia de gripe. Descubrió que esa vida le convenía y se quedó. A esas alturas, creía que la mejor solución para Angélique sería estar ya casada cuando su padre muriera, bajo la protección de un marido y con una dote de su padre. No obstante, aún era joven, no se había presentado en sociedad ese verano, cuando llegó la primera oportunidad de haberlo hecho, y parecía que no quería. Pero ahora, si su padre no se reponía, sería demasiado tarde, a menos que Tristan se ocupara de presentarla el verano siguiente, lo que no parecía probable. Había dejado claro que el futuro de Angélique no le interesaba. Él tenía dos hijas propias, de dieciséis y diecisiete años, ni la mitad de guapas que su joven tía, quien solo les llevaba un año. Angélique habría sido la estrella de cualquier presentación en sociedad y habría eclipsado a sus hijas, que era lo último que Tristan y su esposa querían.

La señora White y Hobson se sentaron a cenar con el resto y poco después Markham fue a echar otro vistazo al duque. Llevaba todo el día subiendo y bajando. Cuando llegó a la habitación, Su Excelencia estaba dormido y Angélique apenas había probado la cena que le había llevado en una bandeja. Era evidente que había estado llorando. Sentía que su padre se le estaba escapando. Siempre había sabido que ese día llegaría, pero aún no estaba preparada.

Su padre aguantó otros tres días, sin empeorar ni mejorar. Tenía los ojos brillantes por la fiebre cuando los abrió y la miró una noche, pero, al observarlo, Angélique vio que estaba más despierto y parecía más fuerte.

—Quiero ir a mi despacho —pidió con firmeza, con una voz más parecida a la suya de siempre.

Angélique confiaba con que fuera una señal de que la fiebre por fin empezaba a bajarle e iba a reponerse. Estaba muy preocupada por él, pero lo disimuló y le ofreció su mejor cara.

—Esta noche no, papá. Hace demasiado frío.

Las criadas no habían encendido la chimenea de la pequeña biblioteca contigua a la habitación de su padre, donde él solía revisar los libros de contabilidad de la hacienda a altas horas de la noche. Como llevaba más de una semana en cama, Angélique les había dicho que no hacía falta que la encendieran y no quería que su padre saliera de su caldeada habitación.

—No me discutas —replicó él con dureza—. Hay una cosa que quiero darte.

Por un momento, ella pensó que estaba delirando, pero parecía totalmente lúcido y despierto.

—Podemos hacerlo mañana, papá. O dime qué es y te lo traeré.

Ya estaba de pie cuando él se destapó, bajó los pies de la cama y se levantó con expresión resuelta. Angélique corrió a su lado, temiendo que pudiera caerse después de tantos días en cama. Era evidente que no podía detenerlo, así que lo rodeó con el brazo para sostenerlo. Él se apoyó en ella, que intentaba que no perdiera el equilibrio, y se dirigieron a la biblioteca. Angélique era menuda como su madre, y le habría costado mucho levantarlo del suelo si se hubiera caído.

Un momento después estaban en la pequeña biblioteca repleta de libros, donde hacía tanto frío como ella temía. Su padre fue directo a la librería, sacó un voluminoso libro encuadernado en piel y se dejó caer en una silla. Angélique se separó de él para encender una vela del escritorio, y a la luz de la llama lo vio abrir el libro, que estaba hueco. El duque sacó una bolsa de piel y una carta, y miró a su hija con expresión seria. Luego volvió a levantarse, dejó el libro en su sitio y, con ambos objetos bien sujetos en la mano, se dio la vuelta para regresar a su habitación, apoyándose en su hija y agotado por el esfuerzo.

Angélique se apresuró a apagar la vela de la biblioteca y lo ayudó a acostarse. Él seguía con la carta y la bolsa en la mano y miró a la hija que tanto quería.

—Quiero que guardes esto en un lugar seguro, Angélique, donde nadie más lo encuentre. Si me pasa algo, quiero que tú lo tengas. Lo aparté para ti hace un tiempo. No se lo digas a nadie. Debes mantenerlo en secreto. Quiero creer que puedo confiar en que tu hermano cuidará de ti cuando yo falte, pero la ley no te protege. Puede que un día lo necesites. Guárdalo, ahórralo, no te lo gastes a menos que debas hacerlo. No lo utilices ahora. Te dará para vivir más adelante si algo pasa. Puedes comprarte una casa cuando seas una mujer mayor, o utilizarlo para vivir con holgura si no quieres o no puedes quedarte en Belgrave.

Habló alto y claro de acontecimientos que ella no podía imaginar y en los que no quería pensar, ni había pensado nunca. Pero al parecer él era de otra opinión.

—Papá, no digas eso —protestó Angélique con lágrimas en los ojos—. ¿Por qué no iba a querer quedarme, o tendría que comprarme una casa? Belgrave es nuestro hogar. —Estaba confundida por lo que su padre había dicho, y no le gustaba. Sus palabras le provocaron un escalofrío; parecía una niña asustada cuando él le ofreció la bolsa con la carta.

—No hace falta que la leas ahora, hija mía. Esto es para cuando yo falte. Cuando eso pase, este será el hogar de Tristan y Elizabeth. Deberás vivir de su generosidad, y según sus reglas. Ellos tienen dos hijas en las que pensar, casi de tu misma edad. Su primera preocupación no serás tú. Pero sí eres la mía. Aquí hay veinticinco mil libras, suficiente para que vivas durante mucho tiempo, si tienes que hacerlo y lo empleas con mesura. Por ahora debes ahorrarlo. Es suficiente como dote si conoces a un hombre decente que te quiera, o para mantenerte hasta que te cases, si hace falta, o incluso si decides no hacerlo. Espero que Belgrave sea siempre tu hogar, cariño, o hasta que te cases, pero no puedo estar seguro. He pedido a Tristan que te permita vivir aquí, en el castillo o en la casa de campo cuando seas mayor. Es igual de cómoda que Dower House, que pasará a ser propiedad de Edward. Yo preferiría que te quedaras en el castillo hasta que seas vieja, pero dormiré más tranquilo por la noche sabiendo que tienes esto. Te lo doy con todo mi amor. La carta confirma que te lo he entregado en vida, y que es tuyo para hacer lo que desees.

Angélique tenía la cara bañada en lágrimas mientras lo escuchaba, pero comprobó que estaba más calmado que antes, y aliviado al haberle dado la bolsa y la carta. A ella le parecía una gran fortuna, y de hecho era una suma muy generosa. Era obvio que su padre había estado muy preocupado; la inquietud por su futuro lo tenía angustiado. En cuanto ella cogió la bolsa con manos temblorosas, él volvió a recostarse en las almohadas con una sonrisa cansada.

—No lo quiero, papá. No lo necesitaré. Y no deberías dármelo ahora.

Sabía que era un primer paso para dejarla para siempre, y no quería ayudarle a recorrer ese camino. Sin embargo, tampoco quería disgustarlo, aunque no podía imaginar lo que haría con veinticinco mil libras. Era una cantidad de dinero asombrosa, pero, en realidad, era lo único que le pertenecía. Si su hermano mayor no le daba suficiente dinero para poder mantenerse, dependería menos de él. Su padre la había protegido con su generoso donativo. Al final, solo fue capaz de musitar un breve «Gracias, papá» cuando se inclinó para besarlo, aún con las lágrimas rodándole por las mejillas, mientras él cerraba los ojos.

—Ahora voy a dormir un rato —le dijo en voz baja.

Un momento después se había quedado dormido, mientras Angélique seguía sentada a su lado contemplando el fuego, con la bolsa aún en el regazo. Era típico de su padre pensar en todo y hacer cuanto pudiera por ella. Ahora, aunque él envejeciera, se debilitara o no se recobrara, ella tendría suficiente dinero para vivir con holgura, aunque sin lujos, durante el resto de su vida. Sin embargo, lo único que ella quería, mientras lo veía dormir, era que viviera muchísimo tiempo. Eso significaba más para ella que nada de lo que él pudiera darle. Su padre era un hombre generoso y entrañable.

La carta confirmaba lo que él le había dicho, así como el donativo, y establecía que ella podía quedarse con todas las joyas que él le había regalado a su madre en el breve período que habían estado casados antes de su muerte. Angélique sabía que, si Tristan lo deseaba, tendría que devolverle todas las reliquias de familia que su padre le había dado, pero las bellas joyas que Phillip le había entregado a su segunda esposa eran suyas.

Phillip ya no podía hacer nada más por ella, salvo rezar para que Tristan se portara bien y la respetara como hermana, según era su deseo. Angélique estaba segura de que Tristan lo haría, pese a su resentimiento hacia su madrastra; al fin y al cabo, eran parientes consanguíneos y sin duda respetaría las peticiones de su padre. Estaba segura de ello.

Pasó la noche junto a la cabecera, con la carta y la bolsa en el holgado bolsillo de su falda acampanada. No quería dejarlo solo ni para llevarlas a su habitación, y el dinero estaba seguro donde estaba. Se quedó profundamente dormida, ovillada en la silla junto a la cama de su padre. Su presencia la reconfortaba tanto como a él la suya.

2

Por la mañana, Markham, la señora White y Angélique coincidieron en que su padre parecía haber empeorado, por lo que decidieron llamar al médico. El duque había pasado buena noche, pero cuando se despertó le había subido la fiebre. Tosía tanto que apenas podía respirar y tiritaba bajo las mantas con las que Angélique lo había tapado. Nada parecía ayudar. El duque tomó un poco de té para desayunar, pero eso fue todo.

El médico lo examinó, salió de la habitación con el ceño fruncido y dijo que el empeoramiento de Su Excelencia era evidente. A Angélique le aterraba que pudiera haberse enfriado la noche anterior, cuando fueron a la biblioteca, pero el médico le aseguró que su estado se debía a la neumonía. Le habría practicado una sangría, pero no creía que estuviera lo bastante fuerte para soportar el tratamiento.

Iba a aconsejar a Angélique que avisara a sus hermanos, pero no quería asustarla más de lo que ya estaba. Le angustiaba que su padre evolucionara tan mal, y solo lo dejó con su ayuda de cámara el tiempo que tardó en ir a su habitación, guardar la bolsa bajo llave en un cajón de su escritorio, bañarse, cambiarse de ropa y regresar a su lado lo antes posible.

Él dormía plácidamente, pero cuando le tocó la frente le pareció que estaba incluso más caliente que antes. Tenía los labios resecos, pero se negaba a beber, y se fijó en lo delgadas y pálidas que tenía las manos sobre las mantas. De repente le pareció un hombre muy anciano. No salió de su habitación en todo el día y vigiló su dificultosa respiración.

El duque se despertó a media tarde y mantuvo una breve conversación con su hija. Le preguntó si había guardado la bolsa en un lugar seguro y ella le aseguró que sí, que la tenía bajo llave en un cajón, y después cerró los ojos con una sonrisa y volvió a quedarse dormido. Era casi medianoche cuando se despertó, abrió los ojos y le sonrió. Tenía mejor aspecto que antes, aunque la fiebre no le había bajado, y parecía cómodo cuando le cogió la mano, le besó los dedos y ella se inclinó para darle un beso en la mejilla.

—Tienes que ponerte bien, papá. Te necesito. —Él asintió, cerró los ojos y volvió a quedarse dormido mientras ella lo vigilaba.

No volvió a despertarse. Con expresión serena, mientras Angélique le cogía la mano, se apagó en silencio y dejó de respirar. Ella lo supo de inmediato, lo besó en la frente e intentó despertarlo con suavidad, pero él se había ido, a los setenta y cuatro años, tras llevar la vida para la que había nacido y cuidar a quienes dependían de él y de la hacienda que le habían confiado. Había sido un maravilloso padre, marido y señor de la hacienda que había heredado, lo había dejado todo en orden para su primogénito y había hecho a Angélique un regalo increíble al final. Pero ahora ya no estaba, y Tristan era el duque de Westerfield, aunque él no lo supiera aún.

Permaneció toda la noche con su padre, y por la mañana fue a informar a Hobson de lo sucedido. Él mandó a uno de los mozos a buscar al médico, que llegó poco después para ratificar que Phillip, duque de Westerfield, había fallecido durante la noche. Dio el pésame a Angélique y se marchó, mientras la noticia se extendía en voz baja por el castillo y las dependencias del servicio.

A Angélique le parecía estar viviendo una pesadilla, pero aun así ayudó a Markham a lavar y vestir a su padre. Los lacayos lo llevaron a la biblioteca de la planta baja para que estuviera de cuerpo presente hasta que llegara su hijo mayor. Enviaron a otro lacayo a Londres en el coche de caballos para avisar a Tristan de que su padre había fallecido. Angélique se quedó con él en la biblioteca durante la mayor parte del día. El criado regresó de Londres al anochecer para informar de que Su Excelencia llegaría a la mañana siguiente. Le dolió oír llamar «Su Excelencia» a Tristan, pero en eso se había convertido. Era el duque de Westerfield y el señor del castillo Belgrave y de la hacienda.

Angélique también acompañó a su padre la mayor parte de la noche, hasta que la señora White la animó a descansar un rato. Estaba aturdida cuando salió tras ella para tomarse el caldo que la señora Williams le había preparado. No recordaba cuándo había comido por última vez, ni le importaba. El padre que tanto quería se había ido. Lo que ocurriera a partir de entonces le daba igual; no podía imaginar vivir en Belgrave sin él, ni en ninguna otra parte. Un torrente de recuerdos le inundó la mente. Se había quedado huérfana, después de perder al progenitor que le quedaba. Sabía que nadie ocuparía nunca su sitio. Ningún hermano, marido u hombre. De repente, su mundo se había convertido en un lugar vacío.

La señora White insistió en que esa noche descansara en su cama por primera vez desde hacía días; estaba tan agotada que durmió de un tirón hasta que, a la mañana siguiente, oyó llegar un coche de caballos y gritos fuera del castillo cuando los mozos sujetaron los caballos. Después, los lacayos se llamaron entre ellos y oyó la voz de su hermano Tristan. Había llegado. Miró entre las cortinas de su habitación y lo vio justo antes de que entrara en el castillo. Iba vestido de luto riguroso y ella sabía que los criados habían colgado una corona negra de la puerta el día anterior. No había ni rastro de Elizabeth; Tristan había venido solo. Angélique se apresuró a vestirse y peinarse para bajar a recibirlo como correspondía. Los dos habían perdido a su querido padre y deseaba decirle cuánto lo lamentaba.

Tristan estaba en el comedor desayunando en silencio y alzó la vista cuando ella entró. Angélique llevaba un sobrio vestido negro de cuello alto, apropiado para guardar luto pero que aun así le realzaba la cintura de avispa. Tenía la cara tan descompuesta como se sentía. Se acercó a él y lo abrazó, pero Tristan permaneció sentado a la cabecera de la mesa como si estuviera petrificado. Ella se sorprendió de que hubiera ocupado la silla de su padre, su sitio de siempre, donde parecía estar a sus anchas, pero no hizo ningún comentario. Era el lugar que le correspondía como señor del castillo Belgrave y de toda la hacienda.

—Buenos días, Tristan —saludó en voz baja cuando se sentó a su lado—. ¿Has visto ya a papá?

Él negó con la cabeza y se volvió para mirarla.

—Iré después de desayunar. He llegado muerto de hambre. —Ella asintió, sin saber qué decir. Estaba tan triste que apenas podía comer y le asombraba que su hermano no hubiera ido primero a ver a su padre—. Elizabeth vendrá esta noche. He pedido a Hobson que ordene a la señora White que les prepare las habitaciones: viene con mis hijas. Edward llegará mañana. He pensado que podemos celebrar el entierro el domingo.

Habló con total con naturalidad, como si estuviera organizando una cena normal y corriente y no el funeral de su padre. Lo enterrarían en el mausoleo familiar, lo que era una suerte, pues el suelo estaba demasiado helado para cavar una tumba. La madre de Angélique también reposaba en el mausoleo, junto con la madre de Edward y Tristan, y varias generaciones anteriores de Latham.

Angélique subió a la primera planta después de desayunar

y le sorprendió ver a varias criadas ventilando la habitación de su padre y cambiando las sábanas de su cama. Al principio pensó que solo estaban ordenándola, pero entonces las vio entrar con jarrones de flores del invernadero y encender la chimenea, como si la habitación fuera a utilizarse esa noche.

—¿Por qué hacéis todo esto? —les preguntó—. No es necesario.

La habitación aún parecía más triste si la preparaban como si su padre fuera a dormir en ella esa noche.

—La señora White nos ha pedido que la tengamos lista para Su Excelencia y la duquesa —respondió Margaret, la doncella.

Angélique se quedó con la mente en blanco e intentó comprender lo que acababa de oír, y lo que significaba.

—¿Van a dormir aquí esta noche? —preguntó en un susurro, y Margaret asintió, compadeciéndola.

Su hermano mayor no había tardado en ocupar el lugar de su padre, e incluso dormiría en su cama. La mera idea le daba escalofríos. Siguió investigando y descubrió que estaban preparando dos de las mejores habitaciones para sus sobrinas, mucho más bonitas que en las que solían quedarse cuando iban a Belgrave. Por lo general, esos dormitorios se reservaban para los dignatarios reales que iban de visita. No estaban perdiendo el tiempo en instalarse.

Se retiró a su habitación y se quedó un rato sentada en una silla, temblando y recordándose que tendría que echarles una mano con los cambios que quisieran hacer, pero le parecían muchos, y demasiado pronto. Su padre ni siquiera estaba enterrado aún y seguía de cuerpo presente en la biblioteca. Solo llevaba muerto un día. Se armó de valor para volver a bajar y vio a su hermano saliendo de la biblioteca con expresión seria.

—Por cierto —Tristan la abordó de inmediato, mirándola con frialdad—, Elizabeth ha pensado que podrías cambiarte a uno de los cuartos de invitados más pequeños. Quiere que nuestras hijas se sientan a gusto aquí, y a Gwyneth siempre le han encantado las vistas de tu habitación.

Angélique no podía dar crédito a lo que estaba oyendo. Ese era su hogar, o lo había sido. Ahora era de su hermano y les pertenecía a él, a Elizabeth y sus hijas. Ella se había convertido en una invitada de la noche a la mañana. Los cambios que su padre temía ya habían empezado.

—Por supuesto. Pediré que se la preparen —respondió Angélique con modestia—. ¿Y la habitación amarilla es para Louisa?

Era la más bonita. Tristan lo sabía bien, pues era donde Elizabeth y él solían dormir en sus breves e infrecuentes visitas. Su mujer siempre decía que el campo les aburría. Por lo visto, eso también estaba a punto de cambiar.

Angélique no le preguntó en qué habitación debía dormir, sino que eligió una más pequeña del fondo del pasillo para tener intimidad y no molestar. No obstante, antes de que pudiera ponerse en marcha, Tristan volvió a hablarle.

—Elizabeth ha pensado que estarías más a gusto en uno de los cuartos de arriba.

Había una planta entera de cuartos de invitados más pequeños, menos bonitos y con los muebles más viejos. Aunque todos estaban provistos de chimenea, solía haber mucha corriente y eran fríos. Empezaba a entrever cuál iba a ser su suerte en manos de su hermano, y mudarse a la casa de campo como su padre había solicitado para ella en un futuro ya no le parecía una idea descabellada. Esperaría a ver cómo iba todo cuando llegaran Elizabeth y sus sobrinas, pero retirarse a la casa de campo para quitarse de en medio quizá fuera lo mejor para todos.

Era imposible que pudiera vaciar su habitación en unas pocas horas, pero se puso manos a la obra de inmediato, haciendo sitio para Gwyneth en los armarios, vaciando una cómoda y recogiendo algunos de sus papeles para despejar el escritorio. Y se llevó la bolsa que contenía su fortuna para guardarla bajo llave en un cajón del cuarto de la segunda planta.

Era una habitación pequeña y agobiante, con unos muebles deprimentes y vistas a la hacienda. Los jardines estaban justo debajo de ella, y podía ver la primera de las granjas arrendadas a lo lejos, ya que los árboles que habitualmente la ocultaban habían perdido las hojas. Y el lago estaba helado. Pensó proponer a sus sobrinas ir a patinar, la semana después del funeral, por supuesto, si pensaban quedarse. ¿Cuándo podría regresar a su habitación? Haría todo lo que Elizabeth quisiera mientras ellos estuvieran en el castillo. No tenía sentido ponerse a malas tan pronto, o ni siquiera hacerlo. Tenía que respetar que ese ya no era su hogar y adaptarse lo mejor posible a la nueva situación.

Después de guardar sus cosas en el cuarto de invitados con la ayuda de una de las criadas, volvió a la primera planta para inspeccionar los dormitorios en los que ellos iban a instalarse. La señora White se había ocupado de todo y estaban impecables. Vaciló en la puerta de la habitación de su padre y no fue capaz de entrar. No entendía cómo Elizabeth podía querer dormir allí, siendo tan reciente la muerte de su suegro.

Cada vez que uno de los criados se dirigía a Tristan llamándolo «Su Excelencia», Angélique tenía que armarse de valor para no estremecerse. Le costaba verlo como al nuevo señor. No obstante, le gustara o no, lo era. Siempre había sabido que un día ocurriría, solo que no esperaba que fuera tan pronto. Tristan era un hombre imponente, bastante engreído, sin un ápice de la bondad de su padre; no obstante, habría sido una tragedia que Edward hubiera heredado el título y la hacienda. La habría llevado a la ruina.

Tristan pensaba pasar la semana siguiente al funeral con el administrador de la hacienda para conocer mejor su funcionamiento. Había dedicado horas a hablar del asunto con su padre, pero quería conocer los aspectos prácticos, hasta el último detalle. Tenía plena intención de administrarla de forma responsable, pero de un modo distinto al del anterior duque, al que siempre había considerado un bonachón y demasiado blando y generoso con sus empleados. Angélique se había fijado en varias ocasiones en la severidad de Tristan con los criados y en su forma de hablarles, tan distinta a la de su padre, a quien todos veneraban. Él prefería valerse del miedo para mandar, y ya hacía tiempo que había decidido reducir los gastos de administración de la hacienda. Creía que su padre tenía muchos criados y que les pagaba demasiado.

Con el nuevo duque tan presente, reinaba un indisimulado malestar entre el servicio. Desde el primer día metió la nariz en todos los rincones e hizo muchas preguntas a Hobson sobre la gestión del castillo. Hobson hizo todo lo posible por no parecer ofendido, pero Angélique se dio cuenta de que el leal mayordomo estaba crispado, aunque disimuló bien ante Tristan y sus modales fueron impecables.

Era media tarde cuando Elizabeth llegó en una calesa muy vistosa con dos cocheros, con la capota bajada y tirada por cuatro caballos negros. La acompañaban sus hijas y las tres llevaban vestidos muy elegantes con largas faldas de vuelo amplio, de sobrio color negro, y guantes del mismo tono. Elizabeth lucía un enorme sombrero negro con velo y una estola de piel de zorro negro. Y los sombreros oscuros de sus hijas parecían confeccionados en París. Elizabeth no escatimaba en ropa y le encantaba vestir a la última moda.

Entró en el salón con aire majestuoso, miró alrededor e hizo una mueca. Todos los criados habían formado una fila delante del castillo y se mantenían firmes con su ropa fina en el frío glacial. A ella pareció no importarle y los dejó plantados afuera cuando entró.

—¿Cuánto va a costarnos conseguir que este sitio esté limpio? —dijo en voz lo bastante alta como para que la oyera la señora White.

La casa estaba inmaculada, y la señora White se enorgullecía de lo meticulosos que eran con la limpieza.

Al igual que los criados, Angélique había recibido a la nueva señora de Belgrave en la puerta, pero Elizabeth pasó de largo, sin besarla ni darle el pésame, mientras que Gwyneth y Louisa la miraron con arrogancia, como si quisieran dejar claro que ya no pintaba nada. La propia Angélique empezaba a sentirse así.

Condujo a Gwyneth a su habitación y le dijo que esperaba que la disfrutara mientras estaba en el castillo. Gwyneth la miró y se rio.

—Voy a quedármela. Mi madre me ha dicho que puedo hacerlo. Puedes llevarte el resto de tus cosas mañana.

Angélique no dijo nada. Hablaría del asunto con Elizabeth. Sería la peor de las humillaciones si su nuera tenía intención de dejarla en el pequeño y lúgubre cuarto de la segunda planta, que llevaba cuarenta años sin remodelarse, a diferencia de su habitación, que su padre había reformado íntegramente hacía tres años para darle una sorpresa cuando cumplió los quince. Habían viajado a Italia para visitar a un viejo amigo del duque en Florencia y, a su regreso, todo estaba listo, y los viejos muebles de su niñez habían dejado paso a una habitación muy elegante, decorada con satén rosa y muebles franceses que su padre le había comprado en París.

Louisa entró en ese momento y lanzó a su tía, con la que solo se llevaba dos años, otra mirada arrogante, cargada de desdén. Irse a vivir a la casa de campo se hacía más atractivo por minutos.

Elizabeth había llevado a su primera doncella y otra para sus hijas, que se ocuparía de su ropa. Cuando Angélique bajó poco después, Elizabeth estaba dando órdenes a la señora White y cambiando el menú de esa noche, que la señora Williams tendría problemas para preparar con tan poco tiempo, aunque fuera muy creativa. Pero no era maga, y el servicio aún estaba afectado y disgustado por la muerte del duque y su eficiencia no era la óptima.

A Elizabeth le daban igual los sentimientos de los criados, y quería lo que quería, ¡ya! Explicó que todos tenían el estómago delicado y no toleraban la comida rústica, lo que hizo que la señora Williams se pusiera casi morada al oírlo, pues estaba orgullosa de su comida sofisticada, que a menudo aprendía de otras cocineras que trabajaban en casas elegantes de Londres o de recetas francesas que copiaba de revistas. Ella no servía «comida rústica».

Parecía que el cambio tampoco iba a ser fácil para el servicio, pero no había nada que Angélique pudiera hacer. Mientras Tristan y su familia estuvieran en el castillo, no podía llevar la casa ni dar órdenes. Ya no era su hogar. Era una invitada cuya presencia apenas se soportaba, en lo que había sido su dominio hasta hacía solo unas horas.

Esa noche, la cena fue un momento muy tenso para Angélique, pues Elizabeth hablaba sin ambages de todos los cambios que iba a hacer, sus proyectos de redecoración y los muebles que quería cambiar de sitio. Angélique tuvo la incómoda sensación de estar pisando arenas movedizas. Y sus dos sobrinas fueron groseras con los criados durante la cena y nadie las corrigió. Después de cenar, ambas subieron a la que había sido la habitación de Angélique sin ni siquiera darle las buenas noches. Por su parte, Tristan y Elizabeth se retiraron al despacho, no la invitaron a acompañarlos y le cerraron la puerta en las narices, tras decirle que tenían asuntos privados de los que hablar.

Angélique entró en la biblioteca para sentarse un rato con su padre, le tocó la mano con dulzura, lo besó en la fría y cenicienta mejilla y subió al cuarto que le habían asignado, donde se echó a llorar hasta que oyó que llamaban a su puerta.

Era la señora White, que había ido a ver cómo estaba. Los criados habían hablado mucho durante la cena sobre los cambios de habitaciones y la señora White había advertido discretamente a las criadas más jóvenes que tuvieran cuidado cuando sir Edward llegara al día siguiente. Ellas sabían a qué se refería y varias se rieron con nerviosismo. Él había abordado a más de una en anteriores ocasiones e incluso había provocado que despidieran a una o dos tras su partida, por satisfacer sus caprichos y ceder a su insistencia. Pese a su mala conducta, era un hombre apuesto. La señora White no toleraba ese comportamiento en las criadas, aunque jamás se lo había explicado a Su Excelencia; tampoco habría hecho falta.

—¿Estás bien? —le preguntó la señora White con honda preocupación.

Ambas sabían lo duro que era. Había perdido a su padre y ahora tenía que tratar con Tristan y su esposa e hijas, quienes era obvio que la menospreciaban y estaban molestos por su mera existencia y la posición privilegiada que había tenido con el difunto duque. Él ya no podía hacer nada para protegerla, y los criados tampoco podían brindarle un auténtico apoyo aparte de compadecerla, lo que ya hacían. Angélique siempre se había portado bien con ellos, al igual que su padre, y la apreciaban de verdad. Todos habían hablado sin ambages en la antecocina de la bestia arrogante que era la nueva duquesa.

Angélique asintió e intentó sonreír valerosamente mientras lloraba. La señora White siempre la había tratado como a una hija. Estaba en Belgrave desde mucho antes de que el duque se casara con Marie-Isabelle, de quien pensaba que era una muchacha adorable. Había sido una de las primeras personas en coger a Angélique en brazos cuando nació y, de pequeña, le había dado afectuosos abrazos siempre que podía.

—Es todo tan distinto —se lamentó Angélique con cautela, avergonzada de quejarse. No quería parecer grosera.

—Era inevitable que las cosas cambiaran —observó la señora White, que estaba de pie junto a su cama acariciándole el cabello con ternura—, pero no tan pronto. Tienen una prisa tremenda por demostrarnos que Belgrave es suyo. —Angélique le dio la razón en silencio y alzó los ojos para mirarla, agradecida por la visita.

Para Fiona White, Angélique era la hija que no había tenido. Había renunciado a casarse a cambio de una vida dedicada a servir. Sus padres eran aparceros, su familia servía a los duques de Westerfield desde hacía generaciones y ella estaba orgullosa de seguir haciéndolo. Llegar a ser ama de llaves había sido un gran logro para la señora White.

—Pronto se cansarán y volverán a Londres —añadió con una sonrisa—. No los veo quedándose mucho tiempo en el campo. Se aburrirán.

Pero por lo que las hijas habían dicho en la cena, Angélique tenía la incómoda sensación de que pensaban quedarse.

—Espero que tengas razón.

—Estoy segura de que la tengo, y entonces todo volverá a la normalidad.

Salvo que su padre ya no estaría, lo que lo cambiaba todo para ella, mucho más de lo que afectaba a los criados. El nuevo duque y su familia necesitaban al servicio, pero ya habían dejado claro que no necesitaban ni querían a Angélique. Ella solo era la hermanastra de Tristan, hija de una esposa a quien él había odiado desde el principio. Lo único que querían era relegarla a la última planta: no habían tardado en requisarle la habitación.

La señora White se quedó un momento más con ella y luego regresó a las dependencias del servicio. Hobson la abordó en cuanto la vio.

—¿Cómo está? —preguntó con evidente preocupación. Angélique había sido como una hija para él desde el momento en que la vio, recién nacida.

—Está disgustada, y con toda la razón —respondió la señora White—. Su padre apenas se ha enfriado en la biblioteca y ya la están tratando como si fuera una de nosotros.

Hobson asintió. Le horrorizaba que la hubieran echado de su dormitorio, y más aún que Tristan y Elizabeth pensaran dormir en la habitación del difunto duque tan pronto.

—A Su Excelencia no le gustaría lo que está pasando —murmuró con pesimismo, pero la Excelencia a quien se refería ya no estaba, y el hombre que ocupaba su lugar parecía no tener corazón, sobre todo en lo que concernía a su hermanastra.

Esa noche, Angélique se quedó despierta en la cama durante horas, intentando asimilar todo lo que había sucedido en los dos últimos días. El cuarto en el que dormía estaba helado y las ventanas no cerraban bien. Un viento gélido la azotó durante toda la noche y estaba aterida cuando bajó por la mañana.

Desayunó con Tristan en el comedor, pero él no le dirigió la palabra mientras leía el periódico. Elizabeth y sus hijas desayunaron en la cama, una costumbre que ella no tenía. Siempre le había gustado hacerlo con su padre en el comedor, donde charlaban, se reían, y hablaban de los libros que estaban leyendo o de sucesos internacionales y de lo que harían ese día. Tristan no tuvo nada que decirle hasta que terminó de desayunar, momento en el que le recordó que tenía que devolver todas las joyas de la familia que su padre le había regalado, salvo las que le había comprado a su madre. Angélique le entregó las joyas al cabo de media hora con expresión estoica.

Después, pasó la mañana asegurándose de que todo marchaba bien en el castillo e intentando esquivar a Elizabeth y a sus sobrinas, lo que consiguió hasta la hora de comer. Elizabeth había pedido una comida muy compleja que la señora Williams había logrado preparar a la perfección. Angélique estaba contenta. No eran los paletos que la nueva duquesa creía.

Poco después de comer llegó Edward, en un elegante carruaje tirado por cuatro veloces caballos, seguido de dos de sus mejores corceles. Llevaba una espada envainada a la espalda. No se fiaba de las caballerizas de su padre, pues opinaba que los caballos que había eran demasiado dóciles, y pensaba salir a cabalgar durante su estancia. Detestaba la vida campestre incluso más que su hermano y su cuñada. Le parecía soberanamente aburrida, razón por la cual casi nunca iba a Belgrave. Tenía cosas más entretenidas que hacer en Londres.

Ignoró a Angélique por completo y se mostró satisfecho con la lujosa habitación que su cuñada le había asignado. Pasó el resto de la tarde cabalgando mientras un flujo constante de lugareños acudía al castillo a presentar sus respetos al difunto duque. Había dos lacayos en la puerta y otros dos en la biblioteca, con el féretro, mientras la gente hacía cola para verlo. Los aparceros acudieron en traje de domingo y permanecieron un largo rato junto al padre de Angélique susurrando en voz baja, y muchos se marcharon llorando.

En conjunto, fue otro día agotador. Angélique se metió en la cama con varios ladrillos calientes envueltos en toallas para calentarse, tapó la ventana con mantas y encendió la chimenea para no pasar frío, pero la noche no fue mejor que la anterior.

A la mañana siguiente se celebró el funeral de su padre en la capilla de la hacienda. El párroco local ofició la ceremonia y Phillip Latham, duque de Westerfield, fue enterrado en el mausoleo, con sus padres, sus abuelos y sus dos esposas. Angélique se quedó un rato más cuando el resto regresó al castillo para comer. Varios de los amigos que Phillip tenía en la zona asistieron a la ceremonia y fueron a comer con la familia. Angélique tenía la sensación de que se había quedado sin sangre en las venas y sin energía en el cuerpo.

Cuando el último invitado se marchó y su cuñada y sus sobrinas subieron a la primera planta, Tristan le pidió que se reuniera con él en la biblioteca, donde su padre había yacido hacía tan solo unas horas. Edward bromeó con sus sobrinas mientras se dirigían arriba. A Angélique la ignoraba intencionadamente desde que había llegado y le hacía el vacío a la menor ocasión, con inusitada grosería. Elizabeth había llamado a la señora White para hablar de las comidas del día siguiente y que se lo comunicara a la señora Williams. Seguía sin estar satisfecha con la cocina y ya había mencionado a la señora White que quizá sustituiría a la cocinera por otra de Londres, sin importarle que la señora Williams llevara veinte años trabajando en el castillo.

—Quería hablar un momento contigo —empezó Tristan como si nada, mientras Angélique intentaba no recordar a su padre yerto allí mismo.

Se preguntó qué iba a decirle su hermano y por un momento sopesó la posibilidad de que fuera a proponerle que se mudara a la casa de campo. Ya le habían dejado claro que la consideraban un estorbo, y mandarla a vivir a otro sitio, aunque fuera antes de lo que su padre había planeado, podría ser una solución plausible, también para ella. No podía seguir durmiendo durante mucho más tiempo en el frío cuarto de la segunda planta sin caer enferma, y no había sitio para sus cosas, ni donde ponerlas. Había tenido que ocupar otro de los cuartos más pequeños para dejar su ropa, pues Gwyneth había insistido en que vaciara los armarios de su antigua habitación para poder colgar sus elaborados vestidos.

—Elizabeth y yo hemos estado hablando —continuó Tristan—. Sé lo incómoda que debe de ser para ti esta situación y, para serte sincero, también es confusa para los criados. Padre te dejaba llevar la casa en su lugar, pero ya no tienes que seguir haciéndolo. Elizabeth va a reorganizarlo todo y conseguir que marche bien. —El mero hecho de oírselo decir fue una especie de bofetada, como si ella no supiera lo que hacía porque solo tenía dieciocho años. Pero llevaba varios años haciéndolo bien, mejor que muchas jóvenes de su edad que ya estaban casadas, y jamás habían visto una casa tan grande ni un servicio tan nutrido—. Será incómodo para ti encontrarte sin nada que hacer, y no queremos que los criados se confundan sobre a quién deben lealtad.

—Estoy segura de que no lo harán —respondió Angélique nerviosa—. Tienen muy claro que ahora es vuestra casa y que Elizabeth va a administrarla. Ya se lo esperaban. Todos nos lo esperábamos. Y papá llevaba mucho tiempo enfermo.

—Si lo pensaba, su muerte era desgarradora, pero no una verdadera sorpresa. Sencillamente, no había querido ver que se acercaba el final—. Y, por supuesto, yo no me entrometeré.

—Exacto. Es lo que también opinamos nosotros.

—Papá pensaba que, a la larga, debería mudarme a la casa de campo. Quizá debería hacerlo ahora —sugirió con vacilación, creyendo que sería un alivio para todos y que Elizabeth y sus sobrinas estarían encantadas de no tenerla en el castillo.

—Ni hablar. —Tristan rechazó la idea de forma contundente—. Una joven de tu edad no puede vivir sola en una casa, y además tenemos planes para ella. La madre de Elizabeth no está bien de salud y el aire del campo le vendrá bien. Elizabeth quiere reformar la casa para ella.

»De hecho, teníamos otra idea para ti. Como sabes, nuestro padre no te ha asegurado el provenir. No podía. Me sugirió que te diera una suma en concepto de paga, pero, francamente, sería una irresponsabilidad por mi parte. Padre se estaba haciendo mayor y algunas de sus ideas eran los desvaríos de un viejo. No puedo reducir lo que necesito para administrar la hacienda otorgándote una paga, y sería injusto para mis hijas si lo hiciera. Él ha apartado un dinero para Edward, pero, de hecho, a ti no te ha dejado nada, porque no podía. La ley no lo permite: yo lo heredo todo. Y estoy seguro de que no quieres ser una carga para nosotros.

—No, claro que no —intervino Angélique, avergonzada,

sin estar segura de adónde quería llegar su hermano, ya que había descartado la posibilidad de que ella viviera en la casa de campo.

—La triste realidad, querida, es que las mujeres jóvenes en tu posición no tienen más remedio que ponerse a trabajar. Y tú apenas sabes hacer nada. No has estudiado para ser maestra. Y las jóvenes de buena cuna que no tienen medios se hacen institutrices y viven bajo la protección de las familias para las que trabajan. Tú no tienes experiencia como institutriz, pero no hay razón para que no puedas ser niñera, y estoy seguro de que, con los años, podrías llegar a ser institutriz. Elizabeth y yo queremos ayudarte. Cuando a padre empezó a fallarle la salud, hablé con unas personas muy agradables que conozco, en previsión de que se produjera esta eventualidad. Y están dispuestas a hacerte un gran favor. Han accedido a aceptarte como niñera por un módico sueldo, ya que no tienes experiencia.

»Viven en Hampshire, tienen cuatro hijos pequeños y son unas personas muy agradables. El padre de ella era barón y aunque el marido no posee un título, tienen una casa muy respetable. No es tan grande como este castillo, por supuesto, pero están dispuestos a pagarte un sueldo por cuidar a sus hijos. Y, de hecho, querida, no tienes alternativa. Ya les he dicho que aceptarías el trabajo. Me alegro mucho por ti. Creo que es una solución ideal para todos. Sé que te cuidarán bien, no serás una carga para nosotros y no te sentirás incómoda viviendo aquí ahora que padre no está. De hecho, creo que serás muy feliz.

Le sonrió como si acabara de hacerle un maravilloso regalo y ella tuviera que estarle inmensamente agradecida.

Por un momento, Angélique creyó que iba a desmayarse, pero no quería darle esa satisfacción. Se armó de valor y enderezó la espalda, aunque estaba blanca como el papel. Su padre había tenido razón al no fiarse de que Tristan se hiciera cargo de ella cuando él faltara. Su hermano era una víbora. Había prometido a su padre que la mantendría y, en cambio, la echaba de casa y la mandaba a trabajar como niñera para unos desconocidos, unas personas que ni siquiera le habían presentado. Era casi increíble, pero no del todo, sabiendo cuánto la habían odiado siempre Tristan, Edward y Elizabeth, y cómo envidiaban su estrecha relación con su padre. Se habían abalanzado sobre ella como lobos.

—Lo tenemos todo arreglado —le aseguró Tristan, y a ella no le cupo ninguna duda—. No necesitarás la mayor parte de tus cosas: puedes dejarlas aquí. Te las subiremos al desván. Te las podemos mandar si crees que las necesitas, pero lo dudo. Los vestidos recargados no te servirán de nada; cuando estés trabajando llevarás un vestido sencillo, apropiado para una niñera, y delantal. Te lo íbamos a decir dentro de un par de semanas, pero, por lo visto, su niñera se marcha y van a necesitarte antes. El momento es de lo más oportuno, la verdad. No tienes que quedarte aquí, llorando la muerte de padre. Estarás ocupada en casa de los Ferguson y tendrás otras cosas en que pensar.

Según él, todo era perfecto, salvo la triste realidad de lo que estaba haciendo. Estaba traicionando a su propia hermana y echándola de casa sin un penique, que él supiera, para que trabajara de niñera. Era la peor de las venganzas por lo mucho que su padre la había querido. Por fin había ajustado cuentas, después de envidiarla durante toda la vida. Había llegado su momento y sencillamente se estaba deshaciendo de ella sin pensárselo dos veces.

—¿Cuándo tengo que empezar? —consiguió decir con voz entrecortada mientras lo miraba horrorizada.

—Mañana, de hecho. Te irás por la mañana. Te enviaré a Hampshire en una calesa pequeña, no en el carruaje de padre, por supuesto. No te conviene ponerte en evidencia llegando en un vehículo elegante o en la diligencia. Ahora eres una mujer trabajadora, Angélique. Estoy seguro de que lo harás muy bien y acabarás siendo institutriz algún día. Puedes enseñar francés a los niños.

Tristan jamás había soportado que ella hablara otro idioma y él no, pero tampoco se había molestado nunca en aprender. La envidiaba por todo lo que poseía y era. Había esperado todos esos años para dejarla sin nada, y ahora tenía poder para hacerlo. El mayorazgo jugaba a su favor, pues lo había heredado todo y había optado por no darle nada. Angélique entendía ahora por qué su padre le había entregado la bolsa con dinero antes de morir. Temía que ocurriera algo así y esa era su única manera de asegurarle el porvenir, ya que no confiaba en que Tristan lo hiciera. Sin embargo, ni siquiera su padre podía protegerla de acabar siendo niñera, una criada en la casa de otras personas, ni de que la echaran de la suya.

Le había sugerido que no gastara el dinero de manera frívola o hasta que tuviera verdadera necesidad y de momento no lo haría. Lo guardaría hasta que necesitara comprarse una casa o no tuviera otra forma de percibir ingresos, lo que podía suceder si la despedían o se marchaba. Además, aún era demasiado joven para comprarse una casa y tampoco sabría cómo hacerlo. La despachaban en unas horas, sin tiempo para prepararse o pensar en un plan alternativo.

De momento, gracias a las maquinaciones de su hermanastro, tenía un trabajo de niñera y supuestamente estaría segura en casa de sus patronos. Se quedaría el tiempo que fuera necesario y después buscaría otra forma de ganarse el sustento. La vida, y su destino, no podían reducirse a eso. Le parecía una forma de esclavitud.

—Pues ya está todo aclarado —concluyó Tristan, y se levantó para indicarle que la reunión había terminado—. Esta noche estarás muy ocupada preparando el equipaje. No es necesario que te despidas de Elizabeth y las niñas: me han pedido que te diga adiós de su parte. No estarán levantadas cuando te vayas mañana.

Así pues, la habían echado de casa. Se la habían quitado de encima. Su vida en Belgrave había terminado. Ahora les pertenecía, y no había sitio para ella en su vida ni en su hogar. Tristan siempre había pensado que su padre la había consentido demasiado y le había buscado un puesto de niñera para ponerla en su sitio.

Cuando dio las buenas noches a su hermano, Angélique supo que nunca regresaría a Belgrave. Jamás volvería a ver su hogar. Sería como un sueño lejano, con los recuerdos de su padre y los maravillosos momentos que habían compartido. Todo eso se había acabado. Tristan y su malvada mujer la habían desposeído y no tenía más remedio que intentar sobrevivir en el mundo y la vida a la que la habían arrojado. Quizá creían que perderlo todo la destrozaría, pero ella sabía que no podía permitirlo. Tenía que luchar por sobrevivir, costara lo que costase, a pesar de ellos.

Tristan subió la escalera mientras ella lo observaba. Elizabeth estaría esperándolo en la habitación de su difunto padre y él podría decirle que se había «ocupado del asunto». El problema de su hermana estaba resuelto, con el resultado que ellos querían. Y Angélique jamás había odiado tanto a nadie como a su propio hermano esa noche.

En vez de subir a la segunda planta cuando se quedó sola, bajó a ver a la señora White. El ama de llaves estaba cerrando su despachito contiguo al de Hobson y ambos se estaban dando las buenas noches cuando Angélique bajó la escalera corriendo, con los ojos como platos y blanca como el papel. Tenía que decirles que se marchaba. La señora White supo de inmediato que había sucedido alguna desgracia.

—¿Qué pasa, niña?

En ese momento no parecía lady Angélique, sino la niñita que conocía desde que nació.

—Me mandan a trabajar de niñera —soltó Angélique, temblando aún por todo lo que su hermano acababa de decirle.

La señora White la miró con expresión de asombro y Hobson no pudo evitar oír lo que había dicho.

—¿Que hacen qué? ¡Eso es imposible! ¡Su Excelencia jamás permitiría tal cosa! —exclamó horrorizado.

Sin embargo, el ama de llaves y él conocían el mayorazgo y todas sus repercusiones. Angélique estaba a merced de Tristan y él había maquinado un astuto plan para deshacerse de ella en lugar de protegerla. Había esperado dieciocho años para ese momento. Los dos leales criados no podían dar crédito a la crueldad de la situación: perder al padre que tanto la había querido, y su hogar solo unos días después.

—Tendrán que cambiar de opinión y traerte otra vez a casa en algún momento —le aseguró la señora White esperanzada, pero ni siquiera ella lo creía probable. Tristan era un mal hombre, y su esposa, una mujer codiciosa y egoísta con un corazón de piedra.

Angélique se derrumbó en los brazos del ama de llaves mientras Hobson se daba la vuelta para que ninguna de las dos pudiera ver las lágrimas que le rodaban por las mejillas. No soportaba lo que Tristan y su esposa estaban haciendo, pero no tenía forma de ayudar a esa niña que jamás había estado sola en el mundo. De algún modo, ella tendría que resistir.

—Estaré bien —dijo Angélique animada, pensando en el dinero que su padre le había dado.

Pero no iba a tocarlo todavía. El duque le había dicho que no lo hiciera, aunque no podía saber lo que Tristan le tenía reservado. Ni siquiera él, pese a temerse lo peor, podía haber imaginado semejante traición.

—Te mantendrás en contacto, ¿verdad? —le pidió la señora White, con expresión de honda preocupación.

—Claro. Te escribiré en cuanto llegue. ¿Y tú? —le suplicó Angélique.

—Sabes que sí.

Volvieron a abrazarse y subió a hacer el equipaje para su

nueva vida. Guardó casi todos sus bonitos vestidos en baúles, junto con sus libros y algunas de sus pertenencias más queridas con las que sabía que no podía cargar. En las maletas que pensaba llevarse metió un pequeño retrato de su padre y una miniatura de su madre, pintada en marfil, unos cuantos libros preciados, tantos vestidos prácticos como le cupieron, junto con una sombrerera llena de sobrios sombreros y un abanico de su madre que siempre le había encantado de pequeña. La cabeza le daba vueltas cuando terminó de hacer el equipaje, y se pasó toda la noche despierta en la cama de su gélido cuarto, sintiéndose como si a la mañana siguiente fueran a guillotinarla, igual que a los antepasados de su madre.

Desayunó en el comedor de los criados; solo unos pocos estaban levantados. Cuando llegó el momento de partir, Hobson y la señora White la acompañaron a la pequeña calesa, como amorosos padres. Eran los únicos que le quedaban. La calesa se alejó del castillo Belgrave en la brumosa mañana; no vio a su hermano mayor observándola desde la ventana de su estancia con expresión satisfecha. Lo había hecho. La hija de la puta francesa se había ido, y Belgrave y todas sus tierras eran suyos. Llevaba toda la vida esperando ese momento.

Angélique se quedó mirando la silueta de su hogar recortada contra el cielo matutino cuando partió, y tanto Hobson como la señora White lloraron después de que la calesa se alejara. Ambos se preguntaban cómo justificarían Tristan y Elizabeth su repentina desaparición.

Mientras se dirigía hacia Hampshire y hacia casa de los Ferguson dando sacudidas, con un cochero y sin lacayos, Angélique, la hija del difunto duque de Westerfield, encaraba el futuro con miedo, dignidad y valor. Tenía el dinero de su padre guardado bajo llave en un pequeño baúl que se había llevado. Y una vez más volvió a darle las gracias en su fuero interno por el inestimable regalo que le había hecho. Le permitiría tener un hogar algún día y, si no le quedaba otro remedio y era frugal, viviría de él cuando fuera una anciana y necesitara hacerlo. Pero todavía no. De momento, tendría trabajo y techo en casa de los Ferguson.

No tenía la menor idea de dónde la llevaría el futuro ni de cómo sería, pero, pasara lo que pasase, estaba decidida a resistir.

Esa mañana, el castillo Belgrave estuvo sumido en un insólito silencio, como si hubiera perdido la alegría de vivir. Los trabajadores sabían que se había iniciado una época funesta, sin su querido duque y su hija. Y en respuesta a la pregunta de dónde estaba Angélique, Hobson y la señora White solo dijeron que «Se ha ido». Tristan Latham, el nuevo duque de Westerfield, no dio ninguna explicación. Solo los criados del castillo Belgrave sabían que estaban llorando tanto la pérdida del padre como de la hija mientras acometían sus tareas, llevando sus brazaletes negros con un peso en el corazón y lágrimas en los ojos. Su querida lady Angélique se había ido y sabían que no volverían a verla. Su hermano lo había orquestado a la perfección.

3

Wilfred, el cochero más joven de Belgrave, llevó a Angélique de Hertfordshire a Hampshire a través de Saint Albans. Se detuvieron en una sencilla taberna de Slough y reanudaron el viaje después de almorzar salchichas con sidra. No le gustó comer sola mientras Wilfred lo hacía en el establo con los mozos de cuadra. Permaneció sentada en silencio frente a una mesa del rincón. Era la primera vez en la vida que viajaba sola y tenía mucho en qué pensar. La muerte de su padre, la repentina e inesperada pérdida de su hogar, la traición de su hermano, el dinero que su padre le había dado y el futuro que le aguardaba, trabajando de niñera para unos desconocidos.

Estaba claro que su hermano tenía planeado desde hacía tiempo la forma de librarse de ella. Angélique jamás había imaginado que pudiera sucederle algo semejante ni que fueran a echarla de casa sin protección. Y en lugar de vivir en el protegido entorno del castillo Belgrave como la querida hija de un duque, iba a formar parte del mundo del servicio. Lo conocía porque había llevado el hogar de su padre, pero jamás imaginó que un día sería su vida. Todo iba a ser muy distinto a partir de entonces. Y lo único que podía esperar era que los Ferguson fueran personas decentes, tuvieran criados amables y la trataran bien.

Angélique nunca se había dado aires de grandeza, pero su

educación y linaje saltaban a la vista. Era una dama de noble cuna, y eso se notaba en su manera de hablar, sus modales y su forma de moverse, por muy sencilla que fuera la indumentaria que llevara. Se había puesto un sobrio vestido negro para el viaje y se había llevado su ropa más discreta, pero lo único que tenía eran los vestidos de una dama, no de una niñera. Y el riguroso color negro de su atuendo indicaba que guardaba luto por un ser muy querido. No solo había perdido a su padre, sino todo su mundo, y lloró más de una vez camino de Hampshire. Sabía que tendría que ser valiente cuando llegara, pero mientras estuviera en la sencilla calesa podía aferrarse a los últimos retazos del mundo que conocía.

Todo se había venido abajo en cuestión de días. Era lo que Tristan y Elizabeth querían que le ocurriera, y sabía que, si su padre hubiera tenido conocimiento de ello, se habría sumido en la desesperación. Ya no tenía nadie a quien acudir ni volvería a tener contacto con sus hermanos. Apenas había visto a Edward, pero no le cabía ninguna duda de que conocía el plan. ¿Lo estarían celebrando en Belgrave?

Sabía que el único lugar en el que la echarían de menos sería en las dependencias del servicio, donde Hobson y la señora White estarían llorando su marcha, junto con la señora Williams y el resto de los criados que la conocían desde que nació. Habían perdido al duque y a su hija de golpe, y a partir de entonces tendrían que tratar con Tristan y Elizabeth, unas personas sin corazón, frías, exigentes y mezquinas que disfrutaban presumiendo y siempre trataban mal al servicio cuando estaban en Belgrave.

Casi había anochecido cuando llegaron a Alton, en Hampshire. Llevaban once horas de viaje, avanzando a sacudidas en la calesa. El trayecto también había sido largo para los caballos, pero eran fuertes y resistentes y no necesitaban descansar tan a menudo como sus caballos de silla. Siguieron las indicaciones que Tristan había dado a Wilfred y encontraron la casa con facilidad. Era una bonita mansión con cuidados jardines en una espléndida hacienda, aunque ni mucho menos de la talla del castillo Belgrave. Sin duda, pertenecía a gente pudiente y parecía bastante nueva, como la fortuna del hombre que la había construido. Tristan había insinuado que la señora Ferguson se había casado con su marido por su dinero, del que disponía sin problemas. Ella procedía de una familia aristocrática, aunque su padre solo era miembro vitalicio de la Cámara de los Lores y había derrochado su fortuna en malas inversiones. Así pues, Ferguson se había casado con ella por su posición social, y ella con él por la vida que podía ofrecerle.

La casa parecía cálida y acogedora. Un lacayo les indicó que se dirigieran a la parte de atrás, donde estaba la entrada del servicio. Wilfred había dado por sentado que lady Angélique entraría por la puerta principal con sus maletas. No tenía la menor idea de por qué la había llevado allí y ella no se lo había dicho. Lo único que sabía era que Angélique se quedaría un tiempo, por lo que dio por sentado que debían de ser amigos y ella iba a tomarse unas vacaciones para reponerse de la muerte de su padre. Intentó explicar que era una invitada, pero el lacayo de expresión severa siguió dirigiéndolo a la puerta trasera de la gran mansión.

—Lo siento, mi señora —se disculpó Wilfred en voz baja, con expresión avergonzada—. Este patán quiere que entremos por la puerta del servicio. Puedo acompañarla a pie a la puerta principal —añadió cuando detuvo la calesa y un mozo sujetó los caballos para que ellos se apearan.

—Está bien así —respondió ella igual de bajo, solo para que él la oyera.

Luego salió otro lacayo, que los miró de arriba abajo y señaló el interior de la casa.

—Puedes pasar —le ordenó—. La señora Allbright, el ama de llaves, nos ha dicho que vendrías. Estamos a punto de cenar. —Con su librea inmaculada, no hizo ademán de ayudar a

Wilfred con las maletas. Tenía un aire muy engreído y le pidió que dejara el equipaje afuera—. Puede subirlas ella después —añadió, mientras Wilfred miraba a Angélique confundido. La estaban tratando como a una criada, no como a la dama que era ella.

Angélique le sonrió con dulzura y asintió.

—No pasa nada. Ya me ayudará alguien —le aseguró, pero él vaciló. No estaban siendo agradables ni cordiales, y no iba a dejarla ahí tirada, con ese joven lacayo malcarado y estirado que la trataba como a una doncella—. Estaré bien. —Angélique quería que se marchara lo antes posible, sin llamar la atención.

—¿Está segura? —El cochero no quería que, cuando regresara, Hobson lo regañara por no cumplir con su obligación y cuidarla como correspondía. Pero Angélique parecía impaciente por que se marchara.

—Sí, lo estoy. Y gracias por traerme.

Wilfred pensaba quedarse a pasar la noche en un pub cercano. Tristan le había dicho cuál. Parecía conocer bien la zona.

Mientras veía cómo Wilfred volvía a encaramarse a la calesa, le daba la vuelta y se alejaba por dónde había venido, Angélique sintió cómo le arrancaban los últimos vestigios tangibles de Belgrave y notó un sollozo atenazándole la garganta que solo logró contener haciendo acopio de todas sus fuerzas. Empezó a nevar mientras miraba al cochero y, un momento después, el lacayo la condujo a una antecocina atestada de gente. La casa era mucho más pequeña, pero parecía que hubiera casi tanta servidumbre como en el castillo donde ella había crecido. Y todas las libreas parecían recién estrenadas y eran más elegantes que los uniformes a los que estaba acostumbrada. Recordaban a los uniformes franceses, y de hecho varios de los lacayos llevaban pelucas empolvadas, lo nunca visto en el castillo salvo cuando los visitaban miembros de la familia real.

Angélique lo miraba todo con los ojos como platos cuando una mujer de pelo cano, alta y angulosa se acercó a ella. Tenía cara de pájaro y parecía una carcelera, con el llavero que indicaba su posición tintineando en la cintura.

—Soy la señora Allbright, el ama de llaves —se presentó sin sonreírle—. Y tú debes de ser la nueva niñera, Angela Latham.

—Angélique —la corrigió ella en voz baja. La mujer le daba terror, pero estaba decidida a que se no se le notara.

—Suena extranjero —observó el ama de llaves con aire de desaprobación.

—Es francés.

—A la señora Ferguson le gustará —dijo la mujer con los labios apretados, al parecer sin aprobarlo—. Ahora vamos a sentarnos a cenar. Una de las criadas te acompañará después a tu habitación. Será solo por esta noche. Tu cuarto está en las dependencias de los niños, pero la niñera actual no se va hasta mañana. Puedes cambiarte a su habitación entonces. Me han dicho que traes muchas maletas —añadió, con el entrecejo fruncido—. No sé por qué lo has hecho. Llevarás el vestido que la señora Ferguson hace ponerse a todas las niñeras. Es bastante sencillo. Solo te pondrás tu ropa en tu medio día libre, una vez al mes, si los niños no están enfermos.

No servía de nada intentar explicar a esa mujer de aspecto adusto por qué se había presentado con tres maletas y un pequeño baúl. Era todo lo que le quedaba en el mundo. Se había llevado unas pocas cosas de su padre, algunos de los libros que habían leído juntos y tantos recuerdos personales como pudo. Y el baúl cerrado con llave contenía sus joyas y dinero. Haría sitio para todo lo mejor que pudiera, por pequeño que fuera el cuarto, y se figuraba que no sería grande.

El comedor del servicio estaba limpio y era espacioso, y la cocinera parecía eficiente y atareada con las tres mozas que la ayudaban. Angélique contó veinte criados alrededor de la mesa. Alguien le señaló una silla vacía y ella se sentó, observándolos en silencio mientras se servía la abundante cena. Todos empezaron a comer. Parecía que tuvieran mucho trabajo, hambre y prisa.

—Tienen invitados este fin de semana. Hemos ido como locos. Hoy han estado de caza. Esta noche darán una gran fiesta a la que vendrán amigos de los alrededores. Reciben muchos invitados, sobre todo en Londres. Pero tú no irás mucho. Suelen dejar a los niños aquí cuando van —le explicó la criada sentada a su lado—. Me llamo Sarah, por cierto. Soy una de las doncellas. Ten cuidado con la señora Allbright. Es una bruja y te despedirá a la mínima de cambio —le advirtió en un susurro.

—¿Ha despedido a la actual niñera? —preguntó con cara de preocupación.

—No, se vuelve a Irlanda. Y está encantada de irse. Los niños son unas fierecillas.

Angélique asintió y se presentó. Sarah sonrió y se la presentó a los demás. El primer mayordomo, el señor Gilhooley, ocupaba la cabecera de la mesa; también había un segundo mayordomo, a su lado, y la señora Allbright estaba sentada en el otro extremo, observando a las doncellas y criados como una directora de escuela. El ambiente de la mesa era cordial, aunque no tenían tiempo para comer despacio y Angélique estaba demasiado nerviosa para probar bocado.

—¿Cuál ha sido tu último trabajo? —preguntó Sarah cuando se levantaron de la mesa y la primera doncella de lady Ferguson flirteó recatadamente con el segundo mayordomo hasta que el señor Gilhooley intervino con un comentario despectivo. Él y la señora Allbright parecían ser uña y carne y los tenían a todos atados bien corto. Gobernaban con mano dura.

Por un momento, Angélique se preguntó qué debía decirle a Sarah en respuesta a la pregunta sobre su último trabajo. Se decidió por una versión modificada de la verdad.

—No he tenido ninguno. Este es el primero —reconoció con timidez. Sarah sonrió.

—¿Cuántos años tienes?

—Dieciocho.

Sin el pelo arreglado y con el sencillo vestido negro parecía incluso más joven.

—Qué adorable. Yo tengo veintiséis —dijo Sarah con tristeza, y bajó la voz con aire cómplice—. Llevo diez años aquí. Uno de los mozos de cuadra y yo estamos saliendo. Nos casaremos cuando hayamos ahorrado lo suficiente. Quizá pronto.

Pareció esperanzada al decirlo y Angélique se enterneció. De repente, podía vislumbrar lo difícil que era la vida para algunas personas. El dinero escaseaba, los trabajos eran duros y el matrimonio y los hijos no se daban por hecho, sino que había que ganar y ahorrar dinero para ellos, a veces durante años.

—Conocerás a la niñera Ferguson mañana por la mañana —le dijo la señora Allbright cuando salían del comedor y los lacayos y ambos mayordomos se preparaban para subir a atender a los invitados. Como era costumbre, a las niñeras y primeras doncellas se las llamaba por el apellido de la familia a la que servían, no por el suyo propio.

Las doncellas iban a ocuparse de las habitaciones después de que los invitados y la familia se vistieran. Se dirigieron a la escalera trasera en tropel.

—Por favor, baja a desayunar a las seis —le pidió con aire de directora de escuela—. Sarah te acompañará a la habitación que usarás esta noche, niñera Latham. —Angélique sabía que, cuando ocupara su puesto a la mañana siguiente, también sería la niñera Ferguson hasta el día que se marchara. Siguió a Sarah en silencio por varios tramos de escalera.

—Él no está mal —le informó Sarah en un susurro refiriéndose a los Ferguson—. Se le van un poco los ojos, pero es soportable. En mi último trabajo tenía que echar la llave todas las noches para impedir que entrara el señor. Pero ten cuidado con el hermano de ella. Es un demonio, aunque apuesto, si te apetece darte un gusto. Pero, en ese caso, ten cuidado con la señora Allbright. Si te pilla, te pondrá de patitas en la calle sin referencias.

—No, no, yo nunca haría eso —afirmó Angélique con cara de horror. No le contó que también tenía un hermano así—. ¿Cómo es ella? —preguntó refiriéndose a su señora.

—Es una consentida. Él le da todo lo que quiere. Tiene montones de ropa y joyas bonitas. Aunque no sé por qué tiene hijos: no los ve nunca. Se los tienes que bajar los domingos a la hora de merendar, pero casi siempre encuentra alguna excusa para no estar. Dice que siempre están enfermos, y le da miedo la gripe. ¿Y tus padres? ¿Dónde están? —preguntó Sarah, con curiosidad por saber de ella.

Angélique contuvo el aliento antes de responder.

—Yo... mi padre acaba de morir, y mi madre murió cuando yo nací... Ahora soy huérfana.

Le dolía decirlo, pero era cierto.

—Lo siento —se compadeció Sarah con sincerad cuando llegaron al cuarto que ella utilizaría esa noche hasta que se instalara en las dependencias de los niños.

La habitación era minúscula y austera, con solo una cama plegable y un pequeño tocador. Había una jofaina para lavarse y sábanas ásperas, una manta y una única toalla sobre la cama. La casa podía ser nueva y moderna, pero las dependencias del servicio no lo eran. El cuarto era la mitad de grande que el cuarto más pequeño de los criados de Belgrave. La señora Ferguson no tenía ningún interés en que el servicio estuviera cómodo.

—El cuarto para la niñera de las dependencias de los niños es un poco más grande —la tranquilizó Sarah—, aunque no mucho. Los niños comparten habitaciones, pero hay un agradable saloncito en el que puedes sentarte por la noche; si se duermen, claro. Bridget dice que el bebé se pasa la mitad de la noche despierto, dando alaridos por culpa los dientes. No le da ninguna pena marcharse.

Angélique asintió mientras se preguntaba cómo iba a dominarlos. No sabía nada de cuidar niños. Jamás en la vida había estado con ninguno, salvo cuando visitaba a los aparceros, pero ellos mantenían a sus hijos alejados de ella para que no importunaran a la señora ni le ensuciaran el vestido. Iba a ser una experiencia nueva y todo un reto. No tenía la menor idea de qué esperar. Lo único que sabía era que iba a cuidar a cuatro niños que, por desgracia, según Sarah, se portaban mal.

Angélique volvió a bajar a las dependencias del servicio después de que Sarah le enseñara el cuarto en el que iba a pasar la noche, y subió las maletas. Tuvo que hacer tres viajes y nadie se ofreció a ayudarle. Luego, solo le quedaron fuerzas para lavarse en la jofaina de su cuarto, después de ir a buscar una jarra de agua, y meterse en la cama. Pasó horas despierta, preguntándose qué le depararía el día siguiente. Solo rezaba para ser lo bastante valiente y fuerte para hacerlo bien y causar una buena impresión a su señora. En toda su vida, jamás había imaginado que tendría que servir. Intentó no pensar en ello mientras conciliaba el sueño.

Esa noche se despertó varias veces sobresaltada, temiendo haberse dormido. Se levantó a las cinco, se lavó, se vistió y arregló el cabello en la gélida habitación, y a las seis en punto estaba en el comedor, tal como le había ordenado el ama de llaves.

Una de las mozas de cocina le preparó una taza de té y, antes de que pudiera desayunar, una doncella entró y le anunció que la esperaban en las dependencias de los niños y que debía acompañarla. Subieron a la segunda planta por la escalera del servicio y salieron justo delante de las dependencias de los niños, donde Angélique oyó llorar a un bebé. La doncella le señaló una puerta de madera maciza mientras ella miraba un largo pasillo alfombrado donde otros criados tenían sus habitaciones. El cuarto de la señora Allbright estaba en esa planta, así como el de la primera doncella de lady Ferguson, la cocinera y las doncellas de mayor rango. El cuarto de juegos, un saloncito y las habitaciones de los niños ocupaban casi toda la planta, donde también había una elegante escalera que bajaba a la primera planta pero que los criados no podían utilizar, ya que era de uso exclusivo para la familia, por si quería subir.

Angélique llamó a la puerta de las dependencias de los niños, pero nadie la oyó con los alaridos del bebé. Volvió a llamar varias veces y, cuando por fin abrió la puerta, vio a una muchacha pelirroja pecosa que intentaba calmar al bebé; la rodeaban otros dos niños que intentaban captar su atención, mientras que un chico de unos dos años se había subido a una mesa y estaba tirando los juguetes. Parecía que se hubiera desatado el caos, y por un instante Angélique estuvo tentada de salir huyendo. Pensaba que debía de haber algún otro trabajo que pudiera hacer y que fuera más fácil que ese.

—¡Hola, soy Angélique! —gritó entre tanto alboroto, mientras el bebé chillaba y se tiraba de las orejas. La bonita joven pelirroja vestida con un sencillo uniforme de enfermera se volvió hacia ella.

—¿Eres la niñera nueva? —le preguntó, con expresión esperanzada.

—Sí. ¿Qué puedo hacer para ayudarte?

—Baja a Rupert de la mesa.

La muchacha le sonrió agradecida señalando al niño de dos años; dejó al bebé en la cuna y el volumen de sus gritos aumentó en cuanto lo hizo. Se acercó a Angélique mientras ella levantaba de la mesa a Rupert, que iba en pijama. Cuando lo dejó en el suelo, el niño echó a correr por la habitación con paso vacilante alejándose de ellas, como si estuviera borracho, lo que provocó las carcajadas de ambas. Los otros dos niños se habían callado y estaban mirando a Angélique. Simon aparentaba unos cuatro años y Emma tenía tres, y una mata de rubios tirabuzones. Charles, el bebé, acababa de cumplir seis meses.

—Bienvenida al manicomio —la saludó la niñera entre risas, mientras Angélique sonreía e intentaba disimular su nerviosismo—. Sarah vino a verme anoche. Me dijo que este es tu primer trabajo. Eres valiente: solo tenían dos hijos cuando vine. Nunca pensé que tendrían otros dos. —Tenía un marcado acento irlandés y un carácter afable, y parecía inmune a la constante actividad de los niños—. Soy la quinta niñera que tienen. Vengo de una familia numerosa, así que no me molesta tanto como a otras.

—Siento que te vayas —dijo Angélique con sinceridad, sin darse cuenta de que parecía una señora más que una criada.

—No lo sientas: por eso es tuyo el trabajo —respondió ella, y volvió a reírse y la miró con más atención—. Eres una chica elegante, ¿no?

En los años que llevaba trabajando de niñera había visto a otras muchachas cuyas familias habían perdido su fortuna y que se habían visto obligadas a buscar trabajo en casa ajena. Pero solían ser terratenientes, más bien. Angélique parecía estar por encima de ellas, aunque era afable y franca, y obviamente necesitaba el trabajo. Angélique no respondió a su pregunta de si era elegante, y esperaba no parecerlo. No obstante, sus modales y su manera de hablar mostraban su buena cuna. La niñera jamás habría sospechado que era la hija de un duque y ella estaba decidida a no decírselo a nadie. No cambiaría nada y solo conseguiría que le tuvieran envidia, que era lo último que deseaba. Quería ser una criada más.

Cuando Bridget le sirvió una taza de té, el bebé dejó de llorar y ella sonrió.

—Dios misericordioso, gracias. El pobrecillo lo pasa mal con los dientes. A Rupert —señaló al niño de dos años— le pasó igual. Dime, ¿qué locura te trae aquí, a cuidar cuatro niños en tu primer trabajo?

—Un amigo de los Ferguson me recomendó. Necesito trabajar.

No dijo nada de la traición de su hermano ni de que el trabajo se lo había conseguido él.

—Todos tenemos que trabajar —asintió Bridget con una sonrisa—. Yo me vuelvo a Dublín unos meses para ayudar a mi hermana, que ha tenido gemelos, pero después volveré a Londres para buscar trabajo. El campo es demasiado tranquilo para mí, y la familia no nos lleva a la ciudad muy a menudo.

—Yo he crecido en el campo, me gusta —le contó Angélique cuando se sentaron un momento para tomarse el té, antes de que Bridget preparara el desayuno para las dos en la despensa de la planta de los niños. El resto de las comidas se las subían de la cocina en bandejas.

—Entonces serás feliz aquí —afirmó Bridget con seguridad—, si consigues que las fierecillas se porten bien. Está Helen, la criada, pero lo cierto es que haría falta otra niñera para ayudar. Cuatro son demasiados para una sola persona. Pero Simon se irá a Eton dentro de un año, cuando cumpla cinco. Es la edad mínima para ir. Ella está impaciente por mandarlo. Eso podría venirte bien, si aguantas hasta entonces, siempre que no tenga otro. Con ella nunca se sabe: es el señor Ferguson el que quiere hijos, aunque tampoco viene a verlos. Y a ella parece darle igual: los tiene sin dificultad, como las campesinas. —Era una descripción interesante de su nueva patrona, la cual, al parecer, prefería los caballos y la vida social a los niños, pero de todas maneras los tenía. Bridget añadió que, mientras no tuviera que verlos ni cuidarlos y sus embarazos fueran buenos, le daba igual, y así tenía a su marido contento y agradecido, consintiéndola por darle hijos varones—. No la verás mucho por aquí. Los domingos los bajamos para que cenen con ellos. La señora los aguanta unos diez minutos y después los manda otra vez arriba. —No era el concepto que Angélique tenía de la maternidad, aunque le resultaba familiar. Su cuñada, Elizabeth, tampoco se había interesado por sus hijas hasta que habían tenido edad suficiente para llevar una vida adulta—. Creo que tenemos un vestido para ti, aunque eres muy menuda. Mira en el armario. Puedes arreglártelo. Y puedes quedarte con mis uniformes, pero te vendrán grandes. —Se rio. Bridget tenía una figura opulenta, las caderas anchas y mucho pecho, y era más alta que Angélique. El vestido de niñera que le ofrecía era gris, con un largo delantal almidonado de color blanco que Bridget dijo que se cambiaba tres veces al día, una cofia almidonada con el volante plisado y puños blancos a juego. Era menos austero que los vestidos negros que llevaban el ama de llaves y las primeras doncellas, y un poco más sencillo—. Acabo hecha un asco al final del día, después de correr tras ellos. La criada me ayuda a lavar toda la ropa aquí. —Pasó entonces a describirle su horario. Acostaba a los niños un rato por la mañana y otro por la tarde. Le explicó que se levantaban temprano, comían a mediodía, cenaban fuerte a las cinco y media y tomaban un poco de fruta antes de acostarse. Y les gustaba que les leyera cuentos—. No leo demasiado bien —reconoció—, pero es suficiente para ellos. Y cuando no sé una palabra, me la invento. Son demasiado pequeños para darse cuenta.

A Angélique le gustó la idea de leerles. De pequeña le encantaba leer, y también ahora, y era una cosa que sabía que podía hacer por ellos y que le parecía menos complicada que todo lo demás.

—¿Cuándo te vas? —preguntó nerviosa.

—A la hora de comer. Me iré cuando suban las bandejas.

—Te echarán de menos —comentó Angélique con tristeza, recordando lo apenada que se había quedado cuando se marchó su niñera. Había sido como una madre para ella y, tras su marcha, estrechó lazos con la señora White, el ama de llaves, quien siempre se había portado bien con ella.

—Solo me echarán de menos durante un día o dos. Se acostumbrarán a ti enseguida. Son demasiado pequeños para recordarme durante mucho tiempo. Mañana conocerás a la señora Ferguson, cuando bajes a los niños a la biblioteca para que cenen con ellos. Helen, la criada, te enseñará qué ropa tienes que ponerles. A la señora le gusta que vayan guapos para presumir de ellos con sus amigos. Y al señor Ferguson le encantan los rizos de Emma. Asegúrate de cepillárselos hasta que le brillen, aunque llore mientras lo hagas. Lo pagarás caro si la bajas con el pelo lleno de enredones.

Se levantó a preparar el desayuno de los niños. Tenían una cocinita para preparar gachas de avena, untó pan con mantequilla, mermelada y confitura, y cogió la jarra de leche colocada sobre un bloque de hielo. Sirvió el desayuno en la mesa justo cuando Helen entraba. Pareció recelar de Angélique nada más verla. Era más o menos de su edad y, al igual que Bridget, llevaba dos años trabajando en la casa. Quería ser la niñera, pero le habían dicho que los Ferguson la habían rechazado en favor de otra persona que habían encontrado a través de unos amigos. Así pues, veía a Angélique como una grave amenaza y no parecía muy proclive a ayudarla. Además, Bridget y ella eran amigas y su marcha la apenaba. Al principio, Helen tuvo la misma reacción que Bridget: Angélique le pareció demasiado aristocrática para trabajar en una casa y se preguntó por qué estaba ahí.

—Ayúdala y dile lo que necesita saber —le advirtió la joven pelirroja—. Nada de bromitas para hacerla quedar mal. Siempre hay una primera vez para todas y necesitará tu ayuda —añadió en tono afable, y Helen asintió mientras volvía a examinar a la recién llegada.

Aún se sentía cohibida cuando la niña se le acercó, la miró un momento y se le encaramó al regazo, abrazada a una muñeca. Tenía una mata de suaves tirabuzones rubios.

Bridget le enseñó a vestir a los niños, después de que desayunaran, y les lavó la cara y las manos. Una hora después de su llegada, todo estaba en orden. Los niños habían comido y estaban vestidos, las camas estaban hechas y el bebé se había despertado y ya no lloraba. Sonrió cuando extendió los brazos hacia Bridget y ella lo cogió, en el mismo momento en que el niño de dos años arrojó un caballo de madera a la cabeza de Emma y erró el tiro.

Bridget les ofreció juguetes y se sentó con el bebé en el regazo para cambiarlo y vestirlo. Todo aquello parecía exigir muchísima organización y trabajo, y una buena coordinación para mirar en las cuatro direcciones a la vez y controlarlos a todos. Helen lavaba la ropa y los platos, pero no se hacía cargo de los niños, una función que era cometido exclusivo de la niñera. Angélique no tenía la menor idea de cómo lo hacía Bridget: era una maga con diez manos. Obviamente, crecer en el seno de una familia numerosa le había ayudado.

—Y ten cuidado con el hermano de la señora Ferguson: es un canalla —le advirtió mientras Angélique sonreía.

—Eso he oído. Sarah me ha avisado.

Tenía mala reputación en la casa, y al parecer bien merecida.

—Cuando vino la primavera pasada, anduvo detrás de una de las doncellas. Es un donjuán. La despidieron cuando la señora se enteró. Tendrá a su hijo dentro de dos meses, pero nadie habla de eso. Sus padres trabajan en una de las granjas y se ha ido a vivir con ellos. Será un bebé hermoso, pero ella ya no volverá a trabajar aquí, y los señores no le darán referencias. Recuérdalo si se te acerca, y cierra con llave por las noches. El señor Ferguson no te molestará, aunque dicen que tiene aventuras en Londres, cuando su mujer no le acompaña. No creo que a ella le importe: está demasiado ocupada gastándose su dinero. Y también se le van los ojos cuando tienen invitados.

Angélique se estaba formando una imagen de personas con mucho dinero, una mujer consentida y malacostumbrada que se había casado con un hombre de rango inferior por su fortuna y un matrimonio infiel al que no le importaban sus hijos. No eran precisamente el tipo de personas que Angélique admiraría y no le sorprendía que su hermano y su esposa fueran amigos suyos. Todo le parecía muy superficial, una vida desperdiciada.

Su padre había sido otra clase de hombre, pero su hermano por lo visto prefería esa vida vacía y todo lo que la acompañaba. En algunos aspectos, la señora Ferguson parecía una versión más joven de Elizabeth. Bridget le explicó que el señor Ferguson tenía treinta y cuatro años y su esposa veinticinco. Era fácil trabajar para ella si le bailabas el agua, la halagabas de vez en cuando y mantenías a los niños alejados de ella. No parecía un trabajo complicado, solo agotador.

Se pasaron la mañana hablando mientras Bridget la ponía al corriente de todo. Como hacía mal tiempo se quedaron en casa, aunque la niñera le explicó que si hacía bueno solían salir a los jardines. Angélique acababa de leerles un cuento a los niños, al que solo prestaron atención los dos mayores, cuando Helen subió las bandejas de la comida. Las tres comieron con los niños. Era una comida suculenta a base de verduras y pollo, con helado y fruta de postre.

—La señora Ferguson siempre dice que demos menos comida a Emma que a los niños. No quiere que engorde, pero, de todas maneras, yo le dejo comerse el postre. Pobrecilla. No quiero matarla de hambre, diga lo que diga su madre. Ella tiene muy buena figura, incluso después de cuatro hijos, pero, por supuesto, va tan encorsetada que no sé cómo no se asfixia. Su primera doncella me dijo que a veces se desmaya cuando se lo ciñe. Su cintura es más o menos del tamaño de mi brazo.

Mirando a Bridget, a Angélique le resultaba fácil creerlo, pero le gustaba esa muchacha franca y afable, y esperaba hacerlo tan bien como ella y manejarse con la misma soltura. Era difícil imaginar que lo haría. Y el pánico la invadió cuando

Bridget recogió sus cosas y se dispuso a marcharse. Con lágrimas en los ojos, se despidió de los niños y los abrazó uno a uno; después miró a Angélique.

—Buena suerte. Espero que te vaya bien aquí. A veces hacen tonterías, pero no son mala gente, y es un buen trabajo. Si pasaran más tiempo en Londres con los niños, volvería con ellos, pero no aquí —repitió una vez más.

—¿Vas a despedirte de la señora Ferguson? —preguntó Angélique. Tenía más curiosidad que nunca por conocerla, después de todo lo que Bridget le había contado esa mañana.

—No, se despidió de mí la semana pasada. No es una mujer muy cariñosa. Está más interesada en sí misma. Sabe que siempre puede encontrar otra niñera. Es fácil sustituirnos, ¿sabes? Así que recuerda eso y no te tomes el trabajo a la ligera, o te despedirá y contratará a otra, igual que a ti.

—Lo tendré presente —respondió Angélique con expresión seria, al comprender de repente que tenía suerte de contar con ese puesto, ya que debía trabajar. Tristan podría haberla mandado a un lugar peor con tal de sacarla del castillo, y le habría dado igual.

Bridget la abrazó y se marchó poco después. Angélique puso a los niños a dormir la siesta mientras Helen recogía las bandejas y las mandaba a la cocina en el montaplatos. El bebé fue el más difícil de convencer, pero al final consiguió acostarlo en la cuna, sujetando el biberón que su nueva niñera le había dado, y a los pocos minutos se durmió.

Angélique miró en el armario de los uniformes de enfermera que llevaban las niñeras, cogió los dos más pequeños y pidió a Helen que vigilara a los niños mientras ella iba a la lavandería e intentaba arreglárselos. Bajó a toda prisa por la escalera del servicio con los dos uniformes y encontró a la primera doncella de la señora Ferguson charlando con las lavanderas mientras ellas lavaban la ropa de su patrona. Todas la miraron sorprendidas.

—Siento molestaros —dijo con vacilación—. Necesito arreglarme los uniformes, si me dais un poco de hilo gris y una aguja.

Mildred, que estaba a cargo de la lavandería, la miró con una sonrisa radiante y le cogió los vestidos con garbo.

—Ya te lo hago yo. Eres la niñera nueva, ¿verdad?

—Sí. Angélique.

Mildred negó con la cabeza con cara de desaprobación mientras sacaba la aguja, el hilo y un dedal y Angélique le explicaba dónde le quedaban grandes. Después alzó la vista para mirarla.

—La señora no querrá que te llamemos por tu nombre de pila. Ahora eres la niñera Ferguson —le recordó. Angélique pareció avergonzada, pero Mildred le sonrió—. Pero me alegro de conocerte —añadió; se levantó, le sujetó los vestidos grises contra la esbelta figura, les puso unos cuantos alfileres para marcarlos y prometió tenerlos listos para la mañana siguiente—. ¿Qué te parece el trabajo por ahora? —le preguntó con interés.

Angélique vaciló antes de sonreír con cautela.

—Me asusta un poco —reconoció—. Bridget acaba de irse hace una hora. Este es mi primer trabajo de niñera. Nunca he tenido que ocuparme de cuatro niños. —Lo dijo de forma entrecortada y las otras mujeres se rieron.

—Yo tampoco estoy segura de que pudiera hacerlo —comentó entre dientes la primera doncella de la señora Ferguson. Angélique oyó que una de las lavanderas la llamaba Stella—. No con esas fierecillas —añadió con una risita—. Agotan a su madre en cinco minutos. Me alegro de no haber tenido hijos. —Estaba planchando meticulosamente un vestido de noche y sonrió a la niñera nueva—. ¿Has conocido ya a la señora Ferguson?

—No. Llegué anoche.

—¿De Londres? —le preguntó una de las lavanderas.

—De Hertfordshire. La casa y los jardines son muy bonitos.

—La casa de Londres lo es más —afirmó Stella con orgullo—. Yo la prefiero, pero para los niños es mejor estar en el campo. A ella le gusta que se queden aquí. Esto es más saludable que la ciudad.

Angélique asintió y pensó que ya era hora de que regresara a las dependencias de los niños. Se despidió de las criadas y subió. Sentía no poder comer con ellas y tener que hacerlo con los niños. Habría sido agradable poder conocer al resto del servicio, pero estaría aislada la mayor parte del tiempo con los niños que tenía a su cargo. Bueno, al menos podría hablar con Helen.

Cuando subió, revisó la estantería y encontró algunos libros para leer a los niños que le habían encantado de pequeña. Después bajó a buscar sus cosas y subió cargada con las maletas y el pequeño baúl. En su cuarto apenas había sitio para todo, pero apiló las maletas y metió el baúl debajo de la cama. Seguía cerrado con llave y así lo dejó, con las joyas de su madre y el dinero de su padre en su interior. Todo su futuro estaba escondido debajo del colchón.

—¿Para qué has traído tanta ropa? —le preguntó Helen—. No te la pondrás nunca.

Se había fijado en que su cuarto no tenía espejo. Helen le dijo que la señora Ferguson opinaba que las niñeras no los necesitaban, ni tampoco las criadas que trabajaban en la cocina.

—Quizá algún día tenga ocasión de ponerme un vestido bonito —respondió con nostalgia cuando Sarah asomó la cabeza por la puerta para hacerle una rápida visita durante su descanso.

—Pareces una niñera de verdad —observó con una sonrisa.

Angélique se alegró de verla. Le parecía que al menos tenía una amiga en la casa. Charlaron un momento y después

Sarah se marchó. Los niños tuvieron a Angélique muy ocupada cuando se despertaron. Les leyó un cuento, enseñó a Simon y a Emma las reglas de un juego que encontró en un armario, y luego los bañó en una bañera que llenó con agua que tuvo que cargar ella misma, con la ayuda de Helen.

Cuando terminó de bañarlos, Helen subió las bandejas de la cena. El día había pasado volando. Acostó a los niños a las siete, después de leerles otro cuento; para entonces, Angélique también estaba lista para meterse en la cama.

El día siguiente era importante. Tendría que bajar a los niños a la biblioteca para que vieran a sus padres y se presentaría a los Ferguson. Sentía curiosidad por conocerlos y, cuando se metió bajo las sábanas después de leer un rato en el saloncito a la luz de una vela, se preguntó qué le tendría reservado el futuro. La hija del duque de Westerfield se había convertido en la niñera Ferguson y era difícil adivinar qué le depararía el destino.

4

Al día siguiente por la tarde, Angélique tardó más de lo que pensaba en preparar a los niños para ver a sus padres, incluso con la ayuda de Helen, que sostuvo en brazos al bebé mientras ella vestía a los demás, cepillaba los rizos de Emma hasta que brillaron y le ponía una cinta rosa en el pelo. Los chicos estaban impecables y el bebé se rio mientras jugaba con él y le ponía un delicado vestido blanco con un pequeño jersey del mismo color. Era un niño fornido y le pesó en los brazos cuando lo bajó con Emma de la mano. A los niños les hacía mucha ilusión bajar: llevaba lloviendo todo el día y habían tenido que quedarse otra vez en casa.

Angélique estaba deseando explorar los jardines y el parque, y Helen le contó que también había un laberinto. Estaba impaciente por ver los terrenos de la mansión, aunque sabía que cubrían menos superficie que los del castillo en el que había crecido. No obstante, se decía que los Ferguson tenían uno de los jardines más bonitos de Hampshire.

Cuando entraron en la planta baja por la puerta del servicio, se quedó deslumbrada ante una enorme lámpara de araña. Tenía todas las velas encendidas. Afuera ya había anochecido y los relucientes cristales eran espectaculares. Cuando miró alrededor, descubrió la suntuosa decoración. Sarah le había dicho que había un salón de baile en el ala este.

Los muebles eran una mezcla de estilo inglés y francés, y de las paredes colgaban cuadros muy valiosos. Había una larga alfombra roja en el pasillo, y Angélique se dio cuenta de que la casa era más un escaparate que un hogar. Oyó voces en la biblioteca. Dentro había unas veinte personas que charlaban, reían y jugaban a las cartas. Mientras aguardaba en la puerta con los niños, se preguntaba cuál de aquellas elegantes mujeres era la madre. Emma fue la primera en correr a saludarla, y una criatura exquisita ataviada con un vestido azul de recio terciopelo se acercó a ellos. Los dos niños enterraron la cara en su falda cuando Eugenia Ferguson, con su hija de la mano, clavó sus glaciales ojos azules en Angélique. Llevaba el cabello castaño rojizo recogido en un elegante peinado alto rizado que le había hecho Stella y lucía unos impresionantes zafiros en las orejas, con un enorme alfiler a juego en la cintura. Su imponente presencia la dejó sin habla cuando le hizo una reverencia, que era lo que se esperaba de ella, y no por el rango de la señora Ferguson, que era insignificante, sino porque la criada era ella y la mujer, su patrona. Adoptó una actitud recatada y desempeñó bien su papel. Ambas mujeres se quedaron impresionadas con sus respectivas bellezas. La madre de los niños no esperaba que la niñera nueva fuera tan guapa.

—Eres la familiar de los Latham, ¿verdad? —preguntó con altivez mientras los niños correteaban a su alrededor, antes de abandonarla para ir a ver a su padre y abrazarse a sus piernas. El señor Ferguson era extraordinariamente alto y tenía el pelo rubio lacio. Era muy apuesto y, según todos los indicios, muy rico—. Tu primo me ha hablado muy bien de ti —continuó Eugenia en tono afable—. Hace meses que me prometió que vendrías. —Angélique se quedó pasmada ante lo que acababa de decir.

—¿Mi primo?

Ella no tenía primos, salvo lejanos, y el rey Jorge, y dudaba mucho que su majestad la hubiera recomendado a esa mujer. Miró a su patrona sin comprender, con sus inocentes ojos como platos.

—Su Excelencia, el duque de Westerfield, por supuesto, Tristan Latham. Me dijo que eras una prima lejana suya y una chica adorable.

Angélique se quedó con la boca abierta al oír que su propio hermano había dicho que eran primos, lo que, por supuesto, parecía más respetable que endosarle a su hermana, algo que no quería reconocer. Y si llevaba meses proponiéndola para el puesto, eso significaba que había permanecido al acecho mientras su padre perdía la salud, esperando el momento propicio para echarla de casa. Por eso había podido quitársela de encima tan deprisa, nada más morir su padre. Llevaba meses urdiendo su plan. Saberlo la dejó atónita. Su hermano era aún peor de lo que pensaba.

—Ah... Tristan, claro...

—Su esposa, la duquesa, y yo —continuó Eugenia, para impresionar a sus acompañantes— somos muy buenas amigas. En Londres estamos siempre juntas.

Angélique asintió mientras intentaba vigilar a los niños, que seguían abrazados a su padre e intentaban impresionar a los invitados. Visitar a sus padres era una ocasión muy especial para ellos.

—Le estoy muy agradecida por darme esta oportunidad, señora —dijo Angélique con educación.

De lo que no estaba agradecida era de que su hermano hubiera conspirado contra ella, en previsión de la muerte de su padre, quizá incluso deseándola, para poder quedarse con Belgrave y por fin heredar el título, la hacienda, y tener una enorme fortuna propia. Y a Eugenia Ferguson le gustaba tener a la prima pobre de un duque a su servicio y, más aún, que el propio duque estuviera en deuda con ella por ayudar a su joven pariente. Le había preguntado por qué no la contrataba él mismo y Tristan había respondido que sería demasiado violento para ella servir a su propia familia. Le había asegurado que era culta y educada y que incluso podría enseñar francés a los niños si Eugenia quería. Le había explicado que su madre había sido una francesa de baja cuna con la que un primo lejano suyo se había casado y que se había quedado huérfana y sin un céntimo.

A Angélique le habría horrorizado oír que describía a su madre como a una francesa «de baja cuna» cuando en realidad era pariente del rey de Francia, lo que significaba que ella estaba emparentada con el actual monarca, Carlos X, por no hablar del británico, Jorge IV, por parte de padre.

No obstante, incluso con lo poco que sabía, Eugenia estaba satisfecha. Le gustaba tener una niñera aristocrática para sus hijos porque pensaba que le daba más prestigio. Siempre le había molestado que su padre hubiera sido un simple barón y miembro vitalicio de la Cámara de los Lores, por lo que su hermano no había podido heredar el título. Y Harry Ferguson no tenía ninguno. Sin embargo, su fortuna compensaba con creces lo que le faltaba en nobleza.

Angélique le parecía muy correcta y digna. Cuando la joven cruzó la biblioteca para librar al padre de sus hijos, la señora Ferguson susurró a un amigo que era una prima pobre del duque de Westerfield. Angélique estuvo a punto de darse la vuelta para corregirla y explicar que era su hermanastra, no su prima, y que él la había echado de casa pocos días después de que su padre falleciera. Pero no dijo nada; logró controlar a los dos niños, aún con el bebé en brazos, y vio que Emma tenía la boca llena de caramelos que había cogido de una fuente de plata sin que su madre se diera cuenta.

—Ya te los puedes llevar —dijo Harry Ferguson con cara de alivio—. Eres la nueva, ¿verdad?

Angélique asintió y repitió la reverencia.

Eugenia no se opuso cuando sacó a los críos de la biblioteca y los condujo a la escalera del servicio por la puerta trasera. Los niños no parecían sorprendidos por la brevedad de la visita: estaban acostumbrados. Solo habían estado en la biblioteca unos diez minutos, tal como había vaticinado Bridget. Y sus padres no volverían a verlos en una semana.

Angélique sabía que era lo normal en la mayoría de las familias, pero, pensando en la estrecha relación que ella había tenido con su padre, le daban lástima. Con unos padres que no los veían casi nunca se perderían muchas cosas, y se sentía extrañamente obligada a compensarlos, sobre todo a Simon, que se iría de casa en menos de un año para estudiar en un internado. Aún parecía un bebé a sus cuatro años, y entrar en un internado a los cinco se le antojaba incluso peor que lo que le había sucedido a ella a los dieciocho. Al menos, ella había crecido con el afecto de un padre que la quería. Él jamás la habría mandado lejos cuando era niña, y ella lo habría echado muchísimo de menos. Y el pequeño Rupert, que apenas sabía hablar, seguiría los pasos de su hermano y se iría a Eton dentro de tres años. Angélique pensaba que eran demasiado pequeños para que los mandaran a un internado y los compadecía.

Les leyó un cuento cuando subieron a sus dependencias para ayudarles a tranquilizarse, después de la emoción de ver a sus padres y a sus invitados. Parecía gustarles que Angélique les leyera, sobre todo a Emma, que se acercó a ella y le preguntó dónde estaba Bridget con la mirada triste. La joven irlandesa los había cuidado durante dos años, lo que era mucho tiempo en sus cortas vidas. Era la única niñera que recordaban y la persona a la que estaban más unidos.

—Se ha ido a ver a su hermana —les explicó.

No les prometió que volverían a verla, porque no estaba segura de que fueran a hacerlo. No sabía si los Ferguson dejarían que Bridget los visitara; algunos padres no lo permitían y se preguntaba si compartían esa opinión. Se juró que intentaría compensar a los niños que tenía a su cargo. Aunque no tuviera intención de quedarse para siempre, quería hacerlo lo mejor posible.

Les puso los pijamas uno a uno, sin la ayuda de Helen, y se sintió orgullosa cuando lo consiguió. Primero acostó a Charles, el bebé, después a Rupert, que se levantó dos veces mientras ella arropaba a Emma, y por último a Simon. Después volvió a atrapar a Rupert y lo acostó de nuevo. Los dos niños pequeños compartían habitación, y Emma y Simon tenían cada uno la suya.

—¿Vendrás si tengo una pesadilla? —le preguntó Emma.

Ella le prometió que lo haría y le dio un beso de buenas noches. Dejó las puertas abiertas cuando se lo pidieron y fue a relajarse al saloncito con un libro. Estaba sorprendida de lo bien que le había ido el día; eran unos niños adorables pese a su vitalidad. Estaba pensando en lo fácil que había sido y en la visita a sus padres cuando Sarah llamó a la puerta con suavidad y entró.

—¿Ya has terminado? ¿Cómo ha ido hoy?

Estaba contenta de ver a su nueva amiga y se sentó enfrente de ella en una de las cómodas sillas.

—Bastante bien. Hemos bajado a merendar a la biblioteca. Ella es muy guapa —comentó sobre su patrona, y Sarah asintió.

—Es fría como el hielo y solo piensa en sí misma —observó—. Yo creo que el señor Ferguson es un hombre muy bien parecido —añadió con una risita—. Podría haber encontrado una esposa mejor, pero creo que le impresionó que su padre tuviera un título. A él no le sirve de mucho, y ella le cuesta un dineral. Tendrías que ver los vestidos que Stella lleva a la lavandería para plancharlos y arreglarlos. Los compra en París. ¡Cómo me gustaría llevar un vestido así algún día! —Al instante cambió de tema—. Todos hablaban de ti esta noche durante la cena. Es una pena que no puedas cenar con nosotros cuando los niños se han dormido. Helen quizá te los vigilaría

73

una noche, al menos para que pudieras sentarte con nosotros a tomarte el postre y una taza de té.

—Ojalá pudiera —suspiró Angélique.

Iba a sentirse muy sola en las dependencias de los niños con Helen por única compañía adulta. Todavía no habían conectado y no estaba segura de que fueran a hacerlo. Le había gustado el ajetreo del comedor y la cocina del servicio. Le recordaba a la de Belgrave y a los criados que la llevaban. Pensar en ellos la puso nostálgica y se preguntó cómo estarían Hobson, la señora White, la señora Williams y todos los demás. Se prometió que escribiría a la señora White al día siguiente para explicarle cómo estaba y en qué consistía su trabajo.

Las dos jóvenes charlaron durante media hora y luego Sarah se levantó y fue a acostarse. Angélique leyó un poco más antes de irse a la cama. Bridget le había advertido que el bebé se despertaba antes de las seis todas las mañanas y sería una noche corta si no se dormía enseguida. No obstante, era agradable disfrutar de la paz del saloncito por la noche. Le daba un respiro después de pasarse el día andando detrás de los niños. Se portaban mejor de lo que esperaba y de lo que habían dicho los criados. Solo eran niños, y muchos. Eso hacía que parecieran peores de lo que en realidad eran.

El día siguiente amaneció frío pero con sol, y Angélique pudo explorar los terrenos de la finca con los niños después de desayunar. Corrieron al jardín y ella se asomó al laberinto, pero no se arriesgó a entrar por si no encontraba la salida y se separaba de los niños. Pasearon por el bonito parque con el bebé en el cochecito y los niños tenían la cara colorada por el frío cuando entraron en la casa por la cocina. Todos se deshicieron en halagos, sobre todo con Emma, y la cocinera les dio una galleta a cada uno. Los aromas de la cocina eran deliciosos. Las criadas estaban preparando la comida y horneando varios pasteles para servirlos esa noche a la hora de cenar. Los invitados de los señores se marchaban al día siguiente, para gran el alivio del servicio. Sus reuniones de caza, en las que los huéspedes se quedaban tres o cuatro días, daban mucho trabajo. Tres de las invitadas se habían llevado sus propias doncellas, pero las demás contaban con que las vistieran las criadas de la casa. No obstante, el servicio que venía de visita también daba más trabajo y representaba más bocas que alimentar. Y para colmo, uno de los mejores amigos de Harry se había llevado a su ayuda de cámara, que se daba muchos aires con los demás y había conseguido sacarlos a todos de quicio con su actitud arrogante.

Angélique se fijó en que el primer mayordomo, el señor Gilhooley, no le quitaba ojo cuando se entretuvo unos minutos en la cocina antes de acompañar a los niños a la segunda planta. La seguía mirando cuando se marcharon, aunque no podía imaginar por qué. Parecía hosco y antipático, pero ella sabía que Hobson también podía dar esa impresión en Belgrave cuando quería impresionar a los criados más jóvenes.

Pero el mayordomo de los Ferguson se mostraba especialmente antipático con ella. Angélique casi se alegraba de no poder comer con los criados para no tener que aguantar su mirada. Y el ama de llaves, la señora Allbright, no era ni mucho menos tan afectuosa como la señora White, aunque Angélique también era consciente de que jamás había trabajado para ella. También en Belgrave, al principio, los criados solían guardar las distancias con los nuevos hasta que los conocían. En este caso, la nueva era ella.

La situación era tan absurda que casi se rio. Se preguntó qué diría su padre si la viera ahí, con el uniforme, aparte de expresar su cólera contra Tristan, lo que no le costaba nada imaginar. Esperaba que estuviera orgulloso de ella, por llevarlo con la mayor dignidad posible. Y sabía con toda seguridad que lo que Tristan le había hecho le habría roto el corazón.

Los niños durmieron la siesta después de la comida que la cocinera envió en bandejas. Angélique aprovechó para dejar a Helen vigilándolos y volver a bajar a la cocina para tomar una taza de té. Cuando entró, vio al señor Gilhooley en su despacho y él le hizo señas para que entrara.

—¿Son de su gusto las dependencias de los niños? —le preguntó en tono distante. No obstante, parecía interesado de verdad. A continuación bajó la voz con complicidad, para que nadie les oyera—. Mi señora, quería que lo supiera... Trabajé para su padre hace mucho tiempo, en Belgrave, y quería decirle cuánto lamento su pérdida. Era un gran hombre.

—Sí, lo era —dijo Angélique con tristeza—. Lo echo muchísimo de menos. Es muy reciente.

—No sé cómo ha acabado aquí, mi señora.

El tratamiento que había empleado para dirigirse a ella le provocó un estremecimiento. Era justo lo que no quería que los criados supieran, que pertenecía a la flor y nata de la sociedad aristocrática y tenía un título. No quería destacar en nada. Si tenía que vivir y trabajar en la casa, prefería ser una más, por increíble que resultara su presencia. Ella tampoco terminaba de creérselo, pero al menos había conocido a algunos criados, y lo que el mayordomo había dicho sobre su padre la había conmovido.

—Creo que sería mejor que no usara ese tratamiento, señor Gilhooley. Solo me lo pondrá más difícil con los demás. Incluso podrían decidir que no les caigo bien solo por eso. No necesitan saber quién era mi padre; de hecho, no deberían. Todo eso ya es historia —añadió muy seria.

—Es obvio que hay razones para que esté aquí, y debe de ser muy duro para usted —observó él con expresión compasiva y en absoluto hosca.

—Ya nada me sorprende —respondió ella con sinceridad—. Pero ahora que estoy aquí, es mejor de lo que pensaba. Todo el mundo ha sido muy amable conmigo.

—Me alegra saberlo. Si hay algo que yo pueda hacer... —El mayordomo la miró con interés y ella negó con la cabeza. No quería que le diera un trato especial. Tenía que arreglárselas y cumplir con sus obligaciones, como los demás. No esperaba que le hiciera favores y él la respetaba por ello. Era muy joven para vivir semejante cambio—. ¿Lo saben los Ferguson? —Tenía curiosidad por saber cómo había acabado allí.

Angélique negó con la cabeza.

—No. Mi hermano me consiguió el trabajo y creo que les dijo que somos primos. Probablemente es mejor así. Por favor, no se lo diga a nadie, señor Gilhooley. —Sus ojos suplicantes lo enternecieron.

—Claro que no, si ese es su deseo. Estoy seguro de que también sería una sorpresa para los Ferguson saber que tienen a la hija de un duque bajo su techo, trabajando de niñera. —Pero sospechaba que les gustaría.

—Ahora ya da igual. —Contuvo las lágrimas, que amenazaban con desbordarse—. Mi hermano, su esposa y sus hijas están en Belgrave. Allí no hay sitio para mí.

El mayordomo pareció afligido mientras la escuchaba, y sospechó que había habido juego sucio, en especial si el nuevo duque la hacía pasar por su prima y no por su hermana. Pero el duque no podía explicar a nadie que la había echado de casa para ponerla a trabajar de niñera sin parecer un canalla. Para Gilhooley estaba más claro que el agua.

—Los caminos de la vida son inescrutables, mi señora —susurró—. Estoy seguro de que algún día volverá a casa.

Ella asintió y no pudo hablar cuando él le dio una palmadita en la mano. Al menos tenía un amigo en la casa, aparte de Sarah, y estaba segura de que, en Belgrave, Hobson se alegraría de que un mayordomo del difunto duque la hubiera tomado bajo su protección. Era un consuelo que Gilhooley velara por ella. Se levantó: no pensaba pasar tanto tiempo fuera de las dependencias de los niños.

—Tendría que volver —dijo en voz baja, y le dedicó una mirada agradecida.

—Baje a vernos en otro momento —la invitó el mayordomo mientras ella le sonreía.

—Lo haré —le aseguró—, aunque los niños me tendrán muy ocupada.

Él se rio del comentario.

—Seguro que sí, mi señora. Espero que sea feliz aquí y que se quede mucho tiempo.

Aunque su verdadero deseo era que Angélique regresara al castillo Belgrave, donde debía estar. Casi le parecía un crimen que su hermano la hubiera echado de casa para ponerla a trabajar de criada en casa ajena. Estaba muy apenado por ella. Poco después, la joven se apresuró a regresar a las dependencias de los niños, donde Helen la esperaba con impaciencia.

—¿Por qué has tardado tanto? —La criada estaba enfadada cuando llegó.

—Lo siento. El señor Gilhooley quería hablar conmigo y no he podido escaparme.

—¿Qué quería? —le preguntó Helen con recelo.

—Resulta que conoció a mi padre —respondió, aunque enseguida lo lamentó.

—¿Tu padre también era mayordomo? ¿O lacayo?

—No —dijo en voz baja, sin estar segura de qué explicarle—. Solo se conocían.

Justo entonces el bebé se despertó y Angélique fue a cogerlo; los demás lo hicieron poco después. Jugaron durante toda la tarde y llevaron a Simon a montar a su poni. Su padre pasó por delante de las caballerizas mientras lo hacía y lo saludó con la mano, pero no se detuvo a hablar con sus hijos. Iba a montar a caballo y ni siquiera se le ocurrió pasar un rato con ellos. Eugenia estaba descansando y él quería tomar el aire. Y cuando regresó al atardecer, los niños ya estaban en casa y su niñera los estaba bañando.

La vida trascurrió tranquila después de eso, y Angélique se acostumbró poco a poco a los niños. Cuidar a cuatro era como hacer malabares, pero le sorprendió descubrir que le gustaba y se sentía útil, y hacía que el tiempo se le pasara volando. Ellos necesitaban que alguien los atendiera y les hiciera la vida interesante. Empezó a enseñarles francés y se quedó admirada con la facilidad de Emma; Simon también aprendía, aunque más despacio. Después de su primer mes en la casa, habían avanzado mucho y aprendieron muchas palabras y varias canciones en francés.

Para entonces ya era casi Navidad y los Ferguson llevaban todo el mes en Londres asistiendo a fiestas, mientras sus hijos los esperaban en Hampshire. Por fin, sus padres regresaron la víspera de Nochebuena. Habían colocado un enorme árbol de Navidad en el salón que ellos habían ayudado a decorar y estaban entusiasmados con el resultado.

También aprovecharon la copiosa nevada que cayó la semana anterior para hacer un muñeco de nieve. Tenía montones de ideas para entretenerlos. De hecho, ella misma era poco más que una niña. No obstante, había madurado deprisa en ese último mes. Trabajar y vivir en la casa de otras personas, cuidar a sus hijos y tener que llevarse bien con el servicio la había convertido en una adulta como nada hasta entonces.

Cuando los Ferguson vieron a los niños el día de Navidad por la mañana para entregarles los regalos, antes de una fiesta que habían organizado, tenían una noticia importante que darles. Iban a tener otro hermanito o hermanita en unos meses, lo que también fue una sorprendente novedad para Angélique. Su patrona le explicó que cuando llegara el bebé, en el mes de mayo, contratarían una niñera para que se ocupara de él durante un mes; después, Angélique se haría cargo de cinco niños en vez de cuatro, al menos durante unos meses, hasta que Simon se fuera a Eton al final del verano.

La señora Ferguson le dejó muy claro que no le parecía necesario mantener una segunda niñera, dado que Simon se marcharía enseguida, y añadió que Angélique se las arreglaba muy bien con cuatro. No tenía la menor idea del trabajo que suponía, ni tampoco quería saberlo, ya que jamás había pasado más de unos pocos minutos seguidos con sus hijos. Le dijo que estaba haciendo un trabajo magnífico, le entregó un regalito de Navidad y, cuando empezaron a llegar los invitados, los despachó a todos. Los niños se retiraron a sus habitaciones, que, según ella, era donde debían estar. Su marido opinaba igual.

Nada más entrar, Angélique les ayudó a abrir los regalos. Simon recibió un juego al que quiso jugar con ella; Rupert, un oso de peluche del que no se separaba; Emma, otra muñeca, y Charles, un sonajero de plata que se metió en la boca de inmediato. Estaban muy contentos con sus regalos y esperaron a que Angélique abriera el suyo. Eran unos guantes de piel que le vendrían muy bien para sus paseos. Eran grises, para que combinaran con el uniforme, y muy elegantes. Le quedaban perfectos cuando Emma le hizo probárselos. La señora Ferguson había acertado.

En enero, los Ferguson decidieron por una vez llevarse a los niños a Londres durante dos semanas. Angélique estaba ilusionada con el viaje. Allí habría mucho que hacer con los niños. Se pusieron en camino un día de mucho frío. Los niños, Helen y Angélique en el amplio carruaje familiar, la señora Ferguson en el landó, similar al del hermano de Angélique, y el señor Ferguson en su lujoso coche de caballos. Les seguía otro coche con el equipaje. Simon estuvo encantado de viajar en el carruaje y disfrutó mirando los caballos, pero Emma se pasó casi todo el viaje mareada. Los dos pequeños durmieron durante varias horas, mecidos por el suave vaivén;

Charles en brazos de Angélique. Cuando llegaron a Londres, el servicio se alegró de verlos y de conocer a Angélique y enseñarle la casa.

La residencia londinense de los Ferguson era una casa enorme situada en Curzon Street, repleta de hermosos muebles y obras de arte. Cada noche asistían a una fiesta o recibían invitados. Era fácil entender por qué Eugenia se aburría en Hampshire: tenía una vida social envidiable en la gran ciudad, rodeada de amigos y con salidas al teatro, la ópera y el ballet cada la noche. Harry también parecía feliz allí. Hacía negocios en la City e iba a su club a menudo para cenar o jugar con sus colegas. Trasnochaban a diario.

Un domingo por la tarde tenían invitados a merendar y pidieron a Angélique que bajara a los niños, como hacían en el campo. Ella los vistió con sus mejores galas, con la ayuda de dos criadas. Casi se le paró en corazón cuando entró con ellos en salón. Se encontró a medio metro de Tristan y Elizabeth, que la miraron como si no existiera ni la conocieran. Se disponía a saludarlos, lo que ya era incómodo, cuando Tristan se alejó y Elizabeth le dio la espalda para hablar con una mujer. Angélique estaba segura de que la habían visto, aunque sus expresiones no revelaron nada.

Fue Eugenia la que por fin la señaló. La situación era muy violenta.

—¿No has reconocido a tu prima con su uniforme de enfermera? —le preguntó a Tristan a quemarropa—. Tenías toda la razón, es una niñera maravillosa. Ha conseguido que Simon y Emma hablen francés.

Tristan fingió sorpresa y saludó a su hermana con frialdad, como si quisiera dar la impresión de que apenas la conocía. Estaba claro que a Su Excelencia, el duque de Westerfield, no le hacía ninguna gracia que lo relacionaran con una niñera, a quien habían identificado como a su prima.

—Claro —dijo en un tono gélido—, no la había visto.

Saludó a Angélique con la cabeza. Elizabeth se limitó a mirarla con odio. Era obvio que la querían fuera de su vida para siempre. Habían supuesto que estaba en Hampshire cuando aceptaron la invitación de los Ferguson. De lo contrario, quizá no hubieran ido. Pero Tristan no parecía nada incómodo por haber dicho que era su prima y no su hermana.

—Es una prima muy lejana —le dijo a Eugenia—. Estoy seguro de que la tratas muy bien.

Se despidió de Angélique con un gesto de la cabeza y se alejó. Poco después su patrona le pidió que se llevara a los niños: ya habían pasado suficiente tiempo en el salón. Los casi quince minutos habían brindado a Angélique la oportunidad de observar a su hermano y a su esposa.

Elizabeth llevaba un bonito vestido, aunque Eugenia lucía uno más hermoso aún. Y no había ni rastro de las hijas de Tristan, que aún no tenían edad para asistir a una fiesta de adultos. Oyó decir a Elizabeth que Gwyneth se pondría de largo en julio y sería presentada en la corte al mismo tiempo. Era la presentación en sociedad que Angélique no había tenido, ni querido, y ya nunca tendría. Todas sus posibilidades de conocer a un marido de su clase se habían esfumado cuando Tristan se había negado a protegerla y la había echado de casa.

Su hermano se sintió aliviado cuando ella salió del salón con los niños. Esperaba no volver a verla. También había sido una sorpresa desagradable para Elizabeth, que estaba pálida y callada cuando Angélique pasó por su lado.

Angélique estaba afectada por la experiencia y disgustada cuando llegaron a las dependencias de los niños. En esos dos meses se había preguntado si su hermano se había arrepentido de cómo había obrado o si alguna vez lo haría. Ya tenía la respuesta. No solo la negaba como hermana, sino que era evidente que no quería saber nada de ella. Estaba segura de que su muerte sería un alivio para él.

Era una sensación espantosa. Un escalofrío le recorrió el

espinazo al recordar sus ojos cuando disimuló a pesar de haberla visto. Para ellos había dejado de existir. No era más que un fantasma de su pasado y, en lo que a ellos concernía, estaba tan muerta como su padre. Su reacción le constataba lo que temía desde que se había ido, que ya no volvería a pisar su hogar. Los primeros dieciocho años de su vida solo eran recuerdos. Esa noche Tristan le había recordado su peor miedo: estaba completamente sola en el mundo.

5

Los Ferguson decidieron quedarse en Londres hasta febrero y disfrutar al máximo de la actividad social antes de la reclusión forzada de Eugenia y el nacimiento del bebé en mayo. Y, de forma excepcional, permitieron que los niños se quedaran con ellos en la ciudad, lo que a Angélique le gustó más de lo que esperaba.

Era una sensación extraña saber que habría sido su primer invierno después de su presentación en sociedad, si se hubiera puesto de largo el verano anterior, como debería haber hecho si su padre no hubiera estado enfermo. La habrían presentado a todas las familias importantes de la alta sociedad y en la corte, y habría conocido a todos los buenos partidos que podrían haberse interesado en ella. Su apellido y linaje habrían bastado para atraer a muchos de ellos, incluso sin la fortuna de su padre. Y ella podría haberse enamorado de su media naranja. En cambio, no la conocía casi nadie, había vivido aislada en el campo, su hermano la había desheredado y trabajaba de criada. El mundo que debería haber sido suyo estaba fuera de su alcance y siempre lo estaría. No haber sido presentada en sociedad había sido decisivo para su futuro. Estaba condenada a hacerse institutriz y probablemente a quedarse soltera. En todo caso, Tristan la había sentenciado a casarse por debajo de sus posibilidades, si llegaba a hacerlo, y la había privado del patrimonio que le correspondía por derecho. Con sus actos, había destruido no solo su vida actual, sino su futuro.

Verlo en la casa de los Ferguson de Curzon Street y oírle mentir diciendo que ella era una prima lejana la ayudó a abandonar toda esperanza de retornar a su antigua vida algún día, o ni siquiera a Belgrave, el hogar en el que había crecido. Sabía que eso habría destrozado a su padre, al que aún le agradecía más el dinero que le había dado antes de morir. Al menos le permitiría vivir con holgura en el futuro, aunque se quedara soltera. Había jurado que no lo tocaría salvo en caso de extrema necesidad. No le cabía ninguna duda de que jamás podría recurrir a ninguno de sus hermanos, pasara lo que pasase. Intentó afrontar la situación lo mejor posible y centrarse en la vida a la que podía optar. Sabía que jamás tendría otra.

A menudo se quedaba meditabunda cuando pensaba en su futuro y se preguntaba qué sería de ella. Podía quedarse con los Ferguson, pero era poco probable que lo hiciera para siempre. No eran personas afables y no sentían ninguna de las responsabilidades tradicionales para con sus criados. Harry Ferguson era demasiado nuevo rico para conocer la diferencia y lo único que tenía era dinero. Su esposa pensaba que tener empleados era una comodidad, pero no los veía como a personas, aunque sus padres sí se habían ocupado de su servidumbre como correspondía, lo que a ella le parecía una carga enorme e innecesaria.

Angélique sabía que no podía contar con ellos y que, cuando sus hijos se hicieran mayores y los niños se fueran a estudiar a Eton, la despedirían, a menos que Eugenia tuviera una niña. No obstante, incluso eso tenía fecha de caducidad. En el mejor de los casos estaría otros cinco años con ellos, y eso si les gustaba tanto como para quedársela. Pero no sentían ninguna lealtad especial hacia sus niñeras, y Eugenia no tenía demasiado interés en ella, salvo para poder decir que su niñera

era pariente lejana de un duque. Sin embargo, eso quizá no fuera suficiente para que la conservaran si se cansaban de ella por alguna razón. Después de lo que le había hecho su propio hermano, sabía bien que nada era seguro en la vida y que todo su mundo podía ponerse patas arriba en un instante. Lo único con lo que podía contar era el dinero de su padre, que seguía guardado en el baúl bajo su cama.

Durante su estancia en Londres, Angélique iba al parque con los niños todos los días y charlaba con las otras niñeras que había conocido allí. La mayoría eran mayores que ella y algunas tenían a su cargo el mismo número de niños, pero, en ese caso, solían ir acompañadas de una ayudante o criada, mientras que Angélique iba de acá para allá sin ayuda detrás de los suyos.

Descubrió que existía toda una jerarquía entre las niñeras del parque, cuya importancia estaba dictada por la familia para la que trabajaban y sus títulos. Casi todas ellas utilizaban el apellido de sus señores para identificarse. Angélique no solo había perdido la vida y el mundo en el que había crecido, sino también, de momento, el apellido de su familia. Se había convertido en una persona anónima. Tristan también le había arrebatado la identidad.

Escribió a la señora White dos veces desde Londres y le ilusionó recibir a su vez varias cartas suyas. En ellas le mandaba saludos de Hobson, de la señora Williams y de varias de las criadas. Angélique le contaba cosas sobre los niños, los Ferguson y sus funciones, y sobre lo bien que se lo estaba pasando en Londres y lo magnífica que era la casa de sus patronos. Era tan nueva que algunos la encontraban vulgar. Carecía por completo de la solemnidad y los siglos de tradición que tenía Belgrave, pero a Angélique le gustaban el confort y las comodidades de una lujosa casa moderna. Todo era una novedad para ella. Le contó también que había visto a su hermano y a Elizabeth y que ellos la habían saludado a duras penas y habían dicho que era una prima lejana, lo que a la señora White le pareció una vergüenza.

«La pobrecilla está sola en el mundo», se quejó a Hobson la noche que recibió la carta. Le explicó que Su Excelencia había negado a su propia hermana y al anciano se le saltaron las lágrimas al pensar en cómo se habría sentido el padre de Angélique. Los dos coincidieron en que se le habría roto el corazón, aunque Hobson sospechaba que en realidad temía que algo así ocurriera: el duque conocía bien a sus hijos y el profundo rencor que tenían a su hermana.

Markham, el ayuda de cámara, acababa de renunciar a su puesto con la excusa de que se marchaba al continente para retirarse, pero había reconocido ante Hobson que no soportaba servir al nuevo duque sabiendo lo que le había hecho a su hermanastra, y que sentía que tenía que irse. El lacayo mayor sería ascendido a ayuda de cámara en cuanto él se marchara. Tristan no había intentado retenerlo: Markham había sido demasiado leal a su padre, lo que le molestaba, y además prefería un hombre más joven.

En su siguiente carta, la señora White le contó que el castillo había cambiado muchísimo desde su marcha. La nueva señora había movido los muebles de una habitación a otra y había encargado varios a medida en Londres. Estaba cambiando las cortinas, volviendo a tapizar los muebles actuales, y había comprado una impresionante lámpara de araña nueva en Viena. Se estaba gastando la nueva fortuna de su marido con prodigalidad para que Belgrave fuera más lujoso que nunca. La señora White también mencionaba que Elizabeth había llevado a sus hijas a París para encargar vestidos nuevos para ellas, y varios para sí, apropiados para su nuevo rango y posición, y para los bailes que pensaban dar en el castillo en primavera. Tenían previsto llevar una vida muy lujosa en su suntuoso nuevo hogar.

A Angélique le partía el alma leer las cartas y enterarse de cómo Tristan y Elizabeth estaban transformando su hogar. Le hacía añorar a su padre incluso más, pero le alegraba tener noticias de la señora White y Hobson: eran la única familia que le quedaba. En cuanto a los cambios de los que hablaban, le parecían vulgares. Tristan había esperado toda la vida para eso y estaba sacándole el máximo partido.

En Londres, Eugenia veía a sus hijos incluso menos que en el campo: estaba demasiado ocupada. Y por fin, a mediados de febrero, su esposo insistió en que los niños y ella regresaran a Hampshire. Para entonces estaba embarazada de seis meses y medio y, por mucho que se ciñera el corsé, su estado era demasiado evidente para quedarse en Londres y seguir haciendo vida social. Odiaba tener que irse y suplicó a su esposo que le permitiera quedarse, pero él le recordó que pronto sería demasiado evidente, y que la gente ya se lo estaba mencionando.

Muy a su pesar, Eugenia accedió a sus deseos y regresó a Hampshire la tercera semana de febrero para pasar el resto de su embarazo en el campo, lo que le parecía un aburrimiento insufrible. Angélique se preguntó si vería a sus hijos con más frecuencia, dado que no tenía nada que hacer, pero no fue así. Organizó cenas para sus amigas y partidas de cartas. Su madre fue a pasar una temporada. Era una mujer bastante vulgar, hija de un mercader rico, que se había casado con el padre de Eugenia por su título y fortuna. Era igual de pretenciosa y arrogante que su hija y tenía tan poco interés por sus nietos como la madre de las criaturas. Jamás subían a sus dependencias para verlos. Angélique tenía que arreglárselas sola para entretenerlos. A esas alturas le habían cogido mucho cariño y ella también se lo tenía. Y además, Emma hablaba francés de manera muy fluida.

El señor Ferguson no regresó a Hampshire hasta seis semanas después de que lo hiciera Eugenia, a principios de abril, pese a las protestas de su esposa. Llegó con unos amigos de

Londres. Eugenia confesó que, para entonces, estaba a punto de volverse loca por culpa de su reclusión en el campo. Entre los criados habían corrido rumores de las fiestas que Harry había dado en Londres y de las mujeres que se habían visto en ellas. Por suerte, Eugenia no estaba al corriente de las aventuras de su marido, y menos mal, pues tenía un genio endemoniado y nadie quería disgustarla en ese momento, cuando faltaba tan poco para que naciera el bebé.

La madre de Eugenia se marchó en cuanto llegó Harry, ya que no se llevaban bien, y él se largó con sus amigos una semana después de su regreso para asistir a todas las fiestas de las casas de los alrededores, mientras Eugenia pasaba el mes siguiente paseando por los jardines, reposando y esperando la llegada del bebé. Estaba impaciente por dar a luz y poder regresar a Londres. Tenía previsto estar lista para asistir a los bailes de las debutantes en junio y julio. Envidiaba las fiestas a las que Harry estaba asistiendo mientras ella languidecía sola en casa.

—Ojalá se dé prisa en nacer el niño —se quejó a Angélique con expresión aburrida e irritada, cuando se tropezó con ella mientras jugaba con los niños en el parque. Acababan de ir al pequeño lago para ver los patos y cisnes.

—Ya falta poco, señora —respondió cortésmente Angélique.

Eugenia se había puesto enorme desde su regreso a Hampshire. Había dejado de usar corsé y decía que no podía dormir por las noches. Estaba haciendo más calor que de costumbre y los niños disfrutaban saliendo a jugar con su niñera todos los días. Simon había montado a su poni y Charles acababa de aprender a andar, de manera que tenía a Angélique muy ocupada, corriendo todo el día tras él.

La niñera para el bebé estaba a punto de llegar, igual que un ama de leche, pues Eugenia pensaba que dar el pecho era repugnante. Pero en cuanto la segunda niñera se marchara, un mes después, Angélique se haría cargo de él. Iba a estar ocupadísima hasta que Simon se fuera a Eton en septiembre. Al pobre niño le daba pavor el viaje y el internado, y le había dicho que no quería ir, pero no le quedaba más remedio. Era demasiado importante para la posición social de los Ferguson.

A finales de abril apareció Maynard, el hermano de Eugenia. Después de tantos meses oyendo hablar de él, por fin pudo conocerlo. Maynard le dijo a su hermana que necesitaba un respiro de Londres, pero la verdad era que estaba huyendo de su último escándalo. Había estado tonteando con una muchacha muy joven, hija de un banquero, y su padre lo había descubierto. Toda la ciudad hablaba de él. Andaba detrás de la hermana mayor, cuya puesta de largo había sido el año anterior, pero cortejaba a la menor en secreto, la cual solo tenía quince años. El padre, que se había enterado de sus encuentros clandestinos por una criada, estaba furioso. La hermana mayor estaba desconsolada y el banquero le había advertido que si volvía a acercarse a su hija menor o, de hecho, a cualquiera de las dos, llamaría a la policía.

Maynard decidió entonces que era un buen momento para marcharse de Londres. La semana siguiente visitaría a unos amigos en Derbyshire y había pasado a ver a Eugenia entretanto. Tenía previsto regresar a la capital para la temporada social de junio y julio, a la que su hermana también estaba deseando ir.

—¿Qué me cuentas? —le preguntó Eugenia mientras estaban sentados en unas tumbonas en la terraza, bebiendo limonada. La de Maynard llevaba ron. Eugenia había dejado el alcohol hasta que naciera el bebé, y decía que eso la indisponía. No había oído ninguno de los rumores y chismes procedentes de Londres sobre la fechoría más reciente de su hermano.

—Poca cosa —respondió él, tomando un sorbo de su bebida y contemplando el jardín—. Londres es un poco aburrido en esta época del año, así que he decidido venir a verte.

—Eso suena a que has hecho alguna trastada. —Eugenia sonrió—. ¿Alguien que yo conozca?

Maynard era dos años menor que ella y nunca se cansaba de dar que hablar.

—Espero que no. —Él se sumó a las risas, pensando en el reciente objeto de sus afectos; sabía que era demasiado joven, pero había sido divertido—. Nada serio. Solo un flirteo sin importancia.

—¿Con la esposa de otro?

—Claro que no —respondió él con aire ingenuo—. Con una jovencita muy bonita.

—¿Y?

—Su padre se ha disgustado un poco. Es bastante joven. Ha sido todo muy inocente, la verdad.

—Maynard, eres un demonio. ¿Madurarás algún día?

—Claro que no. ¿Qué gracia tendría eso?

—Tienes razón: portarse bien es aburridísimo. Estoy impaciente por volver a Londres después de tener al bebé. No me quedaré aquí mucho tiempo.

Maynard estaba seguro de que no lo haría, y siempre le gustaba encontrársela en fiestas e intercambiar chismes con ella. En ciertos aspectos eran muy parecidos, aunque él jamás habría querido tantos hijos. No alcanzaba a imaginar por qué los tenía, aunque suponía que era idea de su cuñado, no de su hermana. Él la conocía mejor.

Hablaron de algunos de sus conocidos de Londres y Maynard la puso al día de los escándalos y aventuras más recientes. Después Eugenia regresó a su habitación para descansar. Él fue a dar un paseo por los jardines y se sobresaltó al tropezarse con Angélique cuando salía del laberinto con los niños. El menor iba en el cochecito, atado para que no pudiera bajarse y ella no lo perdiera en el laberinto o el jardín. Angélique ya se conocía bien el lugar y llevaba a los niños a menudo. Chocó literalmente con Maynard en la entrada.

—Oh, lo siento mucho —se disculpó, recolocándose la cofia mientras él la miraba sorprendido.

Estaba seguro de que jamás había visto una mujer tan hermosa; se había apartado con mucho garbo y se ruborizó cuando los niños se agruparon alrededor de ella. Angélique no tenía la menor idea de quién era ni de que hubieran llegado invitados. Nadie se lo había dicho. De hecho, le sorprendió que Eugenia recibiera invitados en su avanzado estado, cuando solo le faltaban unas semanas para salir de cuentas, si el bebé era puntual.

—No es nada —respondió Maynard con educación y una sonrisa, mientras la miraba de arriba abajo. Le gustó todo lo que vio. Supuso que era la nueva niñera, una muchacha preciosa, con las facciones delicadas y perfectas. En cuanto habló supo que era de buena familia y no una muchacha sencilla—. No tenía ni idea de que mis sobrinos tuvieran una niñera nueva tan adorable. Debo visitarlos más a menudo.

Coqueteaba de manera descarada, y ella no sonrió. Por lo que acababa de decir, Angélique supo quién era al instante y recordó todas las advertencias que había oído sobre él.

Le hizo una reverencia y bajó la mirada.

—Encantada de conocerlo, señor —respondió, y reunió a los niños para entrar a cenar y bañarlos.

—¿Puedo visitarte en las dependencias de los niños? —preguntó él, esperando una respuesta coqueta, que ella no le dio.

Angélique le respondió muy seria, con expresión fría, muy erguida detrás del cochecito, como si fuera a arrollarlo.

—Los niños cenarán y se bañarán dentro de poco, y después es hora de acostarlos —anunció con firmeza.

Después lamentó lo que le había dicho. Podía entender que los niños se acostaban temprano y que, si él subía a verla, no estarían para protegerla. Parecía nerviosa cuando empezó a alejarse con el cochecito y los niños a la zaga.

—Hasta luego —dijo él en tono insinuante.

Ella no respondió, pero se lo explicó a Helen mientras preparaban la bandeja de la cena.

—¿Qué voy a hacer si se presenta aquí esta noche?

Estaba muy nerviosa. Había visto lujuria en sus ojos cuando la repasó con la mirada.

—Es un mal bicho —respondió Helen, negando con la cabeza—. Ya sabes lo de la chica de la granja. Quince años: solo hace una semana que dio a luz. Él les ha roto el corazón a los padres y jamás prestará ninguna atención a la criatura ni la reconocerá. Es una niña. La madre ya no lo verá nunca, seguro.

Helen le explicó que Maynard tenía varios hijos ilegítimos y hasta la fecha no había reconocido a ninguno. Y con esa niña no sería distinto. A él no le interesaban ni ella ni la madre, sino solo lo bien que se lo había pasado durante un breve período. La muchacha no había tenido noticias suyas desde su aventura, mientras él pasaba unos días en Hampshire. Maynard sabía que había un bebé en camino, porque el padre de la muchacha le había escrito en otoño, pero él no había respondido a la carta. Y el señor Ferguson se había lavado las manos y le había dicho que no podía hacer nada con respecto a su cuñado.

Helen le recordó que se asegurara de echar la llave esa noche y ella le prometió que lo haría. Se habían hecho buenas amigas en esos cinco meses, aunque Angélique estaba más unida a Sarah, la criada que la había tomado bajo su protección la primera noche. Y, de vez en cuando, Helen se ocupaba de los niños para que Angélique pudiera cenar abajo con los demás, porque siempre se lo pasaba bien allí, y el señor Gilhooley se alegraba de verla; sabía por el ama de llaves que a la niñera las cosas le iban bien.

Sirvieron entre las dos la cena a los niños y después Angélique los bañó uno a uno. A continuación, les leyó unos cuentos y algunos párrafos de un libro infantil en francés que había encontrado para Simon y Emma, que les gustaba a los dos. Trataba de un niño y su perro. El perro se perdía y el niño volvía a encontrarlo al final.

Aún era de día cuando los acostó. Hacía frío, pero los días se estaban alargando. Se sentó un rato con Helen en el saloncito y, cuando la criada se fue a su habitación, Angélique cerró con llave la puerta de las dependencias de los niños, tal como le había prometido que haría. No quería ninguna visita sorpresa esa noche. La mirada que el hermano de Eugenia le había echado por la tarde le había dado a entender que él no dudaría en tomar lo que deseaba, y ella estaba decidida a asegurarse de que eso no sucediera.

Maynard estaba en el comedor de la planta baja cenando temprano con su hermana cuando Angélique acostó a los niños. Harry seguía en casa de unos amigos, con los que se quedaría unos días más. Se encontraba lo bastante cerca como para regresar rápidamente si llegaba el bebé. Eugenia estaba encantada de contar con la compañía de su hermano para distraerse.

—No me habías dicho que teníais una niñera nueva tan atractiva —la regañó—. ¿Cuándo vino?

Su hermana enarcó una ceja al oír su pregunta, aunque era innegable que Angélique era una muchacha muy bonita. Otros también se habían dado cuenta, pero ninguno con la expresión lasciva que veía en los ojos de su hermano. No era una novedad para ella.

—No me acuerdo, antes de Navidad. Pero Maynard, cariño, por favor, no. Cuida muy bien a los niños y no nos conviene que se vaya justo antes de que nazca el bebé, ni que tenga uno suyo dentro de nueve meses. Tendrás que entretenerte con otra. —Lo miró severamente con los ojos chispeantes—. Aunque tiene su interés. Es una prima lejana de Tristan Latham. Su madre era francesa. Es huérfana.

—¿Prima del duque de Westerfield? Qué interesante. Y si es medio francesa, no será ni mucho menos tan mojigata como crees.

—No estés tan seguro. Es muy joven. Y puede que Latham no se preocupe mucho por ella, pero estoy segura de que no querrá que siembre el campo de bastardos. Es una chica muy educada. Su madre podía ser de origen humilde, según dice Tristan, pero se nota su educación aristocrática. Así que búscate otra, una campesina, pero que no sea una de mis doncellas, a ser posible. Se arma la gorda cuando haces eso. Harry se disgusta.

Maynard estuvo tentado de decirle que su marido también tenía sus escarceos, pero juzgó más prudente no hacerlo, así que volvió a hablar de la niñera.

—¿Cómo diste con ella?

—Me la mandaron los duques. Estaban impacientes por encontrarle trabajo, y la chica irlandesa que teníamos quería irse. Fue perfecto. Yo ya sabía que estaba embarazada cuando vino, pero no dije nada.

—Prima de un duque —reflexionó Maynard—. Es bastante gracioso, la verdad... y muy atrayente, sobre todo con lo guapa que es. Hoy casi me atropella con el cochecito. Una chica preciosa. —Sonrió, y su hermana lo miró con fingida severidad.

—Tendrás que dar cuentas a Harry si la espantas —le advirtió—, y no le hará ninguna gracia. Ese asunto de la campesina fue bastante incómodo. Dio a luz la semana pasada, ¿sabes?

—Ni lo sé ni me importa —reconoció él con expresión indiferente cuando uno de los lacayos le sirvió más vino, aunque ya había tomado más que suficiente—. Esta es otra cosa. Es una lástima que haya terminado de niñera. Las chicas como ella nunca tienen vida propia: son demasiado buenas para casarse con uno de los criados, y los de nuestra clase no las quieren si no tienen dinero y se ven obligadas a servir. Uno no puede casarse con una criada.

—Pues no lo hagas, pero tampoco la seduzcas. Y no es una

criada, es niñera. Supongo que algún día será institutriz. A lo mejor se queda con nosotros. Veremos cómo va.

—Oh, todo es demasiado aburrido. Tendré que volver pronto a Londres para divertirme. —Sonrió a su hermana con picardía.

—Sí, yo también —replicó ella con entusiasmo. Lo estaba deseando—. Ojalá se dé prisa esta condenada criatura. Harry quiere otro varón.

—¿Por qué? Ya tiene tres.

—Está formando su propio ejército. Quiere que todos trabajen con él algún día. Dice que solo se puede confiar en la familia.

—Probablemente tiene razón —observó Maynard con aire pensativo—. Creo que padre también piensa así, salvo en mi caso. Yo soy nulo para los negocios.

—Y yo —reconoció Eugenia con un suspiro—. Harry siempre se queja de que gasto demasiado, pero se lo toma bien.

—Eres una chica con suerte. —Su hermano miró a su alrededor—. Me gustaría encontrar a alguien igual que él.

Ella se rio.

—Pues será mejor que dejes de perseguir a campesinas y niñeras, aunque estén emparentadas con duques. A lo mejor este julio conoces a una chica agradable en Londres durante un baile. Una dulce jovencita en su puesta de largo, con dieciocho años recién cumplidos y un padre inmensamente rico.

—Necesito una de esas, sin duda. Padre también ha estado quejándose de que gasto demasiado. Es un pelmazo.

Maynard se terminó el vino y Eugenia se levantó para irse.

—Te dejaré disfrutar de tu puro y una copa de oporto. Lo siento, pero el humo del tabaco me sentaría mal. Me voy a la cama. Hasta mañana, hermano querido, e intenta portarte bien esta noche.

Lo besó en la mejilla con suavidad. Poco después Maynard estaba sentado solo a la mesa, fumándose un puro y tomándose una copa del excelente oporto de Harry. Esa era su hora del día preferida. Sentía que Harry no estuviera para disfrutarla con él, pero era agradable de todas formas. Cuando se levantó de la mesa, se quedó un rato en el comedor intentando decidir qué hacer. Entonces, se rio entre dientes y empezó a subir la escalera. No se detuvo en la primera planta, donde estaba su habitación, sino que siguió hasta la segunda y se quedó frente a la puerta de las dependencias de los niños. Solo eran las nueve y media; estaba seguro de que Angélique seguía despierta.

Giró el picaporte con suavidad y empujó mientras ella alzaba la vista del libro. Había oído un chirrido y vio moverse la manija cuando él la giró desde el otro lado, pero la puerta estaba cerrada con llave, para gran alivio suyo. Maynard siguió moviéndolo sin éxito y dio unos golpecitos en la puerta. Angélique no se movió de la silla para no hacer ningún ruido. Helen ya estaría dormida, pero no necesitaba su ayuda: no corría peligro.

Maynard volvió a llamar y ella siguió en silencio.

—¿Hola? ¿Estás ahí? Sé que sí. Abre la puerta para que podamos hablar. —Angélique sabía que no debía caer en esa trampa. Se quedó pegada a la silla y no dijo una palabra—. No seas tan tonta —insistió él—. Vamos a divertirnos. Estoy seguro de que los niños están dormidos y debes de aburrirte tanto como yo. Abre la puerta, anda, y déjame entrar.

Lo intentó varias veces más durante diez minutos. Después le dio una patada a la puerta y se marchó. Angélique siguió sentada, por si él estaba esperando a ver qué hacía si creía que se había marchado. Luego, por fin, oyó sus pasos en la escalera y supo que se había ido. Respiró despacio y se alegró mucho de que los demás la hubieran prevenido contra él. No tenía la menor idea de lo que Maynard habría hecho si le hubiera dejado entrar, pero se lo podía imaginar. Podría haberla forzado, o intentado engatusarla para que hiciera algo que luego lamentaría. Desde luego, no tenía ninguna intención de dejarse engañar por un canalla como él. Pese a su inocencia, era mucho más inteligente que eso. Le repugnaban los hombres que, como él, se aprovechaban de muchachas jóvenes como una campesina de quince años.

Maynard estaba muy enfadado cuando llegó a su habitación. ¿Quién se creía que era, dándose esos aires y haciéndose la virtuosa solo porque era prima lejana de un duque? Se sirvió otra copa de la licorera de su habitación. Se quedó un rato bebiendo y mirando el fuego. El silencio de la habitación lo enervaba, y la puerta cerrada con llave de las dependencias de los niños lo había puesto furioso. Se tomó otras dos copas y se quedó dormido en la silla, pensando que la niñera era una bruja. Él le habría dado una lección o dos para bajarle los humos, de haber podido. Pero, por suerte para ella, no le fue posible. Chica lista.

6

Maynard se marchó a la mañana siguiente en busca de ocupaciones más amenas.

—Te veré en Londres en julio —le prometió a su hermana—. Esto es demasiado tranquilo para mí.

—Para mí también —respondió ella con desconsuelo, apenada de verlo partir.

No le había preguntado qué había hecho la noche anterior, pero sus prisas por marcharse parecían indicar que no había ido en busca de Angélique. De haberlo hecho, se habría quedado al menos uno o dos días más. Eso la aliviaba. Necesitaba a su niñera y no quería que su hermano le pusiera la vida patas arriba, como ya había hecho en otras ocasiones. Además, sabía que su esposo se alegraría de no tener que arreglar otro de los desastres de Maynard a su regreso.

Sin embargo, cuando su hermano se marchó estuvo incluso más aburrida e impaciente por que Harry regresara, lo que él hizo varios días después, de nuevo acompañado por unos amigos. Le prometió que solo se quedarían unos días, pero lo que a Eugenia le molestó es que hubiera varias mujeres muy atractivas en el grupo. Harry le dijo que le harían compañía, y así fue. Pero en ese momento no estaba en condiciones de competir con ellas. Estar recluida en su casa de Hampshire le parecía una condena, y lo único que quería era que se acabara.

Mientras los amigos de Harry estuvieron con ellos, jugaron a cartas por la noche y salieron a pasear por la tarde, aunque a Eugenia le costaba seguirles el ritmo. Se había puesto más gorda que nunca y estaba segura de que esperaba otro varón.

Sus amigos estuvieron en su casa una semana completa. Harry se marcharía con ellos para quedarse con otros amigos de los alrededores y, para cuando lo hicieron, Eugenia apenas podía levantarse de la cama. Angélique pasó a verla una tarde cuando los niños dormían. Bajaba a la lavandería para zurcir un vestido que se había rasgado mientras corría con ellos por el parque. Llamó a la puerta y encontró a Eugenia echada en la cama, recostada en las almohadas y llorando. Llevaba una bata de encaje y parecía que tuviera una pelota enorme escondida debajo.

—¿Cómo se encuentra, señora? —preguntó con dulzura—. ¿Puedo hacer algo por usted? ¿Le apetece un vaso de té frío?

No veía a Stella en la habitación y estaba dispuesta a ayudarla en lo que fuera posible. Su patrona parecía tener el ánimo por los suelos y llevaba semanas así.

—No —respondió Eugenia de mal humor—. Quiero que me saquen esta cosa. Ya no puedo más. —Parecía incomodísima, y muy harta. Más que harta: era su quinto hijo en cinco años—. Me da igual lo que diga Harry o cuántos hijos quiera. Este es el último.

—Se supone que una se olvida de lo mal que se pasa y está lista para repetir —observó Angélique con candidez.

—Pues yo no.

Eugenia la miró con el entrecejo fruncido. Tenía buenos embarazos, pero afectaban a las cosas que quería hacer y ningún vestido le quedaba bien. En los últimos días había engordado tanto que solo podía llevar batas de encaje. Ya no le cabía nada de lo que tenía, y cuando se quejó de eso a su marido, él lo había encontrado gracioso y había vuelto a marcharse para visitar a unos amigos, a pesar de que ella apenas podía moverse de casa.

—¿Le gustaría ver a los niños esta tarde? —le preguntó, y Eugenia negó con la cabeza.

—No. Hacen demasiado ruido. —Angélique asintió y no supo qué más decir—. A lo mejor doy un paseo hasta el lago. Debe de haber algo que pueda ponerme. Ayúdame a levantarme de la cama.

La niñera hizo lo que le pidió y Eugenia se marchó al vestidor arrastrando los pies. Angélique bajó a la lavandería, donde las criadas estaban chismorreando e intercambiando noticias locales, y Stella planchaba los camisones de la señora Ferguson, de los que una de las lavanderas se burló cruelmente diciendo que eran tan grandes que podrían usarse como carpa para las fiestas en el jardín. Pero al menos era primero de mayo y ya faltaba poco.

—Se la ve muy incómoda —comentó Angélique compasiva.

De hecho, la compadecía, aunque en otras circunstancias no lo haría. No era la clase de mujer que inspiraba compasión, pero parecía muy indefensa en ese momento, y muy infeliz. No estaba nada ilusionada con el bebé, solo impaciente por que naciera para poder librarse de él.

Desde la ventana de las dependencias de los niños, la vio pasear por el parque esa tarde, avanzando pesadamente. Casi rozaba lo cómico verla andar. No pasó mucho tiempo fuera de casa. Luego, Angélique estuvo ocupada con los niños y no paró un momento hasta que los tuvo acostados por la noche. Entonces bajó a tomar una taza de té con Sarah y se encontró en la escalera con una de las criadas, que subía cargada con un montón de sábanas y toallas. Le explicó que había empezado, que la señora Ferguson había roto aguas hacía una hora y el médico acababa de llegar. Pero aún no había sucedido nada más.

—Qué emocionante —exclamó Angélique, preguntándose si sería niño o niña—. Dile que pienso en ella y que deseo que todo vaya bien.

—Espero que no me pidan que me quede —observó la criada, nerviosa—. Nunca he visto nacer a un niño, y mi madre no querría que lo hiciera, al menos hasta que tenga el mío. —Solo tenía dieciséis años.

—¿Ha traído enfermera el médico?

—Dos —respondió la criada, deteniéndose en la escalera para hablar con Angélique.

—Entonces no te necesitarán —la tranquilizó.

La muchacha se marchó para entregar las sábanas que las enfermeras habían pedido y Angélique bajó la escalera a toda prisa para reunirse con Sarah en el comedor del servicio, donde había una actividad incesante. Estaban preparando una bandeja con la cena del médico y algo de comer para las enfermeras antes de que estuvieran demasiado ocupados. Habían comentado que pasaría un rato antes de que todo empezara, pero se estaban preparando. También habían avisado al ama de cría. La señora Ferguson había ordenado que no avisaran a su marido hasta que hubiera nacido el bebé. No tenía sentido tenerlo esperando en casa. Solo sería agobiante para él y ella no lo quería en la habitación. De todas maneras, el médico no se lo permitiría. Era demasiado para que lo viera un hombre, y Harry tampoco había estado presente en los otros partos.

—¿Cómo está? —le preguntó Sarah cuando se sirvieron el té y se sentaron a la mesa—. ¿La has visto?

—Desde esta tarde no. Acabo de ver subir a una de las criadas con las sábanas y toallas que han pedido las enfermeras. Estoy impaciente por saber el sexo. Pobrecilla, hoy tenía los ánimos por los suelos. Se alegrará cuando acabe.

—Stella estuvo con ella la última vez y dijo que el niño casi le salió rodando como una pelota en unos minutos, sin un chillido. No debe de pasarlo mal o no tendría tantos. Pero parece duro. Yo estaría asustada en su lugar.

A continuación, varias de las mujeres sentadas a la mesa aportaron testimonios sobre partos, suyos o ajenos, y Angélique pensó que todos parecían heroicos. Ella tampoco tenía prisa por ser madre. Jamás se lo había planteado hasta ese momento. Nunca había estado tan cerca de una embarazada y no le parecía tan sencillo.

Stella bajó un rato después a buscar té para su señora.

—Ha empezado a tener contracciones y tiene mucha sed.

La cocinera añadió un plato de galletas recién horneadas.

—Eso le dará un poco de fuerza con el té —dijo en tono amable—. ¿Cómo se encuentra?

—Está bien. El médico cree que no nacerá antes de mañana por la mañana, pero una de las enfermeras me ha dicho que no está de acuerdo con él. Cree que la cosa será rápida porque ya ha tenido muchos críos. El último no tardó demasiado. Apenas tuvimos tiempo de ponerle las sábanas debajo y el pequeño Charlie ya nos estaba mirando. Fue muy valiente, pero esta vez se ha puesto más gorda. Mucho más, de hecho. Puede que no sea tan fácil. —La enfermera también había comentado eso con Stella—. Será mejor que le lleve el té.

Salió de la cocina y subió a toda prisa mientras las demás continuaban hablando. Después de una segunda taza de té, Angélique subió a las dependencias de los niños e informó a Helen. Era excitante saber que el bebé venía y nacería a la mañana siguiente, o antes.

—Creo que es otro niño, por lo gorda que se ha puesto —comentó Helen; Angélique compartía su opinión—. Tenía mucha menos tripa con Emma.

—Bueno, pronto lo sabremos. Espero que suba alguien a decírnoslo.

—Seguro que sí.

Helen se puso a zurcir y Angélique cogió un libro. Había varias mujeres en la casa aficionadas a la lectura que compartían sus libros con ella.

En su habitación, Eugenia se quejaba de que le dolía la espalda. Las contracciones eran más fuertes y peores de lo que recordaba en los otros partos. O quizá se olvidaba de un año para otro. Todos habían sido muy fáciles, pero Simon se había adelantado dos semanas, Emma había sido más pequeña y Rupert había salido tan deprisa que casi lo había tenido en la biblioteca. El parto de Charles también había sido fácil. Sentía que ese bebé era enorme y estaba tan encajado que parecía que iba a romperle la espalda con cada contracción. Las enfermeras le habían ayudado a cambiar de postura para que estuviera cómoda, lo que no había servido de nada, y cuando el médico la examinó, ella gritó durante una contracción. Él pareció preocupado. El bebé no se había movido, aunque la intensidad de las contracciones había aumentado con rapidez. Eugenia solo llevaba dos horas de parto, y la última vez Stella recordaba que, para entonces, Charles ya había nacido. Esta vez el bebé no iba a ninguna parte, y ya empezaba a quedar claro que la noche iba a ser larga.

El médico le aconsejó que intentara caminar por la habitación con la ayuda de las enfermeras para que el bebé empezara a descender, pero sentía tanto dolor que fue incapaz de levantarse de la cama y volvió a tumbarse gritando.

—Me está destrozando —sollozó gimiendo—. Nunca había sido así.

—Cada vez es distinto —la tranquilizó el médico—. Esta vez el bebé es muy grande. —El médico escuchó sus latidos y pareció satisfecho. Sonrió a Eugenia—. Tiene el corazón fuerte.

—Me da igual —respondió ella, partiéndose de dolor—, solo sáquemelo.

—Ya viene —dijo él con calma, cuando ella volvió a tener varias contracciones seguidas, cada una más fuerte que la anterior, hasta que le faltó el aliento y se quedó blanca como un cadáver. Stella parecía preocupada y las enfermeras la observaron con atención mientras el médico volvía a examinarla. La miró satisfecho—. La cosa avanza.

—Creo que me estoy muriendo —afirmó Eugenia con cara de pánico—. ¿Y si este bebé me mata? —preguntó frenética. Quería escapar, pero no había donde esconderse del dolor. Le estaba quitando la vida y veía estrellas cada vez que otra fuerte contracción la atenazaba.

—No la matará, Eugenia —le aseguró el médico en tono tranquilizador—. Solo tenemos que esforzarnos un poco más esta vez, los dos juntos.

Estaba muy concentrado cada vez que la examinaba, y ella parecía aturdida entre una contracción y otra. Nadie hablaba en la habitación. Pasaron dos horas de gritos intermitentes en las que el parto avanzó con una lentitud desesperante, pero el médico les aseguró a todas que el bebé había empezado a descender. Stella estaba casi tan blanca como su señora mientras la miraba. Incluso las enfermeras parecían tensas. A medianoche, Eugenia estaba blanca como el papel y, tras seis horas de parto, el médico vio la cabeza del bebé. Le dijo que tenía el pelo moreno y le pidió que empujara.

No sucedió nada durante otra hora, salvo más gritos lastimeros y pocos avances, mientras Eugenia intentaba empujar con todas sus fuerzas y empezaba a vomitar con cada esfuerzo. Una de las enfermeras le puso un barreño debajo de la barbilla mientras Stella y la otra enfermera la agarraban por las piernas, y el médico observaba cómo el bebé avanzaba hacia él con cada empujón y retrocedía cuando Eugenia dejaba de empujar. Estaba descendiendo con una lentitud exasperante y era obvio que le costaba pasar por culpa de su gran tamaño, pero lo único que podían hacer era esperar y animarla a seguir empujando. Eugenia se dio por vencida varias veces, gritando que no podía, pero con los ánimos de todos, volvía a intentarlo. Al médico no le gustaba que tardara tanto, por el bien de la madre y del niño, pero no podía hacer nada para acelerar el parto, salvo confiar en que la naturaleza hiciera su trabajo junto con Eugenia. Y entonces, por fin, con los peores gritos de toda la noche, la cabeza del bebé coronó y su coronilla asomó casi afuera. Eugenia parecía a punto de desmayarse y aún gritaba por el dolor de espalda diciendo que se le iba a romper. El bebé parecía estar causando daños graves a su madre.

—Ya casi está, Eugenia —la animó el médico—. Necesito que empuje con más fuerza.

Quería que el bebé naciera lo antes posible: llevaban demasiado tiempo de parto y ella se estaba quedando rápidamente sin fuerzas.

—No puedo... No puedo... Déjeme morir....

—¡Vuelva a empujar! ¡Ya!

El médico le gritaba mientras ella lloraba, pero Eugenia se incorporó para dar un último empujón y esta vez la cabeza salió por completo y el bebé lloró, pero su madre estaba demasiado débil para que le importara; se recostó en las almohadas, llorando, y volvió a vomitar mientras el médico le pedía que siguiera empujando, sujetaba al bebé por los hombros y lo giraba con delicadeza para acabar de sacarlo. El bebé estaba fuera, pero Eugenia seguía sollozando y volvió a gritar.

—La espalda... la espalda... —repitió, mientras el médico cortaba el cordón umbilical, envolvía al bebé en una manta y se lo daba a una de las enfermeras.

Era un niño grande y fuerte que lloraba a pleno pulmón, pero su madre no había dejado de sollozar y el médico la miró preocupado. Había sido un parto difícil, algo raro en un quinto niño.

—Eugenia, el bebé está bien —dijo con dulzura—. Es un niño hermoso. —Pero ella volvió a gritar y se recostó en las almohadas, rota de dolor. Jamás le había sucedido nada semejante. El médico le palpó la barriga aún hinchada y la examinó a fondo; después, miró a una de las enfermeras con cara de sorpresa y susurró—: Esto no ha se acabado. —Estaba esperando a que saliera la placenta, pero lo que había palpado en el canal de parto era otra cabeza, y las contracciones aún eran fuertes. Intentó explicar a Eugenia lo que estaba sucediendo y que necesitaba su ayuda—. Hay otro bebé, va a tener gemelos. —Las dos enfermeras lo miraron sorprendidas y Stella se quedó estupefacta—. Tenemos que sacar al otro bebé. —Había urgencia en su voz.

—No, no puedo —gritó ella antes de volver a vomitar.

Las contracciones le parecían peores con el segundo bebé y no dejó de gritar hasta que salió, pero era más pequeño que el primero, descendió más rápido y se deslizó a las manos del médico. Era una niña. En la habitación, todos gritaron con aire triunfal cuando la vieron, salvo su madre, que estaba casi inconsciente por el dolor y el esfuerzo. Había dejado de vomitar, pero había cerrado los ojos y temblaba como una hoja. Sangraba mucho y tenía la tez cenicienta. El médico estaba preocupado. No había oído un segundo corazón en ningún momento y comprendió que los gemelos debían de estar uno detrás del otro: eso explicaba por qué le había crecido tanto la barriga y le había costado tanto dar a luz. Había hecho el doble de trabajo esa noche, y el primer bebé, el niño, pesaba más de cuatro kilos. La niña, más pequeña, pesaba dos kilos setecientos gramos.

El médico la vigiló con atención después de que las enfermeras la lavaran, le hizo presión sobre el útero para frenar la hemorragia y las dos placentas salieron a su debido tiempo. No obstante, Eugenia parecía medio muerta. Se quedaron sentados junto a la cabecera de su cama para pasar la noche y, con la ayuda de unas gotas que el médico le administró, Eugenia por fin dejó de llorar y se durmió, aunque para entonces ya estaba amaneciendo. Había sido una noche muy larga. El médico le cosió los desgarros que el primer gemelo le había hecho al nacer. No se esperaba que el parto fuera tan difícil y los había cogido a todos por sorpresa, sobre todo a Eugenia.

Cuando se despertó a las nueve, el médico seguía en la habitación, junto con las enfermeras y su doncella. Dijo que la espalda aún le dolía muchísimo y se sentía como si le hubieran dado una paliza, pero la hemorragia había disminuido, el corazón estaba bien y no había fiebre. Nada había salido mal, solo había sido un parto difícil. Ni siquiera tenía fuerzas para sentarse en la cama, y se le veían unas profundas ojeras, los ojos inyectados en sangre por las venas reventadas y los labios blancos. Había perdido mucha sangre.

—¿Le gustaría ver a los niños? —le preguntó una de las enfermeras cuando se despertó, aún atontada por las gotas—. Son una hermosura.

—Ahora no —respondió con un hilillo de voz, y volvió a cerrar los ojos.

No lloraba, pero seguía temblando. Jamás en la vida había tenido una experiencia tan espantosa, y se prometió que no volvería a pasar por eso nunca más. No podía. Había estado toda la noche convencida de que iba a morir y en algunos momentos incluso lo había deseado. El médico ya había visto partos como el suyo y siempre pasaban factura a la madre. Tardaría tiempo en recuperarse, pero Eugenia era joven y fuerte, y él estaba seguro de que lo haría. Ya no corría peligro, aunque no había sido una noche fácil, y podrían haber perdido a uno o ambos gemelos por la demora. También había sido estresante para ellos. En ese momento, su única preocupación era una posible infección, pero Eugenia no tenía ningún síntoma.

El médico dejó las gotas a las enfermeras, les dijo cuándo debían administrárselas y se marchó a las diez. Ya llevaba dieciséis horas en la casa y también parecía cansado. Stella salió de la habitación con él cuando Eugenia volvió a dormirse. Seguía sin tener ánimos para ver a los gemelos. Y habían llamado al ama de cría para que los atendiera.

—Ya puede avisar al señor Ferguson. De hecho, creo que

debería hacerlo —le comentó el médico a Stella, que parecía tan cansada como él.

—¿Corre peligro, doctor?

—No. Siempre nos preocupa que haya infección, sobre todo después de un parto difícil, pero no hay razón para que tenga problemas. Solo necesita descansar y reponerse del trauma del parto. Esto no ha sido fácil para ella. —Eso les había quedado claro a todos—. Pasaré a verla esta tarde. —Sabía que las enfermeras estarían pendientes por si le subía la fiebre. Pero, si eso no sucedía, esperaba que se repusiera y volviera a ser la mujer joven y sana que era—. Con gemelos suele ser así —le aseguró a Stella, que también estaba afectada por lo que había visto. Le daba mucha pena su señora, pero le alegraba haber podido ayudarla en todo lo posible. No obstante, nada había aliviado a Eugenia durante el parto.

—¿Tendrá bien la espalda después de esto? —preguntó preocupada, y el médico sonrió.

—Sí, su espalda no ha sufrido ningún daño. Los bebés debían de presionarle la columna al descender. Todo es muy normal. La espalda no me ha preocupado en ningún momento, solo los gemelos. Y, por supuesto, no queremos perder a la madre. Estoy seguro de que se recuperará. Quiero que guarde cama durante dos o tres semanas. O más tiempo, si está débil. Y nada de visitas durante un mes.

Stella asintió y bajó con él para acompañarlo a la puerta. Un lacayo que estaba cerca se la abrió. Stella había informado a una de las criadas del nacimiento de los gemelos y los criados estaban exultantes, mucho más que su madre, que ni siquiera quería verlos después del dolor insoportable que le habían causado.

Stella bajó entonces al comedor del servicio para tomarse una taza de té, tranquila al saber que Eugenia dormiría varias horas y las enfermeras estaban con ella. Una iba a echarse en una cama plegable que habían colocado en el vestidor y la otra descansaría cuando se despertara. Se turnarían para atenderla durante unos días.

—¿Cómo ha sido? —le preguntó la señora Allbright en cuanto entró.

—Espantoso —respondió Stella con sinceridad, y se sentó en una silla, agotada—. Parecía que la pobrecilla fuera a morirse.

—Esperemos que no lo haga —observó sombríamente una de las criadas—. Mi prima se murió, y la mujer de mi hermano también. —A veces pasa.

—La señora Ferguson no se va a morir —afirmó la señora Allbright, y Stella asintió—. Solo ha tenido gemelos. Es normal que lo haya pasado mal. Ahora tenemos que cuidarla bien. —Todos charlaron animadamente junto a la mesa mientras la señora Allbright hablaba con Stella en voz baja—. ¿Cómo está? Debe de haber sido muy difícil para ella, tener dos en vez de solo uno. Hasta ahora siempre le había resultado fácil.

—Esta vez no —respondió Stella con seriedad—. Nunca he visto nada peor. Ahora tiene un aspecto horrible.

—Pronto se animará. Es joven —aseveró la señora Allbright—. Hemos mandado a buscar al señor Ferguson. Estoy segura de que llegará enseguida. —Stella asintió y se fue a su habitación para descansar un poco.

Harry Ferguson llegó después de cenar. Estaba exultante. Lo primero que quiso cuando subió la escalera dando saltos como un niño ilusionado fue ver a sus hijos recién nacidos. La niñera de los gemelos, el ama de cría y los recién nacidos estaban instalados en un espacioso cuarto de invitados próximo a los dormitorios del matrimonio. Cuando irrumpió en él, cada mujer tenía a un bebé en brazos y los dos dormían plácidamente. Los miró, con una sonrisa de oreja a oreja, les tocó los deditos con delicadeza y se fijó de inmediato en que la niña era pelirroja y tenía unas facciones perfectas. Por lo demás, se parecía a su hermana mayor, y el niño era moreno y enorme. Tenía el tamaño de un bebé de tres meses. Ambos eran preciosos y se sintió muy satisfecho, de Eugenia y de sí mismo. Tenían dos hijas y cuatro hijos. Eran una familia ideal y, cuando salió del cuarto de los niños, lo único que quería hacer era ver a su esposa.

Eugenia estaba durmiendo y se despertó atontada cuando le oyó entrar y hablar con una de las enfermeras. Después se acercó a la cama con una sonrisa radiante. El aspecto de Eugenia lo sorprendió. La habían lavado, pero tenía el cabello alborotado y los ojos hundidos, y seguía blanca como un cadáver.

—Hola, Harry... —saludó soñolienta—. Ha sido espantoso... Nunca más lo haré... nunca... No más hijos... —Era lo único en lo que podía pensar.

Con solo verla, él supo lo duro que había sido. Se sintió culpable por un momento, pero también estaba exultante por los gemelos.

—Son preciosos... Lo siento... pero son maravillosos. Has hecho un gran trabajo. —Ella asintió con los ojos vidriosos.

—No más...

—De acuerdo —dijo él con dulzura cuando la enfermera los dejó solos. Si Eugenia hablaba en serio, él podría soportarlo. Seis eran suficientes. Siempre había querido seis hijos, y tener gemelos era perfecto para él—. Te quiero mucho —añadió cuando ella volvió a quedarse dormida.

Cuando la dejó sola, volvió a entrar en el cuarto de los niños para echarles otro vistazo. La niña se estaba despertando en ese momento y pareció mirarlo con expresión desconcertada antes de bostezar. Su hermano dormía plácidamente y Harry se marchó poco después. Se sirvió una copa en la biblioteca y se quedó junto la ventana mirando sus tierras, pensando en sus bebés, agradecido a Eugenia por tenerlos, y sintió que todo le iba bien en la vida.

7

El día que nacieron los gemelos se desató un enorme júbilo en las dependencias de los niños. Angélique y Helen se alegraron mucho al conocer la noticia cuando Sarah se lo dijo y, cuando informaron a los niños, se mostraron muy ilusionados de tener un hermano y una hermana y quisieron verlos al instante, aunque Angélique les explicó que tenían que dejarles descansar unos días.

—¿Por qué? ¿Les ha cansado el viaje? ¿Han venido de muy lejos? —preguntó Emma. Ninguno tenía edad suficiente para relacionar la llegada de un bebé con la barriga de su madre. Y nadie se lo había explicado, de manera que les sorprendía enterarse de que los bebés estaban cansados.

Emma quería ver a su madre, pero Angélique le dijo que estaba agotada y probablemente dormida. La niña pareció decepcionada.

—¿Han venido de muy lejos? —insistió—. ¿Ha ido a buscarlos mamá?

Todo les parecía muy confuso. Su padre fue a verlos esa tarde mientras cenaban. Les dijo que sus hermanitos iban a llamarse George y Rose y que podrían verlos muy pronto. Añadió que eran muy pequeños y que necesitaban dormir durante unos días. Y que su madre se encontraba bien, pero que tenía cosas que hacer. No quería preocuparlos y no había motivo para que supieran lo maltrecha que la había dejado el parto. Cuando volvieran a verla, quería que estuviera bien y se encontrara mejor. No tenía sentido espantarlos y, si la hubieran visto entonces, se habrían asustado. Él también estaba preocupado por ella.

Eugenia tenía mejor aspecto al día siguiente y se sentó en la cama para beber un poco de té. Llevaba dos días sin comer. Estaba siguiendo las instrucciones del médico a rajatabla y las enfermeras la atendían muy bien. El médico le había dicho que si quería recuperarse con rapidez, debía hacer reposo. Ella no tenía problema en obedecer sus órdenes y aseguraba que se sentía tan débil que estaba segura de que se caería si intentaba levantarse de la cama. No obstante, iba recobrando las fuerzas día a día y tenía mejor color.

Cuando los bebés tuvieron una semana de vida, permitieron que Angélique bajara a verlos con los cuatro hermanos. Los gemelos estaban despiertos, llevaban vestiditos, gorritos y botitas de lana a juego, y estaban bien envueltos en mantas en brazos del ama de cría y la niñera, que advirtieron a los niños de que no debían tocarlos. Los cuatro hermanos mayores los miraron asombrados y Angélique se emocionó de lo hermosos que eran. Parecían perfectos.

—¿Puedo coger uno? —preguntó Emma mirando a Rose. La enfermera le dijo que tendría que esperar hasta que la niña estuviera más fuerte, pero que pronto estaría con ellos en sus dependencias. La pequeñina se quedó mirando a su hermana mayor, escuchando su voz.

—¿Por qué hay dos? —preguntó Simon—. ¿Por qué no nos ha llegado solo uno, como tenía que ser?

Le parecía un misterio y no le encontraba sentido. La última vez, cuando nació Charles, solo había un bebé, y con Rupert había sido igual.

—Nos han dado uno de más —explicó Angélique.

—¿Nadie quería al otro y por eso nos lo han dado a nosotros? —preguntó el niño con el entrecejo fruncido.

—Tus padres los querían a los dos —respondió Angélique con una sonrisa, aunque estaba claro que a Simon le parecía un exceso innecesario—. Ahora sois seis. —El niño asintió. Eso tenía sentido.

Se quedaron media hora en el cuarto de los bebés y después salieron afuera a jugar. Los niños parecían contentos. Emma comentó que Rose era muy guapa.

—Es igual que tú —le dijo Angélique—, aunque pelirroja.

—¿También tendrá el pelo rizado?

—Tendremos que esperar a ver.

A partir de entonces visitaron a los gemelos a diario. Simon se aburrió después de unos días, pues los bebés siempre estaban dormidos, y Rupert y Charles aún era demasiado pequeños para estar interesados. No obstante, Emma pedía ver a los gemelos todos los días y Angélique la llevaba a verlos. La niña estaba especialmente encantada con su nueva hermana y fascinada de que fueran dos, aunque Simon seguía diciendo que era absurdo. Le parecía una equivocación. Como un error de reparto de una tienda, que les había mandado dos bebés en vez de uno. Pero a Emma le gustaban y hablaba de ellos a todas horas.

Les permitieron visitar a su madre un momento tres semanas después del parto. Eugenia estaba en su vestidor, echada en un diván, y aún estaba pálida y con cara de cansada, pero les alegró verla y le dijeron que les encantaban sus hermanitos.

—¿Te encuentras mejor después del viaje? —le preguntó Emma con educación, y Eugenia la miró sin comprender—. Nos dijeron que estabas muy cansada después de ir a buscarlos. Debiste de ir muy lejos.

—Sí —respondió Eugenia con una sonrisa—. Muy lejos. Pero ya me encuentro mejor.

Compartió una sonrisa con Angélique y les dijo que deberían salir a jugar. Hacía un tiempo magnífico desde que habían nacido los gemelos. La visita solo había durado cinco minutos y para Eugenia era suficiente. Estaba intentado recuperar las fuerzas y no quería agotarse con ellos.

Los gemelos tenían un mes la primera vez que bajó a la planta baja. Comió con su esposo en el comedor, se sentó un rato en la terraza para tomar el aire y volvió a acostarse. Harry se marchaba a Londres al día siguiente y ella tenía intención de reunirse con él en unas semanas, y esperaba estar más fuerte para entonces. La temporada social empezaba en unas pocas semanas y no se la quería perder. El baile de Gwyneth era a finales de junio y le había prometido a Elizabeth que asistiría. Su intención era haber recuperado la figura para entonces. Había pedido a Stella que empezara a ponerle el corsé y se sentía más ella misma desde que lo hacía.

Habían adquirido otro cochecito y el ama de cría y la segunda niñera sacaban a los gemelos todos los días para que les diera el aire. Ellos dormían plácidamente mientras las dos mujeres los paseaban por el parque, y sus hermanos mayores se acercaban a echarles un vistazo siempre que podían, igual que los otros criados, que se morían por verlos.

En junio empezaron a recibir visitas de amigos de Eugenia, también ilusionados con ver a los gemelos. Su madre por fin había empezado a cogerlos en brazos. El parto la había dejado tan destrozada que se había pasado las dos primeras semanas sin verlos ni querer que se los llevaran a la habitación, pero Harry estaba tan entusiasmado con ellos que Eugenia acabó pidiendo que se los llevaran; tenía a cada uno en brazos unos minutos y pedía que se los cogieran cuando empezaban a llorar, alegando que necesitaban mamar.

Los recién nacidos eran tan pequeños y delicados que siempre le hacían sentirse incómoda; decía que le daba miedo romperlos, como si fueran muñecas de porcelana. No obstante, le gustaba pasarse por su cuarto de vez en cuando para echarles un vistazo.

Pero sobre todo le preocupaba su figura. Y como de costumbre, después de un parto tenía cuidado con lo que comía. Ya había empezado a adelgazar. No tenía ninguna intención de perder la silueta por ellos.

Se marchó a Londres a finales de junio, cuando los gemelos tenían siete semanas, y ya estaba muy guapa para entonces. Seguía un poco rellenita, pero tenía una figura voluptuosa y preciosa. Y, por supuesto, dejó a los gemelos en Hampshire, con sus hermanos. Dijo que Londres no era sitio para unos recién nacidos, con tanta actividad y alboroto. Los criados de la casa de Curzon Street se llevaron una decepción al no verlos, pero Harry ya les había dicho que no irían.

En cuando llegó a Londres, Eugenia se sintió como si hubiera salido de la cárcel, después de los aburridos meses que había pasado en su casa del campo durante su larga recuperación del parto. Pero tal como había vaticinado el médico, era joven y se había repuesto enseguida, aunque dijo a todos sus amigos que tenerlos había sido la peor experiencia de su vida y que no pensaba repetir. Harry la creía, lo que hacía que los gemelos fueran aún más especiales.

En cuanto Eugenia se marchó de Hampshire, Angélique empezó a pasar más tiempo con los gemelos. Quería conocerlos y acostumbrarse a ellos antes de que los trasladaran a las dependencias de los niños en agosto, cuando dejaran de mamar y la segunda niñera regresara a Londres. Los señores se la habían quedado más tiempo del previsto porque los bebés eran dos, y le habían dicho a Helen que tendría que ayudar a Angélique a cuidarlos, ya que habría seis niños en casa durante un mes, y cinco cuando Simon se fuera a estudiar a Eton. Eugenia seguía insistiendo en que no necesitaban otra niñera, lo que a Sarah le parecía una locura. ¿Cómo iba Angélique a manejar a cinco niños, dos de ellos casi recién nacidos?

—Tendrás que ser un pulpo para poder con todo —observó con ironía.

—La segunda niñera dice que los gemelos se portan bien —respondió ella con seguridad.

Cuidar a unos niños tan pequeños sería una nueva experiencia. La señora Ferguson le había asegurado que era capaz de hacerlo, y que tenía plena confianza en que lo haría bien. A Angélique le encantaba cogerlos en brazos y, al igual que Emma, tenía una clara preferencia por Rose, aunque nunca lo reconocería. Era como una pequeña florecilla, mientras que George parecía un robusto hombrecito. Una de las criadas escocesas lo llamaba «muchachote».

Eugenia y Harry no regresaron a Hampshire hasta finales de julio. Para entonces habían asistido a todos los bailes a los que habían sido invitados, incluido el de Gwyneth, y la temporada social tocaba a su fin. Tres días después de su regreso volvieron a marcharse, esta vez a Bath, para pasar un mes de vacaciones sin los niños y disfrutar de sus aguas reparadoras; Eugenia decía que lo necesitaba después de todo lo que había sufrido.

Volvieron a finales de agosto, pero estuvieron ocupados todas las noches hasta finales de la primera semana de septiembre, un día antes de que Simon se marchara a Eton. El niño llevaba varios días llorando, pero sabía que no podía quejarse a sus padres. Angélique le dijo que tenía que ser valiente, y él le había prometido que lo sería. No le había dejado ver en ningún momento cuánto la entristecía que se fuera de casa tan pronto, y sabía que lo echaría de menos.

La mañana de su partida hacía un día espléndido. Angélique lo levantó temprano. Llevaba días preparándole el equipaje, en el que había incluido sus libros preferidos, una manta que adoraba, su almohada y un osito de peluche con el que dormía desde que nació. Era demasiado pequeño para dejar de hacerlo, sobre todo si iba a separarse de sus padres. Necesitaba tener algún consuelo, por mínimo que fuera. Solo esperaba que los otros niños no se burlaran de él ni se lo quitaran. No obstante, seguro que habría otros niños con los que crear lazos duraderos de amistad. Y todos los alumnos de primer curso tenían su misma edad, cinco años. Angélique pensaba en su fuero interno que, de hecho, era un curso de bebés. No soportaba la idea de mandarlo a un internado tan joven, y opinaba que sus padres solo lo hacían porque era lo que todo el mundo hacía y porque el colegio era legendario y famoso, y además porque era un símbolo de su posición social que su hijo estudiara allí.

Angélique acompañó a Simon a despedirse de sus padres la tarde previa a su marcha. Su padre le estrechó la mano y su madre lo abrazó, y ambos le advirtieron que se portara bien y estudiara mucho. A Angélique le pareció un bebé mientras estaba firme ante ellos. Después regresaron a las dependencias de los niños. Esa noche, ella le abrazó más que de costumbre.

Por la mañana, lo acompañó abajo cuando llegó la hora de partir. Los lacayos habían recogido sus maletas la noche anterior y ya estaban en el carruaje. Su padre le había reservado su mejor carruaje y cochero para el viaje a Windsor, que duraría cinco horas, y la cocinera le había preparado una cesta de comida para el trayecto. Tenía todo lo que necesitaba. Antes de que subiera, Angélique le dio un fuerte abrazo. Ni su padre ni su madre bajaron a despedirlo.

Cuando el carruaje empezó a alejarse, le dijo adiós con la mano hasta perderlo de vista. Simon permaneció sentado en silencio, sin poder contener las lágrimas que le caían por las mejillas, como si acabaran de romperle el corazón.

Tras la marcha de Simon, Angélique regresó a las habitaciones de los niños, donde Helen se había quedado al cuidado de sus hermanos. Tenían dos capazos para los gemelos, que desde agosto estaban a cargo de Angélique. Eso le dejaba poco tiempo para nada más, pero se las apañaba muy bien y Helen era una gran ayuda. Se pasaban el día corriendo y, salvo cuando dormían, una de ellas siempre tenía a un gemelo en brazos. Los bebés se habían adaptado bien a vivir con sus hermanos y Emma estaba encantada de tenerlos tan cerca. A sus cuatro años, adoraba a su hermanita. Nunca tenía celos y quería jugar con ella como si fuera una muñeca, aunque Angélique le recordaba que debía tratarla con delicadeza. Sus dos hermanos aún eran demasiado pequeños y brutos para tener un bebé en brazos, pero Angélique dejaba que Emma se sentara en el suelo y cogiera a uno de los gemelos en brazos, envuelto en una manta. De esa manera, el bebé estaba protegido y no caería de muy arriba si se movía y a Emma se le escurría de los brazos, o si le pesaba demasiado.

Las dependencias de los niños no eran lo mismo sin Simon. Había sido una fuerte presencia desde la llegada de Angélique, con todas las características de un primogénito. Cuidaba a su hermana, se mostraba protector con los demás y, en algunos aspectos, era como un hombrecito. Hablaba con Angélique como si fuera un adulto. A ella le pesaba no tenerlo cerca y la entristecía mucho. Esperaba que estuviera contento en el colegio, pero no veía cómo podía estarlo, con lo pequeño que era.

Angélique notó mucho su ausencia durante los dos meses siguientes. En noviembre le sorprendió darse cuenta de que llevaba un año trabajando para los Ferguson. En algunos aspectos le parecía que solo habían pasado unos minutos; otras veces, en cambio, tenía la sensación de llevar toda la vida con ellos, y había empezado a preguntarse qué iba a hacer con el resto de su vida. El trabajo la satisfacía y se le daba bien; de hecho, le gustaba ser niñera. Se había encariñado con los niños y, últimamente, también con los gemelos. No tenía ganas de vivir o trabajar en ningún otro lugar, aparte de Belgrave, pero sabía que eso nunca sería posible.

A veces se preguntaba si no debería estar haciendo algo más importante con su vida, o cuándo debería utilizar el dinero de su padre para comprarse una casa. No obstante, tenía la sensación de que era demasiado pronto para eso y de que estaba más segura bajo la protección de los Ferguson. Además, le parecía el trabajo adecuado. ¿Quién iba a contratarla sin experiencia, salvo como niñera?

Le gustaba trabajar para los Ferguson, y ellos le dejaban mucha autonomía con los niños. Eugenia no subía para vigilarlos o cenar con ellos. Cuando quería verlos, pedía que se los bajaran, pero rara vez durante más de unos pocos minutos y nunca más de una vez a la semana. Su ausencia dejaba a Angélique totalmente al mando y libre para tomar decisiones. Si iba a ser niñera, no se le ocurría mejor puesto que este, pero también sabía que no quería ser niñera toda su vida. Educar a los hijos de otras personas y vivir en su casa era una existencia extraña, y sabía que, mientras lo hiciera, jamás tendría vida propia.

La mayoría de las personas con las que trabajaba habían sido educadas para dedicarse a servir. Ella no. Pensaba en eso de vez en cuando, y se preguntaba cómo sería llevar su propia casa como ella quisiera y tomar decisiones sobre su propia vida. Los Ferguson le ofrecían su protección, pero estaba renunciando a mucho al quedarse con ellos. Los años pasarían sin que apenas se diera cuenta y un día sería vieja, como muchos de los otros criados. Cuando su hermano la echó de casa, no solo le había arrebatado su hogar, sino que la había condenado a una vida para la que no estaba preparada y que jamás había imaginado, y a veces no podía evitar preguntarse si ese era su destino irrevocable.

Durante su segunda Navidad con los Ferguson ya todo le resultaba familiar. Cuidaba de los cinco niños con la ayuda de Helen, consciente de que quizá los quería más que sus padres. Y también los conocía mejor. No obstante, siempre serían los hijos de otros y aquel siempre sería un hogar ajeno. Se preguntó si los demás criados pensaban alguna vez en eso y se cuestionaban lo que hacían, pero no se atrevía a planteárselo. A veces lo comentaba con Sarah; sabía que la joven aspiraba a casarse algún día y tener hijos, y de hecho seguía viéndose en secreto con uno de los mozos de cuadra.

A sus diecinueve años, Angélique no tenía la menor idea de si esa sería su vida para siempre o si algún día, en algún lugar, tomaría otro derrotero. No tenía tiempo de pensar en eso, salvo algunas noches, cuando estaba en la cama, siempre que ninguno de los niños la llamara o tuviera una pesadilla, y ella tuviera que levantarse para consolarlos. Cuando lo hacía, o tenía a los gemelos en brazos, comprendía que esa era la vida que debía vivir en ese momento. Lo que no sabía era si sería para siempre o solo por un tiempo. De momento, quizá no necesitara saberlo.

Simon fue a casa por Navidad y Angélique vio de inmediato que estaba más alto y muy delgado. Le preocupaba que no estuviera comiendo lo suficiente. También tenía los ojos tristes. Parecía un niño abandonado. Volcó en él todo su amor y energía durante el tiempo que pasó en casa. Gracias a que una de las criadas le había enseñado a tejer, pudo hacer un jersey para él como regalo de Navidad. Le preguntó dónde estaba su osito y Simon le explicó que, nada más llegar a Eton, le habían obligado a dejarlo en su baúl y le habían dicho que ya no tenía edad para eso, que ya era mayor.

Simon parecía encantado de estar en casa y no se separó de ella en ningún momento. Lloró desconsoladamente en sus brazos la noche antes de regresar al internado, mientras le suplicaba que le dejara quedarse en casa con ella.

—No puedo hacer eso, Simon —le explicó Angélique con un nudo en la garganta—. Tus padres quieren que estudies allí. No me harán caso.

—Diles que me portaré bien durante el resto de mi vida.

—Quieren que tengas una buena educación, y que hagas amigos.

—Yo no quiero hacer amigos. Te tengo a ti. ¿Te quedarás aquí para siempre?

Simon le estaba haciendo las mismas preguntas que ella misma se había hecho, pero tampoco tenía respuestas para él. Además, no podía mentirle: no sería justo.

—No lo sé. Eso depende de si tus padres quieren que me quede. Además, un día os haréis todos mayores. —Y antes de lo que Simon creía. Todos sus hermanos varones irían a Eton a la misma edad que él, y los Ferguson también podían mandar a las niñas a un internado, aunque no a los cinco años.

—¿Por qué no podemos quedarnos aquí y ya está? —le preguntó el muchacho, apesadumbrado.

—Porque los niños como tú van a colegios como Eton, y eso está muy bien.

Pero no estaba segura de que fuera cierto. Le habría encantado que Simon se quedara en casa y enseñarle ella misma, o que tuviera profesores particulares como tuvo ella. No obstante, sus padres habían llevado una vida distinta y ella era una niña. Sus propios hermanos también habían ido a un internado, aunque no desde tan pequeños. Edward lo odiaba y no le fue bien, pero a Tristan le encantó estudiar fuera de casa.

Simon estaba desolado cuando la niñera lo subió al carruaje al día siguiente. Sus padres se habían despedido de él la noche anterior. Angélique se quedó mirando su triste carita pegada a la ventanilla cuando el carruaje se alejó, y se sintió como si hubiera vuelto a fallarle.

Regresó a las dependencias infantiles con un enorme peso en el corazón y preparó el desayuno a los niños cuando se levantaron. Emma estaba un poco febril y tenía tos, por lo que decidió que se quedarían en casa. Les había prometido ir al estanque a patinar, pero era imposible con la niña enferma, así que les aseguró que los llevaría otro día. Helen se ofreció a vigilar a Emma mientras ella salía a tomar el aire con los chicos. Angélique la acostó antes de marcharse y la pequeña, contenta de estar en la cama con su muñeca preferida, se durmió antes de que saliera con Rupert y Charles.

—Envía a alguien a buscarme si empeora —le pidió a Helen al salir.

Hacía demasiado frío para sacar a los gemelos, que se quedaron en brazos de Helen, pero sus dos hermanos mayores necesitaban correr. Se apresuró escaleras abajo tras ellos, confiando en que Emma se encontrara mejor cuando se despertara. No dejó de pensar en ella y en Simon, que regresaba solo al internado.

Eugenia ni siquiera los tenía en la cabeza: estaba decidiendo los menús para los amigos que llegarían de Londres esa noche. No le dedicó a su hijo ni uno solo de sus pensamientos.

8

Cuando Angélique regresó del parque con los niños, le ardía cara y tenía las manos heladas, pero se habían divertido. Los dos niños eran incansables, aunque, por suerte, ella tenía tanta energía como ellos.

—No sé cómo te las apañas con seis —le susurró la cocinera cuando entraron. Les ofreció a los dos niños un plato de galletas mientras Angélique le sonreía.

—Helen me ayuda —respondió, y cogió una de las deliciosas galletas de jengibre recién salidas del horno. La señora Williams también se las preparaba en Belgrave cuando era pequeña, y comérsela le trajo recuerdos del hogar de su infancia.

De vuelta en sus dependencias, Angélique le echó un vistazo a Emma. Helen comentó que no se había despertado desde que se habían marchado. Se preocupó al comprobar que estaba incluso más caliente que antes. Se quedó un rato con ella, salió a ver cómo jugaban los niños en el saloncito y cogió a Rose para cambiarle los pañales mojados. George dormía en los brazos de Helen después de haber dado buena cuenta de su biberón. Rose comería a continuación. Era una niña alegre que daba poco trabajo, menos que su hermano gemelo, quien últimamente era propenso a tener cólicos y se despertaba a menudo por la noche. Angélique llevaba varios días levantándose con él tres veces cada noche, mientras que su hermana dormía de un tirón sin decir ni pío y siempre sonreía y se reía cuando se despertaba. Le encantaba jugar con ella, pero estaba preocupada por Emma cuando fue a buscarle el biberón.

Después de dárselo, entró a echar otro vistazo a su hermana. Emma se estaba despertando, y empezó a llorar en cuanto abrió los ojos y vio a su niñera.

—Me duele —se quejó susurrando con voz ronca, y después tuvo un aterrador ataque de tos que casi le cortó la respiración.

Angélique la sentó en la cama, le dio un sorbo de agua y le tocó la frente con suavidad. Estaba ardiendo. Seguía llorando, y cuanto más lloraba, más tosía. Pasaron cinco minutos antes de que pudiera recobrar el aliento y volver a tumbarse en la cama. Angélique le prometió que volvería enseguida, salió al saloncito y le pidió a Helen que estuviera pendiente de ella.

—¿Dónde vas?

—Quiero que la vea el médico —susurró la niñera.

No le gustaba cómo sonaba la tos, la expresión de sus ojos ni la fiebre. No era enfermera, pero era fácil darse cuenta de que estaba muy enferma, y los síntomas se habían agravado muy deprisa desde la noche anterior. De hecho, parecía estar bien al acostarse.

Bajó rápidamente a la primera planta y vio a Stella, que salía de la habitación de Eugenia.

—Yo no entraría ahora mismo —se apresuró a decirle la doncella cuando la vio decidida a pasar por su lado—. No está de muy buen humor. —Bajó aún más la voz y puso los ojos en blanco—. No le gusta cómo la he peinado.

—Tengo que hacerlo —le aseguró Angélique con cara de preocupación—. Necesitamos que venga el médico.

Stella asintió.

—Hazlo por tu propia cuenta y riesgo. Me ha tirado una zapatilla al salir.

Eugenia era propensa a las pataletas, aunque solía descargar contra su doncella cuando no le gustaba cómo le quedaba un vestido, pensaba que sus arreglos eran chapuceros, le había planchado algo mal o no le había ceñido lo suficiente el corsé. Estaba igual de guapa que siempre, pero tenía la cintura un poco más ancha desde que tuvo a los gemelos y no quería que nadie lo supiera. Stella había intentado decirle con la máxima diplomacia posible que los cordones del corsé solo se podían apretar hasta cierto punto antes de romperse.

Angélique se dirigió sin hacer ruido al vestidor de su patrona y llamó a la puerta antes de entrar.

—¿Sí? ¿Has vuelto para arreglármelo? —preguntó Eugenia con voz quejumbrosa, creyendo que era su doncella y refiriéndose a su peinado.

—Lo siento, señora Ferguson.

Angélique entró y observó el elaborado peinado, al que no encontró ninguna pega.

—¿Qué haces aquí? —Parecía sorprendida y nada contenta de verla, pero a Angélique le daba igual.

—Se trata de Emma. No se encuentra bien. Tiene fiebre y una tos muy fea.

—Pues dale té con miel, y ese jarabe que nos dejó el doctor cuando Rupert se puso enfermo. Es probable que sea lo mismo.

—Él no tuvo fiebre, señora —adujo Angélique con educación—. Creo que debería verla el médico.

—No digas bobadas. ¿Por un resfriado? De todas maneras, se pasan la vida enfermos. No dejes que se acerque a los gemelos, son demasiado pequeños. —De hecho, tenían ocho meses y Angélique tampoco quería que se contagiaran. No obstante, quería transmitir a su madre, sin alarmarla demasiado, su impresión de que Emma estaba muy enferma.

—Creo que es más que un resfriado, señora —insistió con firmeza.

—Tú no eres médico. ¿Dónde está Stella? Le he dicho que venga para volver a peinarme. ¿Dónde está?

—Estoy segura de que volverá enseguida —respondió en voz baja—. Querría que llamara al doctor Smith, de veras.

—No deberíamos molestarlo por los niños, a menos que sea necesario, o lo llamaríamos cada vez que estornudan.

—Tiene mucha fiebre, señora, y tos de perro.

—Qué cosa tan fea. —Eugenia se volvió y la fulminó con la mirada—. Veremos cómo está dentro de unos días. Si mañana ha empeorado, avísame. El pobre hombre no puede correr por todo el condado para ver a cada niño que coge un resfriado. Estoy segura de que mañana ya estará bien. Ya sabes cómo son los niños. —Después de catorce meses cuidándolos día y noche, Angélique lo sabía. Emma jamás se ponía enferma. Parecía delicada, pero era más fuerte que sus hermanos, lo que hacía incluso más preocupante su actual estado. Tenía buen instinto para las dolencias de los niños, y eso no era propio de Emma—. Vuelve arriba a cuidarla. ¿Cómo están los gemelos? —Eugenia llevaba semanas sin verlos.

—Están muy bien, señora —respondió angustiada. Era evidente que la madre de Emma no se daba cuenta de lo enferma que estaba su hija y que no se planteaba ir a verla. No soportaba que sus hijos se pusieran enfermos y no quería contagiarse de lo que fuera que tuviera la niña—. Creo que debería llamar al doctor Smith —insistió una vez más Angélique.

Eugenia parecía a punto de lanzarle una zapatilla.

—Te he dicho que no lo molestes. Dejemos el tema. Ve a buscar a Stella y dile que vuelva y me peine. Y no fastidies al doctor Smith por una niña con un resfriado.

—Muy bien, señora —masculló Angélique con los dientes apretados cuando Stella entró, todavía tensa. Sabía lo que le esperaba: varios intentos más de peinar a su señora a su gusto, las veces que hiciera falta.

—Aquí estás.

Eugenia miró a Stella con cara de exasperación y despachó a la niñera, quien se retiró en silencio con un nudo en el estómago mientras la doncella se disponía a volver a peinarla. Las dos sirvientas se lanzaron una mirada incisiva cuando Angélique salió. Compadecía a Stella, pero estaba mucho más preocupada por Emma, a quien habían negado la ayuda del médico. Se preguntó si su padre se habría mostrado tan despreocupado, aunque concluyó que sí. Y como estaba en Londres, no tenía la menor idea de que Emma se había puesto enferma. Cuando regresó a las dependencias infantiles, la niña estaba peor. Le había subido la fiebre y lloriqueaba en la cama.

Angélique se sentó a su lado y pidió a Helen que vigilara a sus hermanos. A la joven no le gustaba ocuparse de los cuatro, pero Angélique no quería separarse de Emma hasta que volviera a quedarse dormida. Le puso paños fríos en la frente y le cantó, después de darle una cucharada del jarabe que le había recomendado la madre. No cambió nada, pero media hora después la niña volvió a quedarse dormida. Angélique salió de la habitación y prestó a atención a los dos chicos. Tanto ellos como los gemelos estaban durmiendo una pequeña siesta antes de comer. Iba a ser un día largo, cuidando de todos y con Emma enferma.

—¿Qué ha dicho? —preguntó Helen cuando se sentaron un momento.

—Que no va a llamar al médico, que solo es un resfriado.

—A mí me parece que es más que un resfriado —susurró Helen—. No ha dejado de toser desde que te has ido.

No le sorprendió la noticia y le angustiaba la negativa de Eugenia de ofrecer atención médica a su hija, aunque estaba segura de que si la enferma hubiera sido ella, habría llamado al médico de inmediato. Rara vez lo hacía por los niños, convencida de que sus enfermedades eran imaginarias, transitorias o insignificantes y no requerían los servicios de un doctor, el cual había que reservar para los adultos.

Helen cogió las bandejas de la comida cuando las subieron de la cocina. Habían incluido más galletas de jengibre y un consistente estofado de ternera con patatas para cada niño. Era una comida sustanciosa para una tarde de invierno que los dos chicos devoraron cuando se despertaron. Seguían comiendo cuando Angélique bajó a buscar caldo, pan tostado y té con miel para Emma. Los gemelos seguían durmiendo y solo bebían leche y comían purés, que también habían subido en las bandejas.

—Vuelvo enseguida —le prometió Angélique a Helen, y bajó a toda prisa.

Encontró la cocina rebosante de actividad. Eugenia tenía invitados de una hacienda vecina. Tomarían sopa y pescado de primero, lechón de segundo y un elaborado postre. La cocinera estaba ocupada, al igual que todas sus ayudantes y mozas de cocina, de manera que Angélique cogió lo que necesitaba ella misma.

—¿No les ha gustado el estofado? —preguntó la cocinera mientras colocaba el delicado lenguado en una fuente.

—Lo han devorado. Emma está enferma: necesito un poco de caldo para ella. Tiene fiebre y se encuentra muy mal.

—Pobrecilla. Mandaré que suban postre para todos después de la comida.

Angélique dudaba que Emma se lo comiera, y le angustiaba no poder llamar ella misma al médico.

La niña se tomó la sopa, el pan tostado y unas cuantas patatas cocidas que habían calentado en la cocina, pero vomitó justo después. Angélique pasó el resto del día sentada junto a la cabecera de su cama, vigilándola, cantándole, cogiéndole la mano o enjugándole la frente. Todavía no había anochecido cuando se quedó profundamente dormida.

Helen, que se había hecho cargo de sus hermanos durante toda la tarde, los acostó y después se fue a la cama. Tenía mucha menos energía con ellos que Angélique y era menos hábil a la hora de tenerlos ocupados. Como ese día ya habían salido una vez, Helen no había querido llevarlos al parque; le daba miedo perderlos, y a ellos les encantaba echar a correr cuando iban con Helen, lo que Angélique no les permitía. Para su sorpresa, había llegado a ser muy competente con los niños. Ellos la querían, la respetaban y la obedecían... casi siempre.

Pasó la noche sentada en una silla junto a Emma, aún vestida. No había querido separarse de ella ni para ponerse el camisón. La niña se despertó varias veces durante la noche. Por la mañana no estaba mejor, pero al menos no había empeorado, por lo que Angélique no se atrevió a hablar otra vez con su madre. Estaba segura de que se negaría a llamar al doctor Smith.

Pasaron el día como pudieron: llovía, de manera que los chicos tampoco podrían salir de casa. Angélique les dio el biberón a los gemelos, organizó juegos para los chicos y envió a Helen a buscar más caldo y un poco de arroz para Emma.

A la hora de cenar la niña estaba peor. Le había subido la fiebre y decía que le dolía la cabeza y todo el cuerpo, y que apenas podía tragar de lo que le dolía la garganta. Además, seguía con los ataques de tos. Angélique estaba decidida a volver a encararse con su madre por la mañana.

Emma pasó una mala noche y amaneció muy débil. Daba la sensación de que se estuviera apagando. A las ocho de la mañana, Angélique bajó a la primera planta y llamó a la puerta de su patrona. Sabía que era un atrevimiento por su parte, pero no quería esperar un momento más. Emma llevaba mucho tiempo muy enferma. Ese era su tercer día y no había mejorado nada.

Al principio llamó con suavidad y luego más fuerte, hasta que por fin Eugenia gritó desde su habitación a oscuras mientras Angélique esperaba al otro lado de la puerta.

—¿Qué pasa? —Parecía adormilada y nada contenta de que la hubiera despertado.

—Soy Angélique, señora. Creo de veras que necesitamos que el médico vea a Emma.

—¿Está peor? —preguntó Eugenia desde la cama, con la puerta cerrada.

—No, pero no ha mejorado. Está muy, muy enferma. —Eugenia vaciló un buen rato mientras Angélique aguardaba una respuesta.

—Espera hasta mañana —dijo por fin—. Estoy segura de que se pondrá bien.

¿Cómo podía saberlo? Ni siquiera la había visto. Angélique quiso aporrear la puerta y gritarle, pero no se atrevió.

—Creo de veras que deberíamos...

Estaba suplicándole por la niña que tenía a su cargo con lágrimas en los ojos. ¿Y si moría de gripe? Ella la quería, quizá incluso más que su propia madre.

—¡Eso es todo, Angélique! —gritó Eugenia.

Se marchó con las lágrimas resbalándole por las mejillas. Tenía las manos atadas: no podía llamar al médico sin la autorización de la madre.

Regresó a las dependencias de los niños y volvió a quedarse todo el día con Emma. Al anochecer, la niña había vuelto a empeorar. Estaba debilitada por la fiebre y no podía levantarse de la cama. La fiebre le había subido más aún, deliraba y decía cosas sin sentido. Angélique se negó a esperar un momento más. Sabía que el señor Ferguson había llegado de Londres ese día. Quizá él conseguiría que su esposa atendiera a razones o se preocuparía más. Bajó cuando el matrimonio cenaba con sus invitados. Le temblaban las piernas mientras esperaba en la puerta del comedor, dispuesta a pedirle a un lacayo que entrara y les diera el recado, cuando Gilhooley la vio y le preguntó qué hacía allí. Ella le explicó la situación y él frunció el entrecejo.

—No puede entrar —le advirtió él con severidad.

—Lo sé. ¿Se lo dirá usted? Quiero que llamen al médico para que venga cuanto antes. No se puede esperar más.

El serio mayordomo asintió y bajó la voz para responder.

—Lo llamaré yo. Si ella se enfada, puede echarme la culpa a mí. Al parecer, usted piensa que la niña está muy enferma, anormalmente enferma.

—Sí —confirmó Angélique, agradecida de que estuviera dispuesto a hacerle caso. Nadie más lo había hecho en cuatro días, la madre de la niña menos que nadie. Estaba muy asustada después de ver cómo Emma se consumía por la fiebre y tosía cada vez más.

—Se lo diré después de cenar. Para entonces el doctor Smith ya la habrá visto y no podrá hacer nada aparte de gritarme. —El mayordomo le sonrió—. Si se atreve. Mandaré de inmediato a uno de los mozos de cuadra a buscarlo.

—Gracias, señor Gilhooley —susurró. Le estaba inmensamente agradecida—. Lo esperaré en las dependencias de los niños.

—Así me gusta.

Al momento, ordenó a los lacayos que sirvieran la cena y bajó a cumplir su misión.

Angélique corrió de nuevo arriba y rezó para que el médico llegara pronto. Comprobó con sorpresa que apenas media hora después el doctor entró en las dependencias de los niños cargado con su maletín. Angélique acababa de salir de la habitación de Emma cuando él entró. Le alivió mucho verlo, le dio las gracias por acudir y le explicó todos los síntomas que la niña había tenido en los últimos días.

—¿Por qué no me han llamado antes? —preguntó apesadumbrado. No le gustaba lo que acababa de oír. Le preocupaba que fuera la escarlatina, o algo incluso peor. Consultó si la niña había tenido convulsiones, y Angélique respondió que no. Al doctor también le preocupaba que sus hermanos pudieran haberse contagiado, sobre todo los gemelos.

—La señora Ferguson pensaba que solo era un resfriado —respondió Angélique en voz baja. El médico frunció los labios y no respondió, pensando en las numerosas veces que Eugenia lo había llamado para que la visitara por mucho menos. Y era evidente que Emma tenía algo más que un resfriado.

Entraron juntos en la habitación y Angélique la despertó con delicadeza. La pequeña lloró cuando vio al médico, y le dijo que le dolía. A continuación, tuvo un ataque de tos espantoso y acabó vomitando. Manifestó todo el repertorio de síntomas ante el médico y, por fin, cuando volvió a calmarse, el médico y la niñera salieron de la habitación.

—No es la escarlatina —dijo él, aliviado—, pero es un caso muy grave de gripe, que puede ser mortal en niños de su edad. Ha hecho muy bien al llamarme. El señor Gilhooley me ha pedido que viniera de inmediato. Por suerte, estaba libre y no asistiendo en algún parto. Tenemos que bajarle la fiebre y necesita medicación fuerte para la tos. También voy a darle unas gotas para que pueda dormir. No quiero que la dejen sola; tiene que quedarse alguien con ella toda la noche para vigilarla y, si le sube la fiebre, debe llamarme de inmediato.

Parecía preocupado y, pese a lo que había dicho sobre los riesgos de la gripe para una niña de la edad de Emma, Angélique se sentía aliviada. Al menos, el doctor estaba allí para ayudarla y decirle que no era algo peor, y para confirmarle que había hecho bien en pedir que acudiera. Le compensaría a la hora de enfrentarse a la cólera de Eugenia cuando descubriera lo que había hecho. Estaba segura de que su patrona la culparía a ella y no al mayordomo de haber llamado al médico, pero le daba igual.

—He estado con ella todas las noches —le dijo al médico— y casi todo el día. La criada me ha estado ayudando con sus hermanos.

—No necesitamos ponerla en cuarentena, pero no los quiero en la misma habitación.

Mientras el médico decía eso, Angélique rezó para que Simon no se hubiera contagiado antes de marcharse. Sería espantoso que se pusiera tan enfermo como su hermana, estando solo en Eton. Pero no tenía forma de saberlo, ya que no podían ponerse en contacto con él. Y el colegio jamás informaría a la familia a menos que contrajera una enfermedad grave o muriera.

Mientras susurraban, oyeron que Emma tenía otro feo ataque de tos. El médico le entregó a Angélique el jarabe que quería que le administrara, junto con un frasco de las gotas para ayudarla a dormir, le indicó que la tuviera bien abrigada pero que le lavara la cara con agua fresca, le prometió que regresaría por la mañana y le pidió que lo llamara durante la noche si lo consideraba necesario.

—Gracias, doctor.

Sonrió agradecida y él le devolvió la sonrisa. Estaba impresionado con su diligencia y su evidente inteligencia.

—Son afortunados de tenerla —observó con sinceridad—. Podría ser una buena enfermera si decide dejar esta vida. Yo estaría encantado de tener una como usted.

—Gracias —respondió ella con timidez. Jamás se había planteado ser enfermera y no estaba segura de que fuera lo suyo, pero quería a Emma y había estado muy preocupada por ella.

—Se pondrá bien —la tranquilizó, consciente de su inquietud—, siempre y cuando no empeore. Las gotas la ayudarán a dormir para que pueda recobrar las fuerzas. Los niños se recuperan enseguida. —«Si no se mueren», pensó Angélique para sus adentros. No estaba segura de que la vida de Emma hubiera corrido peligro, aunque en algún momento había tenido esa impresión—. Todo evoluciona muy rápido cuando los niños se ponen enfermos, en ambos sentidos. Ahora haremos que evolucione en la dirección correcta.

Le dio una palmadita en el hombro con actitud paternal y poco después se marchó, bajó y salió por la cocina. La señora Allbright le dijo que los Ferguson estaban dando una fiesta, por lo que el doctor no pidió hablar con ellos. Su competente niñera lo tenía todo bajo control. Parecía joven, pero daba la impresión de tener recursos y saber lo que hacía. La niña estaba en buenas manos. Se marchó, con la esperanza de que mejorara pronto.

Angélique le dio a Emma su medicación tras la visita del médico y le lavó la cara y las manos. La niña se quedó dormida poco después y apenas tosió. Pasó mejor noche que las anteriores, pero la niñera permaneció sentada a su lado dando breves cabezadas, como había hecho desde que se había puesto enferma. A la mañana siguiente, Helen reconoció que no sabía cómo se tenía en pie. Pero no tenía alternativa.

El médico regresó a las nueve, justo después de que los otros niños terminaran de desayunar. Emma acababa de despertarse. Angélique estaba pálida y parecía cansada, pero se mantenía despierta y atareada, con un vestido y un delantal limpios, cuando él llegó.

—¿Cómo está nuestra paciente? —preguntó, después de saludar a los niños y fijarse en que todos tenían buen aspecto y habían tomado un sustancioso desayuno.

—Ha dormido mucho mejor y creo que le ha bajado un poco la fiebre. Todavía está caliente, pero no parece tan atontada, y por primera vez en días, no ha llorado cuando se ha despertado.

—Magnífico. —El médico entró a ver a Emma con Angélique. Cualquiera que no la hubiera visto antes se habría alarmado ante su aspecto, pero ambos la encontraron mejor que la noche anterior. La sonrisa de Emma supuso un enorme alivio. Angélique le cogió la mano y la niña alzó la vista para mirarla con adoración—. Creo que vas a volver a encontrarte bien muy pronto, jovencita —le aseguró el doctor—. Ahora tienes que tomarte las medicinas y hacer todo lo que te dice la niñera, y comerte todas las cosas ricas que te prepara la cocinera, y muy pronto estarás como una rosa y podrás jugar con tus hermanos.

Era obvio que se encontraba mejor, porque no se había quejado. Le enseñó su muñeca mientras hablaba con ella.

—También está enferma. Necesita medicinas para curarse. —Angélique y el médico se sonrieron desde ambos lados de la cama. Sí, la niña estaba muchísimo mejor.

—¿Ah, sí? Pues tendremos que pedirle a la niñera que también le dé medicinas. ¿Ha tosido? —Emma asintió con una sonrisa. El médico le caía bien y le parecía un hombre agradable—. Entonces tendrá que tomar jarabe y gotas —dijo a Angélique en tono serio—. Asegúrese de que se lo toma todo y no lo escupe —añadió fingiendo un rictus muy severo, mientras Emma se reía—. Los niños que se portan bien se toman todas las medicinas y se curan.

—¿Puedo ver a Rose?

Emma preguntaba por su hermanita, lo que también era buena señal. Todos los síntomas apuntaban en la dirección correcta, para gran alivio de los adultos. Pero el médico le aseguró que necesitaba descansar hasta que se encontrara mejor. Se había quedado sin jugar con Rose. Adoraba a su hermanita y le encantaba estar con ella siempre que podía. Le gustaba ayudar a Angélique a cuidarla y ver cómo le daba el biberón.

El médico se marchó un rato después y prometió regresar al día siguiente, a menos que Angélique lo necesitara antes, o para los otros niños si también empezaban a encontrarse mal. Ella confiaba en que eso no sucediera, y se sentía tan aliviada al saber que Emma estaba fuera de peligro que sonreía de oreja a oreja.

El médico se detuvo en la primera planta antes de bajar. Sabía dónde estaba la habitación de Eugenia, dado que había acudido las innumerables veces y había traído a sus hijos al mundo, y llamó a la puerta de su vestidor. Stella abrió enseguida y se asustó cuando lo vio. Puso los ojos como platos.

—Oh, no... es... le ha pasado algo...

—No. —El médico aquietó sus temores de inmediato—.

Está mejor, pero ¿podría hablar un momento con la señora Ferguson?

—Se lo diré. Aún no la he peinado y acaba de desayunar, pero ahora mismo se lo pregunto.

Stella entró en el templo que era el dormitorio y regresó enseguida para decirle que podía pasar. Eugenia estaba sentada en la cama, en bata, con la bandeja del desayuno en las rodillas. Se sorprendió al verlo y, por un momento, se preocupó.

—¿Hay alguien enfermo? —Lo miró sin comprender. Ni siquiera se le había pasado por la cabeza que pudiera tratarse de Emma, ya que había ordenado a Angélique que no molestara al médico por un resfriado.

Él comprendía perfectamente la situación y quería ahorrarle a la joven niñera el mal trago de recibir una reprimenda por haberlo hecho venir, y Gilhooley no había tenido tiempo de poner a su señora al corriente la noche anterior.

—Sé que estaba preocupada por Emma, pero, por suerte, no hay nadie más enfermo, y quería felicitarle por haber tenido la precaución de pedir a la niñera que mandara a buscarme. Emma ha sufrido un caso muy grave de gripe, que puede ser muy peligroso, incluso mortal en niños, pero creo que lo peor ha pasado. Tienen una niñera maravillosa: es una muchacha muy inteligente y juiciosa. Fue un gran acierto contratarla. Hizo muy bien en llamarme. La niña empeoró durante su fiesta y temía molestarles. Una muchacha muy sensata —añadió en actitud relajada mientras Eugenia lo miraba fijamente y comprendía que se estaba llevando el mérito de actos que no eran suyos. Ni siquiera se le había ocurrido preguntar por Emma en los dos últimos días.

—Sí, anoche dimos una fiesta aquí —reconoció con aire distraído—. Me alegro de que lo llamara, si era tan grave. —Parecía estupefacta de que el médico se hubiera tomado tan en serio el estado de su hija—. No haré que me los bajen en una semana o así. Nunca se sabe. Los niños siempre contagian cosas.

—Se pondrá bien en unos días, una semana a lo sumo. Yo no me preocuparía. —Pero Eugenia jamás se acercaba a sus hijos cuando estaban enfermos. Y después de enterarse de que Emma tenía la gripe, la consideraba una grandísima amenaza. Por lo visto, había estado tan enferma como decía la niñera, pero ella pensó que solo era una muchacha histérica que se preocupaba demasiado y hacía un drama de un resfriado—. Bueno, su empleada es una joya, y usted ha hecho muy bien permitiendo que me llamara. Solo avíseme si alguno de sus hermanos se pone enfermo.

—Claro —dijo Eugenia, preocupada por sí misma.

—Volveré mañana, a menos que me necesiten antes —añadió él con una sonrisa.

—Gracias, doctor.

Cuando el médico salió de la habitación, Eugenia se quedó un momento mirando al vacío. Habría reprendido a Angélique por haberlo llamado pese a todo, si no fuera porque, según parecía, su preocupación estaba justificada y él las había elogiado a ambas por hacerlo venir, de manera que difícilmente podía acusar a la niñera de eso. Si Emma tenía gripe, no quería ver a nadie procedente de las dependencias de los niños en un tiempo.

—Por lo visto, Emma se puso muy enferma anoche y la niñera llamó al médico —le explicó a Stella cuando la doncella volvió a la habitación—. Tiene gripe. No quiero que subas a la segunda planta; no si luego estás conmigo y me tocas el pelo.

—Sí, señora —respondió Stella con educación—. ¿Ya está bien Emma?

—Todavía no, pero el médico dice que lo estará. Supongo que es una suerte que la niñera lo mandara a buscar. Dice que la gripe puede ser muy peligrosa en niños, incluso mortal. Por supuesto, yo siempre lo he sabido. No sé cómo se ha puesto tan enferma. Empeoró anoche durante la fiesta. —Eso no era cierto: Emma llevaba cuatro días igual de mal, pero su madre no le había hecho caso ni se había preocupado. Y lo que en ese momento la inquietaba era no contagiarse—. Di a la niñera que, si saca a sus hermanos de casa, tiene que bajar por la escalera del servicio y no entrar nunca en el pasillo de la primera planta.

—Por supuesto, señora —respondió Stella.

La doncella hizo una reverencia, salió de la habitación y subió a transmitir el mensaje a Angélique.

—¿Cómo está? —preguntó a Angélique, preocupada.

—Un poco mejor. La pobrecilla ha estado muy enferma.

—Eso he oído. A su madre le aterra contagiarse: dice que no os acerquéis al pasillo de la primera planta y utilicéis siempre la escalera del servicio. ¡No bajaréis al salón en mucho tiempo! —Se echó a reír y Angélique le devolvió la sonrisa. Ambas conocían bien a su señora.

Stella regresó al vestidor de Eugenia y le aseguró que no había tocado nada ni a nadie. Al momento, su señora le ordenó que le preparara un baño y que después podía peinarla, ya que esperaba a unos amigos a comer. Stella fue a buscar los cubos de agua caliente a la despensa donde los calentaban y Eugenia se sentó en el tocador y se miró en el espejo, preguntándose si debería hacerse otro peinado.

9

Los Ferguson pasaron la mayor parte del mes de febrero en Londres y regresaron a Hampshire en marzo. Eugenia lo hizo cargada de baúles llenos de vestidos muy escotados confeccionados con bonitas sedas. Algunos eran muy atrevidos. Y Stella había aprendido algunos peinados nuevos.

Eugenia estaba más hermosa que nunca. El domingo a la hora de merendar vio a sus hijos por primera vez en casi dos meses, ya que se pasó varias semanas evitándolos después de que Emma tuviera la gripe y no los había visitado antes de marcharse. Le sorprendió lo grandes que estaban los gemelos con diez meses y que George ya hubiera empezado a andar. Para entonces, Emma estaba muy unida a Angélique, sobre todo después de su enfermedad, de la que había tardado en recuperarse más de lo previsto, aunque para entonces ya volvía a gozar de buena salud.

Los señores daban una fiesta de varios días la semana después de su regreso y Gilhooley y la señora Allbright estaban ocupados con la planificación. Los Ferguson habían añadido algunas nuevas amistades a su repertorio de invitados, concretamente varios apuestos solteros que habían cortejado a Eugenia sin disimulo y flirteado con ella en Londres. A Harry no parecía importarle: tenía sus propios devaneos, aunque solía ser discreto. En cierto modo, coquetear con otros siempre había sido el estilo de ambos, fuera inocente o no. Los dos eran bien parecidos, y Harry siempre le regalaba a Eugenia joyas y vestidos a la última moda. No le negaba nada, pues ella le había dado la familia que quería alumbrando seis hijos. Había sido una buena compañera y se había mostrado muy dispuesta, hasta los gemelos, y él le estaba agradecido y la recompensaba por ello con generosidad.

Angélique había recibido otras dos cartas de la señora White con noticias de lo que ocurría en Belgrave: más reformas, más renovaciones, telas nuevas por doquier, continuas fiestas e invitados a dormir y un ejército de nuevos criados. Parecía que Elizabeth estuviera compitiendo con Eugenia, y tenía una casa mucho más importante en la que hacerlo.

Angélique sintió nostalgia de su hogar y de cómo eran antes las cosas. Hacía año y medio que su padre había muerto y le costaba creer que alguna vez llegara a tener una vida que no fuera servir a los Ferguson. Sus días de esplendor, comodidades y holgura habían pasado. Era una mujer trabajadora, a menos que encontrara un marido que la mantuviera, lo que parecía poco probable. Los únicos hombres a su alcance eran lacayos, mozos de cuadra o segundos mayordomos, y por algún motivo, no se imaginaba yendo por ese camino.

Como criada, estaba atrapada en tierra de nadie al pertenecer a una clase social más alta que el resto de sus compañeros, lo que les habría hecho sentirse incómodos con ella si hubieran sabido que, en realidad, era la hija de un duque. No obstante, de momento su secreto no había salido a la luz. No podía imaginarse casándose con nadie ni teniendo hijos propios, por lo que aún valoraba más a los niños que tenía a su cargo y estaba más dispuesta a quedarse en la casa, aunque Eugenia le pareciera una madre espantosa y no sintiera ningún respeto por ella. Sus hijos apenas la conocían. Pasaba con ellos el menor tiempo posible, menos incluso que el resto de las mujeres de su posición.

En cuanto empezó la fiesta, con veinte invitados alojados en casa de los Ferguson, Angélique no esperaba que sus señores visitaran a los niños, e ideó entretenimientos para ellos que los mantendrían alejados de sus padres y sus visitantes. A los huéspedes les encantaba el complicado laberinto y las maravillas del parque, de manera que ella llevaba a los niños a las partes más alejadas y al lago, por la mañana temprano, para dar de comer a los patos y los cisnes. Hacía buen tiempo, así que Rupert y Emma recibían clases de equitación con los ponis. Angélique regresaba a casa con Rose en el cochecito, ya que la niña aún no andaba y Helen ya había vuelto con Charles y George, cuando se tropezó con un invitado especialmente bien parecido que paseaba solo. Se mostró sorprendido y complacido cuando la vio con Rose en el cochecito.

—Caramba, qué tenemos aquí —dijo riéndose—. Una elfa del bosque, y preciosa además. —La ropa, la capa y la cofia la identificaban como una niñera, sin olvidar al bebé del cochecito. Angélique se ruborizó al oír su comentario—. Hola —continuó el desconocido, ajustando el paso al suyo—. ¿Dónde estabas escondida?

No le gustaron sus atrevidas observaciones y continuó andando. Rupert y Emma seguían en su clase de equitación y los invitados aún no se habían levantado. O al menos no habían salido a pasear: probablemente, los hombres estarían desayunando en el comedor. Las mujeres preferían tomar la primera comida del día en su habitación, servida en una bandeja.

—¿Cómo te llamas? —le preguntó escrutándola. Era muy alto, fornido, y tenía el cabello y los ojos oscuros. Angélique parecía minúscula a su lado.

—Niñera Ferguson —respondió ella con educación, esperando que se alejara antes de que llegaran a la casa. No quería que entrara con ella y suscitara comentarios.

—Ese nombre no, tonta, tu verdadero nombre, tu nombre de pila. ¿Mary? ¿Jane? ¿Margaret?

No la dejó en paz mientras intentaba adivinarlo, y aún quedaba un buen trecho hasta la casa. Se había alejado más de lo que pretendía con el cochecito.

—Angélique —respondió en voz baja.

No quería ser grosera con él, pero tampoco alentarlo. Algunos de los amigos de sus señores eran bastante descarados y todos eran jóvenes, no mucho mayores que ella, pero vivían en otro mundo. Ella jamás había pertenecido al círculo de Eugenia y Harry. Se parecían más a los amigos de sus hermanos que a ninguna de las personas que ella había conocido en el castillo, quienes tenían mejores modales, más años y eran más solemnes.

—Qué nombre tan bonito —comentó él cuando ella se lo dijo a regañadientes—. Francés, supongo. Pero pareces inglesa. —Había algo en ella que le hacía pensar que no era una criada normal y corriente. Sabía, por su forma de andar y su acento, que pertenecía, o había pertenecido, a una clase superior. Se parecía más a una de esas niñeras de familias ricas que se habían arruinado—. ¿Por qué no te he visto en la casa de Londres? —la interrogó, mientras ella rezaba para que la dejara tranquila, cosa que él no daba muestras de hacer.

—Los niños suelen quedarse en Hampshire. —El año anterior habían pasado un mes en Londres, pero después de la enfermedad de Emma no habían vuelto a llevárselos.

—Debes de aburrirte mucho —musitó él con aire comprensivo.

—En absoluto.

—No finjas que esto te gusta, guapa. Eres demasiado bonita para desperdiciar tu vida en el campo. —Angélique no respondió y apretó el paso para darse prisa, pero a él no le costó seguirla con sus largas piernas—. Una chica como tú debería estar en Londres.

—Soy muy feliz aquí, señor —respondió ella con educación. Ojalá se fuera al infierno. No se sentía halagada con sus atenciones, sino desconcertada. Ningún invitado había sido nunca tan insistente con ella ni le había prestado tanta atención, de una forma que no quería ni le gustaba. Ni siquiera el hermano de Eugenia, Maynard, había sido tan atrevido.

—Voy a venir mucho más esta primavera y verano, para visitar... —el hombre vaciló un instante— a tus señores. Tú y yo podríamos ser grandes amigos y divertirnos un poco. —Su insinuación era una insolencia—. Piénsatelo —añadió, mientras ella seguía con los ojos clavados en el cochecito, sin mirarlo ni responderle—. Eres tímida. No hace falta que lo seas conmigo. No se lo diré a nadie, ¿sabes? Puedes confiar en mí.

—Gracias, señor —musitó cuando, gracias a Dios, atisbó la casa. Casi corrió hacia ella, intentando librarse de él.

Él se echó a reír cuando ella se alejó a toda prisa. La vio entrar en la cocina por la puerta del servicio y pareció tremendamente complacido. Tenía una cintura que podía rodear con ambas manos, un pecho delicado, un exquisito pelo rubio platino que llevaba recogido en un apretado moño que estaba deseando soltarle y unos ojos azules enormes. Calculó que tendría entre diecisiete y veinte años. Nunca había visto una muchacha tan bonita. Carecía por completo de la voluptuosidad de Eugenia, y de su dureza, pero su modestia y timidez la hacían aún más tentadora. Le ofrecían algo que superar y conquistar. Entró por la puerta principal silbando entre dientes. Sus visitas a Hampshire iban a ser mucho más amenas y lo tendrían muy ocupado, con dos mujeres para entretenerlo, una arriba y otra abajo, tal como a él solía gustarle.

Entró sin prisas en el comedor y encontró a Harry desayunando con media docena de hombres, leyendo los periódicos y charlando. Su anfitrión le sonrió en cuanto lo vio. Hacía poco que eran amigos.

—¡Hola, Bertie! ¿Qué te cuentas?

—Estaba dando un paseo. Me gusta hacer un poco de ejercicio antes de desayunar. El paisaje es precioso, bonitos jardines —respondió, pensando en la joven niñera del cochecito que acababa de conocer.

—Saldremos a cabalgar después de desayunar.

Harry tenía algunos caballos nuevos de los que quería presumir y había invitado a sus huéspedes a acompañarlo.

—Me apetece mucho —afirmó Bertie con una sonrisa radiante—. ¿Nos acompañarán las mujeres? —preguntó con interés.

—Probablemente no: la mayoría no se levantan antes de mediodía. Al menos, Eugenia no lo hace. Le gusta trasnochar y se lo toma con mucha calma por las mañanas.

Bertie se sirvió huevos y fruta en un plato y un lacayo le puso café en una taza. Cogió uno de los periódicos que habían traído para los invitados y pareció muy ufano mientras observaba a sus nuevos amigos sentados a la mesa. Iban a ser una primavera y un verano muy placenteros, con una cierta dosis de flirteo para darles más sabor.

Los hombres salieron a cabalgar mientras las mujeres se vestían. A la una se reunieron todos en el comedor para disfrutar de un suntuoso banquete. Eugenia había organizado un partido de croquet para la tarde y todo el mundo estaba de buen humor. Tres de los invitados coqueteaban con ella, aunque Bertie era el menos evidente. No le gustaba mostrar sus cartas y, como aún estaba cultivando su amistad con Harry, prefería ganarse su confianza antes de dar algún paso en serio con Eugenia. Sabía que tenía tiempo. Parecer el menos interesado de sus muchos pretendientes lo convertía en el más deseable para ella, y hacía todo lo que estaba en su mano para cautivarlo y captar su atención. Era un juego que él dominaba y que practicaba a menudo. No se había casado y no tenía ninguna intención de hacerlo: prefería acostarse con mujeres que lo desearan, sobre todo si estaban casadas.

Después del croquet, jugaron a cartas hasta la hora de la

abundante merienda, que se sirvió en la biblioteca. Charlaron hasta que fue hora de subir a vestirse para la cena.

Las mujeres bajaron con hermosos vestidos de noche, y algunas con delicadas diademas. Les gustaba presumir en casa de los Ferguson, aunque los vestidos de Eugenia eran los más suntuosos y elegantes y sus joyas las más grandes. Harry era un hombre agradecido y generoso.

Todos se quedaron después de cenar hasta bien pasada la medianoche. Harry y Bertie fueron los últimos en subir a acostarse, justo después de Eugenia, que se había quedado para hablar con su joven invitado. Él le había susurrado en tono sensual que era fascinante y que se estaba enamorado de ella. Eugenia se había ruborizado, pero no lo desalentó. Estaba pensando en cómo conseguir que fuera a su habitación sin levantar las sospechas de Harry. Su esposo y ella dormían en habitaciones separadas. Había empezado a dormir sola en su primer embarazo, pero él ya no había regresado a su dormitorio. Y menos mal, ya que ella se había pasado cinco años embarazada casi de forma ininterrumpida. Seguía firme en su decisión de no permitir que volviera a suceder, lo que era una razón más para no dormir con Harry. A él también le venía bien. Eugenia ya no lo excitaba después de alumbrar a todos sus hijos, y además tenía otros intereses. Y con cierta cautela, Eugenia estaba más que dispuesta a coquetear con otros hombres.

—No hay prisa —le susurró Bertie—. Vendré siempre que quieras... la próxima vez que él se marche a Londres.

Luego se levantó y atravesó el comedor para reunirse con Harry. Eugenia les hizo una reverencia y se retiró, embriagada con las palabras que Bertie acababa de susurrarle y la ilusión de lo que les esperaba. Aún parecía distraída cuando Stella le ayudó a desnudarse.

—¿Lo ha pasado bien esta noche, señora? —le preguntó.

Eugenia le sonrió feliz.

—De maravilla. Esta vez tenemos unos invitados encantadores.

Stella había oído hablar en las dependencias del servicio de los apuestos hombres que pasaban con ellos el fin de semana. Su señora tenía varios entre los que elegir y Stella se preguntaba cuál de ellos regresaría. Eugenia parecía lista para cometer diabluras, y aburrida de su marido. La doncella ya había visto situaciones como esa y nada le sorprendía.

Angélique no había dicho ni una palabra sobre su encuentro con Bertie de esa mañana. Le pareció desagradable y la había dejado muy desconcertada. Le recordaba al hermano de Eugenia, salvo que Bertie era mucho más directo y le daba peor espina. No había vacilado en ofrecerle «divertirse un poco» e insinuar que, en realidad, era lo que ella quería pero no se atrevía a reconocer. No podía estar más equivocado. Daba las gracias por no haber vuelto a tropezarse con él.

Dudaba que fuera tan necio como para subir a las dependencias de los niños, en especial si era uno de los invitados que andaban detrás de Eugenia, de lo que también se había enterado en las estancias del servicio. La señora de la casa había estado dando pie a varios de ellos sin ningún disimulo, lo que al señor Ferguson no parecía importarle, según decían los lacayos. Él había estado igual de distraído hablando con una baronesa alemana, una joven viuda que también habían conocido hacía poco. Los Ferguson eran tal para cual.

Con tanto movimiento, Angélique se sentía a salvo. El hombre de esa mañana estaría demasiado ocupado persiguiendo a las mujeres de los dormitorios de la primera planta como para molestarse en subir a seducirla. Ordenó el saloncito, apagó la vela y entró en su habitación. Helen y los niños estaban durmiendo y fue a beber agua antes de acostarse. Iba en camisón y descalza, con el pelo recogido a la espalda en una larga trenza, cuando lo vio entrar en el saloncito a oscuras, en frac y pajarita. Su apostura era impresionante cuando le sonrió a la luz de la luna. El corazón de Angélique palpitaba con fuerza de puro miedo.

—¿Qué hace aquí? —preguntó en un susurro, intentando parecer dura y no asustada.

—He pensado que podríamos conocernos mejor, ahora que todos se han ido a la cama —musitó él.

Dio dos pasos, se quedó junto a ella y la agarró por la cintura con ambas manos; después le pasó una por el vientre y se la metió entre las piernas. Ella se soltó y corrió hacia la puerta de la habitación de Helen. No quería gritar y despertar a los niños, pero no había estado tan aterrorizada en toda su vida. Ningún hombre le había hecho nunca lo que ese acababa de hacerle. Él se acercó a ella con rapidez, volvió a agarrarla, la besó con vehemencia y le tocó el pecho. La boca le sabía a una bebida fuerte y Angélique supo que tenía que estar borracho para actuar de esa manera.

—Vamos —la urgió él con aspereza—, no te hagas la tímida. Sabes que también lo quieres.

—No, no lo quiero —afirmó ella, apartándose con brusquedad y andando pegada a la pared. Quería correr a la puerta y bajar por la escalera, pero no podía dejarlo solo en las dependencias de los niños. No sabía qué haría y ella era la responsable de los niños—. Márchese —ordenó con claridad—. No haré nada con usted.

Él se rio de sus palabras.

—Sí que lo harás. Si yo quiero. Tu señora me ha suplicado que me meta en su cama. Prefiero meterme en la tuya.

Era más joven, bonita e inocente, y su resistencia le excitaba. Eugenia estaba demasiado dispuesta, pero sabía que, con el tiempo, también la haría suya. Era lo que hacía para divertirse: perseguir a las mujeres de otros hombres, o a jóvenes tímidas.

—Por favor, váyase. —Angélique suplicó con la mirada. Seguían hablando en voz baja para no despertar a nadie.

—¿Y si no me voy? —preguntó él; volvió a agarrarla y esta vez no la soltó; la acercó a él y la estrechó contra su cuerpo—. ¿Qué harás entonces?

—Gritar —le aseguró Angélique con un hilillo de voz cuando él volvió a besarla y le metió la lengua hasta la garganta, mientras le estrujaba las nalgas con ambas manos. Sabía que tenía que hacer algo ya, antes de que él fuera más lejos. Le mordió con fuerza en la boca y lo apartó de un empujón. Él cayó sobre una de las sillas con un grito de dolor; unas gotas de sangre le mancharon la camisa y el chaleco perfectamente almidonados.

—¡Zorra! —exclamó, intentando volver a agarrarla, pero ella abrió la puerta y se quedó junto a ella, temblando.

—Gritaré —repitió con firmeza— y mañana se lo contaré al señor Ferguson. Todo —añadió con expresión resuelta.

Él debió de pensar que lo decía muy en serio. Esa mujer daba más problemas de lo que valía. La había juzgado mal: no era la presa fácil que él sospechaba.

—No te atreverás —replicó Bertie, encarándose con ella en la puerta, pero no volvió a tocarla. Le gustaba la resistencia, pero no las peleas. Además, el labio le sangraba mucho. Se lo apretaba con un pañuelo y ya tenía la camisa cubierta de sangre.

—Sí me atreveré —le aseguró Angélique—, si vuelve a acercarse a mí.

—No mereces la pena —espetó él— y lo lamentarás si me causas problemas, mojigata. ¿Con quién te lo montas aquí? ¿Con uno de los mozos de cuadra? ¿Por eso no quieres nada conmigo? ¿Quién te crees que eres?

—Tu puta no —respondió ella cuando él salió, y antes de que pudiera darse la vuelta o abofetearla, Angélique cerró de un portazo y echó la llave.

Había sido más rápida que él y poco después le oyó bajar la escalera. Temblaba de la cabeza a los pies y tuvo que sentarse en la silla sobre la que él se había caído. Vio que se había manchado de sangre y la limpió con un paño húmedo. Tardó diez minutos en serenarse y volver a entrar en su habitación.

Permaneció horas despierta, pensando en lo que Bertie había dicho e intentado hacerle. La había aterrorizado, pero, gracias a Dios, no había ocurrido nada, y no tenía ninguna intención de informar a sus patronos. Bertie no regresaría, de eso estaba segura. Y si la señora Ferguson quería que fuera a su habitación, no le gustaría enterarse de que había intentado seducir a la niñera. No ganaba nada contándoselo.

Se quedó en la cama, mirando la luna por la ventana de su habitación, hasta que por fin concilió el sueño. Por la mañana estaba mareada. Le dolía todo el cuerpo, como si le hubieran dado una paliza, a consecuencia de la pelea y de su propia tensión al defenderse.

Los niños se despertaron temprano.

—¿Subió alguien anoche? —le preguntó Helen mientras los vestían y preparaban el desayuno.

—No —respondió ella con firmeza.

Ya había abierto la puerta de las dependencias de los niños para que Helen no sospechara nada. No quería explicárselo, ni a ella ni a nadie. Estaba demasiado afectada y avergonzada, aunque no hubiera hecho nada malo. Solo quería olvidar el incidente.

—Me pareció oír voces, pero después creí que estaba soñando y volví a dormirme.

Angélique le sonrió y se encogió de hombros.

—Los sueños pueden parecer muy reales a veces. Yo también tengo sueños así.

Helen fue coger las bandejas del desayuno del montaplatos y puso la mesa mientras Angélique lavaba y cambiaba a los gemelos. George correteaba con un pañal mojado y tuvo que atraparlo para cambiarlo después de poner a Rose en la trona. Helen parecía cansada cuando se sentaron a desayunar y Angélique intentó quitarse de la cabeza lo que había sucedido la noche anterior.

Esa mañana, Helen limpió las habitaciones mientras ella sacaba a los niños a tomar el aire, aunque se quedó más cerca de la casa. Manejaba a los cinco sin problemas. Emma llevaba el cochecito de Rose y ella perseguía a George cuando echaba a correr con sus piernas rollizas e inseguras, a la vez que vigilaba a Rupert y a Charles. Pasaron una mañana agradable y regresaron a la hora de comer. Acababa de sentar a los niños a la mesa cuando le dieron el recado de que la señora Ferguson quería verla de inmediato en la biblioteca. Angélique no podía imaginar el motivo, pero pidió a Helen que les sirviera la comida que les habían subido y le dijo que regresaría enseguida.

Bajó a toda prisa por la escalera del servicio y entró en el vestíbulo de la planta baja. Los invitados estaban en el salón antes de comer y los oyó hablar. Le sorprendió ver a sus dos patronos cuando entró a la biblioteca; el señor Ferguson le pidió que cerrara la puerta. Estaba serio, y ambos la miraban con desaprobación. No la invitaron a tomar asiento. Eugenia estaba sentada en el sofá y parecía furiosa, mientras que Harry permanecía de pie detrás de su mesa.

—Anoche ocurrió algo muy grave en esta casa —empezó él, mirándola de hito en hito— y quiero que sepas lo mucho que me has defraudado. —Angélique no podía imaginar qué había hecho, y no se había quejado de que su invitado hubiera intentado violarla cuando podría haberlo hecho. Tampoco había cometido ningún error con los niños—. Creo que sabes a qué me refiero.

—No, señor, no lo sé —respondió con sinceridad, alarmada. Hasta entonces, jamás había tenido problemas con ellos, pero en ese momento Eugenia la estaba fulminando con la mirada. Se preguntó si se había producido un robo y la culpaban a ella.

—Estoy especialmente sorprendido, dada tu procedencia.

La prima de un duque, por pobre que sea, no se comporta como una ramera. Aunque Su Excelencia ya nos habló de tu madre —añadió Harry con indignación.

—¿Qué pasa con mi madre? —Angélique pareció aturdida mientras la palabra «ramera» resonaba en sus oídos.

—Da igual. Sir Bertram nos ha contado lo que ocurrió anoche.

—¿Ah, sí? —En ese caso, ¿por qué estaban enfadados con ella?—. No iba a explicárselo, señor. No ocurrió nada, y no quería causarles problemas con uno de sus invitados. Creo que había bebido mucho. —Harry Ferguson la miró como si no estuviera.

—Nos ha contado que anoche fuiste a su habitación e intentaste seducirlo. Le ofreciste tu cuerpo y te desnudaste. Tuvo que amenazarte para que te fueras y, antes de salir de su habitación después de que te rechazara, lo agrediste. Llevaba las señales de tu agresión en la cara esta mañana.

Angélique abrió los ojos como platos y se los quedó mirando. Eugenia temblaba de celos y rabia, lo que su marido interpretaba, erróneamente, como justa indignación.

—No, señor —se defendió Angélique, con lágrimas en los ojos—. Él vino a las dependencias de los niños y me agredió. Lo vi ayer mientras paseaba y me abordó. No hice nada para darle pie. Y anoche subió, después de que todos se acostaran. Yo iba en camisón e intentó seducirme. Intentó agarrarme varias veces y quiso aprovecharse de mí, pero no se lo permití. Por eso le mordí —añadió, con las lágrimas rodándole por las mejillas. Era consciente de que no la creían. Bertie se le había adelantado y los había convencido de que ella había ido a su habitación para seducirlo y le había agredido cuando él la había rechazado. Se había vengado de ella con saña. No se había tomado nada bien su negativa. Recordó que le había dicho que Eugenia le había suplicado que se metiera en su cama, pero no lo dijo, ni lo haría. Ellos creían la versión de su invitado y no la suya—. Le estoy diciendo la verdad, señor... señora... —Se volvió hacia Eugenia, que la miraba con odio. Esa muchacha, esa mosquita muerta, esa criada, había intentado conquistar al hombre que ella deseaba. Era inconcebible.

—Me figuro que lo habrías seducido delante de mis hijos, en sus dependencias, si hubieras podido —espetó Eugenia.

—Claro que no, jamás haría nada que perjudicara a los niños. Y no lo habría seducido en ninguna parte. Por eso lo rechacé, y a él no le gustó. —Las lágrimas seguían fluyendo mientras les daba su versión, pero sabía que no lograría que la creyeran y estaba muerta de miedo. ¿Qué iba a pasarle?

—Sir Bertram es un caballero —le recordó Harry—. Él nunca haría lo que estás insinuando.

—No, no lo es —replicó Angélique en voz más alta—. Pensaba que iba a violarme, tiene mucha fuerza.

—Precisamente, y tú apenas eras más grande que una niña. Si hubiera querido forzarte, lo habría hecho. Pero fuiste tú la que se echó a sus brazos, no al revés. Queríamos que supieras cuánto nos escandaliza tu conducta. Te irás de esta casa hoy mismo, antes de la hora de cenar, sin referencias. No queremos que una puta cuide a nuestros hijos —zanjó Harry con aspereza. Su esposa pareció satisfecha. Habían hecho justicia a Bertie e iban a echar a la niñera que se le había resistido.

—¿Hoy, señor? —Angélique estaba horrorizada—. Pero ¿adónde iré?

—Eso no es problema nuestro. Lo que hagas ahora es cosa tuya. No te daremos referencias. Uno de los mozos de cuadra te dejará en el pub. Puedes pasar la noche allí y coger la próxima diligencia a Londres, si es donde vas, pero te queremos fuera de casa esta noche.

Fue categórico y Eugenia estuvo encantada. No quería competencia con Bertie. No se le ocurrió preguntarse quién iba a ocuparse de sus hijos, ni le importaba. Los Ferguson estaban haciendo frente común contra la niñera: habían decidido que era una puta y ya no era bienvenida en su casa.

—¿Y los niños? —preguntó Angélique con voz ahogada. Le dolía dejarlos. Los quería, después de pasar dieciséis meses con ellos, sobre todo a Emma, que la necesitaba y a quien no soportaba abandonar.

—Los niños ya no son asunto tuyo. —Los Ferguson no dejaban lugar a discusión y, de todas maneras, ella tampoco quería insistir. Sabía cuándo había perdido, tal como había hecho con Tristan—. Ya puedes irte —la despidió Harry; lanzó una mirada a su esposa cuando la despachó. Eugenia estaba complacida.

—Lo siento mucho, señor y señora Ferguson. Pero, por favor, créanme, lo que sir Bertram les ha contado no es cierto. Espero que algún día lo sepan —dijo simplemente, y después se dio la vuelta y salió de la biblioteca con toda la dignidad que fue capaz de mostrar. Cuando cruzaba el vestíbulo camino de la escalera del servicio, vio a Bertie en el salón. Él la miró de soslayo, sin dar muestras de reconocerla, le dio la espalda y se alejó, mientras ella salía disparada hacia la escalera y corría a las dependencias de los niños. Le faltaba el aliento cuando llegó.

—¿Dónde estabas? —le preguntó Emma, con cara de preocupación. Por un momento, Angélique no supo qué decir. Helen se dio cuenta de que había estado llorando—. Te has perdido la comida —añadió la niña, y le dio una galleta que había guardado para ella.

—Acabo de enterarme de que tengo que irme esta noche. Un pariente mío está enfermo y debo volver con mi familia. —Fue lo único que se le ocurrió.

—¿Volverás cuando se ponga bien? ¿Tiene la gripe?

Angélique no quería mentirle más de lo necesario, ni prometerle que regresaría cuando sabía que no sería así.

—No, cariño mío, no volveré. No puedo. Debo quedarme a cuidarlo. Pero siempre, siempre te querré, os querré a todos. —Recorrió la mesa con la mirada mientras Emma se le encaramaba al regazo, se abrazaba a ella y empezaba a llorar. Angélique también lloraba y Helen estaba estupefacta.

—¿Quién nos cuidará? —le preguntó Emma.

—Helen, por ahora, y estoy segura de que tus papás encontrarán una niñera muy simpática para sustituirme.

No obstante, muy pocas niñeras estarían dispuestas a hacerse cargo de cinco niños, seis, cuando Simon estaba en casa durante las vacaciones. Angélique se quedó mucho rato sentada a la mesa, hasta que los echó a dormir la siesta. Prometió a Emma que aún estaría cuando se despertara y después fue a la despensa para hablar con Helen.

—¿Es eso verdad? —le preguntó Helen en un susurro, y Angélique negó con la cabeza—. Me dijiste que no tenías familia, aparte de un primo al que no le caes bien.

—Cierto. Me han despedido, me echan sin referencias. Las voces que oíste aquí anoche no las soñaste. Uno de sus invitados subió después de cenar. Lo conocí ayer mientras paseaba. Es un crápula y me ofreció «divertirnos un poco». Yo le dejé claro que no estaba interesada. Anoche subió, borracho, y me sorprendió. Me agarró y yo lo rechacé. No sabía qué más hacer, así que le mordí en el labio cuando me besó, y él se marchó. Les ha contado que fui a su habitación para intentar seducirlo y le han creído a él y no a mí cuando les he dicho la verdad. Es un mentiroso. Le tiene echado el ojo a la señora Ferguson y supongo que no quiere que me entrometa, pero yo no pensaba contárselo a nadie. Solo estaba contenta de que no hubiera pasado nada. El señor Ferguson me ha llamado ramera y puta —añadió llorando—. Quieren que me marche antes de la hora de cenar. Uno de los mozos de cuadra me dejará en el pub, y lo que me pase después les da igual.

—¿Tienes algún sitio adónde ir? —preguntó Helen, apenada y preocupada por ella.

—No. No sé adónde ir. Quizá a Londres.

—Conozco una mujer allí a la que podrías ir a ver para intentar encontrar otro trabajo de niñera. Fue ama de llaves hace años y ahora ayuda a chicas a colocarse con familias que conoce. Es muy discreta, pero nadie te contratará sin referencias.

—Lo sé. Quizá pueda conseguir otra clase de trabajo, arreglando ropa o algo por el estilo.

Angélique había ido directamente de Belgrave a casa de los Ferguson y jamás había estado sola en el mundo. Las dos mujeres se abrazaron y la niñera fue a hacer el equipaje, aunque había sacado muy poco de lo que se había llevado. De hecho, solo tuvo que recoger algunos de sus efectos personales y los dos retratos de sus padres. Acababa de terminar cuando Helen apareció en la puerta.

—Quiero que sepas que te creo. A veces viene mala gente. Su hermano lo es, pero he visto a otros. Ten cuidado. Busca un buen trabajo en el que te cuiden bien. Las criadas me cuentan cosas parecidas continuamente. No vayas a una casa en la que el marido ande detrás de ti, o el hermano de alguien. Tuviste más suerte que la mayoría anoche. Podría haberte forzado y tampoco te habría creído nadie. Ni siquiera si te hubieras quedado embarazada. Cuídate.

Angélique acababa de cumplir veinte años y aún no entendía cómo funcionaba el mundo. No obstante, debía hacer frente una vez más a una amarga lección sobre la fugacidad de la vida y la facilidad con la que podía perderlo todo y tener que volver a empezar.

—Gracias. Me irá bien —susurró—. Os echaré de menos a ti y a los niños. —Sobre todo a los niños. Los quería más que su madre.

—Nosotros también te echaremos de menos. Y solo Dios sabe a quién contratará ahora.

—Espero que, quien sea, trate bien a los niños.

—Y yo —convino Helen, disgustada por ella.

Angélique bajó a ver a Sarah y le explicó lo ocurrido. Ella

tampoco se extrañó. A las criadas las echaban a la calle cada dos por tres. No era la primera vez que algún invitado mentía sobre ellas, las acusaba de robar o las seducía un huésped que se encaprichaba de ellas, como la campesina que había tenido a la hija del hermano de la señora Ferguson. Sarah la abrazó y pidió que les escribiera; Angélique prometió que lo haría. Después regresó a las dependencias de los niños a tiempo para despertarlos. Jugó con ellos y les leyó durante toda la tarde. Tenía las maletas hechas y, justo después de merendar, se puso su sencillo vestido negro y colgó sus uniformes y delantales de niñera en el armario. Emma la observaba con los ojos como platos.

Bañó a los niños, les puso la ropa de dormir y bajó las maletas una a una mientras Emma sollozaba sin poder contenerse. Por fin, sacó el pequeño baúl con su fortuna y se dio la vuelta para abrazar a Helen y a los niños. Los tres mayores no querían separarse de ella. Angélique besó a Emma por última vez. Luego besó a los gemelos y cerró la puerta sin hacer ruido, con lágrimas en los ojos.

Eugenia se estaba vistiendo para la cena cuando Harry entró desde su vestidor y le dijo que quería hablar con ella. Eugenia pidió a Stella que los dejara solos un momento.

—¿Qué pasa? —Seguía molesta por lo que había sucedido la noche anterior. ¡Cómo se atrevía esa chica a intentar conquistar a Bertie! Se lo estaba reservando para ella.

—Tú no crees que la versión de la niñera sea cierta, ¿verdad? Llevo dándole vueltas todo el día. Parecía muy sincera y a él apenas lo conocemos. No estaría bien echarla si dice la verdad.

—Por supuesto que no —respondió Eugenia, irritada—. Esa chica es una embustera. ¿No te das cuenta? Lo ha buscado y él la ha rechazado. Es una ambiciosa: intenta encontrar marido entre nuestros invitados. Qué ingenuo eres. Yo la he visto venir.

—No soy tan ingenuo como crees —replicó él fulminándola con la mirada—. Es un hombre arrogante. Ten cuidado de que no te persiga a ti —le advirtió. Hasta su paciencia tenía un límite si ella lo ponía en evidencia. Y había algo en Bertie que no le gustaba, sobre todo después de oír la versión de Angélique.

—Harry, no digas bobadas. Yo nunca te haría eso.

Él asintió sin hacer comentarios y regresó a su vestidor. Stella volvió a entrar para peinar a Eugenia, que se sentía aliviada con la inminente marcha de Angélique; era una complicación que no necesitaba y un obstáculo que quería eliminar.

—Siento lo de la niñera Latham, señora —comentó Stella mientras le hacía un elaborado peinado—. Era simpática, y muy buena niñera.

—No tanto como pensábamos, por lo visto. No quiero que una puta persiga a mis invitados ni cuide a mis hijos.

Stella no respondió. Esa tarde, Sarah le había contado lo que había sucedido en realidad. No obstante, todos sabían que nadie creería a una criada antes que a un invitado. Y los motivos de Eugenia les quedaban claros, aunque ella hubiera embaucado a su esposo.

En las dependencias del servicio, Angélique se estaba despidiendo del señor Gilhooley.

—Créame, por favor. No he hecho nada malo —le aseguró en voz baja.

—La creo. Por favor, cuídese, mi señora. Tenga cuidado.

Angélique asintió y se dirigió al carro al que uno de los mozos de cuadra había subido sus maletas para llevarla al pub. El señor Gilhooley salió a la puerta y la vio partir con lágrimas en los ojos.

Tardaron muy poco en llegar al pub, que estaba lleno de hombres bulliciosos que apuraban sus jarras. Había mucho ruido y olía a cerveza. Tenían tres habitaciones en alquiler. Angélique preguntó cuándo salía la próxima diligencia a Londres y le dijeron que había una a medianoche, si quería cogerla. Prefería eso a pasar la noche en el pub, con la planta baja llena de borrachos. Alquiló una habitación por unas horas y un mozo de cuadra le subió las maletas y el baúl a la primera planta, donde podría esperar la diligencia.

—¿Quiere comer algo? —le preguntó el mozo.

—No, gracias —respondió ella en voz baja. Pensaba en los niños que había dejado y en el viaje que le aguardaba. No tenía dónde alojarse ni conocía a nadie en Londres. Y lo peor de todo era que sabía que no vería a los niños nunca más. Se le partía el alma al pensar en ellos.

Esperó en la habitación hasta que llegó la diligencia. Entonces bajó y le pidió al mozo que le cargara las maletas. Montó y se colocó el baúl en el regazo. El hombre que viajaba con ella se quedó dormido en cuanto subió. Por cómo olía, parecía haber bebido mucho. Poco después, la diligencia partió hacia Londres por caminos llenos de baches, con Angélique dando tumbos en su interior. Consiguió dormir un poco justo antes de llegar a Londres. Cuando despertó y miró por la ventanilla, pudo ver salir el sol sobre la ciudad.

Recordaba un hotelito decente próximo a la casa de Grosvenor Square. Al pensar en él, volvió a estar agradecida por el dinero de su padre. Al menos, jamás pasaría hambre y siempre tendría dónde cobijarse. Sin el dinero, podría haber acabado en la calle. Ahora sabía que algo así podía suceder.

Era consciente de que alojarse en un hotel decente sería caro, pero al menos estaría segura. Se había pasado la noche dándole vueltas. Diría que era viuda, y al día siguiente visitaría a la anciana ama de llaves que Helen conocía para intentar encontrar trabajo. Y donde fuera, como fuese, con la ayuda de Dios y un poco de suerte, volvería a empezar.

10

Cuando la diligencia de Hampshire la dejó en su destino, Angélique alquiló un coche de caballos para que la llevara al hotelito que recodaba cerca de su antigua casa. No quería arriesgarse a quedarse en un mal barrio ni con personas peligrosas. Se gastó con gusto el salario que Gilhooley le había pagado en alojarse en un lugar seguro. Se registró como señora Latham, desayunó en el comedor y paseó un rato por Londres. Helen le había dado el nombre y las señas de la señora McCarthy, la anciana ama de llaves que vivía en Londres. Ayudaba a criadas, amas de llaves y niñeras si le parecían respetables, acudían a ella a través de amigos y tenían referencias.

La señora McCarthy la hizo pasar con cautela a su ordenado pisito y le pidió que esperara un momento. Era una mujer de aspecto serio y pelo cano. Poco después le ofreció una taza de té y la condujo a la cocina, donde se sentaron. Angélique llevaba un sencillo vestido negro y el cabello recogido en un moño. Le explicó que necesitaba un puesto de niñera, que había trabajado para los Ferguson en Hampshire durante dieciséis meses, cuidando a seis niños, aunque uno se marchó en septiembre a un internado.

—¿Una sola niñera a cargo de seis niños? —preguntó la señora McCarthy sorprendida.

—Sí, con una criada para ayudarme. —Angélique le dijo

las edades de los niños, incluidos los gemelos, y la mujer de pelo cano se quedó admirada.

—¿Cuántos años tienes? —La chica le parecía muy joven, demasiado para manejar a tantos niños. Había oído hablar de los Ferguson y le sorprendía que no tuvieran dos niñeras, dado que sus casas eran muy suntuosas.

—Acabo de cumplir veinte —respondió Angélique con los ojos muy abiertos.

La mujer sonrió.

—Aún eres muy joven. ¿Dónde trabajabas antes?

—No trabajaba. Vivía con mi padre en Hertfordshire. Le ayudaba a llevar la casa. —No le explicó lo grande que era el castillo, aunque la señora McCarthy ya se había dado cuenta, por su manera de hablar y sus modales, de que era culta y educada—. Mi padre murió hace casi un año y medio. Mi hermano lo heredó todo, así que me puse a trabajar.

No dijo que la habían vendido como esclava a los Ferguson. Ya no importaba, y no quería quejarse. Pensaba que daría mala impresión, y seguro que había otras chicas en situaciones parecidas a la suya.

—Los Ferguson te habrán dado referencias, supongo —continuó la señora McCarthy. Angélique la miró sin responder y luego negó con la cabeza.

—No.

Le explicó lo que había sucedido exactamente, se recostó en la silla y suspiró.

—No tienes ni idea de lo frecuente que es eso. Me entero de cosas parecidas casi a diario. Por eso intento ayudar a las chicas jóvenes a encontrar otro trabajo. Suele ser el marido el que lo hace, no un invitado. Parece un mal bicho —añadió con compasión.

—Lo es. Yo no pensaba contarlo, pero él ha mentido sobre mí. Y le han creído.

—Los hombres como él suelen mentir. Probablemente le

daba miedo que tú se lo contaras y les dio su versión para protegerse. Pero me sabe mal por los niños. Esa no es forma de irse. Estoy segura de que se habrán quedado muy afectados. —Angélique asintió e intentó no pensar en las lágrimas de Emma resbalándole por las mejillas, ni en las suyas. La mujer pareció triste cuando la miró a los ojos—. Estoy segura de que eres una niñera muy buena. Cualquier chica tan joven como tú, capaz de manejar a seis niños de esas edades, tiene mano para eso. Y diría que te gustaba.

—Sí —respondió con una sonrisa, aunque al principio no pensara que fuera a hacerlo.

—El problema es que, sin referencias, no puedo ayudarte a encontrar trabajo. La gente tendrá miedo de que les hayas hecho algo a los niños, o de que se te cayera el bebé, o te emborracharas, o les robaras, o te acostaras con el marido. Imaginan lo peor si no llevas una carta de recomendación y no has tenido otros trabajos. Podrías justificarlo diciendo que tu señora estaba loca, si tuvieras referencias previas. Pero sin ellas, ni siquiera puedo recomendarte como criada. Creerán que robabas, o peor. Lo siento, me gustaría ayudarte, pero me es imposible.

—¿Qué debería hacer?

Angélique estaba desesperada. No tenía la menor idea de adónde ir y confiaba en los consejos de la mujer.

—Puedes responder a anuncios de los periódicos, pero te rechazarán. Sin carta de recomendación, no encontrarás trabajo. Nadie quiere correr ese riesgo, lo cual es comprensible. Sobre todo cuando hay niños de por medio. —La miró con aire pensativo—. ¿Hablas algún idioma? ¿Alemán? ¿Italiano? ¿Francés? Los italianos tienen un poco más de manga ancha con las referencias, pero necesitas hablar su lengua. Conocí a una familia muy agradable en Florencia hace unos años. La mujer era inglesa, por supuesto. Pero, de cualquier modo, los niños ya son demasiado mayores.

—Hablo francés —respondió Angélique en voz baja—. Soy medio francesa. Lo hablo con soltura. Se lo enseñaba a los hijos de los Ferguson. La niña lo habla muy bien. —La señora McCarthy volvió a quedarse admirada.

—Eres bastante asombrosa para no haber sido nunca niñera. Han cometido una gran estupidez despidiéndote por creer en la versión de ese hombre. Algún día se arrepentirán, quizá antes de lo esperado. Podrías probar en Francia —reflexionó—. La mayoría también pedirán referencias, pero son un poco menos estrictos que nosotros. Y puede que te den una oportunidad. Podrías ofrecerte a enseñar inglés a los niños. Conozco a una mujer en Francia que hace lo mismo que yo. Trabajamos juntas hace años. —Anotó el nombre de su amiga en un papelito y se lo dio—. Lo siento, pero no puedo hacer nada más. Aquí no encontrarás nada. Si su invitado quería vengarse de ti por haberlo rechazado, está claro que lo ha conseguido.

—Creo que la señora Ferguson también quería que me fuera —añadió Angélique en voz baja.

—¿Ah, sí? —Enfrente de ella, la señora McCarthy enarcó una ceja con expresión severa, preguntándose si, después de todo, Angélique había cometido algún pecado imperdonable.

—Él comentó que ella lo deseaba. Quizá era cierto. Pero él me deseaba más a mí, o eso dijo. —La señora McCarthy casi gruñó al oírla hablar.

—Querida, estabas condenada. Si hay algo entre ellos y él ha dicho que intentaste seducirlo, ella se aseguró de deshacerse de ti. Creo que él sabía perfectamente lo que hacía cuando se inventó lo que dijo. Tú eres la víctima en todo esto, pero eso no cambia nada. Sin una carta de recomendación, nadie te contratará como niñera ni para ningún otro trabajo. Creo que la única respuesta es que vayas a Francia y pruebes allí. O quizá a América, a Nueva York. Pero eso es un poco extremo. Prueba primero en Francia, dado que hablas francés. —Se levantó, le estrechó la mano y le deseó suerte.

Angélique se marchó de su casa aturdida. No podía encontrar trabajo y tenía que marcharse de Inglaterra. Había estado en París con su padre, pero llevaba muchos años sin ir. Y sería muy distinto buscar trabajo en un país extranjero. Ya era complicado en Londres, una ciudad que ella conocía. No obstante, era consciente de que la mujer tenía razón. No tenía alternativa. América sonaba aterrador. Al menos Francia estaba cerca, y siempre podía volver.

Cuando regresó al hotel, preguntó por los barcos que cruzaban el canal de la Mancha y le explicaron que tendría que coger uno de Dover a Calais y alquilar un carruaje de allí a París. Le dijeron que estarían encantados de encargarse de los preparativos y ella les pidió que lo hicieran. No le servía de nada quedarse en Londres si no podía encontrar trabajo. Se marcharía al día siguiente. Al menos esa noche podría dormir en una habitación limpia, no como la anterior, en la sucísima diligencia de Hampshire.

Esa tarde pasó por delante de la casa de su padre de Grosvenor Square y casi esperó ver a Tristan o Elizabeth saliendo por la puerta, pero la mansión parecía cerrada y regresó sin prisas al hotel, muy desanimada. No tenía la menor idea de lo que le esperaría en París ni de lo que haría allí. ¿Y si tampoco encontraba trabajo en Francia? Sin referencias ni carta de recomendación, nadie la querría. Sir Bertram y los Ferguson la habían colocado en una situación terrible, y lo único que podía esperar era que alguien la contratara como niñera en París y le diera una oportunidad. ¿Y por qué iba nadie a hacerlo? Que ellos supieran, podía ser una asesina. No lo parecía, pero no pensó en eso. Parecía una joven educada que estaba de visita en Londres, con uno de sus discretos antiguos vestidos. No obstante, alguien tenía que querer contratarla, y temía que nadie lo hiciera.

Pasó la noche en el hotel y pidió que le subieran la cena a la habitación. Quería estar sola y no ver a los otros huéspedes en el comedor. No sabía qué decirles. Su historia de que era viuda le parecía poco convincente incluso a ella. Durmió mal, pensando en las personas que había dejado en casa de los Ferguson y en los niños, y preocupada por lo que encontraría en París. Se sentía completamente sola en el mundo. Pasó mucho tiempo mirando el pequeño retrato de su padre. Jamás lo había extrañado tanto.

Al día siguiente se levantó antes de que amaneciera y se vistió para el viaje. El hotel le había alquilado un coche de caballos para llevarla a Dover, y el cochero subió sus maletas a la parte de arriba después de que ella pagara la cuenta y los costes del viaje. Traquetearon durante once horas después de salir de Londres. El viaje fue agradable al principio, pero su preocupación no le permitió disfrutarlo. Cuando llegaron a Dover a media tarde, tras el agitado y largo trayecto, se sentía agotada. Allí compró un pasaje para el pequeño vapor que atravesaba el canal de la Mancha. Era un viaje corto, pero sabía que a menudo había mala mar y se había levantado mucho viento. Subió a bordo del pequeño barco, que cabeceaba y se balanceaba. Había reservado un camarote pequeño.

El mar estaba muy picado, pero no se mareó y subió un rato a la cubierta para tomar el aire. Vio cómo Inglaterra se empequeñecía tras ellos mientras pensaba en París. En el hotel de Londres le habían dado las señas de un hotelito decente, que no era demasiado caro y estaba en un buen barrio. Angélique pensaba visitar a la amiga de la señora McCarthy al día siguiente para preguntarle si sabía de algún trabajo.

Después del largo trayecto por tierra y el breve viaje en barco, se sentía renovada cuando arribaron a Calais. El aire del mar le había sentado bien: tenía la cabeza despejada. Alquiló un coche de caballos con otros dos pasajeros, ambos franceses, con destino a París, y no tuvo problemas para comunicarse ni pagar su billete. Su francés era igual de bueno que siempre. Tampoco tuvo problemas con sus documentos de identidad, que estaban en regla, y unos minutos después de llegar, tras el tiempo justo para tomarse una taza de té en un restaurante cercano, partieron hacia París.

Angélique se quedó dormida con su pequeño baúl cerrado con llave en el regazo. Durmió durante la mayor parte del agitado viaje y se despertó cuando llegaron a París de madrugada. Allí tuvo que alquilar otro coche para llegar hasta el hotel que le habían recomendado, situado en el distrito VI, casi en el límite con el VII, en la margen izquierda del Sena.

Llevaba más de veinticuatro horas de viaje cuando por fin llegó. El bonito establecimiento, el Hôtel des Saints Pères, situado en Saint-Germain-des-Prés, le sorprendió gratamente. El vestíbulo estaba decorado con gusto y su habitación era luminosa y soleada, con hermosas vistas a un jardín, una iglesia y un pequeño parque en el que vio a mujeres empujando cochecitos o paseando sus perros. Era una ciudad bonita, y de repente se alegró de estar allí, en un lugar donde podría empezar una nueva vida, lejos de los Ferguson y de su hermano, y de todo el dolor y la decepción de ese último año y medio. Tendría que volver a servir, pero, de momento, era libre.

Después de dejar las maletas y el baúl en la habitación, salió a dar un paseo y escuchó cómo la gente hablaba francés a su alrededor. Se fijó en los coches de caballos que pasaban, algunos muy suntuosos, varios con un aspecto muy deportivo y otros que hacían repartos. Era una ciudad con mucha actividad. Pasó junto a varios parques con estatuas y hermosos árboles antes de regresar por fin al hotel. Subió a su habitación sintiéndose en paz y optimista respecto al día siguiente, en el que preguntaría a madame Bardaud si sabía de algún empleo.

Pensó en ir al Louvre por la mañana, o a pasear por la calle Faubourg Saint-Honoré y ver las espléndidas casas que la bordeaban, pero decidió que debía ver a madame Bardaud primero y, después, pasear por París. Recordaba los días que estuvo allí con su padre. Habían pasado momentos maravillosos juntos, alojados en el Hôtel Meurice de la rue Saint-Honoré y visitando a amigos. Sentía un vínculo extraño e inexplicable con la ciudad, como si una parte de ella supiera que era mitad francesa y se alegrara de estar en casa. Ojalá hubiera conocido a su madre y su familia antes de que todos murieran.

Su castillo había sido reconstruido después de la Revolución y en la actualidad tenía otro dueño, aunque no sabía quién era. Habían restituido la monarquía hacía quince años, después de Napoleón, y Carlos X ocupaba el trono. Era un Borbón, y Angélique sabía que era pariente lejana suya por parte de madre, pero en su situación actual no le servía de nada. Lo que necesitaba era un trabajo, y su noble linaje no le ayudaría a conseguirlo, no más de lo que lo había hecho en Inglaterra, donde era pariente del rey Jorge IV por vía paterna.

Emparentada con reyes en dos países, hija de un duque y expulsada de su casa por su hermano, se veía obligada a servir y estaba a merced de quienquiera que la contratara. Lo único que la salvaba de la ruina absoluta era la bolsa que guardaba bajo llave en el baúl. Sin ella, sería una pobre sin un centavo tirada en la calle. Era muy consciente de ello cuando se acostó esa noche. Había utilizado una pequeña parte del dinero de su padre para pagar el hotel de París y el viaje desde Londres. Se había gastado casi todo su salario en los hoteles, los coches de caballos y el barco. El dinero de su padre le permitía alojarse en hoteles decentes en los que se sentía segura, algo muy importante para ella, igual que el apoyo que él le había brindado al entregarle ese dinero antes de morir. No obstante, sabía que tenía que encontrar trabajo enseguida.

No podía vivir de su dinero eternamente, y quería ahorrar todo lo posible para poder comprarse una casa algún día y dejar de servir cuando fuera una anciana. No obstante, aún era demasiado pronto. No sabía cómo comprar una casa por su cuenta y era excesiva responsabilidad para una muchacha de su edad. Necesitaba trabajar. Además, no estaba segura de si quería vivir en Inglaterra o en Francia. Ya no tenía vínculos con ninguno de los dos países. Oscilaba entre el mundo que había perdido y el que aún no había encontrado. Era como viajar por el cielo, sin nada que la atara al suelo. Tenía que aterrizar en alguna parte, pero aún no sabía dónde. Todos los lazos que antes la anclaban se habían roto cuando su padre falleció y Tristan la abandonó a su suerte.

Se quedó dormida mientras pensaba en todo eso y al día siguiente se despertó tarde, desorientada, intentando recordar dónde estaba, sin reconocer la habitación del hotel. Se acordó al mirar por la ventana, y supo lo que tenía que hacer ese día. Iba a verse con madame Bardaud. Pronto volvería a servir. Quería disfrutar de su libertad mientras pudiera. Con suerte, no sería por mucho tiempo.

Se puso otro sobrio vestido: se había llevado muy poca ropa frívola al marcharse de Belgrave. Desayunó cruasanes y café con leche en el pequeño comedor del hotel y pidió al recepcionista que le indicara cómo llegar a la dirección que le habían dado. Decidió ir a pie: hacía un bonito día de primavera y se sentía feliz. Echaba de menos a los hijos de los Ferguson, pero tenía que concentrarse en su propia vida.

Madame Bardaud vivía en el segundo piso de un angosto edificio del distrito II, en la margen derecha del Sena. Angélique subió a pie, llamó a la puerta y, cuando una mujer con aspecto de abuelita se asomó, le explicó que la mandaba la señora McCarthy. Madame Bardaud había sido institutriz en Londres antes de casarse. Invitó a Angélique a sentarse.

—¿Qué puedo hacer por ti? —le preguntó con afabilidad.

La joven le explicó en un francés impecable que buscaba trabajo de niñera o institutriz, y que podía enseñar inglés a los niños si los padres querían. Al igual que en Londres, la mujer le preguntó por su último empleo.

Ella le contestó que había cuidado a seis niños, le dijo sus edades y le explicó qué había hecho, cuánto tiempo había trabajado en la casa, y que ese había sido su primer trabajo.

—¿Y la razón por la que te fuiste?

Angélique le contó lo ocurrido y le dijo que no tenía referencias que aportar por dieciséis meses de trabajo, aunque le prometió que lo había hecho bien.

—Seguro que sí —reconoció la mujer con dulzura—, y lo que me cuentas no es raro. Te creo, querida. Pero nadie va a contratarte sin referencias. No saben si robaste a tus últimos señores o hiciste algo mucho peor que negarte a que te sedujera uno de sus invitados. Y no hay nadie que corrobore tu historia.

Al parecer, París no era distinto de Londres. Madame Bardaud le dijo que, sin referencias, era imposible encontrar trabajo, salvo quizá lavando platos o fregando suelos, y no en una casa decente. No conocía a nadie que pudiera contratarla.

—¿Qué voy a hacer? —se preguntó Angélique, dando voz a sus pensamientos. Estaba conteniéndose para no llorar y se sentía completamente perdida.

—No puedo ayudarte. Necesitas alguna prueba de que eres una persona honrada y responsable, y sin referencias de tus últimos señores, nadie te contratará —respondió la mujer, que sabía de lo que hablaba.

Angélique le dio las gracias, con expresión aturdida y poco después se marchó. No había nada que pudiera hacer, ningún sitio adonde ir. Pensó en la sugerencia de la señora McCarthy de ir a América, pero ¿y si allí también querían referencias? ¿Qué haría entonces?

Echó a andar sin prisas ni rumbo. Llegó al Jardín de las Tullerías después de pasar por la Place Louis XVI. París era precioso, pero tampoco tenía amigos ni nadie que la protegiera. Era otra gran ciudad en la que no tenía adónde ir. Estaba intentando no dejarse llevar por el pánico, pero le asustaba su futuro. Se preguntó qué diría su padre y qué le aconsejaría que hiciera, pero él nunca habría siquiera imaginado nada parecido a la situación en la que se encontraba en ese momento.

Se sentó un rato en un banco de un parque y pensó en todo, intentando formular un plan, sin éxito. Después regresó andando al hotel y subió a su habitación. Cogió un libro y leyó un rato para intentar evadirse de sus preocupaciones. Se preguntó si el hotel la contrataría como criada, pero le daba demasiada vergüenza preguntar.

Se quedó en la habitación hasta que anocheció, y entonces salió otra vez a pasear por las calles de París. Paró para comer algo, pero se sintió incómoda, sola en un restaurante. Era la primera vez que lo hacía y le resultó violento. Vio hombres que la miraban, y matrimonios. Era una bonita joven sin compañía. Su cuento de que era viuda no significaba nada para ellos. La calle no era su sitio, y en cuanto terminó de cenar regresó andando al hotel. Lo hizo por otro camino, a través de una callejuela, pero de repente no tuvo claro por dónde tenía que ir. Volvió sobre sus pasos y se encontró en otra callejuela. Se había perdido. Estaba asustada y era de noche. En ese momento oyó un gemido y miró a su alrededor, sobresaltada. Creyó que sería un gato o un perro; en cualquier caso, el sonido no parecía humano. Lo único que quería hacer era correr. Apretó el paso, pero entonces vio una figura desplomada en la cuneta y volvió a oír el mismo gemido. Se detuvo a mirar, pensando que podría ser un niño herido. Se acercó despacio a la silueta aovillada en la acera. Cuando se agachó a su lado, descubrió que se trataba de una muchacha joven. Tenía un corte en la frente y la cara manchada de sangre. Mantenía los párpados cerrados, y uno estaba tan hinchado que apenas lo podía abrir. Al principio, Angélique creyó que estaba inconsciente, pero la muchacha abrió los ojos y la miró fijamente.

—Váyase —gimió—, déjeme en paz.

Tenía los labios tan magullados que Angélique apenas la entendió.

—Estás herida —respondió con dulzura—, déjame ayudarte. —Necesitaba ir a un hospital, pero Angélique no sabía cómo llevarla. La muchacha iba con un vestido rojo de satén, una cinta negra en el pelo y no llevaba abrigo. Alguien la había agredido con saña—. ¿Quieres que llame a la policía?

La muchacha volvió a abrir los ojos de golpe al oír la pregunta, negó con la cabeza y gimió.

—La policía no. Váyase —repitió.

—No pienso dejarte aquí —replicó Angélique con firmeza—. Te llevaré a casa, o a un hospital si quieres. —La muchacha empezó a llorar cuando Angélique pronunció esas palabras. Parecía una muñeca de trapo tirada en la cuneta. Tenía todo el vestido manchado de tierra—. No puedes quedarte aquí toda la noche o la policía te encontrará —añadió con voz más firme—. ¿Puedes ponerte de pie? —Pero no parecía que pudiera levantarse ni andar—. Ahora vuelvo —le aseguró, y se alejó a buen paso. Había visto coches de alquiler en la calle por la que había llegado y estaba decidida a buscar uno y regresar con él a la callejuela en la que estaba desplomada la muchacha. No la veía capaz de ir a ninguna parte por su cuenta.

Le llevó unos minutos encontrar un coche de alquiler y guiar al cochero hasta la callejuela en la que había encontrado a la muchacha, pero por fin la reconoció, le pidió que se detuviera y la esperara, y corrió junto a ella. La encontró como la había dejado; daba la impresión de estar dormida. No dijo nada cuando Angélique la sacudió con suavidad para despertarla. Al principio, intentó protestar cuando la levantó del suelo, pero no tenía fuerzas para oponer resistencia. Angélique casi cargó con ella hasta el coche. Allí, el cochero la cogió en brazos para subirla.

—Parece que le ha pasado algo terrible —comentó, preocupado por la joven.

—Se ha caído por las escaleras —respondió Angélique con naturalidad; le dio las señas de su hotel y se encaramó al asiento junto a la muchacha desplomada. Se quitó la capa negra y la tapó cuando ella abrió los ojos y la miró.

—¿El hospital o mi hotel? —le preguntó simplemente Angélique; la muchacha la miró con incredulidad.

—Su hotel. —No tenía fuerzas para discutir y no podía ir a ningún sitio por sus propios medios. Le habían dado una paliza, tenía varias costillas rotas y le dolía al respirar—. Debería haberme dejado tirada —añadió con tristeza.

—Ni hablar —afirmó Angélique como si hablara con una niña

Poco después llegaron a su hotel, pagó al cochero y ayudó a la pasajera herida a apearse. Con su capa puesta, la muchacha se apoyó en ella y entraron juntas en el hotel. El recepcionista estaba ocupado y no les prestó atención. Había reconocido a Angélique y continuó con lo que estaba haciendo mientras ella ayudaba a su invitada a subir a su habitación. La muchacha parecía a punto de desmayarse cuando abrió la puerta, la llevó casi a rastras hasta la cama y la acostó. La chica lloraba y la miraba agradecida.

—Lo siento —musitó, y cerró los ojos de dolor.

Angélique fue a buscar toallas y un camisón. Le lavó la cara con delicadeza y le quitó la ropa. El vestido era barato y llevaba un perfume fuerte, pero lo único que vio mientras la lavaba fueron los cortes, moretones y sangre seca que tenía en la cara. Le llevó un rato limpiarla. Le quitó el lazo y la peinó, y la magullada joven pareció un poco más humana una vez que estuvo limpia y acostada. Le ofreció agua y ella tomó un sorbo antes de volver a recostarse en las almohadas con un gemido.

—¿Cómo te llamas?

—Fabienne —susurró.

—¿Conoces a la persona que te ha hecho esto?

La muchacha negó con la cabeza y volvió a cerrar los ojos. Poco después se quedó dormida. Angélique se sentó junto a

Fabienne en una silla y se durmió hasta que, varias horas más tarde, ella gritó en sueños y se despertó.

—Chis... tranquila. Estás a salvo —susurró Angélique con dulzura mientras la joven la miraba de hito en hito y recordaba cómo había llegado hasta allí.

—¿Por qué me ha ayudado?

No entendía lo que le había sucedido. Estaba en una habitación desconocida, en una cama cómoda, con sábanas limpias. Todo era muy irreal, después de que le hubieran dado una paliza y dejado tirada en la calle.

—No podía abandonarte allí —respondió simplemente Angélique. Se desvistió y se puso el camisón y la bata—. ¿Cómo te encuentras?

—Fatal. —Fabienne le sonrió con los labios hinchados mientras Angélique le miraba los moretones de la cara. El corte de la frente no era tan grave como se temía, aunque podía dejarle cicatriz—. Pero me alegro de estar aquí. Usted debe de ser una especie de ángel.

—No. —Angélique sonrió—. Para nada. Solo pasaba por allí en el momento justo. ¿Estás segura de que no quieres ir a un hospital? Puedo pedir al hotel que llamen a un médico.

Fabienne negó con la cabeza y volvió a parecer asustada. Su temor a cualquier figura de autoridad daba que pensar.

—¿Has hecho algo malo para que te hayan propinado semejante paliza?

Le habló como si fuera una niña y Fabienne se encogió de hombros, apartó la mirada y no respondió. Fuera lo que fuese, no se merecía algo así. Angélique recordaba el vestido rojo de satén, la cinta en el pelo y el fuerte olor a perfume que desprendía el vestido. Se imaginó lo que era, pero le daba igual. La muchacha estaba malherida y necesitaba ayuda. Fabienne vio comprensión en sus ojos.

—¿Cuántos años tienes? —Con la cara lavada, parecía muy joven.

—Diecisiete —respondió Fabienne.

—¿Tienes familia? —Ella negó con la cabeza—. Yo tampoco. —Angélique le sonrió—. Así que a lo mejor es bueno que te haya ayudado.

—Es usted muy amable —le agradeció Fabienne. Angélique volvió a acomodarse en la silla, bajó la luz y la joven se quedó dormida.

Estaba sentada en la cama y la miraba fijamente cuando Angélique se despertó al día siguiente y abrió los ojos. Parecía encontrarse un poco mejor, aunque no demasiado.

—Debería irme cuanto antes —dijo cuando Angélique se despabiló.

—¿Tienes algún sitio donde ir?

Fabienne tardó mucho en responder. Negó con la cabeza hasta que confesó:

—Me he escapado.

—¿Por eso te han dado la paliza? ¿Te han encontrado? —Ella volvió a negar en silencio.

—Me fui de casa cuando tenía quince años. Mis padres murieron y me enviaron a vivir con mis tíos. Mi tío era muy mala persona y... me... me... utilizaba... continuamente. Mi tía no decía nada. Siempre estaba borracho, y ella también... así que me escapé. Vivían en Marsella. Me vine a París a buscar trabajo. Intenté encontrar un empleo en un restaurante o una tienda, o en un hotel. Conseguí trabajo de limpiadora en un hospital, pero me despidieron cuando descubrieron mi edad. No encontraba empleo y no tenía dinero para comer. Siempre tenía hambre y frío. A veces me escondía y dormía en la calle.

»Entonces conocí a una mujer que prometió ayudarme. Me dijo que tenía otras chicas viviendo en su casa y que eran como una familia. Yo no sabía qué más hacer, así que me fui con ella. Entonces descubrí lo que eran. Era como con mi tío, pero con desconocidos. Teníamos que trabajar para ella todo el tiempo. Éramos cinco y le pagaban por utilizarnos. Ella se quedaba con el dinero y casi nunca nos daba de comer. Todas éramos jóvenes, aparte de una chica mayor, y ninguna encontraba otro trabajo. Nos decía que nos pagaría, pero nos daba muy poco dinero, y ningún vestido, así que no podíamos salir. Nos pasábamos el día en ropa interior sin hacer nada, esperando a que vinieran los hombres.

»Pasé dos años allí y ya no lo soportaba. Así que me escapé y pensé que, si hacía lo mismo por mi cuenta, podría quedarme con todo el dinero. Pero ella nos protegía. No era buena persona, pero no dejaba que los hombres nos hicieran daño, al menos no demasiado. Algunos eran bruscos, pero si nos oía gritar, nos interrumpía y los echaba. Y nos tenía a todas registradas en la Gendarmerie Royale, o sea que su casa es legal. Pero las chicas que hacen la calle no lo son.

»En cuanto estuve sola, no tuve a nadie que me protegiera. Algunos hombres son muy malos. Esta es la tercera paliza que me dan, y ha sido la peor. Me quitó todo el dinero, me pegó y huyó. Conozco a otras chicas que hacen la calle: a una la apuñalaron y la mataron el mes pasado. Tenía dieciséis años. Imagino que tendré que volver a casa de madame Albin, si me acepta. Ella nos protege y nos registra como es debido. Pero en las calles no tenemos papeles. Un policía me paró el mes pasado. Me dijo que me dejaría ir si le hacía un favor, y fue muy brusco conmigo. Madame Albin lleva la casa correctamente. No puedo hacer esto sola.

Angélique intentó no parecer horrorizada por lo que había oído. Era un relato trágico de miseria, desesperación y chicas jóvenes que no tenían a quién recurrir y sufrían la explotación de personas como madame Albin y el maltrato de los hombres a los que atendían, como el que había pegado y robado a Fabienne.

Suponía que la joven era guapa, pero era difícil saberlo con lo magullada e hinchada que tenía la cara. Debería estar escandalizada, pero, a esas alturas, era consciente de que esas cosas podían suceder con mucha facilidad: muchachas que no encontraban trabajo y no tenían dinero ni un lugar al que ir, caían presas de la única cosa que podían hacer. Ahora lo entendía. Sin referencias, ella tampoco encontraría trabajo, y si no tuviera el dinero de su padre, quizá estaría igual de desesperada. No podía imaginarse la vida que Fabienne había llevado casi desde su infancia. Lo único que podía hacer era vender su cuerpo, a falta de otra cosa.

—¿A qué se dedica? —le preguntó Fabienne—. Debe de ser rica para alojarse en un sitio como este.

—No, no lo soy —respondió Angélique con sinceridad—. Soy niñera. O al menos lo era hasta hace unos días. Me despidieron y me echaron de la casa, sin referencias. Fue en Inglaterra. No he podido encontrar trabajo en Londres, así que he venido a París.

—Habla bien francés. —Fabienne estaba admirada.

—Lo aprendí de pequeña. Mi padre hizo que me lo enseñaran porque mi madre era francesa. Murió cuando yo nací. —La joven asintió, interesada en su vida—. Así que estoy buscando trabajo, sin referencias, pero aquí tampoco encuentro.

—Podría presentarle a madame Albin. —Fabienne le estaba tomando el pelo, porque ya se había dado cuenta de que Angélique no era esa clase de muchacha. Parecía inteligente y culta, y tenía un aire muy distinguido—. Supongo que yo volveré con ella, si me acepta. —Parecía triste cuando lo dijo. Quería librarse de madame Albin y ahora sabía que jamás lo haría.

—¿Por qué no te quedas unos días aquí, hasta que te encuentres mejor, y lo decides entonces? Yo no me voy a ninguna parte, al menos por un tiempo. Tengo que buscar trabajo. Puedes quedarte en la cama y descansar.

—No quiero aprovecharme de su bondad. Madame Albin me dejará descansar unos días antes de ponerme a trabajar. De todas formas, nadie me querría así.

Sin embargo, sabía que algunos sí querrían, y les daría igual en qué condiciones estaba. Los clientes de madame Albin no eran muy exigentes; no se trataba de una casa distinguida, como otras. Pero tenía muchos clientes y le iba bien, aunque las chicas solo vieran una pequeña parte del dinero.

La historia de la joven asombró a Angélique. Nunca se había parado a pensar en las mujeres como ella ni en qué las abocaba a esa vida, la desesperación y la falta de oportunidades para hacer nada más, salvo pasar hambre. Y en cuanto se veían atrapadas en esa vida, no tenían adónde ir ni había escapatoria posible.

—¿No me odia por lo que le he contado? —le preguntó Fabienne, nerviosa.

—¿Cómo voy a odiarte? Lo siento mucho por ti, y ojalá hubiera una forma mejor de que te ganaras la vida, sin que te den palizas ni que madame Albin te estafe.

—No es tan mala, la verdad. Antes también se dedicaba a esto, así que conoce el percal. Ya es demasiado mayor, excepto para uno o dos viejos clientes que solo vienen a hablar. También son demasiado mayores —le explicó con una sonrisa—. Los hombres prefieren las chicas jóvenes. En nuestra casa, la mayor tenía dieciocho años. La más joven, catorce, pero aparentaba alguno más.

Angélique estaba recibiendo un curso acelerado sobre un mundo que jamás había visto o conocido, y ojalá no conociera nunca. Compadecía a todas esas chicas, en especial a Fabienne. Parecía una muchacha encantadora, que habría llevado una vida decente de haber tenido la oportunidad que nunca le habían dado, ni con su tío ni con madame Albin. Todos la habían utilizado y ella no encontraba la manera de escapar.

—A algunas chicas les gusta lo que hacen —reconoció—, sobre todo si ganan dinero. Y algunas de las que trabajan solas, y no en una casa, tienen un chulo. Pero ellos también les dan palizas y se quedan con todo su dinero. Los únicos que se embolsan el dinero con esto son las madamas, como madame Albin, y los chulos. Las chicas nunca, o no el suficiente. Solo nos utilizan como vacas u ovejas y se quedan con nuestros beneficios.

»Ella decía que costaba mucho alimentarnos y llevar la casa. Pero ninguna comía tanto, no nos daba tiempo. Trabajábamos de la mañana a la noche. Los hombres vienen a todas horas, temprano cuando van a trabajar, a la hora de comer cuando pueden salir del despacho, por la noche al volver a casa, o no van a casa y dicen que han salido con unos amigos, o después de que su mujer se haya dormido. Algunos ni siquiera están casados: dicen que es más fácil que buscar mujeres que quieran hacerlo. O sus mujeres ya no quieren estar con ellos, o están embarazadas. Hay muchas razones por las que los hombres acuden a nosotras. Y unos pocos solo vienen para tener alguien con quien hablar. Algunos son muy amables, pero la mayoría no.

Angélique se apenó por ella al conocer toda la verdad. Pero Fabienne era muy práctica con su vida y su trabajo. Para ella, era una profesión, igual que Angélique era niñera. Se preguntó qué habría dicho su hermano si se hubiera convertido en prostituta.

—¿Cree que se quedará en París? —le preguntó Fabienne.

—No lo sé. Depende de si encuentro trabajo. En Londres me sugirieron que probara aquí, o que me fuera a América, pero está demasiado lejos. Además, ¿qué pasaría si cuando llego no encuentro trabajo?

—A mí me daría miedo irme tan lejos —reconoció la muchacha.

Angélique era de la misma opinión. Le gustaba hablar con ella. Sentía que había hecho una amiga, aunque llevaran vidas tan distintas. Y sus historias sin duda lo eran.

—¿Tienes hambre? —le preguntó Angélique. Fabienne

asintió con vacilación. No quería abusar aún más de su amabilidad—. Traeré algo de comer. Abajo tienen cruasanes y café.

Angélique se vistió y bajó a buscar el desayuno para las dos. Lo subió en una bandeja que colocó en la cama, al lado de Fabienne. Era muy consciente de que había dejado el bolso en la habitación, pero dentro apenas llevaba nada. Su dinero estaba guardado bajo llave en el baúl y confiaba en Fabienne. No le parecía la clase de muchacha capaz de robarle, y esperaba estar en lo cierto. Cuando regresó supo que no lo había tocado.

Devoraron los cruasanes y se bebieron el café con leche. Luego, mientras Angélique se cambiaba de vestido, Fabienne intentó levantarse de la cama, pero las costillas le dolían demasiado y volvió a arrellanarse en ella.

—Puede que me quede otro día —musitó, muy pálida.

—Quiero dar un paseo —le dijo Angélique—. Traeré comida.

—Gracias —respondió Fabienne, agradecida.

Nadie se había portado nunca tan bien con ella, ni siquiera cuando sus padres vivían. E incluso las chicas con las que trabajaba se peleaban entre sí de vez en cuando. Se había dado cuenta de que Angélique era buena persona y estaba muy por encima de nadie que ella conociera. Y, no obstante, no tenía ningún reparo en compartir su habitación con ella, en el hotel más bonito en el que Fabienne había estado nunca.

Angélique salió un poco después y, tal como había prometido, regresó con queso, salami, paté, una baguette y unas manzanas. Era un refrigerio sencillo pero delicioso que Fabienne degustó con avidez.

Al entrar había dicho en recepción que su prima estaba durmiendo en su habitación, para que no creyeran que intentaba engañarlos. Le cobraron un pequeño suplemento por compartir el dormitorio con otra persona y ella estuvo encantada de pagarlo, pero no lo mencionó a Fabienne. De cualquier modo, la chica no tenía dinero.

Esa tarde, Angélique habló con la gobernanta del hotel, que le dijo lo mismo que el resto, que sin referencias no encontraría un empleo, y desde luego no de niñera en una buena casa, ni siquiera de camarera de habitaciones. Tendría que aceptar lo que fuera: limpiar suelos o lavar platos en un restaurante, pero no trabajar para personas importantes en una buena casa o un hotel decente. Al no darle referencias, los Ferguson habían destruido sus posibilidades de trabajar. O lo había hecho Bertie y ellos le habían creído. Juntos, le habían privado de cualquier empleo decente futuro, a menos que alguien estuviera dispuesto a arriesgarse y darle una oportunidad, algo que todos le aseguraban que no sucedería. Estaba desanimada cuando regresó a la habitación y encontró a Fabienne dormida en la cama. Tenía mejor aspecto cuando se despertó.

—¿Qué ha dicho? —le preguntó. Conocía su intención de hablar con la gobernanta.

—Que sin referencias no hay nada que hacer. Puede que al final tenga que irme a América. A lo mejor puedo encontrar trabajo de costurera —respondió abatida.

—Te quedarás ciega. Y no pagan casi nada. Lo probé cuando llegué a París. Y tienes que coser muy bien. ¿Sabes cocinar? —Angélique vaciló antes de negar con la cabeza.

—No, la verdad. Pero lo más seguro es que también necesitara una recomendación para eso. En una casa, al menos.

Pensó en los criados de Belgrave, y de los Ferguson, y en todo lo que sabían hacer. Pero ellos llevaban toda la vida sirviendo y habían tenido recomendaciones como la que escribió Tristan para ella. Había llaves para abrir las puertas correctas, y ella no tenía ninguna. Empezaba a desesperarse.

Esa noche salió a comprar la cena y regresó con pollo asado de un pequeño restaurante cercano, zanahorias, patatas y una baguette. Compartieron la comida mientras hablaban de sus vidas. Fabienne sabía de hombres mucho más que ella.

De lo único que Angélique sabía era de los niños que cuidaba y de su vida en el castillo. Tampoco a ella le contó los detalles ni quién era su padre.

—Me gustaría casarme algún día —comentó Fabienne con candidez, igual que habría hecho cualquier chica de su edad, cuando terminaron de cenar—, si alguien me aceptara. Me encantaría tener hijos.

—Dan mucho trabajo. —Angélique sonrió—. La mujer para la que trabajaba tuvo gemelos la última vez. Eran preciosos.

—Debió de dolerle mucho cuando los tuvo —observó Fabienne con sentido práctico.

—Seguro que sí. No quiso tener más después de eso.

—Yo tampoco querría. Una de las chicas de la casa se quedó embarazada el año pasado y decidió quedarse al bebé. Lo dejó con sus padres cuando volvió a trabajar. Pero es bonito cuando va a casa y lo ve. Madame Albin no deja que las chicas vayan a casa muy a menudo y, además, la mayoría no tienen o sus padres no les dejan volver. La chica que tuvo el niño les ha dicho a sus padres que es modista en París y ellos la creen. Yo no he vuelto a Marsella, ni lo haré nunca. Los odio —dijo, refiriéndose a sus tíos. Angélique lo entendía, después de lo que le había hecho su tío.

Las dos estaban cansadas y esa noche se acostaron temprano. Por la mañana, Angélique se despertó antes, pero se quedó en la cama, pensando. Fabienne le había abierto los ojos a una forma de vida completamente distinta. Parecía sórdida y vulgar. No era la primera vez que oía hablar de esa clase de mujeres. La buena sociedad pensaba mal de ellas y las rechazaba, pero recordaba que los criados hacían comentarios sobre casas a las que iban hombres importantes, una especie de clubes, donde las mujeres eran escandalosas e inaceptables en público, pero muy solicitadas en privado. Las llamaban cortesanas. Se trataba de un lado oscuro de la vida del que no sabía nada, pero de pronto le interesaba. Lo comentó con Fabienne cuando se despertó y charlaron de ello mientras desayunaban el café con leche y los cruasanes que subió del comedor.

—¿No hay algunas mansiones que hacen lo mismo que madame Albin? He oído hablar de ellas a media voz. Creo que allí acuden hombres muy poderosos que quieren conocer mujeres sofisticadas sin que sus esposas se enteren.

—Claro —respondió Fabienne. Sabía de lo que hablaba—, pero no son como la de madame Albin. Los hombres así no van a su casa. Tienen mujeres muy elegantes, y las madamas les cobran muchísimo dinero. Todo es secreto y muy distinguido. Yo también he oído hablar de esas casas, pero no he estado en ninguna.

Angélique la miraba con mucho interés: eran como dos muchachas tramando una travesura.

—¿Qué haría falta para montar una casa así? —preguntó al cabo de un momento.

Fabienne se rio a modo de respuesta.

—Mucho dinero. Una casa preciosa, o muy agradable, ropa bonita, mujeres despampanantes, comida y vino increíbles, algunos criados. Costaría un dineral. Tendría que ser una especie de club secreto al que todo el mundo querría ir, para que los hombres importantes se sientan cómodos. Habría que ser muy rico y conocer a mucha gente de la alta sociedad para hacer algo así.

Fabienne había oído hablar de una casa de lujo de ese tipo cerca del Palais Royal, pero no conocía a nadie que hubiera trabajado allí. No tenía nada que ver con la casa de madame Albin.

—¿Has conocido alguna vez chicas que trabajaban en esos sitios?

—Una vez conocí a una. Me dijo que antes trabajaba en una de las mejores casas de París, pero bebía mucho y engordó. Además, creo que robó dinero y la echaron. Pero era muy guapa. También oí hablar de otras dos que montaron una casa juntas y tenían clientes importantes. Ganaron mucho dinero y se marcharon al sur cuando se retiraron. ¿Por qué?

—¿Y si montáramos nuestra propia casa? Sé que parece una locura, pero me refiero a una de las mejores, con una casa bonita y chicas muy guapas. Los hombres importantes querrían venir. Sería una especie de lugar de reunión para ellos, pero con chicas. ¿Conoces a algunas chicas así?

—Podría intentarlo, preguntar, aunque lo más probable es que todas estén en otras casas. Pero si la nuestra está bien, a lo mejor se vendrían, y traerían a sus clientes habituales. Aunque necesitarías mucho dinero para eso.

—Quizá pueda conseguirlo, si no es demasiado. Debería ser un lugar seguro para las chicas, en el que estarían protegidas y nadie las trataría mal. Y ellas se quedarían con buena parte del dinero que ganaran.

—¿Hablas de un hotel o de un burdel? —bromeó Fabienne, pero veía el entusiasmo que le brillaba en los ojos.

Angélique seguía dándole vueltas. Sin duda, no era como su padre habría querido que invirtiera su dinero, pero quizá, si lo hacía durante unos años, podría ganar el suficiente dinero como para que todas se retiraran. Y para ellas sería mucho mejor que trabajar solas en las calles o en malas casas donde las explotaban. No se le ocurría qué más hacer: jamás conseguiría un empleo decente. Podría comprarse una casa algún día con el dinero de su padre, pero no podría vivir de él eternamente. Aún necesitaba trabajar, pero le habían cerrado todas las puertas para conseguir un empleo decente. Parecía una solución creativa a la situación en la que se encontraba, y una oportunidad de incrementar el dinero que su padre le había dejado para no tener que volver a trabajar de niñera.

—Hablo en serio —dijo—. ¿Y si montamos el mejor burdel de París? ¿Uno lujoso de verdad, con mujeres guapísimas, al que todos los hombres influyentes querrían ir? Si doy con la casa apropiada, ¿crees que tú podrías encontrar chicas con buenos contactos y clientes importantes?

—Lo intentaría. Hablas en serio, ¿verdad? —Fabienne estaba estupefacta y la miraba con admiración.

—Sí.

—¿Cuántas chicas quieres?

—¿Cuántas necesitamos? —Angélique estaba aprendiendo un nuevo oficio.

—Seis estaría bien. Ocho sería mejor. ¿Y tú? ¿También trabajarías? —A Fabienne le habría sorprendido que Angélique se lo planteara siquiera; no parecía esa clase de mujer, pero nunca se sabía. Algunas de las prostitutas más famosas de París parecían mujeres decentes y no lo eran. Había oído hablar de ellas. Y solían tener protectores importantes.

Angélique negó con la cabeza.

—No. Yo lo regentaría y protegería a las mujeres. Como mucho, hablaría con los clientes, pero no podrían acostarse conmigo. Esa es mi única condición.

—Casi todas las madamas se encargan solo de llevar el negocio, y algunas tienen unos pocos clientes —le explicó Fabienne con aire pensativo.

—Ni siquiera unos pocos —afirmó Angélique con mirada resuelta.

—De acuerdo. Es tu casa y son tus reglas.

—Busca a las chicas, pero que no sean demasiado jóvenes. Tienen que ser interesantes y experimentadas, y tener buena conversación.

Fabienne asintió: estaba empezando a entender la visión de Angélique. Era mucho más ambiciosa que nada de lo que visto hasta entonces, pero le gustaba la idea y era mejor que volver con madame Albin o poner su vida en peligro en las calles, recibir palizas y huir de la policía.

—Yo buscaré la casa —afirmó Angélique—. Ahora tienes que ponerte bien, para poder empezar a buscar a las chicas.

—¿De verdad crees que puedes hacerlo? —le preguntó Fabienne asombrada. A ella le parecía un sueño.

—No lo sé. Probaremos. —Angélique no pretendía derrochar el dinero de su padre, su intención era que saliera bien—. Quiero tener el mejor burdel de París.

Cuando empezaron a elaborar una lista de lo que necesitaban para hacerlo posible, Angélique supo que el destino acababa de abrirle una puerta y mostrarle otro camino. De repente, le parecía que conocer a Fabienne había sido obra de la fortuna. La miró y sonrió. Una nueva vida acababa de empezar para ambas.

11

Angélique empezó a preparar el terreno para su plan ese mismo día. Sacó sus vestidos de los baúles y los inspeccionó. Quería parecer una viuda respetable cuando fuera a buscar una vivienda de alquiler. Fabienne se haría pasar por su doncella. No iba a comprar una casa, sino a alquilarla en un buen barrio, y no sería una en la que pudieran observarles de cerca.

Eligió un vestido de seda azul marino con la cintura entallada, falda ancha, cuello de encaje y chaqueta a juego que había llevado en Belgrave para cenar con su padre, un vestido rojo fuerte de cuello alto combinado con un mantón, y dos sencillos vestidos negros que se había puesto cuando estaba de luto. Le vendrían bien para su papel de viuda joven y elegante. Además, sus modales y su forma de hablar demostraban que era una aristócrata.

Tenía unos guantes y un bolsito de París, y un abanico que había sido de su madre. Disponía de lo que necesitaba para hacerse pasar por una mujer que quería alquilar una casa en un buen barrio de la capital francesa. También tenía el sencillo vestido negro de lana que había llevado en casa de los Ferguson. Podía añadirle un poco de encaje en el cuello y convertirlo en el uniforme de doncella que Fabienne llevaría durante los días siguientes, mientras lo ponían todo en marcha entre las dos.

Se notaba que toda la ropa de Angélique era de buena calidad. Sin embargo, por desgracia los sombreros se habían aplastado después de llevar dos años metidos en cajas. Estudió con atención cada vestido. La moda femenina para jóvenes decentes no había cambiado mucho en esos dos años, y ella siempre había llevado vestidos sobrios, no llamativos como los de Eugenia Ferguson, sino más apropiados para su edad y su posición como hija de un duque.

—¿De dónde has sacado esta ropa? —le preguntó Fabienne. Eran los vestidos más bonitos que había visto nunca, de terciopelo y seda, con exquisitos cuellos de encaje.

—La tenía de antes de ser niñera —reconoció en voz baja.

—¿Qué eras? ¿Reina? —bromeó.

Su nueva amiga no respondió: era obvio que tenía sus secretos.

—Claro que no.

Ojalá dispusiera del resto de su ropa de Belgrave, pero no tenía forma de conseguirla. No se atrevía a pedírsela a la señora White, quien querría saber qué se llevaba entre manos. Aún no le había escrito para explicarle que ya no estaba con los Ferguson, y quería arreglar su situación antes de hacerlo para que no se preocupara. Por su parte, Tristan jamás querría mandarle su ropa ni el resto de sus baúles. Lo más probable era que ya lo hubiera tirado todo a la basura, con la esperanza de no volver a verla más.

—¿Puedes ponerte de pie? —le preguntó a Fabienne, a la que todavía le dolían las costillas, si bien hizo lo que le pedía. Le sacaba varios centímetros de altura pero, aparte de eso, su figura era parecida, aunque la joven francesa tenía un poco más de pecho. Angélique le pegó el sencillo vestido negro al cuerpo y entrecerró los ojos—. Puedo bajarte el dobladillo. Y con un poco de encaje en el cuello y los puños, parecerás una doncella muy apropiada, y bastante elegante además. —Le sonrió.

—¿Voy a ser doncella? —Por un momento, Fabienne se sorprendió. Eso no era parte del plan.

—Solo mientras buscamos casa de alquiler. Yo soy viuda, tú eres mi doncella, o mi prima. Acabamos de llegar de Lyon para vivir cerca de unos parientes. ¿Qué edad aparento?

Fabienne la estudió con atención.

—Unos quince años —respondió con sinceridad.

Angélique era esbelta y menuda, y el cabello rubio platino le daba un aspecto más juvenil que la oscura mata de pelo de Fabienne.

—Eso no puede ser. ¿Crees que podría aparentar veinticinco o veintiséis?

—Quizá con vestidos más elaborados y un buen escote.

—Eso me servirá cuando estemos en la casa. No quiero que los clientes sepan que tengo veinte años. Está bien que tú seas joven, pero los clientes y las chicas no me respetarán si saben que yo lo soy. Creo que tendré veintiséis años. Es una buena edad para una viuda joven.

—¿De qué murió tu marido? —Fabienne soltó una risita. Le gustaba el papel que estaban representando.

Nunca en su vida se había divertido tanto como con esa joven emprendedora que la había sacado de la cuneta y la estaba cuidando en su hotel. Angélique era su ángel de la guarda y, si todo salía según lo planeado, estaban a punto de convertirse en dos jóvenes diablesas.

—Lo maté —respondió Angélique como si tal cosa, y Fabienne se rio—. Oh, no sé, cólera, malaria, algo horrible. Estoy bastante afligida por su muerte, o lo estaré cuando alquilemos la casa. Seré una viuda feliz cuando recibamos clientes. Pero una viuda que quería mucho a su marido y no traicionará su memoria, así que soy intocable para los clientes ¿Qué te parece?

—Fascinante. No estoy segura de si estás loca o eres muy, muy lista. —Fabienne era sincera y hablaba en serio.

—Esperemos que sea un poco de las dos cosas —repuso Angélique muy seria—. Tan loca como para lanzarme y tan lista como para conseguirlo.

Había que echarle mucha imaginación. Tenía que conseguir y montar una casa por la que los hombres se sintieran atraídos, y llevar un negocio que consistiría en vender la carne de mujeres jóvenes y hermosas, que podían ser difíciles de manejar. Quería plantearlo de tal modo que todas ganaran dinero y pudieran, a la larga, irse satisfechas y más ricas gracias a su trabajo. Ella solo pretendía ganar algo de dinero para sumarlo al regalo de su padre, y luego retirarse.

Fabienne también deseaba ganar dinero para así poder irse de París, casarse y tener hijos. Quería regresar al sur, pero no a su casa. Angélique no tenía la menor idea de dónde iría luego. Tampoco tenía un hogar al que regresar, ni ganas de casarse y estar bajo el yugo de un hombre. Eso le parecía peligroso, y muchos eran deshonestos. Sus hermanos lo eran, y conocía todos los rumores y chismes sobre Harry Ferguson. Y sir Bertie pretendía tener una aventura con ella y con su señora. Todos le parecían malas personas, salvo su padre, quien había sido un hombre maravilloso y honrado que amó de corazón a su esposa.

—Necesitaremos sombreros nuevos. Los míos están hechos un desastre. Algo sencillo para ti y quizá uno grande para mí, que me haga parecer mayor.

—Será caro... —Fabienne estaba preocupada.

—Probablemente. Y necesitaremos ropa para todas las chicas. Vestidos bonitos. Al principio no hace falta que compremos ropa muy cara, pero tendrá que ser elegante, para la clase de hombres que queremos como clientela. No podéis pasaros el día en ropa interior como en casa de madame Albin. Necesitaremos tener un salón como es debido para atenderlos como los caballeros que son, y luego podéis enseñarles el resto de la casa cuando subáis a las habitaciones.

—¿Cómo sabes todo eso? —Fabienne la miró fascinada.

Angélique jamás había conocido a una prostituta hasta entonces, pero estaba dispuesta a regentar un burdel elegante para la élite masculina de París.

—Me lo invento sobre la marcha. —Se rio como una niña entusiasmada—. ¿Te encuentras hoy lo bastante bien como para salir?

La cara de la joven tenía mejor aspecto, pero aún le quedaban algunos moretones. El corte de la frente estaba cicatrizando muy bien y ya no tenía los labios hinchados. Las costillas aún le dolían, pero se movía mejor, aunque prefería no tener que llevar corsé. Angélique le dijo que no le hacía falta. Tendría más aspecto de doncella si no realzaba su juventud.

—¿Y cuántos años tengo yo en ese país de las hadas que te estás inventando? —preguntó Fabienne a su nueva madama. Ya la respetaba, por lo que había hecho por ella y por lo que tenía intención de hacer. Había dicho varias veces que protegería a las chicas y les pagaría bien, lo que sería un argumento convincente para todas ellas si era cierto, y Fabienne la creía.

—Dieciocho, creo. Será suficiente —respondió Angélique.

Dejó la ropa de ambas sobre la cama y apartó el sobrio vestido que había llevado mientras buscaba trabajo de niñera. Eso se había acabado, posiblemente para siempre. Aunque si tenía que hacerlo, creía que algún día podría ser institutriz. Le gustaba la idea de enseñar a niños mayores, a muchachas de buena familia que querían instruirse. Sabía idiomas, era una ávida lectora y tenía cabeza para los números, lo que le vendría muy bien para su nuevo negocio. A menudo había repasado los libros de contabilidad de la hacienda con su padre, y los entendía.

Con solo escucharla, mirarla y ver la ropa que tenía, Fabienne adivinó que procedía de una buena familia y que algo había ido muy mal, pero no quería fisgonear. Angélique quizá se lo contaría algún día, cuando se conocieran mejor.

Angélique bajó a la lavandería para planchar los vestidos y se vistieron con esmero. Añadió un poco de encaje al cuello del vestido de Fabienne, la ayudó a hacerse un peinado sencillo, ya que ella no podía levantar los brazos, y salieron del hotel como dos señoritas formales. Alquilaron un coche de caballos y se dirigieron a una sombrerería que el hotel les había recomendado, situada en el distrito 1. Cuando llegaron, las atendió una mujer mayor muy guapa que les mostró algunos sombreros fabulosos. Fabienne quiso probárselos todos. Angélique la complació comprándole uno azul claro de singular belleza que le enmarcaba la cara, adquirió un sencillo sombrerito negro para su papel imaginario de doncella y se compró tres muy elegantes para ella que combinaban con los vestidos que tenía. Podían compartir casi toda la ropa con algún que otro arreglillo.

Comieron en un restaurante decente. Fabienne, que nunca había estado en un sitio como ese, abrió los ojos como platos. En compañía de la joven francesa, la reputación de Angélique no quedaría en entredicho.

Después de comer se reunieron con un notario especializado en transacciones inmobiliarias, lo que incluía el alquiler y la venta de casas. Fabienne casi se atragantó cuando Angélique le dijo al llegar que necesitaba una con bastantes habitaciones, ya que sus seis hijas iban a vivir con ellas.

—¿Seis hijas? —susurró Fabienne cuando el notario, que era como un abogado, entró en otra sala para coger unas carpetas que quería enseñarles—. ¿Vamos a montar un orfanato?

Angélique sonrió. El hombre regresó poco después para describirles tres casas, todas en alquiler. Una era excesivamente cara, pero se dio cuenta de que el abogado estaba tanteándola y viendo hasta dónde podía llegar. Comentó con recato que se salía un poco de su presupuesto y de la pensión que su difunto marido le había dejado. No obstante, las otras dos estaban a su alcance. Ambas tenían hermosos jardines, aunque una parecía disponer de poco espacio y tenía todas las habitaciones apiñadas, a juzgar por los dibujos. La otra contaba con un amplio recibidor, un salón, un comedor y un saloncito en la planta baja. Había una cocina y cuatro habitaciones para el servicio en el sótano, y diez dormitorios más, repartidos por igual entre la primera y segunda planta, además de un cuarto principal muy espacioso y algunas habitaciones más pequeñas en la buhardilla. El notario le aseguró que estaba en buen estado: los dueños se habían mudado a Limoges, pero habían preferido quedarse con la casa y alquilarla. El esposo era un adinerado industrial y el precio del alquiler era más o menos el que Angélique había calculado. Tenía un pequeño parque enfrente y colindaba con otro. Su única característica menos atractiva, reconoció el hombre, era que estaba sola en un callejón, en la periferia de un barrio excelente pero no exactamente en él, y la clase de personas que querían una casa tan grande y elegante como esa preferían vivir en pleno centro de una de las mejores zonas, no en las afueras. Sin embargo, justo eso la convertía en la casa ideal para el propósito de Angélique. No querían estar rodeadas de viviendas respetables que se escandalizaran al ver hombres entrando y saliendo, sobre todo si les iba bien y alguien se fijaba demasiado en ellas. El callejón y la ubicación periférica no podrían haber sido más idóneos si hubieran diseñado la casa ellas mismas.

—¿Es un barrio seguro? —preguntó Angélique con aire preocupado—. Mis hijas son muy pequeñas y no hay ningún hombre en la casa. Solo tengo criadas. No podemos vivir en una zona peligrosa.

—Por supuesto —respondió el notario con pomposidad—, le aseguro que la zona es muy segura para las mujeres y los niños.

La casa llevaba seis meses en alquiler y las familias que habían ido a verla se habían llevado una decepción con la ubicación y habían seguido buscando. Sin embargo, el hombre se dio cuenta de que a esa joven viuda no parecía importarle, ya que el precio del alquiler era correcto. Le explicó que podía alquilarla por un año, o dos, lo que ella prefiriera, y renovar el contrato si estaba satisfecha.

—Un año está bien para empezar —respondió ella sin pestañear, mientras Fabienne la observaba, admirada de la facilidad con la que lo había conseguido—. Con posibilidades de renovar el contrato, por supuesto, si mis hijas son felices en ella.

—Estoy seguro de que lo serán, y el parque que hay cerca es muy bonito. ¿Irán al colegio? —le preguntó.

—Reciben clases particulares en casa. Al ser todas chicas... —Al menos eso era cierto, ya que nada más lo era. Luego el abogado les dijo que había una cochera para dos coches de caballos en la parte de atrás. Eso la hacía aún mejor, pues no sabía cómo se desplazarían sus clientes—. Con un cuarto para su cochero —añadió. Y las cuatro habitaciones pequeñas del sótano, junto a la cocina, serían adecuadas para los criados. Le aseguró que era una casa estupenda.

—¿Cuándo podemos verla?

—Es un poco tarde para ir ahora. Preferiría que la vieran por la mañana, con sol. Podría acompañarlas mañana. —Además, esa tarde tenía otra cita.

Quedaron en verse el día siguiente a mediodía y, después de estrecharle la mano, ambas jóvenes salieron de su despacho y alquilaron un coche para regresar al hotel.

—Dios mío, vas en serio, ¿verdad? —preguntó Fabienne, pasmada tras la hora que acababan de pasar con el notario—. No dejo de pensar que esto solo es un sueño y voy a despertarme.

Pero Angélique estaba decidida. Con la ayuda de Fabienne, claro, si ella podía encontrar a las chicas adecuadas, lo que aún estaba por ver. No obstante, le parecía que la casa era un regalo caído del cielo, o del infierno, según se mirara, teniendo en cuenta lo que planeaban hacer en ella. Parecía ideal para ambas.

—Claro que voy en serio —repuso Angélique con los ojos chispeantes.

—¿Qué vamos a hacer con los muebles?

—Comprarlos. Esa es la menor de nuestras preocupaciones. Ahora tienes que encontrar a las chicas correctas. La clase de hombres que pretendemos tener como clientes no querrán mujeres sacadas de las calles. Tenemos que encontrar chicas guapas e inteligentes que los fascinen.

Angélique se rio para sus adentros, pensando que Eugenia Ferguson habría sido ideal. Era una mujer hermosa de moral relajada a la que le gustaban los hombres. Pero también era aburrida y consentida. Necesitaban chicas mejores que Eugenia. Angélique presentía que sus clientes buscarían mujeres que disfrutaran agasajando a los hombres y complaciéndolos. Era otra clase de vida, dedicada a servir pero de otra forma: tenían que ser bellas y elegantes en el salón y exóticas cuando subieran a las habitaciones. Lo supuso por algunas de las novelas que le gustaba leer, y el resto era fruto de su imaginación

—¿Sabes por dónde empezar a buscar?

—Tendré que hablar con algunas personas. Conozco una chica de la casa de madame Albin que es un encanto. Es joven y bonita, y parece muy inocente, pero no lo es. Los hombres que van a esa casa la adoran. Hace que todos sus clientes se sientan importantes y parece que no la asusta nada. Y no está destrozada por el alcohol o las drogas; dice que simplemente le gusta lo que hace, y lo hace bien.

—Recuerda que necesitaremos chicas de otro tipo, un poco mayores y sofisticadas. Esos hombres también querrán hablar con ellas. Tienen que saber escuchar, tener sentido del humor, ser guapas y elegantes—. Sabía perfectamente qué clase de chica quería. Fabienne podía ser una de las dulces jovencitas, pero también quería mujeres seductoras y misteriosas.

Entraron en el hotel, hablando otra vez de la casa, con los sombreros nuevos guardados en voluminosas sombrereras. En cuanto subieron a la habitación, Fabienne se puso su precioso sombrero azul claro y se pavoneó por la habitación, exultante.

—Gracias por portarte tan bien conmigo. —Le dijo una vez más a su nueva amiga y futura jefa con una sonrisa radiante.

—Ahora somos cómplices —respondió Angélique, que también se puso uno de sus sombreros nuevos.

Eran como niñas jugando a disfrazarse con la ropa de sus madres. No obstante, Angélique se tomaba su nuevo papel muy en serio. Iba a abrir el mejor burdel de París. Las casas de ese tipo eran legales, al igual que la prostitución, siempre y cuando las mujeres estuvieran registradas en la gendarmería, aunque los ciudadanos respetables la desaprobaran. No obstante, los burdeles existían desde hacía siglos y la policía no les prestaba atención. Lo único que tendrían que hacer era ser discretas y realizar todas sus actividades a puerta cerrada.

La voz correría como un reguero de pólvora si era un buen burdel, los hombres querrían conocerlo. Angélique estaba decidida a mantener un alto nivel de calidad y a conseguir que fuera más atractivo para sus clientes que sus clubes u hogares. Angélique y Fabienne sabían que esos hombres estaban en alguna parte, esperándolas. Antes que nada, tenían que poner la casa a punto y encontrar a las chicas que los atraerían como abejas a la miel.

12

Al día siguiente, cuando las dos muchachas fueron a ver la casa, era tan ideal como Angélique esperaba, y pudo imaginar su distribución. Estaba catalogada como *hôtel particulier*, casa particular. Los dueños habían dejado tres lámparas de araña, en el comedor, el recibidor y el salón, y había que decorar el resto de la casa. Angélique contaba con cierta experiencia en ese terreno gracias a Belgrave y a lo que había visto en las dos casas de los Ferguson, pero quería que el burdel fuera más cálido y acogedor, sin dejar de ser elegante y sin tener que gastarse una fortuna. Entrar en la casa tenía que ser como un cálido abrazo, tan agradable que los hombres no querrían marcharse y estarían impacientes por regresar lo antes posible. Todo en la casa tenía que ir como la seda y estar pensado para la máxima felicidad de los clientes.

Angélique le dijo al notario que se la quedaban en cuanto terminaron de verla. Estaba limpia y en buen estado, y era tan soleada como les había prometido. Fabienne dijo que colocarían biombos con jofainas detrás en todas las habitaciones para que las chicas pudieran hacer lo que necesitaran y lavarse sin ser vistas. Lo cierto era que Angélique no quería conocer esos detalles. Prefería ocuparse del proyecto general y la decoración y que Fabienne buscara a sus «empleadas».

Informó al abogado de que regresaría esa misma tarde a su

despacho con el dinero. Prefería pagar al contado, pero no le dijo que tenía que cambiar libras esterlinas a francos franceses. Él le pidió el alquiler del primer mes, lo que era bastante razonable. Angélique volvió al hotel para coger el dinero, fue al banco con Fabienne y esa tarde pagó su primer mes de alquiler. Había firmado un contrato de arrendamiento por un año. En consideración al hecho de que era viuda, le permitió hacerlo sola y no le pidió ninguna prueba de su estado civil. Parecía una mujer totalmente intachable y no ponía inconvenientes en cuanto al dinero. Al abogado le gustaba hacer negocios de esa manera y le aseguró que el dueño se alegraría de haberla alquilado a una familia tan agradable. Una viuda con seis hijas.

Las dos muchachas temblaban de emoción cuando salieron del despacho del abogado después de pagar y firmar el contrato de arrendamiento. ¡Estaba ocurriendo! El sueño se estaba haciendo realidad, y muy deprisa. No obstante, tenían mucho que hacer antes de abrir. Necesitaban comprar muebles y buscar criados. Dos criadas y una cocinera, decidió Angélique, que no se escandalizaran con lo que ocurría en la casa. Y un hombre para ayudarlas, protegerlas y hacer el trabajo duro. Y, por encima de todo, Fabienne tenía que encontrar a las chicas que necesitaban. Eso era clave. El resto sería sencillo. No obstante, la selección de las mujeres cuyos encantos ofrecerían tenía que ser impecable y Angélique las quería conocer a todas y tomar ella la decisión final. Fabienne conocía a chicas de la calle y a muchachas jóvenes, pero Angélique conocía mucho mejor a la clase de hombres a los que atenderían.

Fabienne empezó a buscar dos días después. Mandó recado a Juliette, la chica de madame Albin que le había mencionado, y le pidió que se vieran en algún sitio. Juliette tardó cinco días en encontrar un pretexto y reunirse con ella en un café, donde le sorprendió ver a Fabienne mucho más elegante de como la recordaba en el burdel en el que ambas trabajaban. Y se quedó aún más pasmada cuando Fabienne le describió a Angélique y su plan. Juliette estaba impaciente por irse con ellas, así que Fabienne le organizó una reunión con Angélique, a la que le pareció una muchacha dulce, con un aire inocente y angelical que aparentaba menos de los dieciocho años que tenía. No obstante, también vio a la mujer sensual que escondía y decidió que tenía cualidades que atraerían a algunos de sus clientes.

Fabienne y Juliette podrían ser las chicas angelicales del grupo, con un mayor conocimiento de cómo complacer a un hombre de lo que parecía. No obstante, aparte de eso, buscaba mujeres más descocadas, y contaba con su amiga para encontrarlas, lo que no era tarea fácil. Le pidieron a Juliette que siguiera un tiempo en casa de madame Albin sin decir nada y que ellas la avisarían cuando estuvieran listas, que esperaban que fuera dentro de uno o dos meses. Angélique quería hacerlo bien y no precipitarse, aunque también estaba impaciente por abrir sus puertas.

Entretanto, dedicaba los días a comprar muebles y enviarlos a la casa que habían alquilado. Adquirió diez grandes camas con dosel en tiendas distintas y kilómetros de tela para cubrirlas, lo que hizo ella misma, y una cama más pequeña para ella. Compró mesillas, cómodas, confortables sillas de seda y raso, alfombras para todas las habitaciones, incluidas las salas de visitas, quinqués, una bonita mesa de comedor y sillas de estilo inglés, sofás comodísimos y bancos egipcios para el salón, en los que podía imaginarse a las chicas reclinadas mientras hablaban con sus clientes antes subir a las habitaciones. Se hizo con dos mesas de juego para el salón y bonitas cortinas de recio damasco.

Su idea empezaba a tomar forma gracias al dinero de su padre, pero llevaba la cuenta de todo y se ceñía al presupuesto que se había fijado. La casa era cada vez más bonita, acogedora y suntuosa conforme llegaban los muebles. Asimismo, quería que la iluminación fuera perfecta, para crear un ambiente romántico y favorecedor. Compró multitud de espejos para el salón y las habitaciones y Fabienne le enseñó a colocarlos de forma estratégica en las habitaciones. Hacían todo el trabajo ellas solas, y cuando los muebles empezaron a llegar, también para las habitaciones del servicio, convinieron en que necesitaban la ayuda de un hombre.

Los muebles eran pesados, las cortinas difíciles de colgar y no podían hacerlo todo solas, aunque Angélique estaba obrando milagros. Incluso había encontrado unos cuantos muebles que le encantaban para su propia habitación, que le recordaban su dormitorio de Belgrave, el que Gwyneth le había arrebatado en cuanto llegó, con el beneplácito de sus padres. Esta vez, Angélique estaba en la buhardilla por decisión propia, pero en unas habitaciones preciosas que nadie salvo ella vería nunca, apartada de las chicas. Compró también unos cuantos cuadros sencillos de artistas franceses desconocidos que apenas le costaron unos pocos francos.

Buscaron posibles candidatos en el periódico y entrevistaron a varios. Era un asunto delicado explicar que tendría que proteger una casa llena de mujeres pero sin decir a las claras lo que harían. Varios preguntaron si era un colegio, o una pensión, pero el último que vieron no hizo ninguna pregunta. Hubo cierta conexión entre Fabienne y él desde el principio. Era fuerte y ancho de espaldas, había nacido en el sur, igual que ella, y hablaban el mismo dialecto. Les dijo que se había criado en una granja y que tenía cuatro hermanas y ningún hermano. Su padre había muerto cuando él era joven y estaba acostumbrado a ser el único hombre de la casa y a estar siempre rodeado de mujeres. Se llamaba Jacques y, cuando le enseñaron la casa, siguió a Fabienne como un perrito. El cuartito de la cochera le pareció bien y Angélique le explicó que tendría que ser discreto respecto a lo que ocurriera en la casa.

Intentó tantearlo para conocer sus valores, y se sintió aliviada cuando declaró que no era religioso. Les dijo que una de sus hermanas era monja, pero él pensaba que era una ingenua. Las otras estaban casadas y tenían hijos.

—Aquí habrá hombres, no solo mujeres —le explicó Angélique mientras lo observaba con atención—. Quizá muchos hombres. Y algunas mujeres muy guapas.

Él preguntó si iba a ser un hotel y ella respondió que no. Y, mientras la miraba, Angélique vio en sus ojos que caía en la cuenta. Jacques dijo que comprendía. No era tan inocente como daba la impresión. Por un momento pareció preocupado, pero enseguida asintió y le hizo una pregunta.

—¿Fabienne también? —Era evidente que sentía debilidad por ella. Angélique no estaba segura de que eso fuera bueno: si se enamoraba de ella, podría ponerse celoso. Era una complicación innecesaria.

—Sí, Fabienne también —respondió en tono categórico, y él asintió.

—Lo entiendo. Es un trabajo como cualquier otro. Todos tenemos que ganarnos la vida. Las protegeré a todas —afirmó en tono grave. Angélique supo que hablaba en serio.

Lo contrataron de inmediato y fue de muchísima ayuda. Movió muebles, cargó las cosas que iban llegando, colgó cortinas y cuadros, y ayudó a Angélique con la distribución de las habitaciones mientras Fabienne seguía con su búsqueda de mujeres.

Las primeras que le presentaron, a través de otras mujeres que conocía, no estaban interesadas. Les gustaba el acuerdo que tenían y no querían trabajar en una casa establecida hacía tan poco por mujeres sin experiencia en regentar un burdel. Fabienne les aseguró que estarían registradas en la gendarmería, protegidas y bien pagadas, pero no fue suficiente para seducirlas. No obstante, le hablaron de otras que no estaban satisfechas con sus proxenetas o madamas. Dos de esas chicas le parecieron buenas opciones y despertaron el interés de Angélique.

Una era sin duda de buena familia, pero, por la razón que fuera, había escogido un camino muy distinto al de sus hermanas y padres, pertenecientes a la burguesía francesa. Tenía veinticuatro años y llevaba siete años ejerciendo la prostitución; parecía una dama y por lo visto no lo era. Dejó claro que algunas de las peticiones más «exóticas» de sus clientes la atraían, y explicó con mucha naturalidad que utilizaba un pequeño látigo y era experta en *bondage*. Jamás hacía daño a sus clientes ni les permitía que se lo hicieran a ella, pero estaba más que dispuesta a experimentar con nuevas «técnicas» y les confesó que tenía una extensa colección de juguetes sexuales.

Angélique intentó adoptar un aire indiferente, aunque se quedó un poco desconcertada. No obstante, era una mujer hermosa y muy erótica y atractiva de un modo sutil y sensual. Se llamaba Ambre y había acudido a la entrevista con un vestido muy elegante, lo que demostraba su saber estar. Tenía el pelo negro azabache y una mirada provocativa, y era una mujer alta de largas piernas y pechos generosos. Llevaba un tiempo trabajando sola cerca del Palais Royal, pero dijo que prefería una casa, aunque no había encontrado ninguna que le gustara.

Lo que Angélique estaba haciendo había despertado su interés, y le gustó descubrir que la joven rubia era inteligente. Quería estar en una casa que funcionara como un negocio. Cobraba una tarifa bastante elevada por sus especialidades poco corrientes. Carecía por completo de la aparente inocencia de Fabienne y Juliette. Explicó que disfrutaba con su trabajo y que, según decían, era experta en su oficio. Angélique le dijo que sería bienvenida en la casa y Fabienne estuvo de acuerdo cuando lo hablaron después.

—Me da un poco de miedo —reconoció—. Es muy fría. Pero creo que a algunos hombres les gusta eso.

—Por lo visto así es —añadió Angélique, un poco abrumada por la entrevista, pero contenta de su decisión.

La otra chica que Fabienne pensaba que podía ser una buena opción era una alegre muchacha un poco rellenita con mucho ingenio y sentido del humor que se había escapado del convento de Burdeos al que sus padres la habían mandado y había ido a París por su cuenta. Tenía veintidós años y un carácter afable; parecía la hermana que todos querrían tener. Se llamaba Philippine y a Angélique le gustó conocerla. Era una bonita rubia con una cara preciosa, las piernas delgadas y un busto enorme, en el que Fabienne aseguró que los hombres querrían enterrar la cara. Y además, también era inteligente.

—No sabía si era lo bastante refinada para ti —observó Fabienne, preocupada. Tenía un carácter honrado y franco que a Angélique le gustaba.

—Es divertido hablar con ella. A algunos hombres les encantará eso. Y podemos vestirla con elegancia. Es muy bonita. No es un problema.

Se habían pasado la entrevista riéndose. Además, Philippine tenía una voz preciosa, sabía tocar el piano y había cantado en el coro del convento. Eso le recordó a Angélique que tenía que comprar un piano para el salón. También contrataron a Philippine. Solo les faltaban otras cuatro mujeres. Ya tenían la mitad de las que necesitaban.

La siguiente chica que Fabienne encontró era una mujer etíope, con la piel color café, las facciones delicadas y unos enormes ojos verdes. Su padre la había vendido como esclava cuando era muy joven y la familia que la compró se la había llevado a París, donde la abandonó. Desde entonces, se buscaba la vida sola. Tenía diecinueve años y era la muchacha más exquisita de todas. Se llamaba Yaba y aportaba otra clase de exotismo al grupo que estaban intentando formar. Con Yaba, ya tenían cinco.

Angélique y Fabienne coincidían en que podrían abrir la casa con seis mujeres, pero las dos preferían que fueran ocho para dar más alternativas a los hombres, y así las chicas podrían quedarse más tiempo con ellos, al no tener prisa por atender al siguiente cliente. A la larga, dado que tenían suficientes habitaciones, Angélique pensaba que podrían contratar hasta diez. Pero, por el momento, su objetivo eran ocho.

Fabienne tardó varias semanas en encontrar a otras dos chicas. Una se la propuso Philippine. Era una hermosa pelirroja llamada Agathe, un poco mayor que las demás y muy sofisticada, que había tenido un cliente exclusivo que había fallecido hacía poco, de manera que quería volver a trabajar en una casa. Su amante había sido político y ella tenía interesantes contactos con los hombres de su círculo, que podrían convertirse en clientes. Era una auténtica cortesana. También la invitaron a formar parte del grupo.

A su vez, Agathe les recomendó a una amiga, que también tenía posibilidades de llevarles muchos clientes. Había empezado siendo actriz de teatro, hasta que descubrió que la prostitución era más lucrativa. Parecía una actriz famosa y, al igual que Agathe, tenía veinticinco años e irradiaba seguridad en sí misma, sin dejar de ser accesible. Se llamaba Camille y era una rubia de grandes ojos azules. Era toda una estrella.

Estaban debatiendo si siete chicas eran suficientes cuando Ambre, que prefería las prácticas exóticas y los látigos, se puso en contacto con ellas para decirles que había conocido una chica que podía interesarles. Era japonesa, se había quedado tirada en París después de que la plantara el hombre con el que estaba prometida, y le daba demasiada vergüenza regresar a Japón con sus parientes. Había desaparecido en los bajos fondos de París, pero la habían instruido para ser geisha antes de marcharse de Japón. Cuando Angélique la conoció, le pareció una enigmática muñequita, más menuda incluso que ella. Llevaba un quimono tradicional y su francés era aceptable.

Era una mujer tímida, pero Angélique se quedó fascinada tras una larga conversación sobre el arte de ser geisha. Sería el último toque de exotismo que necesitaban. Tenía veintidós años y se llamaba Hiroko. Ya tenían una mujer para cada gusto masculino: oriental, africana, europea, alta, menuda, atrevida, tímida, Philippine con su sentido del humor y Ambre con su afición al *bondage*. Tenían todas las que necesitaban.

Con la ayuda de Jacques, la casa por fin estaba lista para entrar a vivir. Fabienne y Angélique se pusieron en contacto con las siete mujeres y las invitaron a instalarse lo antes posible en sus habitaciones. Angélique quería llevarlas de compras y encargarles algunas prendas. Necesitarían ropa interior maravillosa y la clase de vestidos de noche que sus clientes merecían. Agathe dijo que ya tenía varios, pero Angélique las quería a todas vestidas de forma exquisita y peinadas a la perfección, que las ocho fueran la perfecta imagen de la belleza en cuanto un hombre entrara por la puerta. Le dijo a Hiroko que, de momento, podía llevar sus quimonos, lo que también sería excitante.

A lo largo de la semana siguiente las mujeres fueron llegando con maletas, baúles y cajas, hasta que por fin estuvieron todas instaladas. Fabienne y Angélique habían dejado el hotel hacía varias semanas. Fabienne pudo elegir habitación la primera y Angélique se instaló en la buhardilla. Las demás escogieron habitación por orden de llegada y todas añadieron pequeños toques personales a la suya. Juliette tenía un osito de peluche en la cama, y Ambre un pequeño látigo y una fusta colgados junto a la suya. Todas parecían contentas con la distribución y la casa les encantaba. Angélique también había contratado a una joven cocinera y a dos criadas para servirles.

—Me siento como si me hubiera muerto y hubiera ido al cielo —reconoció Philippine la primera vez que cenaron todas juntas en el comedor, sentadas alrededor de la bonita mesa nueva, con capacidad para veinte comensales. Las chicas y sus clientes podrían cenar allí. Jacques cenó en la cocina, con la cocinera y las criadas. Todos parecían cómodos con la clase de negocio que iban a abrir. Ya no era un secreto, salvo fuera de la casa. Sin embargo, dentro, los empleados que habían contratado tenían una idea muy clara de lo que allí iba a suceder.

Después de cenar, Philippine y Camille cantaron para las demás sentadas al piano, recién adquirido, hasta que todas se unieron al coro. Luego Angélique les informó de que al día siguiente irían de compras y conversaron animadamente entre ellas. Era como un internado lleno de chicas. Todas estaban de buen humor e impacientes por empezar a recibir a sus clientes.

Fabienne y Angélique sonrieron.

—Lo hemos conseguido —musitó Angélique a Fabienne, mientras admiraba a las mujeres que habían elegido, que charlaban las unas con las otras entre canción y canción.

—No, tú lo has conseguido —matizó Fabienne agradecida, aún asombrada de lo bien que había salido todo, con la impecable organización de Angélique y su inagotable energía.

—Lo único que he hecho ha sido ocuparme de la decoración. Tendríamos una casa vacía si tú no hubieras encontrado las chicas.

—Has hecho mucho más que ocuparte de la decoración.

Había puesto todo el dinero, y las chicas habían aceptado sus tarifas y la cantidad que les correspondería. Angélique iba a pagarles la mitad de lo que ganaran, lo que a todas les parecía extremadamente generoso. Nunca nadie había hecho eso por ellas.

—Vamos a ser la comidilla de París —murmuró Agathe con jovialidad.

Ya se había puesto en contacto con los amigos de su difunto benefactor y los había invitado a visitarla cuando abrieran, aunque solo fuera para echar un vistazo y comer juntos. Angélique quería que se sintieran cómodos y bien recibidos y decía que no le importaba si al principio no subían a las habitaciones, hasta que conocieran a las chicas y estuvieran a gusto con ellas. Esperaba que fuera algo más que un mero burdel: casi lo imaginaba como un club exclusivo, hasta que subían arriba, donde era mucho más. Camille y Ambre también se habían puesto en contacto con sus clientes habituales y tenían mucho que aportar. Todas lo hacían, cada una a su manera.

—Y tú, Angélique, ¿recibirás clientes? —le preguntó Ambre sin ambages. Ella negó con la cabeza.

—No. Yo hablaré con los hombres en el salón y los recibiré con vosotras, pero me dedicaré a regentar la casa y a trabajar en otros aspectos.

Ambre asintió. A ninguna de las chicas pareció importarle. No las estaba explotando como la mayoría de madamas, sino que les estaba abriendo puertas para que tuvieran clientes mejores de los que jamás habían tenido: al menos, esa era la esperanza de Ambre.

—¿Cómo llamamos a la casa? —le preguntó Yaba.

Eso suscitó una animada conversación, con diversas propuestas. Por fin, la que más les gustó a todas fue «Le Boudoir», que sugería intimidad sensual, sin llegar a ser vulgar. A Angélique también le pareció bien.

Al día siguiente las llevó de compras en dos coches de caballos que Jacques alquiló para la tarde. Había uno viejo en la cochera que aún servía, pero no era lo bastante elegante para utilizarlo. Angélique se quedó muy sorprendida cuando llegaron al taller de confección del que le habían hablado y la modista se negó a atenderlas y les pidió que se marcharan. No le cabía ninguna duda de lo que eran y no quería tener nada que ver con ellas. Eso le recordó a Angélique que a la buena sociedad no iba a gustarle su nuevo negocio, por bien que lo dirigiera o guapas que fueran las mujeres. Todas se habían vestido decentemente para ir de compras, pero eran un poco más hermosas, exóticas y efusivas de lo normal. No tenían el aspecto demacrado de las amas de casa burguesas, e incluso las mujeres con las que se cruzaron por la calle las miraron con desaprobación mientras los hombres se quedaban embobados observándolas.

Fueron a otro taller en el que Fabienne y ella ya habían estado. Tenían prendas muy bonitas y, aunque la modista sabía quiénes y qué eran, estuvo encantada de atenderlas y les dio las gracias por acudir a su negocio. Fue muy educada y cortés con las chicas. Después entraron en una tienda de corsés y ropa interior de encaje, donde todas se desmandaron. Por mucho que les entusiasmaran los vestidos de noche que llevarían en el salón, y uno o dos vestidos para ponerse durante el día, necesitaban mucho más lo que iba debajo. Compraron fabulosas prendas de seda, satén y encaje, algunas con exóticas aberturas, ligueros, minúsculos corsés y toda clase de artículos para realzar sus cuerpos ya hermosos, y Philippine convenció a Angélique para que se llevara un conjunto de ropa interior de satén y encaje.

—Nadie lo verá nunca —repuso, práctica, entre risas.

—Oh, no seas tan mojigata —bromeó Philippine—. Podría arrollarte un coche de caballos, ¡y piensa en lo excitante que será cuando vayas al hospital y te vean en paños menores! Vamos, sé una de nosotras.

Lo dijo con tanta gracia que Angélique lo compró junto con todo lo demás y lo recuperó cuando llegaron a la casa y cada una cogió su montón de tesoros.

Todas las chicas desfilaron con sus nuevas galas. Esa tarde decidieron hacer un ensayo general a la hora de cenar y ponerse sus nuevos vestidos de noche.

Cuando bajaron al comedor, Angélique pensó que jamás había visto un grupo de mujeres tan espectacular, y supo que había elegido bien. Le alivió ver que todas tenían buenos modales en la mesa. Las ocho se comportaban como damas, independientemente de la profesión que habían escogido por el motivo que fuera. Estaba orgullosa de ellas.

Se había puesto el único vestido de noche elegante que se llevó de Belgrave, uno de terciopelo azul, con los pendientes y el collar de zafiros de su madre. Todas las mujeres le dijeron que les había impresionado lo bella que era. También estaban orgullosas de ella.

—Pareces una princesa —comentó Camille con generosidad, y hablaba en serio, pero Angélique la corrigió riéndose, incapaz de contenerse:

—No, solo una duquesa. —En cuanto lo dijo, se sorprendió de sí misma y lo lamentó.

—¿A qué te refieres? —le preguntó Agathe sin rodeos.

—A nada. Solo digo tonterías.

—No es verdad —insistieron. Desde el principio, todas habían presentido que encerraba algún misterio—. Dinos la verdad. ¿Eres duquesa?

Angélique vaciló un momento, pero conocía todas sus historias, de dónde venían, por qué estaban en la casa y qué las había abocado a esa vida. ¿Por qué no habrían de conocer la suya?

—No, no soy duquesa —respondió con sinceridad—. Solo soy una dama. Pero mi padre era duque. Mi hermano heredó el título y la hacienda, según dicta la ley británica, y la fortuna familiar, todo salvo una casita de la hacienda que pasó a mi otro hermano. Al ser mujer, yo no heredé nada, ni la propiedad, ni el título, ni el dinero. Mi madre era duquesa cuando se casó con mi padre, y su padre era un marqués francés. Cuando mi padre murió, mi hermano me envió con unos conocidos suyos para que trabajara de niñera y fingió que solo éramos primos lejanos. Así que no tengo nada, ni soy nada. La esposa de mi hermano es la duquesa de Westerfield. No yo —explicó con humildad.

—Entonces ¿cómo has pagado todo esto? —le preguntó Juliette con timidez, una cuestión que también intrigaba a las demás.

—Mi padre me hizo un regalo antes de morir, que tenía que durarme toda la vida, por si alguna vez lo necesitaba. Seguro que esto no es lo que él quería que hiciera con el dinero. Pero, con suerte, todas saldremos ganando y a la larga podremos retirarnos. Entretanto, estamos aquí gracias a mi padre.

—¡Le Boudoir de la Duchesse! —gritó Philippine con entusiasmo, poniendo un nuevo nombre a la casa con el que las demás estuvieron de acuerdo—. Y que se vaya a hacer puñetas tu cuñada. Tú serás la duquesa para nosotras. De hecho, deberías ser princesa, pero duquesa servirá. —Todas parecían complacidas y a Angélique le pareció divertido.

—¿Cuándo abrimos? —quiso saber Ambre. Tenían el vestuario, la casa se veía impecable y ya estaban todas registradas en la gendarmería. No había ninguna razón para esperar.

—¿Por qué no descansáis mañana? —les propuso Angélique—. Abriremos pasado mañana. —Habían tardado dos meses en tenerlo todo a punto—. Podéis mandar recado a vuestros clientes mañana y pedirles que traigan a sus amigos para echar un vistazo. No están obligados a hacer nada cuando vengan, aparte de conoceros a todas y ver la casa. Abriremos oficialmente pasado mañana —anunció, acabando de decidirlo. Y alzó la copa—. ¡Brindo por vosotras, señoras! Gracias por estar aquí. —Les sonrió, agradecida de que creyeran en ella.

—¡Por la duquesa! —dijeron todas al unísono, y brindaron por ella.

13

Tal como habían prometido, las chicas avisaron a sus clientes de que la casa ya estaba abierta, pero durante tres aterradoras semanas no acudió nadie. Las chicas se vestían con elegancia todas las noches y se arrellanaban en los sillones del salón, a la suave luz de las velas, mientras Jacques permanecía en la puerta vestido de librea, esperando para recibir a los clientes. No apareció ni uno. Angélique empezó a ponerse nerviosa y el desánimo se extendió entre las chicas a finales de la segunda semana.

No sabía qué hacer, así que una tarde las llevó al Louvre y a dar un paseo por el parque. Luego las invitó a cenar en un restaurante llamado Maison Catherine, situado en la Place du Tertre de Montmartre, donde las mujeres decentes las observaron con desprecio y la gente les lanzó glaciales miradas de soslayo; todo el mundo se imaginaba lo que eran, por muy bien vestidas que fueran, o quizá por eso.

Las noches continuaron haciéndose penosamente largas sin hombres en la casa. Las chicas jugaban a cartas, Philippine las entretenía con bromas, Camille tocaba el piano y Angélique intentaba tranquilizarlas, asegurándoles que los hombres llegarían con el tiempo, mientras rezaba para estar en lo cierto. Los hombres que aspiraban a tener como clientes eran personas ocupadas, con profesiones a las que dedicarse y vidas que organizar.

Y entonces, por fin, como un milagro después de tres interminables semanas, a principios de junio apareció uno de los contactos de Agathe con un amigo. Eran conocidos de su difunto cliente exclusivo, dos políticos importantes. Se quedaron estupefactos cuando entraron en el salón de Le Boudoir. Nueve mujeres de espectacular belleza ataviadas con elegantes vestidos, una de ellas adornada con hermosas joyas, y todas con una sonrisa que los invitaban a entrar.

—Vaya, vaya —murmuró Alphonse Cardin mirando a su alrededor, contento de volver a ver a Agathe.

Habían ido solo por curiosidad, pero se quedaron fascinados con las damas del salón. Bebieron y jugaron a cartas con ellas, fumaron puros cuando les dijeron que podían hacerlo y, como esa noche no acudió nadie más, Angélique le susurró al señor Cardin que podía subir con tantas chicas como le apeteciera, o probarlas a todas, como un obsequio por ser la primera vez. Encantado, su amigo y él eligieron cuatro chicas cada uno. Angélique se quedó sola en el salón, con expresión satisfecha.

Los dos caballeros se quedaron hasta las seis de la mañana. Ella ya se había acostado a esa hora y no se despidió de sus primeros clientes, pero Cardin tuvo la amabilidad de enviarle una nota al día siguiente junto con una enorme botella de champán. La nota rezaba: «*Bravo, ma chérie! Merci. A.C.*» Al parecer, su noche había sido todo un éxito, al igual que la de su amigo, que prefería lo exótico y había estado con Ambre, una vez que le explicaron sus especialidades, además de con Yaba, Hiroko y Agathe. Había disfrutado tanto con todas que le confesó a Cardin que no tenía la menor idea de a cuál o cuántas volvería a elegir la próxima vez, aunque reconoció que también quería probar a las chicas con las que había estado Alphonse, quien le aseguró que habían estado sublimes. Eran más jóvenes y juguetonas y no se tomaban las cosas tan en serio como el otro grupo. Nunca hasta entonces lo habían azotado con mano experta y deliciosa, y quería volver a por más.

Alphonse le preguntó a Angélique con discreción si subiría con ellos: ella habría sido su primera opción. Con una mirada recatadamente sensual, Angélique se negó, lo que solo aumentó su determinación de convencerla para que lo hiciera en un futuro. Fabienne la felicitó al día siguiente, asegurándole que lo había hecho muy bien.

—Todos van a desearte —observó—, porque los rechazas.

Angélique se rio a modo de respuesta, pero estaba encantada de que la noche hubiera ido bien, y satisfecha consigo misma por haber pensado en ofrecérselo como regalo. Las chicas le informaron de que los hombres se habían quedado extremadamente complacidos y habían prometido regresar pronto. Ahora podrían decir a sus amigos lo buenas que eran, ya que, entre los dos, habían estado con todas y habían probado a manos llenas la mercancía de Le Boudoir.

Los dos hombres regresaron a la noche siguiente, y todas las noches a lo largo de una semana. Unas veces subían con dos o tres chicas a la habitación, y otras con una cada vez. Poco después vinieron otros hombres, después de saber por Cardin y su amigo lo fabulosa que era la casa, lo elegante que era la madama, lo agradable que era la decoración y lo interesante que era la variedad de mujeres. Sus amigos y conocidos querían verlo con sus propios ojos y, al cabo de dos semanas, la casa estaba a rebosar todas las noches.

Los clientes pagaban generosamente por los servicios de las chicas y Angélique llevaba la contabilidad a rajatabla. Estaban ganando mucho dinero. Servían comidas ligeras en el comedor, algunos jugaban un rato a las cartas con las chicas para conocerlas, otros solo querían hablar y muchos iban directos a las habitaciones con la chica que elegían. Una cantidad sorprendente de clientes tenía una clara preferencia por Ambre y sus especialidades, las cuales, según parecía, ella ejecutaba a la perfección, a veces sin llevar nada aparte de unas botas de montar.

Los hombres que empezaron a frecuentar Le Boudoir eran justo lo que Angélique había querido desde el principio: personajes de la política muy conocidos, banqueros, abogados, aristócratas y hombres con enormes fortunas dispuestos a pagar casi cualquier precio por mujeres capaces de excitarlos. Las veladas empezaban como una elegante fiesta, con hombres impresionantes y mujeres hermosas, pero el salón no tardaba en vaciarse conforme los clientes desaparecían con las chicas. Algunos se quedaban poco tiempo, otros más. En ocasiones, anunciaban desde el principio su intención de pasar toda la noche, aunque no muchos podían permitírselo, porque había una esposa que les esperaba, a menos que estuviera en su casa de campo con los niños. No obstante, el burdel siempre rebosaba actividad hasta las cinco y seis de la madrugada, por lo que las chicas dormían hasta la una del día siguiente.

Todos los domingos por la tarde, Angélique hacía cuentas, repasaba la meticulosa lista de los clientes a los que habían atendido cada noche y pagaba a las chicas la mitad de lo que habían ganado la semana anterior. Todas coincidían en que nunca habían ganado tanto en su vida, con tanta rapidez y facilidad, ni les habían pagado tan generosamente. Angélique había fijado tarifas elevadas, en previsión de la clase de clientela que vendría. No querían pobres entre sus clientes, solo hombres adinerados, y ni uno solo de ellos se echaba atrás por sus precios ni se quejaba del valor de lo que obtenía a cambio. Volvían a por más una y otra vez.

Y cuando sus esposas se marcharon en julio a la playa o al campo, o a sus *châteaux* del Périgord y Dordoña, y ellos se quedaron en París para trabajar, según decían, y para divertirse, la casa estuvo más llena que nunca y el negocio floreció. Angélique le mencionó a Fabienne que quizá deberían contratar a otras dos mujeres, porque todas estaban muy solicitadas y algunos de los hombres se veían obligados a esperar una o dos horas en el salón hasta que la chica que querían se quedaba libre.

Mientras aguardaban, Angélique los entretenía con su charla, y acabó conociendo a muchos clientes. Comprobó con gran sorpresa por su parte que había encontrado una profesión que le venía como anillo al dedo. No quería pensar en qué habría opinado su padre; se había visto forzada por la necesidad después de que los Ferguson la despidieran injustamente sin referencias y la nefasta situación en la que su hermano la había colocado. Al menos, no era una de las mujeres que trabajaban en las habitaciones, sino la madama, lo que era un poco más respetable, y su virginidad seguía intacta. Y nadie dudaba, ni las chicas ni los clientes, de que era una dama distinguida, una aristócrata de los pies a la cabeza.

Las chicas la llamaban «la duquesa», y algunos de los clientes empezaron a imitarlas, mientras que muchos se preguntaban si era verdad. Ella siempre lo negaba. Pese su noble linaje, solo era hija y hermana de un duque, y nieta de un marqués por parte de madre en Francia, aunque eso no se lo explicaba a sus clientes. No obstante, tenía la elegancia y los modales de una duquesa, por mucho que negara serlo.

Por otra parte, ninguno de los clientes imaginaba lo joven que era. Ella se atenía a su historia inventada de que tenía veintiséis años, y ellos la creían. Nadie habría imaginado que era una muchacha de veinte años, dada la eficacia con la que llevaba su negocio. Ni siquiera las chicas que trabajaban para ella conocían su verdadera edad, salvo Fabienne, que le guardaba el secreto.

Fabienne seguía coqueteando con Jacques cuando tenía ocasión, pero con tanto trabajo estaba demasiado ocupada para dedicarle mucho tiempo. Él era su abnegado esclavo y hacía todo lo que ella quería. Angélique los vigilaba de cerca para asegurarse de que no pasaban de ahí y, de momento, no lo habían hecho.

Angélique conocía los apellidos de la mayoría de los que estaban en el salón. Eran hombres poderosos, muchos de ellos parte del actual gobierno borbónico que había sustituido a Bonaparte cuando Carlos X ocupó el trono y restauró la monarquía. Había varios directores de banco, con los que le gustaba hablar de economía y aprender de sus conversaciones. Una noche de la primera semana de agosto llegó un hombre imponente con un grupo de amigos. Le resultaba familiar, pero no situaba su cara. Fue Agathe quien, gracias a sus contactos políticos, le dijo quién era. Había conocido a muchos políticos a través de su anterior cliente que al principio acudían por ella, hasta que descubrían a las otras chicas.

—¿Sabes quién es? —le susurró, impresionada por una vez, mientras jugaban a cartas. Angélique reconoció que no, y que no lograba situar su cara. Tenía la mirada penetrante, un porte casi militar y era muy apuesto, con las facciones cinceladas—. Es el ministro del Interior. Es todo un acontecimiento que esté aquí. Tiene mucho cuidado con los sitios a los que va. No le gusta que nadie sepa en qué anda metido.

Se había identificado como Thomas, solo por el nombre, que además era un alias inventado. No obstante, todos lo reconocieron. No necesitaba usar su verdadero nombre y tenía fama de ser una persona reservada, lo que era parte de su trabajo.

—¿Lo conoces? —preguntó Angélique, admirada.

—Nos han presentado —respondió Agathe en voz baja—, pero no lo he invitado a venir. No lo conozco tanto como para eso. Alguien debe de haberle hablado de nosotras.

Las dos mujeres advirtieron que miraba a su alrededor con mucha atención, observando a los presentes mientras se fumaba un puro.

Angélique lo vio rodear el salón y conversar con algunos

de los hombres. Sonrió a las mujeres, pero no habló con ellas. Entonces sus miradas se cruzaron y lo saludó con la cabeza. Él sonrió y poco después, cuando Agathe subió con uno de sus clientes, se acercó para sentarse a su lado.

—Así que tú eres la duquesa de la que habla todo París —susurró, mirándola fascinado—. ¿Es auténtico el título?

—Sí, pero nunca estuvo destinado a ser mío —respondió ella con sinceridad, mientras le sostenía la mirada. Sentía su proximidad casi como una carga eléctrica.

—¿De quién es, entonces?

—De mi padre, y ahora de mi hermano.

—Ah. —Él estaba cada vez más intrigado—. Eres británica —conjeturó, aunque era imposible saberlo por su impecable francés.

—A medias. Mi madre era francesa.

—Y por su parte, ¿sangre igual de azul?

Estaba fascinado, convencido de que era de muy ilustre cuna. No podía imaginarse qué hacía allí, regentando esa casa. Parecía impensable que una muchacha de su abolengo estuviera al frente de un burdel, pero lo llevaba con la elegancia de una cena distinguida.

—Borbones y Orleans —respondió Angélique, citando las dos casas reales de Francia.

—He oído hablar de ti —añadió él, hipnotizado.

—Cosas buenas, espero. —Habló con recato, sin despegar los ojos de los de él. No intentaba evitar la intensa mirada, otra cualidad que le gustaba de ella.

—Solo cosas buenas. Me han dicho que no subes con los clientes y que tienes a las mejores chicas de París.

—He intentado reunir un grupo interesante, en un ambiente agradable —respondió ella con modestia. Él le sonrió con calidez.

—Yo diría que lo has conseguido. Esto me gusta, y a mis amigos también. Todo el mundo se siente como en casa.

—Ese era mi objetivo. Espero que vengas a vernos a menudo.

Angélique le sonrió de forma seductora, pero no tanto como para darle la impresión equivocada. Era exquisitamente elegante y educada, tanto en sus modales como en su indumentaria, pero dulce y cálida al mismo tiempo. Jamás había conocido a una mujer que lo fascinara más.

—Si lo hago, ¿subirás conmigo? Como un trato especial.

Angélique entendió que le estaba pidiendo sin rodeos que fuera su amante. En esos tres meses había aprendido muchas cosas que antes ni tan siquiera habría imaginado. Y por su tono, sabía que hablaba en serio.

—Arruinaría nuestra amistad si lo hiciera —respondió en voz baja, con evidente respeto.

—Entonces ¿vamos a ser amigos? —preguntó él enarcando una ceja, esperanzado y decepcionado al mismo tiempo. Ella estaba poniendo límites de antemano.

—Eso depende de ti, pero espero que sí. Aquí siempre serás bienvenido —respondió ella con educación.

De momento, parecía satisfecho, aunque no del todo. Angélique se preguntó si Thomas habría subido de verdad con ella si su respuesta hubiera sido afirmativa, pero sabía de forma instintiva que hacerlo habría sido una necedad. Thomas era demasiado peligroso y poderoso como para jugar o depender de él. Le resultaba mucho más valioso como aliado, protector y amigo, si acababa siéndolo. Agathe le había dicho que frecuentaba los mejores burdeles, pero nunca se iba con las chicas. No obstante, Angélique tenía la clara impresión de que con ella habría hecho una excepción y quizá habría regresado después de que cerraran, si ella le hubiera dejado. «Thomas» estaba totalmente cautivado y hechizado con Angélique. Hablaron durante mucho rato, hasta que, por fin, le dio las buenas noches con una cumplida inclinación y se marchó, prometiendo que regresaría pronto.

Volvió a aparecer una semana después y cenaron juntos en el comedor. Para entonces, la afluencia de clientes había disminuido, ya que todo el mundo se marchaba de París durante las vacaciones de verano. Él le dijo que se había quedado en la ciudad para trabajar.

—Puedes cenar conmigo siempre que te apetezca —le invitó Angélique una vez más.

A partir de entonces, él le tomó la palabra y fue a cenar, a visitarla o simplemente a sentarse un rato con ella en el salón, varias veces a la semana, en ocasiones hasta cuatro o cinco. No podía permanecer mucho tiempo lejos de ella, y a ambos les encantaba conversar. Él describía lo que tenían como una *amitié amoureuse*, una amistad romántica, que se traducía en una conexión mental durante todas sus conversaciones, con un constante halo de flirteo y romanticismo que ella no permitía que llegara más lejos, aparte del salón. Él la respetaba por eso. La admiración que se tenían era mutua y mayor por sus limitaciones. Él la trataba como a la dama que era, y no como una madama.

—¿Por qué esto? —le preguntó un día sobre el burdel y sobre cómo había surgido.

—Es largo de contar, la triste historia de siempre sobre una hacienda y un título sujetos a mayorazgo en Inglaterra, un hermanastro envidioso que estaba empeñado en deshacerse de mí, y lo consiguió mandándome a servir en casa de unos desconocidos.

—¿Preferías morir a ser criada? —bromeó él mientras ella negaba con la cabeza.

—En absoluto. Al principio fue un golpe, pero acabó gustándome. Era la niñera de seis niños pequeños, y me habría quedado, pero uno de los amigos del padre intentó aprovecharse de mí. Se vengó de mi rechazo diciendo que había intentado seducirlo, lo que no era cierto. Le mordí cuando lo intentó. Me echaron al día siguiente, sin referencias, y no pude conseguir ningún empleo decente en Londres, ni tampoco en París cuando vine.

»Entonces conocí a Fabienne, una de las chicas. Le habían dado una paliza y estaba tirada en la cuneta. La recogí y la cuidé. Y cuando me habló de su vida, tuve la idea de abrir una casa en la que las mujeres estén protegidas, sean respetadas, estén bien pagadas y atiendan a hombres fascinantes, interesantes y poderosos que merecen estar con mujeres bellas y encantadoras y las tratan bien. —Sonrió—. Pago a las chicas la mitad de lo que ganamos y utilizo el resto para llevar la casa y ahorrar para el futuro —continuó con prudencia—. Nos va muy bien.

Parecía satisfecha, y él estaba visiblemente admirado.

—Tú lo presides todo y no participas en nada, no las juzgas, ni nos juzgas a ninguno de nosotros. —Se había percatado de esa cualidad suya: Angélique era amable con todos, pero sus ojos acerados lo veían todo. Tenían eso en común: nada eludía su intensa mirada, por muy relejado que pareciera estar—. Eres una mujer extraordinaria. —Y entonces se le ocurrió una cosa—. ¿Cuántos años tienes en realidad?

—Ya te lo he dicho, veintiséis —respondió ella con una sonrisa.

—¿Por qué será que no te creo? —dijo él en voz baja para que nadie le oyera, mirándola con dulzura.

—Porque no es verdad. —Angélique bajó la voz tanto como él y solo vaciló una milésima de segundo. Confiaba en él: se estaban haciendo buenos amigos—. Tengo veinte, pero ni siquiera las chicas lo saben, aparte de Fabienne.

—Eres una chica de lo más increíble —añadió él con admiración—. Y debes ir con mucho cuidado para que nadie intente hacerte daño o destruirte. Si alguien lo hace, quiero que acudas a mí de inmediato. París es una ciudad peligrosa en estos tiempos. Muchas personas están descontentas con el Gobierno, piensan que Carlos es débil y no entiende a sus súbditos. Los precios están muy altos y hay mucho desempleo. La economía va mal. Habrá problemas en algún momento, aunque no de inmediato. Te avisaré —prometió—. Y también habrá personas que te envidien, si esto te va demasiado bien. —Señaló el salón. Después pensó en otra cosa—. ¿Querrías comer conmigo alguna vez, en un sitio discreto? —Le gustaba mantener su vida privada alejada de la mirada del público, en la medida de lo posible.

—Me encantaría —respondió ella sin dejar de sonreír.

Sabía que estaba casado, pero jamás aparecía en público con su esposa, como tantos de los hombres que conocía en la actualidad. Alguien le había comentado que su esposa llevaba años enferma.

Thomas se levantó para marcharse.

—Siempre disfruto hablando contigo.

—Y yo —respondió con sinceridad.

Él tenía más del doble de años que ella, pero era con mucho el hombre más fascinante que frecuentaba la casa, si bien jamás subía a las habitaciones. Y, a esas alturas, ella sabía que no lo haría nunca.

No volvió a verlo durante un tiempo después de esa conversación, aunque luego supo que se había ido de vacaciones a Bretaña. Regresaría. De eso estaba segura.

14

En septiembre, cuando todo el mundo regresó de sus vacaciones, Le Boudoir llevaba cuatro meses abierto y el negocio no había hecho más que prosperar. Habían tenido una afluencia constante de clientes incluso durante el verano. Para entonces, su reputación ya estaba consolidada. Su amigo «Thomas», el ministro del Interior, no había mentido cuando dijo que «la duquesa» estaba en boca de todo París. La gente no sabía quién era ni de dónde venía, pero decían que era una joven impresionante. Todos los hombres importantes habían estado en Le Boudoir y, una vez que iban, siempre repetían, encantados con el ambiente íntimo y acogedor que ella había creado y las excepcionales mujeres que trabajaban en él. Angélique había escogido bien.

Llevaba un tiempo buscando dos mujeres más, pero hasta el momento no había visto a ninguna que quisiera contratar, aunque había hablado con varias. Tenía el listón muy alto y quería el beneplácito de las otras chicas para asegurarse de que estarían a gusto con ellas. Todas las habitantes de la casa se caían y llevaban bien, lo que era importante para Angélique.

Una tarde de septiembre entrevistó a una muchacha que trabajaba en una casa muy conocida, que había sido la más frecuentada hasta que llegó Le Boudoir y Angélique entró en escena. La llevaba una madama que, según decían, era una bruja. Ya no atendía a los clientes personalmente, pero comentaban que había sido muy buena en sus tiempos. La chica que Angélique entrevistó se presentó por propia iniciativa: quería irse de la casa y librarse de su madama; decía que apenas le pagaba nada y que la categoría de los clientes había bajado. Para entonces, todos los hombres importantes iban a Le Boudoir. No obstante, a Angélique no le gustó la chica. Le pareció que tenía un aire vulgar y era ordinaria, que era lo último que quería en la casa. Y menos con la clase de hombres que recibían.

Esa noche, como de costumbre, la fiesta estaba en pleno apogeo en el salón cuando llamaron a la puerta. El sonido del piano impidió que Angélique oyera los fuertes golpes, pero Jacques sí lo hizo y, cuando abrió, cuatro hombres fornidos entraron dándole un empujón. Parecían matones callejeros y escoltaban a una mujer grosera y escandalosa que entró en el salón con paso firme justo detrás de ellos.

—¿Dónde está? —gritó cuando la música cesó—. ¿Dónde está esa duquesa de la que todos habláis?

Miró a los hombres con frac y pajarita del salón y solo reconoció a unos pocos. La flor y nata de *le tout Paris* no había ido nunca a su casa, aparte de los nuevos ricos, hombres con dinero pero no de noble estirpe. Angélique tenía a toda la élite. En cuanto la veían, sabían que era auténtica, lo fuera o no su título. Eso les daba igual, pues ella les parecía genuina y encantadora.

—Creo que pregunta por mí —se presentó Angélique sin alzar la voz mientras daba un paso adelante. Parecía una reina, una figura menuda con un bonito vestido de noche gris, la espalda recta y la cabeza alta. El ministro del Interior, con quien acababa de hablar, las observaba, atento a lo que sucedía. Era como un tigre a punto de saltar. Angélique no se dio cuenta cuando se dirigió a la mujer.

—¿Quién es usted y por qué está aquí?

—Tú sabes quién soy. Antoinette Alençon. Madame Antoinette. Hoy has intentado robarme a una de mis chicas —afirmó en tono vulgar, mientras Angélique se encaraba con ella con educado desdén.

—En absoluto —respondió con frialdad—. Le he dicho que vuelva con usted. No quiero contratarla. Ahora, haga el favor de marcharse de mi salón. Esto es una fiesta privada.

Los matones que rodeaban a la mujer encorvaron la espalda, como si se prepararan para saltar, pero no estaban seguros de cuál era su objetivo. Y Jacques no era rival para ellos. Angélique rezó para que no atacaran a ninguna de las personas del salón ni les obligaran a llamar a la policía. Esa clase de publicidad sería nefasta.

—Ella me ha dicho que le has ofrecido pagarle más y ha intentado que le suba el sueldo.

—Eso no es verdad, la chica no me interesa. Buenas noches, señora. Por favor, márchese y llévese a sus amigos.

Le sostuvo la mirada mientras nadie se movía en el salón. Ninguno de los clientes quería verse envuelto en un escándalo o, peor aún, una pelea. Madame Antoinette giró sobre sus talones e hizo una señal a sus guardaespaldas, que la siguieron cuando salió por la puerta. Jacques cerró con llave y todos suspiraron aliviados.

—Dios mío, qué mujer tan horrible —dijo Angélique, riéndose para disimular el temblor de piernas. Susurró a una de las criadas que sirviera champán a todo el mundo y rellenara las copas de los que ya lo estaban tomando. Luego continuó como si nada hubiera ocurrido hasta que todos se relajaron. Su poderoso amigo se acercó a ella.

—Bien hecho, querida —le susurró Thomas, y se miraron con afecto.

Ya habían comido varias veces juntos y se conocían mejor. Él le había hablado de la larga enfermedad de su esposa, que permanecía ingresada en un manicomio, y ella percibió su soledad. Él vivía solo para su trabajo. Angélique se sentía halagada por sus confidencias y le encantaba hablar de política con él. Si Thomas hubiera estado soltero y sus vidas hubieran sido distintas, con mucho gusto habría sido más que su amiga. No obstante, Angélique le había dejado claro que eso no podía ser. No quería ser la amante de ningún hombre, y él aceptaba su decisión.

Le encantaba estar con ella y daban largos paseos cogidos del brazo por el Jardín de las Tullerías. Angélique siempre llevaba una ropa exquisita cuando comían juntos. Era, sin duda, la mujer más hermosa que Thomas conocía. Era famosa por su elegante estilo en el vestir, el mismo que elegía para sus chicas. Ellas carecían por completo de la vulgaridad de otras mujeres de su clase. No se mostraban escandalosas, salvo en las habitaciones, como debía ser y como había sido la intención de Angélique desde el principio.

—¿Estás bien? —le preguntó el ministro tras la intrusión.

Ella asintió, pero él sabía que había disimulado el susto. Eso le recordó lo valiente que era. Los cuatro hombres que había llevado madame Antoinette parecían peligrosos, y probablemente lo eran. Estaba claro que no se esperaba el recibimiento de Angélique, y no había podido desquitarse.

—Claro que estoy bien. —Angélique le quitó importancia al asunto. No quería que sus clientes se disgustaran.

—Quiero que contrates a otro hombre. Con el que tienes no basta. Podría volver a pasar algo parecido, o peor. Nunca se sabe. Aquí todos somos unos caballeros, pero no puedes predecir cuándo vendrán tipos de otra calaña. No quiero que te pase nada. —Su mirada dejaba traslucir su preocupación y afecto por ella.

—Aquí los conozco a todos —le aseguró ella para tranquilizarlo, mirando alrededor.

—Y yo. —Le sonrió—. Pero, por favor, contrata a otro hombre.

—Lo haré —prometió.

Thomas se marchó poco después; rara vez se quedaba mucho tiempo: solo iba para verla y conversar con ella. Siempre tenía trabajo que debía atender y misiones secretas de las que no podía hablarle y por las que ella sabía que no debía preguntarle.

Tal como prometió, le pidió a Jacques que buscara a otro hombre para que le ayudara, lo que a él también le pareció sensato. Tendrían que compartir el cuartito de la cochera, pero dijo que no le importaba. Jacques siempre era amable y estaba dispuesto a hacer lo que fuera por ayudar. Y la aparición de los cuatro matones en el burdel también lo había preocupado. Estaba de acuerdo en que con dos todo sería más fácil. Luc, el joven que contrataron, era apenas un muchacho, pero parecía un gigante. Era hijo de un herrero y se le daban bien los caballos, y sobre todo era una figura imponente con Jacques en la puerta, lo que hacía que todos, clientes y chicas por igual, se sintieran más seguros, y también Angélique.

Resultó que la amenaza contra la que necesitaban protección no estaba afuera, sino arriba. Una noche, un amigo de colegio de uno de los clientes preferidos, un habitual de Yaba, lo acompañó por primera vez a la casa, después de que él le hablara maravillas de Le Boudoir. El nuevo cliente estuvo especialmente interesado en los servicios de Ambre cuando supo que era muy hábil con su pequeño látigo y estaba dispuesta a atarlo a la cama. Había sido muy agradable en el salón, y bastante sumiso, así que subió con ella. Se ausentaron durante mucho tiempo, lo que no extrañó a nadie, hasta que Ambre salió arrastrándose a cuatro patas, apenas consciente y sangrando. Era la primera vez que una de las chicas resultaba herida, y sus compañeras se quedaron horrorizadas, al igual que los clientes del salón que la vieron y corrieron a ayudarla. Uno de ellos era médico y subió a atenderla. Al parecer, antes de que ella pudiera darle un latigazo o utilizar alguno de sus tentadores juguetes, él la había pegado hasta casi matarla y la había castigado de todas las maneras posibles. Antes de que dijera una sola palabra, los otros clientes, que habían visto el estado en que se encontraba Ambre, lo sacaron a rastras de la habitación y lo echaron a la calle. Estaban consternados por lo ocurrido. Muchos sabían quién era. El amigo que lo había llevado al burdel se deshizo en disculpas con Angélique y dejó una enorme suma de dinero para Ambre. Fue una noche funesta.

Al día siguiente, Angélique hizo cuanto pudo por tranquilizar a todo el mundo. Las chicas y ella hablaron sobre instalar algún tipo de sistema de alarma que hiciera sonar una campana o sobre tener un silbato para utilizarlo en caso de problemas, pero era la primera vez que sucedía algo semejante y era poco probable que volviera a ocurrir. Conocían a sus clientes y todos eran muy amables. Ambre tardó dos semanas en recuperarse, y fue recibida entre aplausos cuando volvieron a verla en el salón. Sabía que estaba entre amigos. Todas las chicas la habían cuidado, igual que Angélique había hecho con Fabienne cuando se conocieron.

Para premiarlas y animarlas después del incidente de Ambre, Angélique volvió a llevarlas de compras. Quería tener su vestuario al día y la casa tenía fama de ser muy elegante, una reputación que quería conservar. En esta ocasión, no hubo desaires ni malos modos cuando entraron en algunas de las mejores tiendas. Las modistas reconocían a Angélique y sus caros vestidos, y querían tenerlas a todas como clientas. Angélique se gastó una fortuna en ropa para ella y las chicas. No había problema: la casa se había vuelto sumamente lucrativa en poco tiempo.

Tras su expedición, llegaron montañas de cajas a la casa. Las chicas estaban felices con sus vestidos y lencería nueva. También compraron un montón de regalos para Ambre. Angélique había adquirido fama de ser la madama más generosa de París y las chicas se peleaban por trabajar para ella, pero era muy precavida a la hora de contratar a una. Aún necesitaba otras dos chicas, pero no había encontrado a las adecuadas.

Pese a sus precauciones para controlar quién entraba en la casa, a finales de septiembre apareció un estadounidense desconocido. Traía una recomendación escrita por uno de sus mejores clientes. Dijo que estaba en París por negocios y que su amigo le había hablado de Le Boudoir. Era un caballero de pelo cano y aspecto distinguido; parecía un hombre de fortuna. Se presentó como John Carson, lo que confirmaba la carta.

Angélique tuvo una sensación extraña con él desde el principio. Parecía incómodo en la casa, lo que ya les había ocurrido a otros estadounidenses, en general mucho más puritanos que los franceses. Al principio parecía nervioso y Angélique le dedicó tiempo para que se tranquilizara. Por fin, se relajó y charló con ella. Hablaron sobre todo de política y negocios, evitando los temas personales, aunque Angélique ya había visto su anillo de casado. Después de pasar una hora con él, le presentó a algunas de las chicas de manera informal, pero para entonces él solo quería hablar con ella. Le dejó claro su interés cuando bajó la voz, apartó la mirada y le preguntó si quería subir con él. Y añadió, casi en un susurro, que nunca había estado en un burdel. Angélique le creyó; parecía nervioso y culpable desde que había entrado.

—Lo siento, John —se excusó con amabilidad para que se tranquilizara—. Yo no subo a las habitaciones. Me encanta hablar con los clientes, pero no los atiendo personalmente. —Vio que él comprendía a qué se refería—. Se me da mejor estar en el salón —añadió con desenfado, y él sonrió.

—Mi amigo me habló de ti. Eres aún más maravillosa de lo que me dijo. Me encanta charlar contigo.

—Gracias. Quizá te gusten también algunas de nuestras señoritas. —Siempre se refería a ellas como «señoritas», no como mujeres ni chicas.

—Habría subido contigo —respondió él con la mirada triste—. Mi esposa y yo... no hemos... nos... Nos casamos hace mucho tiempo. Somos muy distintos, no estamos unidos.

Angélique asintió ante una historia con la que ya estaba familiarizada.

—Entiendo —dijo comprensiva.

Quería librarlo de sus inhibiciones para que pudiera disfrutar plenamente de los servicios de la casa. Creía que podía gustarle Agathe, quien tenía otros clientes como él, pero John no mostró ningún interés en ella cuando pasó por delante. Solo tenía ojos para Angélique. Se marchó después de pasar dos horas con ella y prometer que volvería al día siguiente. Angélique le aseguró que estaría encantada de verlo.

Tras su marcha, uno de los clientes que lo había reconocido le comentó que era un financiero muy importante en Estados Unidos. Saltaba a la vista que no estaba habituado a los burdeles: estuvo incómodo toda la noche, salvo cuando charlaba con Angélique. Le había dicho que hacía negocios en Europa con frecuencia, aunque más a menudo en Londres. Hablaron un rato de Inglaterra, y a él le había sorprendido descubrir que era británica. En cuanto oyó su acento de clase alta, le quedó claro que no era una mujer de la calle.

Como todos los demás, estaba fascinado con ella. Fue a la casa todas las noches a lo largo de una semana, solo para hablar con Angélique, y no subió con ninguna de las chicas; se sentaba con ella y hablaban durante horas. La última noche le confesó cuánto le gustaba verla y que se marchaba al día siguiente.

—Vendré a verte la próxima vez que esté en París, probablemente dentro de unos meses. Vengo varias veces al año. La próxima vez quizá cambies de idea y subas conmigo —añadió con expresión resuelta. Era obvio que estaba acostumbrado a salirse con la suya.

—No lo haré —respondió ella con firmeza, aunque lo miró con afecto para suavizar el golpe del rechazo—. Pero me alegrará mucho verte. Que tengas buen viaje.

Cuando John se marchó, Angélique se quedó un rato pensando en él. Parecía un hombre infeliz, pero los ojos se le iluminaban cuando hablaba con ella. Se notaba que estaba acostumbrado a mandar y a salirse siempre con la suya, pero si lo que quería era a Angélique en una habitación, se llevaría otra decepción.

Dejó una suma de dinero excesiva por el tiempo que habían estado hablando. Angélique no esperaba que le pagaran por conversar con los clientes, así que apartó el dinero para repartirlo entre las chicas.

Tuvo el fuerte presentimiento de que volvería a verlo.

Le Boudoir era cada vez más famoso y su volumen negocio no hacía más que aumentar. En octubre y noviembre, Angélique por fin tuvo que contratar otras dos chicas. Ambas eran preciosas. Una era una muchacha sueca llamada Sigrid que hablaba inglés, francés y alemán. Y la otra, una llamativa española de raza gitana llamada Carmen que había sido bailaora de flamenco y se había criado en Sevilla. Parecía muy apasionada y se metió a los hombres en el bolsillo desde el principio. Las dos mujeres aportaron mucho al grupo. Carmen rara vez pasaba más de cinco minutos en el salón antes de que se la llevaran otra vez arriba. Era juguetona y disfrutaba provocando a los hombres, y a ellos les encantaba.

En diciembre, organizaron una suntuosa y elegante fiesta poco antes de Navidad. Corrió el champán, se sirvió caviar y doscientos hombres abarrotaron la casa. Todos sus clientes habituales llegaron acompañados de algún amigo. Thomas fue a desearle feliz Navidad a Angélique y, como de costumbre, no se quedó mucho, pero a ella le conmovió que hubiera encontrado tiempo para acercarse hasta allí. Al día siguiente, varios clientes habituales le comentaron lo bien que se lo habían pasado. Angélique llevaba un espectacular vestido blanco de raso que le resaltaba la figura más de lo habitual, para tentar a sus clientes más que nunca, sobre todo porque sabían que no podían tenerla. Para ser la madama de un burdel, su voluntad de seguir casta era férrea, para gran consternación de los hombres.

Por la noche se puso un elegante vestido negro y una hermosa gargantilla de perlas que había pertenecido a su madre. Entonces llegaron dos ingleses que dijeron contar con una recomendación de unos amigos. Reconoció una de las voces de inmediato. Cuando echó un vistazo al recibidor, vio a su hermano Edward tambalearse mientras se quitaba el abrigo. Estaba borracho y exigía conocer a las chicas. Sin perder un instante, se disculpó con el hombre con quien estaba hablando, entró en la cocina y mandó llamar a Fabienne, que acudió poco después para saber qué ocurría.

—El inglés borracho que acaba de entrar en el salón es mi hermano menor —susurró—. No puede verme o se lo contará a toda Inglaterra. Preséntale a una de las chicas y mándalo rápidamente arriba. Yo me voy a mi habitación. Di a todos que me duele la cabeza.

—Lo atenderé yo misma —la tranquilizó Fabienne. Era lo menos que podía hacer por ella, y además no tenía ningún cliente en ese momento—. No te preocupes, todo irá bien.

—Gracias —murmuró Angélique, que desapareció por la escalera del servicio mientras Fabienne regresaba al salón y casi se arrojaba sobre el hermano, rezumando encanto. Él estaba muy borracho y se sintió halagado.

—¿Puedo elegir? —preguntó haciendo eses—. Nuestros amigos dicen que todas las chicas son fabulosas y que algunas son bastante exóticas. Hay una chica africana que quiero conocer —dijo categórico.

Por suerte, no se veía a Yaba por ninguna parte: estaba arriba, ocupada.

—Está con un cliente habitual —respondió Fabienne—. Esta noche ya no bajará. —Entonces hizo un puchero y pareció un inocente querubín—. Herirás mis sentimientos si no me escoges.

—Oh, de acuerdo —accedió él; se acercó a ella tambaleándose y Fabienne lo cogió de la mano para llevarlo hacia la escalera—. ¿Quién es la falsa duquesa, por cierto? Es bastante gracioso, una puta que se hace llamar duquesa. ¿Sabes?, mi hermano es duque.

—¿Ah, sí? —le susurró Fabienne camino de su habitación, deseando poder darle una bofetada por lo que había dicho sobre Angélique—. Estoy segura de que no es ni mucho menos tan excitante como tú, ni la mitad de hombre.

—Bien dicho —respondió Edward cuando entraron en su habitación.

Fabienne cerró la puerta y él se dirigió a la cama dando tumbos, se sentó y se desabrochó el calzón. Era cualquier cosa menos excitante o imaginativo. Edward le dijo lo que quería y, con la cantidad de alcohol que había bebido, acabaron en cinco minutos. Después, él se desmayó y se quedó inconsciente sobre la cama. Un rato más tarde, Fabienne fue a buscar a su amigo para que subiera a llevárselo, aunque Jacques tuvo que ayudarle a bajarlo.

Edward no había sido cautivador ni divertido. Su amigo pagó lo que debían y Fabienne se sintió aliviada cuando se marcharon. Subió a avisar a Angélique de que se habían ido. Ella parecía afectada por haberlo visto después de dos años. Pero al menos no era Tristan: eso habría sido incluso peor. Seguía vestida y volvió a bajar con Fabienne para dar las buenas noches al resto de las clientes.

Pero ver a Edward la había alterado. Esa noche se quedó despierta en la cama, pensando en él y en su hermano mayor, en lo mal que se habían portado con ella, en el hogar que ya no volvería a ver y en la vida que había escogido. No había tenido valor para escribir a la señora White desde que llegó a París, hacía ya nueve meses. Se sentía fatal por ello, pero no soportaba mentirle y no podía reconocer lo que realmente hacía. Decidió que le escribiría una carta para decirle que había encontrado trabajo de niñera en París y que había estado muy ocupada todo ese tiempo. De ningún modo podía contarle la verdad.

Esa noche se durmió con la almohada mojada por las lágrimas. Era la madama con más éxito de París y echaba tanto de menos el hogar de su infancia y a su padre que lloraba como una niña.

15

Angélique y las chicas de Le Boudoir pasaron un día de Navidad tranquilo en la casa. La mayoría de sus clientes estaban con la familia o de viaje, así que suponían que tendrían el día libre. No obstante, no habían dicho oficialmente a nadie que cerraban, por si alguno de sus clientes se sentía solo y quería ir. Su puerta siempre estaba abierta para ellos.

Sin embargo, el día de Navidad no acudió nadie, para gran alivio de todas, y pusieron la mesa para lo que ellas llamaron una «comida en familia». Cuando se reunían en su tiempo libre, siempre reinaba un clima familiar, como si fueran un grupo de cariñosas hermanas bien avenidas. Se vistieron con ropa informal, sin maquillaje, peinados elegantes ni vestidos recargados. Era la primera vez en mucho tiempo que todas se relajaban.

No cerraban nunca, y siempre se presentaban uno u otro de sus clientes sin avisar. A los hombres les encantaba sentirse bienvenidos en cualquier momento y a las chicas les alegraba verlos. Ellos podían hablar, relajarse, jugar a las cartas o tocar el piano, o simplemente leer el periódico, casi como en un club. No tenían que subir a las habitaciones si no les apetecía. Y si les gustaba el glamour, podían ir por la noche y encontrar a las chicas engalanadas y esperándolos mientras las criadas servían champán.

Repartieron los preciosos y detallistas regalos que todas habían comprado o confeccionado. Angélique obsequió con un bolso, una blusa o un sombrero nuevo a cada una, algo que ponerse cuando no trabajaban, junto con un generoso aguinaldo.

—Nunca había tenido tanto dinero en mi vida —reconoció Philippine, feliz—. Estoy ahorrándolo para algo especial.

—Yo lo guardo para hacer un viaje a Italia en primavera, si tenemos vacaciones —intervino Camille—. Quiero ir a Florencia o Venecia. Nunca he estado allí.

Angélique y una fuente de ingresos estable les habían abierto puertas a las que nunca antes habían tenido acceso. Gracias a los hombres sofisticados y cultos con los que trataban, todas se habían vuelto más refinadas y muchas eran más interesantes que las esposas de sus clientes, y sin duda más excitantes. Todo el mundo había salido ganando con Le Boudoir.

Angélique se descubrió pensando en los hijos de los Ferguson y se preguntó cómo estarían. Le habría gustado enviarles regalos de Navidad a todos, pero no se atrevía. Además, estaba segura de que sus padres no les habrían permitido quedárselos. Menos aún si supieran lo que hacía en la actualidad, pero, por suerte, no tenían modo de enterarse. Al final, le habían hecho un gran favor despidiéndola: ya había recuperado el dinero de su padre que había gastado y tenía incluso más. También estaba reuniendo unos ahorros considerables.

Por fin había escrito a la señora White y le había hablado de un trabajo de niñera en París con dos niños adorables que se inventó sobre la marcha. A la señora White le tranquilizó saberlo y respondió de inmediato. Su hermano y Elizabeth aún estaban redecorando la casa y habían contratado más criados para las grandes fiestas que daban. También le contó que estaban reformando la casa de Grosvenor Square y modernizándola por completo, lo que les estaba costando muchísimo dinero.

Jacques entró después de la comida y se sentó un rato con las chicas. Luego, Fabienne y él jugaron a cartas en el salón y al final se reunieron todos alrededor del piano mientras Camille y Philippine se turnaban para tocar y el resto cantaba villancicos. Fue un día tierno de recuerdos compartidos en el que hablaron de las familias que habían dejado atrás y que la mayoría ya no tenía. Ahora, su familia estaba allí, en el burdel.

Por la tarde, Angélique se fijó en que Jacques y Fabienne se besaban mientras paseaban por el jardín; se preguntó qué sería de su relación. Algunas de las chicas habían creado lazos estrechos con sus clientes, pero la mayoría mantenían relaciones superficiales con los hombres que acudían al burdel. Era más sencillo así, aunque casi todas, salvo Angélique, hablaban de casarse algún día. Era un sueño que ella ya no compartía. No se había enamorado nunca y no le interesaba hacerlo ahora. Su vida era más sencilla estando sola que con un hombre. Para entonces, ya sabía demasiado. Casi todos sus clientes estaban casados, y algunos tenían amantes fijas además de visitar la casa. Prefería no ser la esposa de un hombre infiel o tener un matrimonio como el de los Ferguson, en el que ambos se fijaban en otros y tenían aventuras a escondidas. Estaba segura de que su padre no había sido así, pero la mayoría de los hombres que conocía no veían motivo para resistirse a una mujer bonita, estuvieran o no casados.

Las chicas pasaron un día relajado y agradable, y algunos de sus clientes se presentaron esa noche para una velada tranquila. Y el día terminó con un regusto de ternura.

En Nochevieja organizaron otra suntuosa fiesta que duró hasta la mañana siguiente. Todos sus clientes bebieron demasiado, y Luc y Jacques tuvieron que ayudarles a subir a sus coches de caballos. Algunos seguían con resaca cuando regresaron al día siguiente.

Una semana después, John Carson, el financiero estadounidense, volvió a la casa buscando a Angélique, y pareció encantado cuando la vio nada más entrar. Estaba en el salón rodeada de admiradores, todos con la esperanza de que algún día se ablandara y cediera a sus súplicas de pasar una noche juntos. Era un desafío para todos, pero ella se resistía a sus ruegos con implacable firmeza y disfrutaba con el juego. John se sentó al lado del grupo, admirándola, con un vaso de whisky escocés en la mano. Era un hombre de aspecto próspero y esperó a que los demás se retiraran para hablarle en voz baja. Su mirada rebosaba poder y determinación, y ya no estaba tan incómodo como antes.

—He pensado mucho en ti desde la última vez que te vi. —La miró a los ojos y Angélique le sonrió, pero él no vio en ellos lo que esperaba, o bien lo que obviamente sentía por ella.

—Gracias, John —respondió Angélique.

También había pensado en él de vez en cuando y se había preguntado si regresaría. John llevaba varios meses sin visitar París, según dijo por sus muchas ocupaciones en Nueva York. La economía estaba boyante y andaba metido en varios negocios nuevos fascinantes. Sin embargo, no había ido a hablar de eso con ella. Le explicó que en unos días tenía que ir a Londres para prestar ayuda al Gobierno, ya que el rey estaba muy endeudado. Se había gastado una fortuna reconstruyendo el palacio de Buckingham, el castillo de Windsor y varios edificios importantes más, y sus asesores habían sido incapaces de disuadirlo de gastar tanto, lo que estaba estrechamente relacionado con lo mucho que bebía. Para entonces se había convertido en un monarca de lo más impopular. Pretendían que John les ayudara a enderezar la situación y asesorara al rey, lo que era un gran honor para él.

—Quería hablar contigo sobre una idea que he tenido —continuó en voz baja—. Eres joven, Angélique, y te gusta estar aquí, y veo que el negocio te va bien y estás rodeada de las personas más interesantes de París. Me atrevería a decir que todos los hombres ricos y poderosos se presentan aquí en algún momento, incluso con frecuencia, pero esta no es una profesión que puedas ejercer eternamente. Un día se convertirá en una carga para ti, y en cualquier momento algo podría ir mal y todo lo que has construido se esfumaría. Es una casa levantada sobre arena —añadió en tono serio—. Me gustaría ofrecerte algo más sólido. —Se quedó un momento callado mientras ella lo miraba sorprendida, sin estar segura de adónde quería llegar con un discurso tan elaborado. Presentía que lo había meditado mucho y no se equivocaba: llevaba meses pensándolo—. Me gustaría ofrecerte una casa elegante en Nueva York, solo para ti, con todos los criados que quieras. Puedes decorarla con tanto lujo como desees y tener todo lo que quieras. Puedes recibir invitados, viajar conmigo, llevar la vida de una mujer respetable, en la medida en que yo te la pueda proporcionar, ya que estoy casado. Supongo que no hay una manera correcta y formal de decirte esto, pero me gustaría que fueras mi amante, con todo lo que quieras, y conmigo a tus pies. —Le sonrió, seguro de que ella estaría impresionada, y desde luego que lo estaba. Era una oferta muy generosa, y para la mayoría de las mujeres habría sido atractiva, pero no para ella. No lo amaba y no quería ser su amante a escondidas, ni siquiera su querida fija. Y sabía que, si alguna vez formaba una alianza con un hombre, tendría que ser respetable y por amor—. Pasaría mucho tiempo contigo. Mi esposa está enferma. —Se quedó callado—. Y ha sido un matrimonio nefasto desde el principio. Tenemos un hijo maravilloso, pero aparte de eso no tenemos nada en común ni lo hemos tenido nunca. Incluso cuando ella estaba bien, cada uno hacía su vida, y llevamos así desde hace casi treinta años.

Angélique calculó que tendría unos sesenta años y reconoció que era un hombre bien parecido, pero le faltaba algo. Tenía la extraña sensación de que quería poseerla, no amarla. Estaba segura de que le daría todo lo que prometía y mantendría su palabra. Sabía que muchas mujeres no habrían dejado escapar la oportunidad que le estaba brindando, pero ella no podía aceptar. No tenía el menor deseo de venderse como esclava, ni a él ni a nadie, ni de ser un pájaro en una jaula dorada o la querida de nadie.

Había renunciado a una vida respetable al abrir Le Boudoir, pero a cambio había adquirido independencia y la capacidad de tomar sus propias decisiones y hacer lo que le apetecía, y no quería renunciar a eso. Ni siquiera estaba segura de poder hacerlo. El sabor de la libertad era demasiado dulce. No tenía que dar cuentas a ningún marido, jefe, benefactor, hermano u hombre, ni había nadie que le dijera qué podía o no hacer y tomara decisiones por ella. Cumpliría veintiún años en unos meses y le parecía demasiado pronto para renunciar a todo lo que había conseguido. Lo que hacía era temporal. Ser su querida sería para siempre, como ser su esposa, solo que peor. Por muy amable o inteligente que fuera John, Angélique no deseaba tener a nadie como dueño ni pertenecer a un hombre.

—Tu propuesta me conmueve —respondió, mirándolo e intentando adivinar lo que sentía por ella: no sabía si tenía que ver con su ego o con su corazón. Presentía que su negativa sería un golpe para él—. Pero no puedo aceptar. Quiero quedarme en París y no estoy lista para renunciar a Le Boudoir. Me gusta llevar mi propio negocio. No quiero ser la querida de ningún hombre, por muy tentadora o bondadosa que sea tu propuesta, y dudo que alguna vez quiera.

—No puedo casarme contigo, Angélique —dijo él con tristeza—. No podría hacerle eso a mi esposa después de tanto tiempo. Sobre todo ahora que está enferma. —La respetaba aunque no la amara y llevara años sin hacerlo.

—Yo no quiero casarme. Quiero ser libre de tomar mis propias decisiones. No podría hacer eso si tú me mantuvieras sin escatimar en lujos. Todas las decisiones serían tuyas, como si estuviéramos casados. Y también lo serían la casa y todo lo que hubiera en ella.

—Te lo daría, por supuesto. Todos los regalos que te hiciera serían tuyos.

Por un momento, John se preguntó si ella estaba negociando y regateando con él, pero sabía que no era así. Angélique era una mujer de convicciones que no sacrificaba sus valores, creencias y deseos por nada ni nadie.

—Estoy contenta en París. No sé si lo estaría en Nueva York. Y un día quizá quiera volver a Inglaterra.

Aunque no veía cómo. Por el momento, y quizá para siempre, allí no le quedaba nada salvo recuerdos, sufrimiento y vacío. No obstante, continuaba siendo su país, más que Francia. Había crecido allí y se sentía inglesa. Sin embargo, nada la ataba a América y no se imaginaba allí.

—Creo que te gustaría mucho, sobre todo si tuvieras una gran mansión. —John intentó tentarla, en vano. La expresión de sus ojos era de firme determinación. No quería perder, pero con ella no iba a ganar.

—Quizá —dijo Angélique en voz baja, pero él vio que no la había convencido y pareció enfadado y, al momento, triste.

—¿Lo pensarás? —insistió, y ella negó con la cabeza.

—No quiero engañarte y darte falsas esperanzas —le respondió con sinceridad. No quería mentirle—. No creo que esté hecha para ser la amante de nadie. Cortesana, quizá, pero no querida. —Le parecía demasiado limitante. Sus amigos eran los hombres más poderosos de París y Francia y cada vez más clientes de toda Europa acudían a Le Boudoir, incluido su propio hermano, que solo era un borracho patético y un segundón. Sin embargo, otros eran más importantes e interesantes. Y sin duda John era uno de ellos. Por lo que sabía de él, era un hombre muy poderoso en Estados Unidos—. Es una propuesta muy halagadora, pero no puedo aceptar.

Él asintió. Veía que no estaba consiguiendo nada y esa noche se marchó apenado. Regresó al día siguiente para comunicarle que se marchaba a Londres y le prometió que pasaría a verla la próxima vez que fuera a París.

—Piensa en mi propuesta. A lo mejor cambias de opinión —le insistió en el tono que adoptaba cuando hacía negocios e intentaba cerrar un trato. Angélique sabía que hablaba en serio, aunque no le parecía que estuviera enamorado.

—Cuídate mucho —le respondió con ternura. No parecía un hombre feliz—. Y ve a salvar la economía de nuestro rey. —Le sonrió—. Es primo de mi padre. Fui a su coronación cuando era pequeña.

—Eres una mujer excepcional —añadió él con anhelo.

La besó en la mejilla y se marchó. Su misión de convencerla para que fuera su querida había fracasado, y su rechazo seguía doliéndole cuando regresó a su hotel; solo hacía que la deseara más.

Le Boudoir fue viento en popa durante toda la primavera. Los clientes acudían con mucha regularidad y frecuencia y la gente había oído hablar de él en otras ciudades de Europa. Habían tenido varios visitantes británicos, príncipes y condes italianos y un duque español. Nobles y aristócratas abarrotaban el salón junto con sus clientes de siempre, y las chicas que trabajaban en la casa recibían un buen trato de sus clientes y a menudo bonitos regalos y generosas propinas.

En mayo celebraron el primer aniversario de la inauguración de la casa. Angélique ya había renovado parte del mobiliario, y poco a poco Le Boudoir se estaba volviendo más fastuoso y lujoso, y las chicas más elegantes, cuando se arreglaban para bajar al salón. Por su parte, el vestuario de Angélique era uno de los más estilosos de París. Tenía veintiún años y estaba más bella que nunca. También las chicas eran infinitamente más refinadas que al principio, a la altura de los hombres a los que atendían.

Otras jóvenes contactaban a menudo con Angélique para solicitar trabajo en su burdel, pero ella estaba satisfecha con las que tenía. Formaban un grupo reducido y exclusivo entre todos, tanto los hombres como las mujeres que se reunían en Le Boudoir. Nadie había imaginado que alcanzaría tanto éxito.

Unos días después de su aniversario, otro grupo de ingleses acudió una noche al burdel. Eran bulliciosos y alegres, iban muy bien vestidos y estaban bastante borrachos. Angélique se fijó en ellos cuando llegaron. Le dijeron a Jacques que venían de parte de unos amigos. Jacques la miró y ella asintió. Parecían correctos, pero entonces descubrió un rostro familiar en el grupo. Era Harry Ferguson, su patrono de cuando trabajó de niñera. Angélique se ausentó con discreción, igual que cuando apareció su hermano Edward. Susurró a Fabienne que subía a su habitación y se marchó.

—¿Otra vez tu hermano? —le preguntó mientras Angélique se escabullía. Ella negó con la cabeza.

—Luego te cuento. Atiéndelos —murmuró, y subió a su habitación de la buhardilla.

Ya era tarde y no tenía intención de volver a bajar, de manera que se desvistió y se acostó. Lo cierto era que no le sorprendía ver a Harry en Le Boudoir, y estaba segura de que jamás relacionaría a «la duquesa» con la niñera que había despedido hacía catorce meses. Le había hecho el favor de su vida y ya no le importaba que no la hubiera creído e hiciera caso de las mentiras de su amigo. Actualmente era mucho más feliz, aunque seguía echando de menos a Emma y pensaba en ella de vez en cuando.

A la mañana siguiente, Fabienne le preguntó por lo sucedido cuando se vieron durante el desayuno.

—Era el hombre para el que trabajé de niñera, con el que me mandó mi hermano cuando se deshizo de mí como si fuera una carga.

—¿El que te despidió?

—Sí —respondió Angélique con una sonrisa—. ¿Estuvo contigo anoche?

—No, quiso a Ambre. Había oído hablar de ella. También quería a Yaba, pero estaba ocupada. Se quedaron mucho rato y pagaron muy bien. Parece que tiene mucho dinero que gastar. —Angélique asintió y leyó el periódico. Harry Ferguson no significaba nada para ella, ni tampoco su esposa ni su dinero.

Leyó que crecía el malestar en París por el rey, que había amenazado con disolver el Consejo de Ministros, lo que había enfadado a los franceses. Había hablado de eso a fondo con Thomas, que era ministro y estaba muy bien informado. La política siempre le había fascinado. Thomas reconoció que le preocupaba que la situación empeorara. Corrían rumores de que estaban intentando derrocar al rey Carlos y se temía otra revolución, pero él no creía que se llegara a eso. Prometió avisarla si las cosas pintaban mal pero, de momento, todo parecía estar bajo control. Y ninguno de sus otros clientes del Gobierno parecía preocupado.

Le apenó enterarse en junio de que había fallecido el rey Jorge IV de Inglaterra, el primo de su padre. Había sufrido un ataque al corazón en el castillo de Windsor y había muerto de forma fulminante. Padecía obesidad desde hacía años y era propenso a toda clase de excesos. Se preguntó si John habría resuelto algunos de sus problemas económicos cuando fue a Inglaterra. El rey Jorge solo tenía sesenta y siete años, diez menos que su padre.

Como el rey Jorge solo había tenido una hija y varios hijos ilegítimos, le sucedió su hermano William, aunque solo fuera tres años menor que él, que se convirtió en el rey Guillermo IV. El periódico decía que aún no se había fijado la fecha para su coronación y que no era inminente.

A la larga, su sucesión también sería un problema, ya que ninguno de sus hijos legítimos había sobrevivido a la infancia y tenía diez hijos ilegítimos con una actriz irlandesa, Dorothea Jordan, con quien no había llegado a casarse. Era difícil estar al día de los caprichos y desmanes de la monarquía británica, pero Angélique les seguía la pista.

Y en julio, un mes después de la muerte del rey Jorge, Thomas la visitó con discreción, como siempre hacía, para pasar un rato con ella. Era una figura conocida en la casa y las chicas siempre se preguntaban si entre ellos surgiría algo más, pero Angélique insistía en que solo eran amigos. Ese día, Thomas le dijo que estaba extremadamente preocupado por su seguridad. El rey Carlos había disuelto el Parlamento por considerarlo demasiado liberal y había instaurado la censura de prensa. Los ciudadanos, indignados, se estaban reuniendo con la intención de levantar barricadas, y era muy probable que hubiera peleas en las calles. Los franceses estaban hartos de los Borbones y no sería de extrañar que hubiera un enfrentamiento peligroso o incluso otra revolución.

—Las chicas y tú debéis marcharos de París de inmediato, esta noche —le dijo.

—Pero ¿dónde? —Angélique estaba alarmada. Le asustaba la perspectiva de otra revolución como la que había matado a sus abuelos y a casi todos sus parientes, y había enviado a su madre a Inglaterra cuando era un bebé.

—Te recomiendo encarecidamente unas vacaciones junto al mar hasta que todo se calme. —Angélique sabía que hablaba en serio. Empezó a pensar en mil cosas. No quería dejar la casa, pero tampoco estaba dispuesta a poner en peligro sus vidas y su seguridad; era responsable de las diez mujeres que vivían y trabajaban con ella—. ¿Podríais estar listas para salir en unas horas? —le preguntó Thomas, muy preocupado.

Angélique era consciente de que, con la información confidencial que él tenía, si le pedía que se marchara de París, sería una necia si se quedaba. Confiaba plenamente en él y sabía que su preocupación era sincera.

—Lo estaremos si es necesario. Lo organizaré enseguida —respondió, mientras intentaba decidir qué hacer.

—No volváis hasta que sea seguro —le advirtió Thomas, y se marchó al cabo de un momento, después de darle un suave beso en la mejilla.

De inmediato, Angélique ordenó a Jacques y a Luc que alquilaran tres coches de caballos y fue de habitación en habitación para pedir a las chicas que hicieran el equipaje. Se marchaban a Normandía en una hora y se alojarían en una posada si lograba encontrar habitaciones para todas. No estaba segura de si otros parisinos también huirían de la ciudad y llenarían las posadas de la zona. Agradecía a Thomas que le hubiera avisado.

Las chicas hicieron las maletas a toda prisa y una hora después se encaramaron a los tres coches de caballos que los muchachos habían encontrado en poco tiempo; utilizaron el viejo carruaje que tenían para llevar el equipaje. Los coches no eran nada elegantes, pero sí prácticos, y los caballos parecían resistentes. Dos horas después de la visita del ministro habían salido de París rumbo a Normandía.

Llegaron por la noche y Angélique pudo encontrar habitaciones para todas en una cómoda posada con vistas al mar, donde se instalaron a esperar noticias de París. Angélique se había llevado el pequeño baúl donde guardaba su fortuna y sus joyas, ropa suficiente para un mes y una gran caja llena de sombreros. Las chicas habían hecho lo mismo siguiendo sus instrucciones. Jacques y Luc se habían quedado para proteger la casa y a las dos criadas, y le habían asegurado que cuidarían bien de ellas.

En los días siguientes, las noticias fueron alarmantes. Llamaban revolución al levantamiento y exigían la abdicación del rey Carlos. No obstante, la revolución a pequeña escala terminó en tres días y, al cabo de una semana, le ofrecieron el trono al primo de Carlos, Luis Felipe, de la casa de Orleans, que se convirtió en el nuevo rey. Diez días después, mientras Angélique y las chicas paseaban por caminos vecinales entre flores silvestres, lejos de París, Carlos abdicó y se marchó a Inglaterra pacíficamente.

Se había restablecido el orden en París y, en teoría, podían regresar. No obstante, Angélique decidió que sería mejor esperar otra semana al menos, para asegurarse de que todo estaba tranquilo de verdad. Llevaban tres semanas en Normandía y podían permitirse esperar unas pocas más. Su viaje al campo no era precisamente una tortura: les había brindado unas vacaciones agradables e inesperadas y las había mantenido alejadas del caos de París gracias a la advertencia de Thomas. Se alegraba mucho de haberlo evitado todo y de haberse marchado a tiempo, y las chicas se estaban divirtiendo y disfrutando el respiro de la vida parisina.

Recibieron varias miradas feroces de mujeres normandas, que las veían demasiado bellas con sus elegantes vestidos. Además, el hecho de que fueran once llamaba la atención dondequiera que fueran, y las mujeres regañaban a sus esposos por mirarlas.

Angélique regresó a París con las chicas a principios de septiembre, después de que Jacques les mandara un mensaje diciéndoles que la ciudad volvía a estar tranquila y era segura. Se habían ausentado seis semanas y regresaron a la casa llenas de energía, renovadas y de buen humor, listas para volver a recibir a sus clientes. El ministro fue su primer visitante, pues quería asegurarse de que estaban bien.

—Gracias por el aviso —dijo Angélique cuando fue a verla—. Ha debido de ser muy desagradable.

—Solo durante unos días. Terminó enseguida. Ya veremos qué tal lo hace el nuevo rey. Espero que sea más razonable que el último.

—A las chicas les han encantado sus pequeñas vacaciones —reconoció ella con una sonrisa, feliz de volver a verlo.

Sus clientes corrieron a visitarlas en cuanto llegaron, encantados de su regreso. Las habían echado de menos en agosto, pero muchos de ellos también habían estado fuera de París, en sus casas de campo y castillos, como hacían todos los años. No obstante, todos habían vuelto y en septiembre hubo mucha actividad e hizo un calor insólito para esa época del año, más incluso que en Normandía, donde siempre soplaba una agradable brisa.

Una semana después de volver de Normandía, Angélique se sorprendió de ver a John en París. Él le explicó que había ido por negocios y que estaba citado en Londres con el nuevo rey, pero añadió que tenía algo que decirle que quizá le haría ver las cosas de otro modo. Desde su última visita en enero, había ocurrido un cambio importante en su vida: su esposa había fallecido en junio y él guardaría luto en los meses siguientes, pero quería que Angélique supiera que, tras el período de duelo formal, estaba dispuesto a casarse con ella. Ya no se veía limitado a proponerle que fuera su querida: podía hacerla su esposa.

Sus ojos, mientras le hablaba, le suplicaron que aceptara. Pero Angélique no lo amaba. John era cuarenta años mayor que ella, le caía bien y le gustaba hablar con él en el salón, pero no tenía el menor deseo de casarse con él, por muy generoso que estuviera dispuesto a ser. Su inesperada propuesta la cogió por sorpresa.

—John, no puedo —respondió con expresión triste—. Ya te lo he dicho, mi vida está aquí. No quiero ir a Nueva York. Y no quiero casarme. Apenas nos conocemos. ¿Y qué pasa si alguien descubre cómo nos conocimos? ¿Que me conociste aquí? Soy la madama de un burdel. ¿Cómo encajaría eso en tu vida si alguien lo descubriera?

—¿Por qué iba nadie a descubrirlo? —preguntó él con seguridad—. Nadie necesita saber cómo o dónde nos conocimos. Eres de una familia muy distinguida, y yo tengo edad de sobra para hacer lo que me apetezca. Soy demasiado viejo para que eso afecte a mi carrera. Nadie lo descubrirá.

Y aunque alguien lo hiciera, le daba igual. La deseaba con toda el alma, no pensaba en nada más desde junio, y la había creído cuando le había dicho que nunca sería la querida de nadie. Estaba dispuesto a correr el riesgo y negar esa parte de su vida si alguien la reconocía. La deseaba hasta el punto de haberse convertido en una obsesión. Angélique no sabía si él la amaba, pese a afirmar que así era, pero la deseaba más que nada en el mundo. Tenía que hacerla suya. La razón ya no tenía nada que ver, salvo para ella.

—No puedo aceptar tu propuesta —insistió ella con dulzura—. Ni como querida, ni como tu esposa. Lamento mucho la muerte de tu mujer. Aunque no fueras feliz con ella, estoy segura de que te entristece. Pero no puedo casarme contigo.

John se puso de pie, se quedó mirándola y, por un momento, se diría que estaba furioso. Estaba consternado y parecía incapaz de creer que ella lo hubiera rechazado, incluso con una proposición de matrimonio. Estaba dispuesto a arriesgarlo todo por ella. Pero Angélique se mantuvo firme. No quería que la presionara para hacer algo que ya le había dicho que no quería en más de una ocasión. No lo amaba, ni quería irse de París. Y no se lo dijo, pero pensaba que era demasiado mayor para ella: podría haber sido su abuelo. No obstante, tuviera la edad que tuviese, no lo amaba, y eso era fundamental para ella.

—Ya no volveré a molestarte —afirmó él y, después de mirarla por última vez con expresión desolada, cruzó el salón y salió del burdel sin mirar atrás. Esta vez, Angélique estuvo segura de que no volvería a verlo.

16

El otoño tuvo un comienzo agradable, con clientes antiguos y también nuevos. Tras la revolución de los tres días de julio y el cambio de monarca, París había vuelto a la normalidad, y sus habitantes abrigaban la esperanza de que el nuevo rey gobernara mejor que el anterior. Los clientes de Le Boudoir estaban ocupados adaptándose al cambio de poder. Se estaban forjando nuevos tratos, leyes y políticas, lo que hacía que aumentara tanto la tensión como la expectación del momento, y Angélique y las chicas lo percibían en la casa. Había llegado una nueva oleada de energía.

—Están muy vitales, ¿verdad? —comentó Philippine a las otras chicas una noche después de que se fuera el último cliente.

Ambre no había parado de trabajar y Camille, Agathe y Fabienne también habían estado muy solicitadas. Era como si los hombres tuvieran demasiada vitalidad y no supieran qué hacer con ella. A Angélique también le daba la sensación de que las discusiones sobre política del salón eran más vehementes de lo normal. El calor contribuía a ello, pero también lo hacía la situación del país, y los hombres estaban impacientes por aliviar su tensión en las habitaciones.

Las chicas parecían cansadas esa noche, igual que Angélique. Varios clientes llegaron tarde y algunos bebieron mucho, lo que los puso más excitables. Como ninguno de ellos hablaba de política con sus esposas, todos quisieron comentar los cambios con Angélique, a la que tenían por una mujer inteligente e informada.

La noche siguiente, en un clima parecido, con el denso calor que flotaba en el ambiente, los ánimos se exaltaron. Se inició una discusión sobre los reyes Borbones frente a los Orleans, y varios clientes opinaron que Luis Felipe no sería mejor que su predecesor. Otros disintieron y, antes de que nadie pudiera detenerlos, dos hombres, que ya habían bebido demasiado antes de llegar a la casa, empezaron a gritarse en el salón. Uno empujó al otro, algunos clientes intentaron intervenir, se asestó un puñetazo y, a una señal de Angélique, Jacques y Luc entraron en el salón. Era la primera vez que estallaba una pelea entre sus aristocráticos clientes y, antes de que se hicieran daño, ella los quería fuera de la casa. No estaban en condiciones de quedarse, ni tampoco quería que lo hicieran. Le Boudoir debía ser un remanso de paz para hombres importantes, no un ring de boxeo.

Cuando Jacques agarró a uno por el hombro, antes de que Luc pudiera coger al otro, el principal agresor se sacó del bolsillo una pistola con la empuñadura perlada y disparó a su oponente en el pecho. Una flor roja de sangre surgió en el blanco chaleco almidonado. El hombre que había recibido el disparo todavía tenía cara de sorpresa cuando se desplomó a los pies de Jacques. El que sostenía la pistola intentó huir, pero Luc se lo impidió agarrándolo con fuerza.

Angélique conocía un poco al hombre que había disparado, pero la víctima era uno de sus mejores clientes. Se agachó a su lado mientras él respiraba con dificultad y una docena de hombres se unió a Luc para impedir que el agresor se marchara. Angélique alzó la vista para mirarlos.

—Consigue un médico —ordenó a Luc, justo cuando Thomas se abría paso entre el pelotón de hombres. Por un instante había olvidado que estaba en la casa y se sintió inmensamente agradecida de verlo.

Angélique no tenía la menor idea de cómo actuar. La situación le parecía desesperada y desataría un escándalo que les afectaría a todos. No alcanzaba a imaginar qué podía hacer Thomas en ese momento. El hombre que había disparado se había desplomado en una silla con cara de pasmo y ya no intentaba escapar cuando el ministro examinó atentamente la escena.

Angélique cogió un cojín y lo colocó bajo la cabeza del herido. No sabía qué más podía hacer. Una de las chicas bajó corriendo con un montón de toallas para intentar contener la hemorragia. El hombre estaba empapado en su propia sangre, que le había teñido el chaleco de rojo y había manchado el vestido a Angélique. Su estado era crítico, y la presión que Agathe y ella ejercían sobre la herida no parecía funcionar. Tenía los ojos en blanco y ya no podía hablar. La bala lo había herido de gravedad. Solo estaban a un palmo de distancia cuando su agresor disparó. Mientras los hombres los observaban, un murmullo se extendió por el salón. Muchos de ellos conocían a la víctima, uno de los banqueros más respetados de París, y el agresor era un miembro del Parlamento que el rey Carlos había disuelto en julio, lo que había provocado su resentimiento.

El hombre del suelo dejó escapar un horrible estertor y, cuando Thomas se arrodilló junto a él al lado de Angélique, un chorro de sangre le borboteó por la boca y resbaló por su barbilla. Angélique lo sostuvo, intentando ayudarle a respirar, cuando él exhaló su último suspiro y murió en sus brazos, ante los ojos horrorizados de todo el mundo. Lo habían asesinado en su salón. Angélique volvió a tumbarlo en el suelo con delicadeza mientras Thomas le tomaba el pulso. La víctima tenía los ojos abiertos y ya no respiraba. Hubo caras de pánico por todo el salón y conversaciones a media voz mientras los presentes hablaban sobre qué hacer. Nadie había tenido tiempo de llamar a la policía ni de pensar en ello: todo había sucedido muy deprisa.

Angélique miró a Thomas con expectación. Había al menos treinta hombres reunidos en el salón cuando él asumió el mando. Conocía a la mayoría. El agresor seguía sentado, aturdido por lo que había hecho, sabedor de que la vida tal y como la conocía estaba a punto de terminar. Alguien le había quitado la pistola después de que disparara la mortífera bala y Angélique no tenía la menor idea de dónde estaba cuando Thomas habló con voz fuerte y tranquila.

—Caballeros, propongo que se vayan todos de inmediato. Ninguno de ustedes ha estado aquí esta noche. No nos hemos visto. ¿Queda claro? —Todos asintieron con expresión de alivio, sin el menor deseo de ser parte del inevitable escándalo que estallaría si admitían que habían estado en el burdel esa noche.

Salieron a toda prisa mientras Thomas le pedía a Angélique que dijera a las chicas de arriba que despacharan a sus clientes, que no tenían la menor idea de lo que había sucedido ni de que habían asesinado a un hombre. Envió a Agathe a avisarlas y, en unos pocos minutos, los hombres que quedaban en la casa bajaron a toda prisa y el ministro les pidió que se marcharan, con las mismas instrucciones que había dado al resto. Lo más probable era que nadie contara por voluntad propia que había presenciado cómo asesinaban a un hombre en una pelea provocada por el alcohol en un burdel.

Cuando los últimos clientes se disponían a salir y vieron el cadáver tumbado en el suelo, a plena vista, se marcharon tan deprisa como los demás. El hombre que había cogido la pistola se la pasó a Jacques con discreción al salir. Aún la tenía en la mano cuando el agresor se puso de pie y miró a Angélique y al ministro. Estaba un poco más sobrio que cuando había apretado el gatillo, pero seguía muy borracho.

Thomas le pidió a Agathe en voz baja que lo llevara a una habitación y le dejara dormir la mona. Le daba miedo mandarlo a casa en ese estado por temor a lo que pudiera decir.

—Debo ir a la policía —protestó el agresor en voz muy alta.

—Yo soy la policía —replicó el ministro, enfadado—. Obedezca y suba.

—Lo he matado —se lamentó en la escalera mientras Agathe lo llevaba a su habitación. El agresor lloraba cuando Thomas se volvió para mirar a Angélique. Estaba asustada, pero hizo un valeroso esfuerzo por aparentar calma.

—¿Qué hacemos ahora? —preguntó. Estaba casi tan pálida como el hombre muerto que yacía a sus pies.

—Tenemos que llevarlo cerca de su casa, para que lo encuentren allí. Su esposa no necesita sufrir la ignominia de saber que lo han matado aquí. Nadie hablará.

No era la primera vez que un hombre moría en un burdel. Y lo que Thomas quería era evitarles un escándalo a todos, y sobre todo a Angélique, a la que afectaría incluso más que al asesino.

—Llevaré a Dumas a la policía mañana, cuando haya dormido la mona, y él confesará que le disparó en una pelea en la calle y estaba tan borracho que lo dejó tirado. ¿Tienes un coche de caballos? —le preguntó con prisas.

—Sí.

—Manda a uno de tus hombres a buscarlo. Pueden dejar a Vincent en una calle apartada próxima a su casa. —Dio instrucciones a Luc y a Jacques de que envolvieran a la víctima en una manta para poder meterlo en el coche. Poco después, Luc fue a buscar el coche y Jacques entregó el arma a Thomas. Angélique agradecía inmensamente su presencia.

Luc regresó con el coche unos minutos después y se detuvo en la puerta. Por suerte, no había ninguna casa cerca y Luc y Jacques sacaron al hombre muerto con rapidez, envuelto en la manta, y lo dejaron en el suelo del coche.

Thomas les explicó dónde vivía y ellos se marcharon poco después para cumplir su siniestra misión de ahorrar a Angélique y a la casa la mala fama que Thomas intentaba eludir; sabía que alguien encontraría a la víctima dentro de poco y llamaría a la policía. Luc y Jacques se marcharon sin decir una palabra y Angélique llamó a una de las criadas para que limpiara la alfombra, pero la mayor parte de la sangre de la víctima había acabado en su vestido.

Las chicas ya estaban todas abajo, comentando en voz baja lo sucedido y esperando instrucciones. Todas parecían muertas de miedo.

—Ninguna ha visto nada esta noche —les dijo el ministro con firmeza—. Aquí no ha pasado nada. Ha sido una noche normal y corriente. Nadie os hará preguntas. No le han disparado aquí. Lo encontrarán en la calle. —Las envió de vuelta a sus habitaciones y miró a Angélique con seriedad cuando ambos fueron a sentarse al comedor.

Angélique le sirvió un vaso de coñac. A Thomas le dolía lo que tenía que decirle, pero no había alternativa.

—Debes irte, Angélique. No para siempre, pero de momento sí, durante seis meses o un año, para evitar que esto te salpique. Además, durante un tiempo tus clientes tendrán demasiado miedo a venir. No querrán tener nada que ver con esto, y tú tampoco deberías. Puedes volver a abrir en otra casa. Pero no enseguida. No es la primera vez que ocurre una cosa así, y necesitas dar tiempo a que la nube se disipe antes de volver a abrir.

Angélique temía que Thomas le dijera algo así desde el momento del disparo, pero sabía que tenía razón. No discutió y asintió con lágrimas en los ojos cuando él le cogió la mano. Igual que a ella, le habría gustado que aquello no hubiera sucedido. Una vez más, el destino había intervenido para cambiarle la vida, justo cuando mejor le iba. Pero había muerto un hombre, ella debía cerrar la casa y no tenía la menor idea de adónde ir.

—¿Cuándo debo irme? —preguntó con tristeza. A Thomas le rompía el corazón mirarla y le dolió pronunciar las siguientes palabras.

—Lo antes posible. Esto tiene que calmarse antes de que puedas volver.

Angélique parecía conmocionada mientras lo escuchaba. No obstante, tenía un poderoso protector en Thomas. Sin él, la situación habría sido infinitamente peor.

—¿Qué les pasará a las chicas? ¿Dónde irán?

—Han ganado mucho dinero desde que abriste. Pueden trabajar en otro sitio un tiempo, o irse a casa. Todas podréis volver, pero ahora no debéis estar aquí. ¿Y tú? ¿Dónde irás?

—No lo sé —respondió ella. Cerró los ojos un momento, volvió a abrirlos y lo miró con tristeza. Le dolía oírlo, pero sabía que Thomas tenía razón—. En Inglaterra no me queda nada. No tengo dónde ir. —Cuando lo dijo, se preguntó por qué siempre estaba a merced de las necedades de otras personas: de su hermano, de Bertie, y ahora esto.

—¿Nueva York? —sugirió él, mientras Angélique lo pensaba y asentía.

—Quizá. Aunque allí tampoco tengo nada ni a nadie.

—Puedes empezar de nuevo y alejarte de esto por un tiempo. A lo mejor te va bien. Esta no es vida para una mujer como tú, la hija de un duque. *La Duchesse.* —Ella sonrió por el apodo que le habían puesto las chicas: sonaba ridículo en labios de Thomas—. Deberías comprarte un pasaje mañana mismo. Tus clientes tienen mucho que perder. No hablarán. Y ninguno quiere explicar por qué estaba aquí. Si te vas ahora, no te verás implicada.

Angélique asintió; sabía que Thomas volvía a tener razón. Charlaron durante mucho rato, hasta que por fin salió el sol. Para entonces, Jacques y Luc ya habían regresado y les informaron de que habían cumplido su misión. Incluso habían colocado el sombrero de copa del muerto junto a él en la calle donde lo habían dejado. En la casa no quedaba ninguna prueba, aparte del vestido ensangrentado de Angélique y dos toallas, de los que ella se desharía.

A las nueve, Thomas fue a la habitación de Agathe para despertar a Dumas. Era la primera vez que subía. Dumas aún estaba algo borracho, y Angélique pidió a la criada que le subiera un café bien cargado. Thomas comunicó a Dumas que diría a la policía que había disparado a la víctima en defensa propia mientras se peleaban borrachos y que había pasado la noche vagando por las calles; después había ido a buscar a Thomas a su casa y se lo había confesado todo. En la versión no se mencionaba Le Boudoir, que era lo que Thomas quería, y Dumas se mostró más que dispuesto; él tampoco quería que se supiera que estaba en un burdel. Se marchó con Thomas poco después y Angélique fue a despertar a las chicas para explicárselo todo. El ministro había prometido regresar más tarde, pero le había repetido que debía comprarse un pasaje a Nueva York ese mismo día.

Aún llevaba el vestido manchado de sangre cuando las chicas entraron en la cocina una a una y esperaron a oír lo que tenía que decirles. Estaban sentadas a la mesa, con cara de preocupación, cuando ella les dio la mala noticia.

—Tenemos que irnos. Yo tengo que cerrar la casa. Lo llevaré todo a un guardamuebles y podremos volver a abrir dentro de seis meses o un año, pero no antes. —Estaba repitiendo las instrucciones de Thomas.

—¿Seis meses o un año? ¿Qué haremos hasta entonces? —le preguntó Ambre.

Fabienne empezó a llorar. Ya lo había supuesto la noche anterior y no tenía ninguna intención de volver a la casa de madame Albin ni a ningún sitio parecido, ni de trabajar sola en las calles. Esa era la única profesión que había tenido en la vida y no sabía hacer nada más. Había logrado ahorrar en los últimos dieciséis meses. Había sido un sueño maravilloso, pero todo había terminado. Le Boudoir estaba tan muerto como el hombre que había recibido el disparo. Angélique quizá lo resucitaría algún día, pero no de inmediato. No obstante, todas las chicas tenían dinero, más del que habían tenido nunca, gracias a Angélique, lo que les brindaba unas oportunidades que, de lo contrario, jamás habrían tenido. Algunas, o la mayoría de ellas, podían permitirse tomarse un año sabático. Y también Angélique, sin ningún problema.

—No pienso volver al convento —intervino Philippine con una sonrisa irónica.

—Podríamos alquilar un piso y trabajar juntas mientras esperamos a que vuelva Angélique —propuso Agathe.

Varias chicas estuvieron de acuerdo con la idea, si es que decidían seguir trabajando. Hiroko deseaba volver a Japón, y ya tenía el dinero para hacerlo. Camille explicó que quizá lo intentara en el teatro, y las dos chicas nuevas, Sigrid y Carmen, dijeron que regresarían a casa con el dinero que habían ganado. Con lo que Angélique les había pagado, ninguna se quedaría en la miseria cuando ella cerrara ni se vería obligada a aceptar situaciones que no quería. Todas estaban mucho mejor situadas económicamente de lo que lo habían estado nunca o habían soñado siquiera. Le Boudoir de la Duchesse había sido un gran éxito y más rentable de lo que esperaban al principio.

—¿Y tú? —preguntó Fabienne a Angélique. También estaba preocupada por ella.

—Voy a comprarme un pasaje para irme a Nueva York.

Estaba triste cuando lo dijo y los ojos se le llenaron de lágrimas.

—¿Y trabajar allí? —Parecían sorprendidas.

—No, creo que no haré nada. No tengo nada que vender sin vosotras —sonrió— y no puedo ser niñera sin referencias. Además, eso ya es agua pasada. No estoy hecha para servir.

Todas asintieron, conscientes de que era verdad. Sin embargo, tenía una cabeza increíble para los negocios, lo cual les había venido bien a todas. Había sido mágico mientras había durado, y con suerte volvería a serlo.

Todas tenían mucho trabajo esa mañana, entre hacer el equipaje y planear su futuro. Angélique les regaló toda la ropa que les había comprado, los bonitos vestidos y los accesorios que combinaban con ellos. Había sido generosa no solo con el dinero, sino también con todas las atenciones que había tenido con ellas, porque quería ser justa y tratarlas con respeto y amabilidad, por primera vez en sus vidas. Para la mayoría, ese era el único refugio que habían tenido nunca y les rompía el corazón dejar Le Boudoir y a la mujer menuda y valiente que lo había creado.

Esa mañana, Angélique fue al despacho del notario que representaba al dueño de la casa para comunicarle que se marchaba y se llevaba a sus hijas a Nueva York. Le pagó tres meses de alquiler, que era lo que debía en ese momento. Él se mostró satisfecho. Le dijo que los dueños sentirían su marcha, pues había sido una inquilina excelente que pagaba con puntualidad. Nunca había llegado a sospechar lo que en verdad sucedía en la casa, ni él ni los vecinos ni los dueños.

Angélique acudió después a una empresa de guardamuebles y acordó con ellos que embalarían todo lo que había en la casa y se lo guardarían; a continuación, fue a la oficina de la compañía Second Line y adquirió un pasaje en el paquebote *Desdemona* con destino a Nueva York. Era el «palacio» de la compañía naviera. En un momento de locura, compró un billete de primera clase para ella y uno de tercera para una de las criadas, la que estuviera dispuesta a acompañarla. El barco zarpaba dentro de cuatro días, y hasta entonces ella tenía mucho que hacer.

Cuando regresó a la casa, Fabienne le dijo que tenía algo que contarle. Jacques y ella habían hablado. Iban a casarse y a mudarse a la Provenza, y ella no volvería a trabajar, ni siquiera cuando Le Boudoir reabriera.

—Quiero tener hijos. —Sonrió a su amiga y jefa.

Angélique la abrazó. Sabía que su plan era el que más le convenía.

—Me alegro por ti —respondió con sinceridad.

Cuando empezó a hacer el equipaje, pensó en la propuesta que John Carson le había hecho hacía tan solo una semana, pero no se arrepintió de su negativa. No era lo que ella quería, por mucho que John se disgustara, y se preguntó si se tropezaría con él en Nueva York. Estaba convencida de su decisión. Si alguna vez se casaba, sabía que sería por amor.

Esa tarde, Thomas pasó a verla después de que ella regresara de la compañía naviera con su billete y le comunicó que la confesión de Dumas había ido según lo previsto. Permanecería en prisión a la espera de juicio. Nadie había puesto en duda la historia que había contado y Le Boudoir no había surgido en ningún momento. Thomas las había salvado de un escándalo y había manejado el asunto a la perfección. Luego le preguntó cuándo partía.

—Dentro de cuatro días —respondió ella, afligida.

Dejaría atrás a unas mujeres a las que había acabado queriendo, la vida que habían construido en París, un negocio próspero, por indecoroso que fuera, y al buen amigo que tenía en Thomas. Él había sido amable y respetuoso con ella desde el primer día, y la inminente separación le dolía tanto como a Angélique. Parecía tan destrozado como ella cuando se marchó poco después. Le aliviaba que Angélique se alejara, pero sabía que jamás conocería a una mujer igual, tan hermosa y excepcional. Imaginaba que ella conocería a un hombre en Nueva York y jamás regresaría a Francia.

En los dos días siguientes, tan pronto como pudieron organizarlo, todas las muchachas partieron hacia sus destinos. Algunas se quedaron en París, otras regresaron a sus ciudades natales y unas pocas se fueron a vivir juntas. Y todas le dijeron, cuando se despidieron de ella entre lágrimas, que esperarían a que regresara y volverían a trabajar para ella. A Angélique le rompió el corazón decirles adiós y disolver la familia de amorosas hermanas en que se habían convertido.

Tres días después del asesinato, la casa estaba vacía. Fabienne y Angélique lloraron cuando se despidieron la mañana en la que Jacques y ella pusieron rumbo a la Provenza. Angélique les deseó mucha suerte. Le alegraba que Fabienne fuera a tener una vida mejor, se casara y tuviera hijos.

Dio una última vuelta por la casa antes de marcharse. Habían pasado buenos momentos en ella y les había ido bien, más de lo que imaginaba. Fue un rutilante sueño durante un tiempo, pero había terminado. Se instaló en un hotel con sus montañas de baúles con toda su ropa y la criada que había accedido a acompañarla, Claire. Se alojaba en el Meurice, algo que le habría resultado imposible a su llegada a París. Ahora podía pagarlo sin problemas, y sin recurrir siquiera al dinero de su padre. Mandó recado a Thomas, que la visitó en el hotel la noche previa a su partida.

—¿Te vas mañana? —le preguntó el ministro con dulzura cuando subió a su suite. Ella asintió con tristeza—. Espero que tengas buen viaje. Y que algún día vuelvas. Tengo la sensación de que no lo harás.

—¿Dónde iría si no? —dijo simplemente.

—A cualquier sitio. Argentina, Brasil, Roma, Florencia, Inglaterra. Hay muchas posibilidades que no has explorado.

Angélique ni siquiera había pensado en ellas, y no quería hacerlo. No deseaba marcharse, pero sabía que no había alternativa. Él tenía razón en eso.

—Quiero volver y empezar de nuevo —declaró, con su fuerza y espíritu reflejados en su mirada.

—A veces, eso no es tan fácil como creemos. Pero espero que lo hagas —repuso él, en serio, mirándola con ternura.

Y después, sin una palabra, se inclinó para besarla. Angélique deseó que las cosas hubieran sido distintas, que él no estuviera casado, que ella no tuviera que irse y él no fuera quien era. Siempre había sabido que lo suyo jamás habría salido bien, pero él había sido un amigo extraordinario, el mejor que había tenido. Además, había arreglado un desastre por ella y le había dado excelentes consejos. Angélique sabía que si se quedaba, de algún modo, en algún momento, en algún lugar, se sabría la verdad sobre quién lo había hecho y dónde, y que Le Boudoir era suyo. Pero gracias a él, por lo pronto se había silenciado. Ella no podría haber pedido más.

—¿Me escribirás? —preguntó Thomas.

Angélique asintió, pero él no estuvo seguro de si creerla. Para ella sería delicado mantener una correspondencia con él. Y ¿quién sabía lo que la vida le tenía reservado en Nueva York? Solo le deseaba lo mejor y no soportaba verla partir. Si la vida hubiera sido distinta y más justa, se habría casado con ella. Jamás había conocido a una mujer igual ni había amado tanto a nadie.

—Gracias —murmuró Angélique antes de que Thomas se marchara. Las palabras no bastaban para agradecerle lo que había hecho por ella.

—No me las des, Angélique. Solo vuelve. Espero volver a verte.

Ella asintió mientras le caían lágrimas por las mejillas. Se sentía como si volviera a marcharse de Belgrave, sin sus amigos, sin sus padres y sin un plan. Iba a desaparecer, a dar un salto al vacío, de nuevo triste y sola, sin las personas a las que quería. Lo único que podía esperar era ser capaz de salir adelante una vez más. Thomas también lo esperaba, y estaba seguro de que lo haría cuando la besó por última vez, le susurró «*Au revoir, mon amour*», bajó la escalera de su hotel a toda prisa y partió como un rayo en su carruaje. Angélique lo vio alejarse desde la ventana, llorando en silencio. La *Duchesse* de Le Boudoir se fue con él.

17

La mañana de su partida, después de año medio en París, Angélique se levantó al despuntar el alba para prepararse, después de pasar la noche en blanco, y se preguntó si alguna vez volvería a ver esa bella ciudad. Llevaba un elegante traje gris oscuro de seda con un enorme sombrero y un velo que le tapaba la cara cuando subió con Claire, convertida en su doncella, al coche de caballos que las llevaría a Le Havre. Su otra criada había regresado al sur para vivir con sus padres.

No pudo sacarse a Thomas de la cabeza en todo el trayecto. Él no podía ir a despedirla: habría sido demasiado evidente y embarazoso si lo reconocían. Ya se lo habían dicho todo el día anterior. No quedaban palabras, solo recuerdos compartidos.

Vio cómo París y los barrios periféricos se perdían a lo lejos conforme se internaban en la campiña, camino del puerto. Tras muchas horas de viaje pudieron subir a bordo del enorme paquebote pintado de negro. Era la primera vez que viajaba tan lejos y había vuelto a recurrir a la mentira de que era una joven viuda: eso seguía pareciendo más respetable que el hecho de ser una mujer muy joven que viajaba sola, aunque la acompañara una doncella.

Claire estaba muy ilusionada por subir al barco e ir a América con ella. Le parecía una aventura, pero Angélique se sentía apesadumbrada cuando inspeccionó su camarote. Era espacioso, estaba bien iluminado y ventilado y el colchón parecía cómodo. En el muelle, varias personas se despedían y le deseaban lo mejor a otros pasajeros. Todavía le costaba creer que su nueva vida hubiera terminado con un solo disparo hacía cinco días. Fabienne y ella quemaron el vestido y las toallas, y estaba segura de que, tal como Thomas había dicho, ninguno de los hombres que habían presenciado el asesinato hablaría. Tenían mucho más que perder que ella. No obstante, había pagado caro el temperamento irascible de un solo cliente por una discrepancia política. Un hombre había perdido la vida y ella estaba a punto de perder la suya.

Sintió la caricia de la brisa marina cuando zarparon, y vio cómo el barco se alejaba del muelle con el sombrero bien calado y el velo tapándole la cara. Varias personas se habían fijado ya en ella, una mujer menuda y elegante rodeada de un halo de misterio que viajaba sola. Dio un corto paseo por cubierta después de que izaran las velas. Había cercados para ovejas y cabras, una cuadra y un corral con gallinas, pollos, patos y gansos. Luego regresó al camarote y leyó un rato.

Había escrito a la señora White desde el hotel para decirle que la familia para la que trabajaba se mudaba a Nueva York y había decidido irse con ellos para ayudarles a instalarse, no sabía durante cuánto tiempo. Esperaba que no fuera demasiado. Prometió decirle dónde estaría. Se preguntó si la vieja ama de llaves la creería, aunque no tenía motivos para no hacerlo. Le dolía mentirle, pero no podía contarle la verdadera razón por la que dejaba Francia. Estaba segura de que la señora White jamás habría podido imaginar, ni en sus peores pesadillas, que Angélique había pasado los últimos dieciséis meses regentando el mejor burdel de París. Ni tampoco lo haría nadie que la observara en el barco. Parecía una dama distinguida de noble cuna y la joven viuda que decía ser.

Comió en su camarote y después dio un largo paseo por cubierta para explorar el barco. Había un bonito salón con las paredes revestidas de madera y muebles con acabados dorados en el que sus compañeros de viaje pasaban el rato leyendo y jugando a cartas. Le informaron de que por la tarde servirían el té. Los lujosos muebles le recordaron a los Ferguson. Pensó en Emma con nostalgia y deseó poder volver a verla. Luego recordó a Harry Ferguson en Le Boudoir, y se preguntó en qué otras lujuriosas travesuras andaría metido y si su esposa estaría tan ocupada como él persiguiendo a otros hombres.

Angélique había aprendido mucho sobre la raza humana en el tiempo que había pasado en París: había personas que, de forma inesperada, eran mucho más bondadosas de lo que parecía, y otras que fingían serlo y no lo eran; la fortaleza, los valores y principios de las mujeres que habían trabajado para ella pese a lo que hacían para ganarse la vida, y la falta de esos mismos valores en otros que decían tenerlos; con qué facilidad se traicionaban las personas entre sí y qué fuerte había que ser para sobrevivir. Le había costado tres años aprender esa lección, desde la muerte de su padre. Era imposible imaginar cuál habría sido la reacción de él ante la vida que había acabado llevando su hija y saber si estaría orgulloso de ella por haber sobrevivido o profundamente avergonzado. Angélique esperaba que fuera lo primero, pero había cosas de las que tampoco ella se sentía orgullosa. Lo había hecho lo mejor que podía en sus circunstancias y esperaba que, si su padre estaba viéndola, lo entendiera.

Pensaba en eso con expresión nostálgica y apenada, mirando el mar bajo las velas henchidas por el viento. Cerró los ojos y, poco después, oyó una voz junto a ella y alzó la vista. Era un hombre alto con una cara agradable.

—No puede ser tan horrible —comentó, en actitud comprensiva.

—Lo siento, solo estaba pensando. —Angélique le sonrió con timidez por debajo del velo.

—En algo no muy feliz, me temo.

La había visto dos veces en cubierta y no tenía intención de hablar con ella, pero parecía tan desconsolada mientras contemplaba el mar que sintió que debía hacerlo. Nadie merecía estar tan triste.

—He perdido a mi marido y dejo mi hogar —arguyó Angélique, buscando una rápida explicación para su situación y su pesar. Le parecía acertada, y en ese momento no se le ocurrió nada más.

—Lo que demuestra que siempre hay alguien que tiene peores problemas que tú. Yo acabo de perder a mi prometida. Se ha ido con otro —añadió él sin rodeos—. Vine a Europa para cambiar de aires, lejos de todos los chismes que correrían por Nueva York. Pero resulta que huir no da resultado, así que vuelvo a casa después de pasar un mes en soledad y compadeciéndome de mí mismo. —Sonrió con tristeza.

Angélique se preguntó qué diría si le explicaba que se había quedado sin el burdel que había fundado y estaba llorando por la pérdida de su negocio, sus clientes y las maravillosas mujeres que trabajaban para ella. Le hizo sonreír pensar en ello. Su sinceridad habría sido absurda y lo habría dejado muy desconcertado.

—Siento lo de su prometida —respondió comprensiva. Estaba sorprendida y conmovida por su franqueza, algo muy inusual en los hombres europeos que conocía, quienes siempre eran muy reservados con sus sentimientos.

—Y yo lo de su marido. ¿Tiene hijos?

No había visto ningún niño cuando ella subió a bordo, que fue la primera vez que había reparado en ella. Solo iba con una doncella. Sus camarotes estaban en la misma cubierta, no muy alejados, aunque el de ella era más grande: lo sabía por su ubicación. No obstante, el suyo también era agradable. Angélique negó con la cabeza en respuesta a su pregunta.

—No.

«Y es probable que no los tenga nunca», estuvo a punto

de añadir. Jamás tendría hijos. ¿Qué hombre se casaría con ella si era honesta con él? Había sellado su destino en París al abrir Le Boudoir. Algunas de las chicas podían acabar casándose, como Fabienne, pero, en su mundo, sería imposible para ella.

El hombre con el que estaba hablando en cubierta no tenía la menor idea de lo que era ni de dónde había estado, pero estaba segura de que no le habría dirigido la palabra en público si lo hubiera sabido; en todo caso, habrían hablado en el burdel.

El hecho de que ella jamás hubiera subido a las habitaciones con sus clientes no importaba. Estaba mancillada para siempre y lo sabía. Lo único que podía hacer era dedicarse a lo mismo cuando llegara el momento y abrir otra casa similar. Todas las chicas esperaban que lo hiciera, y sus clientes estarían encantados de regresar y agradecidos por haberles evitado el escándalo del asesinato. Además, para entonces ella había aumentado sustancialmente el dinero que su padre le había dado. Las chicas y ella habían sacado un buen provecho del éxito de Le Boudoir.

—¿Va a pasar mucho tiempo en Nueva York —preguntó él con educación; ella parecía ausente.

—No lo sé. Unos meses, quizá un año. No tengo motivos para darme prisa en volver.

Para entonces, él ya se había dado cuenta de que no era francesa, sino inglesa, aunque la había oído hablar en francés con los camareros de cubierta cuando rechazó la tumbona y la manta que le habían ofrecido, asegurando que no las necesitaba. Él sabía suficiente francés como para entenderlo y le pareció que lo hablaba con soltura.

—¿Vive en Inglaterra o en París? —añadió, con curiosidad por saber más ella.

La respuesta correcta habría sido «no vivo en ninguna parte», motivo por el cual ella estaba tan triste.

—Nos mudamos a París desde Inglaterra hace un año y luego murió mi marido. He pensado ir a Nueva York mientras decido qué hacer. Ha sido un cambio bastante grande.

A él le gustaba el acento aristocrático de su voz, y era más simpática y accesible que la mayoría de las mujeres inglesas que conocía. Parecía cómoda hablando con un hombre, lo que no siempre les ocurría a las damas de noble cuna cuando viajaban solas. Era un arte que ella había aprendido a base de práctica, y había superado casi toda su timidez en París, lo que él no tenía modo de saber.

—¿Tiene amigos en Nueva York?

Ella vaciló antes de responder.

—No muchos.

Y los que conocía, no podía visitarlos. Además, tampoco habría sabido cómo buscarlos. Habría sido muy poco apropiado ponerse en contacto con ellos, dado el lugar en el que se habían conocido. A lo largo del último año habían tenido varios clientes estadounidenses, la mayoría de Nueva York y unos cuantos de Boston. Su pregunta le hizo pensar en John Carson y en su última y difícil conversación, en la que él se disgustó tanto cuando ella rechazó su proposición de matrimonio. No se arrepentía de su decisión, ni siquiera en ese momento. No pensaba casarse con un hombre por dinero. Sencillamente no lo amaba, y estaba segura de que jamás lo haría. En su opinión, le fallaba algo, pese a sus generosas propuestas, primero de ser su querida y después su esposa, tras la muerte de la anterior. Aún recordaba su dureza, y su enfado cuando no se salió con la suya.

El hombre le estaba diciendo que hacía falta valor para irse a Nueva York sin apenas conocer a nadie. No era nada habitual en una mujer y admiraba la valentía que demostraba.

—Me llamo Andrew Hanson, por cierto —se presentó, alargando la mano que ella estrechó con la suya, delicada y enfundada en un guante negro. Él se fijó en lo pequeñas que eran sus manos, y tenía unos pies minúsculos, calzados con unos elegantes zapatos negros.

—Angélique Latham.

Rezó para que no conociera a su hermano Tristan ni supiera quién era, o incluso peor, a Edward. Le resultó igual de repulsivo que siempre cuando lo vio en París.

—Es un nombre muy bonito —observó Andrew. Y era una mujer hermosa. Le gustaba hablar con ella. Permanecieron callados un momento, mirando el mar, absortos en sus pensamientos, y luego ella hizo ademán de irse.

—Leeré un rato en el camarote —dijo Angélique en voz baja.

Él le sonrió.

Era mucho más alto que ella y parecía unos diez años mayor. Andrew le calculó unos veinticuatro o veinticinco: su elegante vestuario la hacía parecer mayor, lo que era justo su intención. A Angélique le encantaba la ropa bonita; le había cogido el gusto en París y se la compraba siempre que podía. Él no le pidió volver a verla. No hacía falta: se verían en el barco a menudo durante las semanas siguientes. Era un viaje largo. Tenían el lujo del tiempo para conocerse mejor, si así lo deseaban. Llegarían a Nueva York en tres semanas si hacía buen tiempo, o en cuatro en condiciones menos favorables o con poco viento.

Él quería respetar su luto, en especial porque no sabía cuándo había muerto su marido y no quiso preguntárselo. A él lo habían plantado prácticamente en el altar, dos días antes de la boda, a principios de agosto. La herida infligida por su prometida por fin había empezado a cicatrizar después de seis semanas, lo suficiente al menos como para estar a gusto hablando con una mujer bonita en un barco. Cuando Angélique se marchó, él sonrió y fue a dar un largo paseo solo por cubierta.

Angélique se quedó dormida en la cama con el libro abierto, mecida por el vaivén del barco, y no subió a tomar el té.

Claire acudió a ver cómo estaba, pero la encontró dormida y la dejó sola. Se despertó a tiempo de cenar, aunque decidió hacerlo en el camarote. No volvió a salir hasta el día siguiente, vestida con un llamativo traje blanco de lana y otro enorme sombrero con el que se le veía más la cara. Distinguió a Andrew cuando subió a cubierta. Él parecía complacido de verla cuando fue a su encuentro. Iba mucho mejor vestida que cualquier otra pasajera y las otras mujeres la miraron con envidia.

—Ayer no te vi ni a la hora del té ni a la de cenar —observó él—. ¿Te encontrabas bien?

—Sí, solo cansada. El libro que estaba leyendo era muy aburrido y me quedé dormida. —Le sonrió y él se echó a reír.

—Yo siempre me quedo dormido cuando leo. Y eso no es bueno. Soy abogado y tengo que leer mucho.

Acompasaron sus pasos y pasearon por cubierta mientras otros pasajeros leían o dormían, las mujeres bajo sombrillas para evitar el sol. Andrew se fijó en que Angélique no llevaba sombrilla: por lo visto no le importaba que le diera el sol.

—¿Qué clase de derecho ejerces?

Parecía interesada en su trabajo. Era una experta en conseguir que los hombres hablaran de sí mismos; ya lo hacía sin pensar, y le gustaba. Andrew daba la impresión de ser un tipo inteligente e interesante, aunque fuera joven.

—He ejercido derecho común y algo de derecho constitucional, que es muy aburrido. Quiero dedicarme a la política. Espero presentarme como candidato al Congreso o el Senado en uno o dos años.

—Quizá llegues a presidente algún día —bromeó ella.

Sin embargo, no tenía la menor idea de quién era ni de sus relaciones sociales y familiares. Quizá acabara siéndolo de verdad. Estados Unidos era muy distinto de Inglaterra, donde había que pertenecer a la clase dirigente para dedicarse a la política. Para los estadounidenses, todo era posible, para todo el mundo.

—Quizá —respondió él con cautela—, aunque, más que el mío, es el sueño que mi padre tiene para mí —añadió con sinceridad—. Yo me contentaría con ser congresista o senador. Creo que esa era una de las cosas que espantó a mi prometida. No le gustaba nada la idea. Pensaba que dedicarme a la política sería «vulgar» y la vida no sería nada agradable. Intentó disuadirme varias veces.

Andrew volvió a sonreírle con tristeza y se sorprendió de las cosas que le contaba.

—Opino lo mismo de ser rey —comentó Angélique con cara seria—. Es de lo más vulgar y da muchísimo trabajo. —Entonces se rio y él también lo hizo. Andrew se fijó en que parecía muy joven cuando se reía.

—¿Has conocido al rey? —le preguntó. Tenía la impresión de que cabía esa posibilidad, pero ella negó con la cabeza.

—A este no.

No le contó que estaba emparentada con él, ni con el nuevo rey de Francia. Era interesante que ambos países tuvieran monarcas nuevos el mismo año.

Pasearon un rato más y Andrew le presentó a algunas personas que conocía y que parecían intrigadas con ella. Después se sentaron en dos tumbonas de cubierta y pidieron té. Se lo sirvieron con unas exquisitas y deliciosas galletas.

Charlaron sobre política estadounidense y la elección de Andrew Jackson hacía dos años, quien ella pensaba que era una persona impresionante. Andrew le aclaró algunas cuestiones de las elecciones norteamericanas que le parecían confusas. Todo era nuevo para ella, pero mientras conversaban descubrió que sus explicaciones eran fáciles de entender.

—¿Qué hacías en París para mantenerte ocupada? —le preguntó él.

Ella meditó su respuesta, buscando una forma de explicarse que fuera aceptable para él.

—Labor social. Ayudaba a mujeres jóvenes que habían crecido en entornos desfavorecidos; muchas de ellas habían sido maltratadas y explotadas con dureza. Hacía lo que podía para mejorar su suerte en la vida.

Dicho así, parecía una causa noble, y en algunos aspectos lo era. Además, era la verdad, aunque no hubiera intentado cambiar lo que hacían para ganarse la vida y hubiera sacado provecho de su trabajo. No obstante, se había asegurado de pagarles bien y, con el dinero que habían ganado, ahora podían cambiar de rumbo si así lo deseaban.

—¿Y lo has conseguido?

—Eso creo.

—Se parece un poco a la política, que intenta ayudar al pueblo y conseguir que reciba un trato justo.

—Nunca me lo había planteado así. A veces pienso que nuestros reyes se limitan a comer mucho, beber demasiado y darse caprichos a nuestra costa.

Sin duda, eso era cierto en los casos de los anteriores reyes de Inglaterra y Francia: ambos eran obesos, bebían en exceso y estaban desconectados de sus súbditos, lo que tuvo nefastos resultados. Y las economías de sus países sufrieron por ello.

—¿Te interesa la política, Angélique?

—A veces. La breve revolución de París en julio fue muy desconcertante.

—¿Estabas en la ciudad?

—No, me asusté y me refugié en Normandía con unas amigas.

—Parece razonable —aprobó él—. Y, sin duda, la monarquía de Inglaterra es más sólida que la de Francia.

—En Inglaterra no han tenido una revolución. Mataron a todos mis parientes franceses en la última, aparte de mi madre. A ella la enviaron a Inglaterra siendo solo un bebé. Allí conoció a mi padre. Era francesa. —De ahí su nombre, dedujo Andrew.

—¿Siguen vivos tus padres?

Ella negó con la cabeza y se entristeció por un momento.

—No. Los dos han muerto. Tengo dos hermanos, pero no nos llevamos bien.

«Por no decir más», pensó.

—Yo soy hijo único, y también perdí a mi madre. Tengo un padre con el que no siempre me llevo bien y al que a veces intento no ver. Es muy ambicioso respecto a mi carrera en política, más que yo, así que a menudo no estamos de acuerdo. Yo entiendo la política como una oportunidad para generar cambios, lo que es importante para mí. No me conformo con aceptar las cosas tal y como están. Quiero tener voz en cómo se gobierna el país.

A ella le fascinó lo último que dijo. También le habría gustado hacer algo así, algo imposible para una mujer.

—Tienes suerte de ser hombre. A las mujeres no se les presenta esa oportunidad.

—Puede que un día sí. Las cosas cambian.

—Muy despacio. Probablemente ni tú ni yo lo veremos.

—A veces las cosas pasan más deprisa de lo que suponemos —añadió él esperanzado. Tenía muchos objetivos e ideas apasionantes, algunas demasiado avanzadas para su época. Pero estaba convencido de que alguien tenía que dar el primer paso—. ¿Te gustaría comer conmigo? —preguntó con cautela, sin estar seguro de si a ella le parecería apropiado.

Angélique asintió y sonrió.

Fue a cambiarse poco después y se vieron en el salón, donde ya estaban preparadas las mesas. Llevaba un vestido negro de tafetán, con un alfiler de diamante que llamó la atención a Andrew.

—Era de mi madre —repuso ella ante sus elogios. Llevaba un tiempo sin sacarlo de su baúl, aunque se lo había puesto una o dos veces en Le Boudoir en noches especiales, donde también había causado sensación—. Se lo regaló mi padre.

No le dijo que la esposa de su hermano, Elizabeth, se había quedado con casi todas las joyas. Había muchas cosas que no necesitaba saber. Andrew tenía curiosidad por averiguar quién era su padre, pero no tanta como para preguntar, y no quería ser grosero.

La comida fue muy agradable, pero esa noche Angélique volvió a cenar en el camarote. Claire fue a visitarla y le dijo que se lo estaba pasando bien con los pasajeros de tercera clase; había una chica irlandesa muy amable en su camarote que iba a reunirse con sus familiares en Estados Unidos y se habían hecho buenas amigas. Esperaba verla en Nueva York. Angélique se sentía igual con respecto a Andrew y esperaba que volvieran a verse. De momento, estaban entablando una grata amistad que les hacía el viaje más llevadero a los dos. Cada uno curaba las heridas y pérdidas del otro, aunque las de Angélique no eran las que él creía.

El tercer día de viaje, cuando se vieron en cubierta, ella se fijó en que varias personas los observaban mientras paseaban. Eran una pareja llamativa y las mujeres admiraban su ropa, estaban pendientes de lo que se ponía cada día y murmuraban sobre su aire misterioso. Andrew también había percibido la atención que les prestaban y las miradas de admiración de otros hombres. Le gustaba estar con Angélique y ser el afortunado con el que ella hablaba. A ella parecía interesarle todo lo que decía, como si fuera el único hombre del mundo con el que quisiera pasear y tener una conversación. Lo hacía sentirse importante y especial, que era como él había empezado a verla a ella. Cuando lo escuchaba, le prestaba toda su atención, a diferencia de muchas mujeres que conocía y que parecían aburridas o estaban demasiado interesadas por motivos que nada tenían que ver con la política. En Angélique no había nada eso. Era una persona sincera que estaba a gusto hablando con un hombre sin otra motivación aparte del placer de su compañía.

El cuarto día, ella accedió a cenar con él. Andrew estaba encantado. Angélique se puso un espectacular vestido negro de noche bastante escotado con la falda discretamente acampanada, combinado con unos pendientes de diamantes, un collar de perlas y unos guantes largos de color blanco, que solo se quitó para comer. Disfrutaron escuchando a los músicos que tocaban para entretener a los pasajeros.

Un rato después, Andrew le propuso salir a cubierta para tomar el aire. El mar estaba muy tranquilo y el barco no se movía cuando la ayudó a ponerse una pequeña estola de zorro y se dispusieron a salir. Habían conocido al capitán, que fue muy agradable al cruzarse con ellos cuando salía del salón, donde había visitado a algunos de los pasajeros. Saludó a la señora Latham como la dama que era, pero no se dirigió a ella llamándola «mi señora» porque no sabía que tuviera un título, y a Andrew tampoco se le había ocurrido. Los estadounidenses no pensaban de esa manera.

A partir de entonces cenaron juntos muchas noches, siempre que ella no decidía quedarse en el camarote. De día paseaban por cubierta, hablaban durante horas sobre multitud de temas y jugaban a cartas. Hacía un tiempo ideal y el viaje iba más rápido de lo esperado bajo un cielo azul celeste.

Habían llegado a conocerse bien durante el viaje, y el último día, después de pasar poco más de tres semanas en el barco viéndose día y noche, se sentían como si se conocieran desde siempre. Andrew lo había pasado de maravilla con ella, y así se lo dijo la última noche mientras estaban sentados en el salón bebiendo champán.

—Me gustaría volver a verte en Nueva York, si te parece bien.

Confiaba en que ella accediera. Angélique había disfrutado el viaje tanto como él. No esperaba conocer a nadie en el barco, ni quería. Su intención era llorar la vida que había perdido y prepararse para una nueva, pero, en cambio, él la había conquistado como en un cuento de hadas, y eso hacía la perspectiva de vivir en Nueva York mucho más fascinante.

—A mí también me gustaría mucho —respondió con recato, bajando los ojos.

A veces le costaba sostener esa mirada tan directa. Estaba claro que Andrew se había enamorado. Para ella, él era el primer hombre que conocía con el que realmente quería pasar tiempo y tenía posibilidades de llegar a algo serio. Todos los demás no le convenían, le llevaban demasiados años o estaban casados. Andrew no era ninguna de esas cosas, aunque Angélique sabía perfectamente que la que no le convenía era ella, y no estaba segura de qué hacer a ese respecto. Solo sabía que no quería que la fantasía terminara. Se había acostumbrado a él y no quería perderlo.

—¿Dónde te alojarás? —preguntó Andrew en voz baja.

—Tengo una reserva en el City Hotel. —Era el mejor hotel de Nueva York y muy grande, según decían, con ciento cuarenta habitaciones, un salón de baile, tiendas, una biblioteca, un comedor y varias suites espaciosas, unas de las cuales había reservado por escrito—. Pensaba quedarme un tiempo en el hotel y quizá buscar una casa de alquiler para unos meses, a lo mejor medio año, hasta que vuelva a Francia.

Él asintió con aire pensativo.

—Puedo ayudarte a buscarla, si quieres. Conozco Nueva York mejor que tú, y te conviene estar en un buen barrio.

—Por supuesto, sí —convino ella con una sonrisa. Nueva York iba a ser mucho más divertido gracias a él.

—Me gustaría enseñarte la ciudad —propuso él, y ella pareció encantada

Disfrutaron de una última copa de champán y luego él la acompañó a su camarote apenado. Le gustaba tenerla para él solo, sin verse obligado a competir con todos los hombres que sabía que la perseguirían en Nueva York. Había sido muy consciente de que en el barco había varios que habrían querido ocupar su lugar, pero, por suerte, él la había monopolizado esas tres semanas y a ella no había parecido importarle. Al contrario, daba la impresión de estar tan encantada como él de pasar tiempo juntos.

Al día siguiente, estaban uno al lado del otro en cubierta cuando el barco atracó. Claire había hecho el equipaje de Angélique y todos sus baúles y maletas estaban en su camarote, listos para que los sacaran. Se había puesto un vestido gris perla de satén con un abrigo a juego, un sombrero del mismo tejido confeccionado por su sombrerero favorito de París y una pequeña piel de zorro plateado alrededor del cuello. Parecía la fotografía de una revista, y las otras mujeres la miraban con envidia por última vez. Se habían pasado el viaje pendientes de su vestuario, igual que Andrew.

—¿Viene alguien a buscarte? —preguntó él con cara de preocupación. Ella negó con la cabeza.

—He pedido al sobrecargo que contratara un coche para llevarme al hotel.

Él asintió satisfecho.

—Pasaré a verte después, para comprobar que va todo bien.

—Estaré bien —le aseguró ella, pero agradecía su ayuda. Ese era un giro de los acontecimientos con el que no había contado. Se las habría arreglado sin él y estaba decidida a salir adelante sola, pero la aparición de Andrew en su vida era un regalo. Lo había pasado bien con él y sabía que el sentimiento había sido mutuo. Había sido curativo para los dos—. ¿Estarás muy ocupado? —le preguntó. Él asintió mientras veían cómo los trabajadores del puerto amarraban el barco con unas enormes maromas.

—Tengo que volver a trabajar. Llevo dos meses eludiendo mis obligaciones. Es más o menos lo máximo que uno puede escurrir el bulto si le parten el corazón. —Sonrió al decirlo, como si ya no le afectara. Se volvió hacia Angélique con expresión seria—. Lo has cambiado todo para mí en las últimas semanas. No esperaba que pasara esto —añadió con una voz dulce. Quería que supiera lo que sentía antes de que se separaran y cada uno iniciara su vida en Nueva York.

—Ni yo. Creí que iba a estar todo el viaje llorando. —Angélique le sonrió—. Lo he pasado de maravilla contigo, Andrew. Gracias.

Él no le respondió, se limitó a envolver la manita enguantada en la suya hasta que anunciaron que podían desembarcar. Entonces la acompañó a su camarote, la dejó con Claire para ir a echar un vistazo a su propio equipaje y regresó para bajar con ella a tierra y acompañarla al coche de caballos. Salieron juntos del barco, ambos sonrientes, y cuando Andrew la ayudó a subir al coche, Angélique se volvió y él la besó en la mejilla. Apenas era capaz de separarse de ella. No podía imaginarse no verla todos los días.

—Hasta luego —se despidió con dulzura.

Andrew le había dado sus señas y le había pedido que le enviara un mensaje si tenía algún problema. Ella le dijo adiós con la mano cuando el coche se alejó, seguido de otro con su equipaje. Claire iba con ella, triste de haber dejado el barco y a sus nuevos amigos. Las dos habían tenido un viaje sorprendentemente feliz y sonrieron camino del hotel.

18

El City Hotel era más suntuoso de lo que Angélique esperaba, pero tenía unos precios que podía permitirse gracias al dinero de su padre y al suyo propio. Siempre era cuidadosa con
él y sabía que lo que tenía debería durarle toda la vida. No
podía esperar la ayuda de nadie, y no lo hacía. Y pese a lo mucho que le gustaban la moda y los vestidos caros, no era de-
rrochadora. No obstante, su suite era preciosa y la decoración,
excelente. Claire le dijo que tenía una habitación también muy
bonita en la última planta, con las otras doncellas.

Dos horas después de llegar, mientras Claire deshacía su
montón de baúles y decidía qué había que planchar y Angélique pedía una comida ligera, llegó un enorme centro de flores
para ella. Parecía una rosaleda. Era de Andrew y la tarjeta rezaba: «Bienvenida a Nueva York. Ya te echo de menos. Con
cariño, A. H.». Lo dejaron en una mesa y Angélique estuvo
admirándolo hasta que un empleado del hotel subió a decirle
que el señor Hanson estaba en el vestíbulo y quería verla.

Angélique le dio unas monedas al botones y le indicó que
le permitiera subir. Poco después, Andrew entró en la habitación con aire resuelto, rebosante de energía y feliz de verla, y
la besó en la mejilla. El tiempo que habían pasado en el barco, con tantas oportunidades para estar juntos, los había uni-
do con más rapidez e intimidad de lo que habría ocurrido en

cualquier otra situación. Angélique sentía que lo conocía desde hacía meses, o incluso años.

—¿Te gustaría ver Nueva York? —le propuso. Su carruaje estaba abajo. Hacía una hermosa tarde de otoño y había decidido no ir a trabajar hasta el día siguiente—. Eludir mis obligaciones un día más no puede hacer ningún daño —dijo con el aire de un niño travieso.

—Así no serás nunca presidente —lo regañó ella, pero estaba encantada.

Cogió una estola y salió de la suite detrás de él. Poco después estaban recorriendo las calles de Nueva York en su elegante carruaje. No era vistoso, pero sí extremadamente distinguido y masculino. Le gustaba ir sentada a su lado mientras él le señalaba los lugares más interesantes y ordenaba a su cochero su siguiente destino. A media tarde ya habían visitado los lugares más emblemáticos. Pasaron por delante del Niblo's Garden, con su teatro, los jardines de Vauxhall, el Teatro Nacional, la mansión Morris-Jumel, el hogar de James Watson, la mansión Gracie, así como Castle Garden, City Hall y la catedral de San Patricio, en la esquina de las calles Mott y Prince. Fue un amplio recorrido y llegaron al hotel dispuestos a disfrutar un té tardío.

Se sentaron en el comedor, donde podían ver cómo entraban y salían los huéspedes y visitantes, y Angélique podía fijarse en lo que llevaban y en las distintas modas. Las mujeres parecían más conservadoras en su forma de vestir allí que en París, aunque vio algunos abrigos y vestidos preciosos y unos cuantos sombreros muy bonitos, si bien ninguno tan elaborado o elegante como los suyos. A Andrew le encantaba cómo le quedaba todo lo que se ponía. Jamás había conocido una mujer tan elegante. Su exprometida era muy corriente comparada con ella, y mucho menos sofisticada e interesada en lo que ocurría en el mundo. Estaba empezando a pensar que, en el fondo, que se rompiera su compromiso había sido una bendición. Nunca habría imaginado que aparecería Angélique y le robaría el corazón.

Esa noche la dejó para que se instalara, pero al día siguiente la invitó a cenar y al teatro en el Sans Souci, dos días después a la ópera en el Teatro Nacional y, al tercer día, a cenar y bailar en Delmonico's y Niblo's Garden. Ella apenas tenía tiempo de recobrar el aliento, entre las noches que pasaba con él y descubrir la ciudad sola durante el día.

A finales de la segunda semana, Angélique no había conocido a ninguno de los amigos de Andrew, que reconocía abiertamente que la quería para él solo, aunque se tropezaban con sus conocidos en el teatro y en restaurantes y él la presentaba con orgullo. Sus amigos se quedaban pasmados con su belleza, e incluso las mujeres la admiraban por su carácter fácil y alegre. No se daba aires y no parecía nada engreída. Estaba encantada de conocerlos y parecía exultante al lado de Andrew.

Miraron unas cuantas casas de alquiler, pero no vio nada que le gustara y dijo que de momento estaba contenta en el hotel. Tres semanas después de su llegada, Andrew la besó una noche con firmeza y pasión. Después de pasar seis semanas sin separarse, ya no podía seguir conteniéndose y conformarse con un beso en la mejilla. Ella no protestó; estaba tan enamorada como él.

A principios de noviembre Andrew le comunicó su deseo de presentarle a su padre, pero estaba muy ocupado en ese momento con varios negocios importantes y realizaba constantes viajes a Boston. Andrew le dedicaba todo su tiempo cuando no tenía que trabajar, y pasaron el día de Acción de Gracias juntos en el hotel, ya que su padre estaba de viaje con unos amigos. Andrew le explicó en qué consistía la celebración y a ella le gustó la noción de un día dedicado a estar con amigos y familiares, basado en la gratitud.

Era casi Navidad. Habían pasado tres meses desde que se conocieron. Regresaban de dar un paseo por la nieve cuando

Andrew le cogió las manos para calentárselas. Y después, cuando ella se quitó el sombrero y dejó el manguito de pieles en el salón de su suite, se quedó atónita cuando lo vio hincado de rodillas.

—Andrew, ¿qué haces? —le preguntó con dulzura, con los ojos brillantes por todo lo que sentía por él y las mejillas sonrosadas por el frío.

—Angélique Latham —empezó él con lágrimas de emoción brillándole en los ojos—, ¿me harás el honor de casarte conmigo?

Ella no se lo esperaba, aunque cualquier otra persona lo habría hecho, al verlos juntos. El matrimonio no era el desenlace que Angélique había previsto, ni tenía expectativas ni proyectos con respecto a Andrew. Lo amaba de verdad, y los ojos se le llenaron de lágrimas cuando asintió.

—Oh, Dios mío... sí... sí... Oh, cariño, te quiero —respondió, mientras Andrew se ponía de pie y la estrechaba entre sus brazos. Lo único que él podía imaginar era su brillante futuro juntos y todos sus sueños hechos realidad. Mientras Andrew la abrazaba, Angélique supo que había cosas que debería explicarle, pero no quería perderlo. Se preguntó si debía hablarle de París y Le Boudoir, aunque quizá no necesitara saberlo. No quería hacerle daño, ni tampoco mentirle, y eso le preocupaba, pero lo único que sabía era que lo amaba y quería ser su esposa. Era la primera vez que se sentía así—. Te quiero mucho —fue todo lo que pudo decir.

Él no sabía que había sido niñera, ni que su hermano la había abandonado. Había muchas cosas que desconocía, y la aceptaba tal como era. ¿Qué más podía pedir ella? No podía correr el riesgo de perderlo si se lo explicaba todo. Pero ¿y si lo descubría? Nueva York parecía muy alejada de todo lo que le había sucedido en los últimos tres años. Se aferró a Andrew como una niña huérfana, mientras él empezaba a hacer planes de futuro.

—Tenemos que buscar una casa —dijo entusiasmado—, y quiero casarme pronto. No hace falta que esperemos. —Entonces cayó en la cuenta de algo—. ¿Debería escribir a tu hermano para pedirle tu mano? Sé que dijiste que no os llevabais bien, pero no quiero ofenderlo ni hacer algo indebido.

—No se ofenderá —respondió ella a media voz, devuelta a la realidad por sus palabras—. Le dará igual. Me odia. No hace falta que se la pidas a nadie.

—¿Deberíamos invitarlo a la boda? ¿Y a tu otro hermano?

—Ni mucho menos. Si lo haces, no iré —bromeó ella, y él se rio.

—Quiero que conozcas a mi padre en cuanto vuelva de Boston. Ha estado desbordado de trabajo durante los últimos meses. Sé que le encantarás —aseguró Andrew feliz.

Tres días más tarde le regaló un anillo de compromiso que era mucho más grande de lo que ella esperaba, con un intrincado engarce y un gran diamante en el centro. Habría sido feliz con un anillo diminuto o con ninguno en absoluto. Era a Andrew a quien quería, no lo que podía darle. Nunca en la vida había sido tan feliz, pensando en su futuro y en los días que tenían por delante. Él quería presentarla ya a sus amigos como su futura esposa, pero creía que lo mejor era presentársela antes a su padre, que era un fanático de la tradición y las formas y muy chapado a la antigua. Andrew le advirtió que tenía unas ideas muy conservadoras, si bien no le cabía ninguna duda de que quedaría fascinado con ella. Sabía que todos lo estarían, y él más que nadie.

Empezó a hacer planes de boda; no veía razón para que tuvieran que esperar demasiado. Ambos sabían lo que querían y tenían una edad aceptable. Ante ese comentario, ella reconoció que era más joven de lo que le había dicho. Arguyó que le parecía más respetable que su edad real.

—En realidad, tengo veintiún años —dijo con timidez.

Era la única verdad que estaba dispuesta a reconocer de

todas las mentiras que le había dicho. A Andrew su confesión le resultó divertida. Tenía treinta años y le parecía una buena combinación. Pensaba que su unión era perfecta y tenía la certeza de que su padre opinaría como él. Angélique esperaba que fuera así; estaba nerviosa por conocerlo. Andrew hacía que pareciera intimidante y un poco estirado, pero estaba segura de que quería a su único hijo y deseaba que fuera feliz, y ellos lo eran.

—Casémonos en febrero, el día de San Valentín —propuso Andrew. A ella le encantó la idea.

—No nos deja mucho tiempo para hacer planes —reconoció con aire pensativo—. ¿Quieres una gran boda?

No estaba segura de cómo organizarla, sobre todo en Nueva York. Podría haberlo hecho en París o Londres, pero no allí. La ciudad era demasiado nueva para ella.

—No, la verdad —respondió él con sinceridad—. Tú no tienes amigos aquí y, si no quieres que tu familia venga de Inglaterra, me parecería mal que hubiera centenares de personas que no conoces. ¿Por qué no hacemos una boda íntima?

No lo dijo, pero también pensaba que, al ser ella una viuda reciente, no creía que debieran celebrar una boda ostentosa, y estaba seguro de que su padre opinaría lo mismo. Andrew opinaba que una boda íntima sería más apropiada, solo con su padre y los amigos más allegados. Le daba igual cómo se casaran, siempre y cuando lo hicieran, y cuanto antes mejor. Estaba deseando formar una familia con ella, idea que Angélique compartía. Lo único que quería era ser su esposa y tener hijos con él. Pensaba escribir a las chicas de Le Boudoir y explicárselo para que no esperaran su regreso ni la reapertura de la casa. Sabía que Fabienne se alegraría por ella. Angélique le había escrito cuando llegó a Nueva York, y la joven respondió para decirle que Jacques y ella se habían casado en octubre y ya había un bebé en camino. Sus vidas habían cambiado mucho.

Angélique pensaba vender los muebles de Le Boudoir que tenía en el guardamuebles. No quería los objetos de su burdel en su nuevo hogar. Escribió a la empresa, que se encargaría de venderlos en su nombre.

Angélique apenas podía asimilarlo todo mientras Andrew y ella hacían planes. Él le propuso cenar con su padre la víspera de Nochebuena, y le aseguró que el señor Hanson estaba muy ilusionado por conocerla y se alegraba mucho por su hijo. Tal como Andrew se la había descrito, parecía la mujer ideal.

La noche que fueron a cenar con el padre de Andrew, Angélique llevaba un sencillo vestido negro de terciopelo, con un escote que enseñaba lo justo, pero no demasiado, el collar de perlas de su madre y una pequeña diadema que había pertenecido a su abuela materna cuando era niña. Era un objeto que tenía un gran valor para ella. Solo la había llevado una vez, cuando asistió a un baile con su padre en Londres; después él enfermó, dejaron de ir a la ciudad y ya no había vuelto a ponérsela. Le pareció apropiada para llevarla esa noche, con el bonito anillo de compromiso que Andrew le había regalado. Él se quedó sin respiración cuando fue a recogerla al hotel. Estaba exquisita, y nunca en la vida se había sentido tan orgulloso. Estaba deseando que su padre la conociera.

Angélique se quedó asombrada cuando el carruaje se detuvo delante de una enorme mansión de Pearl Street. No esperaba que fuera tan suntuosa y, por un momento, se sintió un poco intimidada, pero recordó que había estado en casas más grandes. Y Belgrave, donde había crecido, lo era infinitamente más. Nunca le había hablado a Andrew del castillo: carecía de motivos para hacerlo, pues ya no era suyo y ni siquiera podía ir a visitarlo. No tenía sentido llorar por el pasado con un futuro tan brillante ante ella.

Dos lacayos y un mayordomo les hicieron pasar, lo que volvió a recordarle a Belgrave, pero en la mansión todo parecía más nuevo y, por supuesto, más pequeño que en su inmenso castillo inglés. El recibidor de la casa del padre de Andrew era todo de mármol y estaba iluminado con una enorme araña de velas. Angélique se quitó la estola y se la dio a uno de los lacayo. Después Andrew la acompañó al espacioso salón, donde los esperaba su padre. Estaba de espaldas a ellos, mirando el jardín con un vaso en la mano, vestido con frac y pajarita, igual que su hijo. Se dio la vuelta y los dos hombres se miraron con afecto. A continuación, el padre miró a su futura nuera con una sonrisa afable. En ese momento Angélique estuvo a punto de desmayarse, y también él, mientras ambos se observaban con incredulidad.

Era John Carson, el financiero estadounidense, quien le había propuesto matrimonio hacía tres meses en Le Boudoir y a quien ella había rechazado. Estaba claro que había utilizado el apellido Carson como un alias para sus visitas a Le Boudoir en lugar del verdadero. Ninguno de los dos dijo nada, aunque a él se le endurecieron las facciones y Angélique intentaba disimular su sorpresa mientras se quedaba blanca como el papel. Era otro cruel golpe del destino, que se sumaba a los que ya había sufrido en los últimos años. John había estado perdidamente enamorado de ella. Primero le propuso ser su amante y, al quedarse viudo, se mostró decidido a casarse con ella, sin importarle que regentara un burdel. Había estado dispuesto a hacer casi cualquier cosa por convertirla en su esposa y le había sorprendido y enfadado que ella declinara su proposición. Y ahora Angélique iba a casarse con su hijo. Era demasiado paradójico para ser cierto. Él conocía su pasado en París, y a Angélique le aterraba que se lo contara a Andrew en ese momento.

—Yo... ¿Cómo está?... —saludó, haciéndole una respetuosa reverencia.

Las lágrimas le brillaban en los ojos, y rezó para que él fuera capaz de olvidar lo que había sucedido y aceptarla como la futura esposa de Andrew, pero la expresión de sus ojos era de pura furia.

—¿Pasa algo? —preguntó Andrew a su padre mirando a los dos, incapaz de entender la expresión de John.

—No, nada. Encantado de conocerte —le dijo a Angélique.

Apuró el vaso, hizo una señal a un lacayo para que le sirviera otro y se sentó con ellos en el salón con expresión desagradable. Lo único que quería era que pasara la velada y sacarla de su casa y de la vida de su hijo. No iba a permitir que Andrew se casara con ella, aunque él mismo hubiera estado dispuesto a hacerlo, y de hecho lo hubiera deseado con todas sus fuerzas y hubiera intentado convencerla por todos los medios. Todavía no se había repuesto de su rechazo. Y ahora un cruel giro del destino los había vuelto a reunir.

La cena transcurrió con una lentitud y unos silencios exasperantes: John continuó bebiendo mucho, no le dirigió la palabra a Angélique, no la miró ni siquiera de soslayo y habló con su hijo sobre asuntos de trabajo como si ella no estuviera. Andrew no tenía la menor idea de lo que ocurría, pero Angélique pareció indispuesta toda la noche y apenas comió. En cuanto terminaron de cenar, su padre se levantó y le dijo que quería hablar a solas con él. Entró en la biblioteca y actuó como un toro enfurecido en cuanto Andrew cerró la puerta y se volvió hacia él.

—¿Qué ocurre?

Jamás había visto a su padre así, como un tigre enjaulado.

—¡No puedes casarte con esa mujer! —le gritó John—. ¡No lo permitiré! ¡Debes romper con ella de inmediato!

—¿Por qué? No lo entiendo. Llevas toda la noche comportándote como un energúmeno.

—Sé cosas de ella que tú ignoras. Es una puta, Andrew, nada más. Va tras de ti por tu dinero y el mío.

Si eso hubiera sido cierto, ella habría aceptado su proposición en París, pero lo había rechazado de plano. Sin embargo, lo último que John quería era que su hijo se casara con la mujer que él había deseado y, además, había sido madama de un burdel en París. Se consideraba lo bastante viejo como para tomar una decisión como esa, pero su hijo era joven.

La madre de Andrew había sido una mujer respetable, miembro de una de las familias más distinguidas de Nueva York, por mucha antipatía que hubieran acabado teniéndose. Esa muchacha lo era todo menos respetable, por muy distinguida que pareciera. John estaba seguro de que era teatro, convincente, desde luego, pero no lo suficiente como para permitir que se casara con su hijo.

—Haré todo lo posible para impedir tu matrimonio —añadió—. Debes acabar con esta farsa de inmediato.

—No es una farsa, la quiero. Es una persona maravillosa. ¿La conoces?

—¡No! —le gritó su padre. Mentía, pero difícilmente podía reconocer la verdad: que la había conocido en un burdel y él mismo le había propuesto matrimonio. Le preocupaba que Angélique se lo dijera a Andrew si él le contaba todo lo demás. Era un grave riesgo para él. Jamás querría que su hijo supiera algo así de él. Si Angélique hubiera consentido en casarse con él, habría inventado una historia apropiada para su esposa, tal como ella había hecho para casarse con su hijo—. No sabes nada de su vida. Yo sí. No la conozco —volvió a mentir—, pero me han hablado de ella. Es muy famosa en París. ¿Qué te ha contado de su vida?

—Que tiene dos hermanos a los que no les cae bien y ella odia. Sus padres han muerto. Estaba casada en París, su marido murió y decidió venir aquí para cambiar de aires. La conocí en el barco. ¿Por qué? ¿Qué sabes tú que no sea eso?

—Andrew parecía preocupado, pero no en exceso. Estaba mucho más molesto por lo mal que se había comportado su padre y por las cosas que decía, convencido de que todas eran mentira. —¿Estás disgustado porque es europea y no una estadounidense de una familia que conoces?

John era tan esnob que cabía esa posibilidad. Andrew estaba seguro de que su padre jamás se habría comprometido con una mujer europea. Poco sabía él de lo que John hacía.

—Eso no tiene nada que ver, aunque no hace falta que te vayas al extranjero para encontrar esposa. Aquí hay un montón de buenas chicas. Ella destruirá tu carrera política y tu oportunidad de ser importante. Y te diré una cosa: ¡haré todo lo que esté en mi mano para impedir que te cases con esa mujer! —Seguía gritando enloquecido, tenía los ojos desorbitados y una vena de la frente hinchada—. ¡Pídele que te cuente la verdad sobre ella, a ver si lo hace! Te aseguro que no tiene nada que ver con la historia que tú conoces.

Iba de un lado para otro mientras hablaba. Andrew no se había movido mientras lo observaba.

—Es una persona honesta y se lo preguntaré. Todos tenemos secretos que no queremos que otros sepan. Si tiene alguno, estoy seguro de que me dirá la verdad. Pero tengo treinta años, padre. No puedes decirme con quién debo casarme ni prohibirme que lo haga con la mujer que amo. No terminaré como madre y tú, odiándoos durante treinta años, solos y desgraciados, porque te casaste con alguien de la familia «correcta». Prefiero estar con una mujer de una familia incorrecta que con la mujer incorrecta, que es lo que hiciste tú. Y no puedes dictarme cómo debo vivir mi vida. Estaba comprometido con una chica que tú considerabas la adecuada y ella se largó con mi mejor amigo después de serme infiel.

Ahora Andrew también estaba enfadado. Era la primera vez que veía a su padre comportarse de una manera tan deplorable y estaba disgustado por Angélique, que había soportado una tortura durante la cena y lo había llevado con dignidad y educación, aunque parecía a punto de deshacerse en lágrimas.

—Estoy seguro de que esta también te será infiel, y pronto. Y mi matrimonio con tu madre y mis razones para casarme con ella no son asunto tuyo.

—Pasé toda la vida viendo cómo os aborrecíais, apenas capaces de estar en la misma habitación. No quiero eso para mí.

Ambos sabían que tenía razón, pero John no dijo nada y miró a su hijo con desconsuelo.

—Deshazte de ella —insistió sin ambages—. Lo lamentarás si no lo haces. Y jamás volverá a poner un pie en mi casa. Si te quedas con ella porque eres un insensato o porque ella te miente, no esperes que la reciba ni que vuelva a verla.

—No sé por qué iba a querer ella verte a ti o volver a esta casa, después de como te has comportado esta noche —replicó Andrew; se dirigió a la puerta a grandes zancadas y la abrió de golpe—. Buenas noches, padre. Gracias por la cena. —Y dicho eso, salió y cerró de un portazo.

John se quedó mirando la puerta, se hundió en una silla y se sintió como si, de pronto, tuviera cien años. Angélique lo había rechazado e iba a casarse con Andrew. Él había querido poseerla, hacerla suya y darle todo lo que tenía. Había hecho todo lo posible por atraerla y convencerla. Había estado obsesionado con ella, y aún lo estaba, pero Andrew había ganado. En ese preciso momento, no sabía a quién odiaba más, si a Angélique, o a su hijo por tenerla.

19

Andrew y Angélique regresaron al hotel en silencio. Él permanecía impasible, pensando en su padre y en lo que había dicho, pero Angélique tenía la certeza de que estaba furioso con ella y un miedo atroz a lo que su padre le había dicho a puerta cerrada después de cenar. Estaba lívida en el carruaje a oscuras, sentada en su asiento muy erguida. No esperaba volver a ver a Andrew nunca más. Él ya no se casaría con ella después de lo que su padre le habría contado. Le devolvería el anillo cuando llegaran al hotel. No quería dárselo en el carruaje y arriesgarse a que se cayera al suelo. Pero, mientras contenía las lágrimas, no le cabía ninguna duda de que su compromiso había terminado. Solo quería estar sola para llorar la pérdida de lo que habían tenido durante tan poco tiempo. Era otra más en su vida, una muy importante.

El portero le ayudó a bajar del carruaje y Andrew la miró con seriedad.

—¿Puedo subir?

Ella asintió. Le daría el anillo en la habitación. No hacía falta que él se lo pidiera. Lo entendía. No lo merecía y no le había dicho la verdad sobre su vida. Había sido un golpe del destino increíblemente cruel que el hombre que le había pedido matrimonio en París con un apellido falso y ella había rechazado resultara ser el padre de Andrew. No podía imaginarse nada peor, salvo si se hubiera acostado con él. Gracias a Dios no lo había hecho. En ese caso, ni siquiera podría mirar a Andrew a la cara.

En cuanto estuvieron en el salón de su suite, Andrew la cogió por los hombros con suavidad y le habló en tono amable.

—Quiero que te sientes. Vamos a hablar. Mi padre dice que hay cosas de ti que no sé. Deseo que me lo cuentes todo, por muy malo que creas que es. Te quiero, y para mí no cambiará nada. Pero debería saberlo, para que no vuelva a pasar algo como esto. Si voy a ser tu marido, tengo que saberlo todo de ti. El amor no solo consiste en quedarse con las partes buenas, sino también con las malas.

—No te merezco —respondió con voz ahogada por las lágrimas, cuando se sentaron y él le cogió la mano—. ¿Quieres que te devuelva el anillo? —Fue a quitárselo, pero él se lo impidió.

—No. Ahora, empieza por el principio. Podemos saltarnos los pañales y tu primera niñera, pero quiero oír el resto, para entenderlo todo mejor. —Imaginaba vagamente lo que había insinuado su padre, pero no estaba seguro—. Quiero toda la verdad, toda. No debería haber secretos entre nosotros.

—Mi madre murió cuando yo nací, era francesa. Eso ya lo sabes. Era una Borbón y Orleans; mataron a su familia en la Revolución. Mi padre era Phillip, duque de Westerfield, también emparentado con el rey. Y me quería mucho. Era maravilloso conmigo. —Los ojos se le llenaron de lágrimas al decirlo, sobre todo después de esa noche—. Vivíamos en el castillo de Belgrave, en Hertfordshire. Es un lugar precioso. Mi padre ya se había casado una vez. Tenía dos hijos de su primer matrimonio; ellos odiaban a mi madre, y a mí todavía más, y me tuvieron envidia desde que nací. También teníamos una casa en Grosvenor Square, donde mi hermano mayor vivió los últimos años, antes de que mi padre muriera.

Tristan, mi hermano mayor, está casado con Elizabeth, una mujer horrible, y tiene dos hijas. Ellas también me odian.

Andrew la escuchaba en silencio. Podía imaginarse la situación: primer matrimonio, hijos envidiosos; Angélique, la niña de los ojos de su padre.

—Por culpa de las leyes de Inglaterra —continuó Angélique—, mi hermano mayor lo heredó todo. El título, la fortuna de mi padre, el castillo Belgrave, Grosvenor Square... todo. Mi padre no podía dejarme nada, al menos legalmente. Quería que Tristan me permitiera vivir en una gran casa de campo de la hacienda cuando él muriera, pero mi hermano ni siquiera me permitió quedarme en el castillo. Yo tenía dieciocho años cuando mi padre murió. La noche antes de morir me entregó dinero y las joyas de mi madre. Eso era lo único a lo que yo tenía derecho, a menos que mi hermano quisiera ser más generoso conmigo.

»Tristan y su familia, y mi hermano Edward, llegaron en cuanto papá murió. La noche del funeral, Tristan me dijo que sería una carga para él y que ya no tenía derecho a vivir en el castillo. Lo había arreglado para que unos conocidos de Hampshire me contrataran como niñera. Tenía que irme al día siguiente. Les dijo que era una prima lejana suya y me mandó con unas personas ricas muy consentidas, donde me convertí en niñera y cuidé a sus seis hijos. —Andrew no hacía ningún comentario, pero el corazón se le iba haciendo añicos conforme la escuchaba, al imaginar a una muchacha joven que, tras la muerte de su padre, tenía que dejar su casa para servir. Era una historia horrible.

»Adoraba a los niños que cuidaba. Eran encantadores, aunque sus padres eran horribles. Pasé dieciséis meses allí. —Entonces le habló de Bertie, de cómo se había defendido y le había mordido, y de las mentiras que él había dicho al día siguiente para vengarse—. Así que me despidieron y me echaron de casa ese mismo día, sin referencias. Al principio no sabía lo que eso significaba. No pude encontrar ningún tipo de trabajo cuando llegué a Londres. Nadie quería contratarme sin referencias. —Andrew podía imaginar lo que venía a continuación, o eso creía—. Me aconsejaron que probara en Francia, que quizá tendría más suerte allí. No la tuve. Tampoco quería contratarme nadie, ni de niñera, ni de criada, ni para fregar suelos. Sin referencias, no encontraba empleo.

—No hace falta que me cuentes el resto —dijo él con ternura. No quería que tuviera que pasar por el tormento de confesar y humillarse por completo. Ya sentía muchísima pena por ella.

—Sí que la hace. Has dicho que querías saberlo todo. Me alojé en un hotel de París mientras intentaba decidir qué hacer. Una mujer que conocí me dijo que debería venir a Estados Unidos, pero me daba miedo. —Luego le explicó cómo había encontrado a Fabienne, herida en la calle después de que un cliente le diera una paliza, y todo lo que ella le había contado y cuánta lástima le habían dado las muchachas como ella—. Yo no encontraba trabajo y no quería terminar como ellas. Las explotaban todos, sus madamas, sus chulos, los clientes, les daban palizas y apenas ganaban nada. Las madamas y los proxenetas se quedan con todo —le informó. Se la veía muy joven, y Andrew sonrió.

—Eso he oído.

La miraba con ternura. Parecía increíble que hubiera tenido que conocer todo aquello, dado su origen y educación.

—Así que decidí utilizar parte del dinero de mi padre para montar un negocio, una «casa». Me propuse comprar muebles, encontrar chicas con la ayuda de Fabienne, pagarles justamente y montar la mejor casa de París, con las mejores chicas, para los mejores hombres.

Esa vez Andrew la miró con incredulidad.

—¿Montaste un burdel?

Por fin lo había sorprendido, no porque fuera inmoral,

sino por el valor, las agallas y el espíritu emprendedor que la habían impulsado a hacerlo.

—Sí —respondió ella con un hilillo de voz—, así es. Y fue maravilloso. La casa era preciosa. Todo salió a la perfección. A los hombres les encantaba, las chicas estaban felices y ganábamos mucho dinero, que yo repartía con ellas a partes iguales. Era la mejor casa de París —afirmó con orgullo.

Andrew negó con la cabeza y se rio. Jamás en la vida habría imaginado eso de ella, ni que fuera capaz de hacerlo. Era tan recatada y aristocrática, y tan joven.

—¿Y tenías veinte años cuando hiciste todo esto?

—Sí. Fue de maravilla durante un año y medio. —Entonces le habló del asesinato de la última noche—. Los hombres más poderosos de París iban al burdel, y yo conocía a algunas personas importantes. El ministro del Interior era una especie de protector y amigo. Ayudó a solucionarlo todo esa noche. —También le contó eso—. Dijo que teníamos que cerrar. Me aconsejó que me fuera por un tiempo, seis meses o un año. Después podría volver y abrir otra vez, pero el riesgo de que estallara un escándalo si no cerraba era demasiado grande. Me aconsejó que me comprara un pasaje para ir a América, y eso hice. Creía que pasaría seis meses aquí y después volvería. Pero entonces te conocí en el barco, nos enamoramos y nos comprometimos. Escribí a Fabienne y a todas las chicas para decirles que ya no volveré. Creo que deben saberlo. —Lo miró con inocencia y él sonrió—. Ya lo sabes todo. No hay nada más.

Excepto un último detalle, que él también quería conocer, solo para hacerse a la idea.

—No tengo derecho a preguntártelo, Angélique, pero prefiero saberlo y oírlo de tus labios. ¿Atendías también a los clientes... como hacían las chicas? —Ella negó categóricamente con la cabeza.

—No, eso fue parte de nuestro acuerdo desde el principio. Yo regentaba la casa. Era la madama, pero nunca me acostaba con nadie. Aún soy virgen —reconoció en voz baja—. Algunos hombres me llamaban la Reina de Hielo. Hablaba con ellos en el salón, jugábamos a cartas, los conocía bien, pero nunca pasé de ahí, y creo que ellos lo respetaban. —Y Andrew también.

—Es una historia admirable, un ejemplo de valor e iniciativa.

Sabía que Angélique había sido sincera con él. Había confiado plenamente en ella y no se había equivocado. Y la quería aún más por todo lo que había vivido. Su padre tenía razón, ella le había mentido, pero él la respetaba más, no menos, después de lo que acababa de oír. De haber estado en su lugar, se daba cuenta de que también él habría mentido.

—Siento haber tenido miedo de explicártelo. Pensaba hacerlo, pero no sabía cómo. ¿Qué hay de tu carrera política? ¿No te perjudicará algún día? Si tu padre se ha enterado, supongo que es porque la gente lo sabe, incluso aquí —dijo Angélique, aunque aquello no era del todo cierto. John la había conocido en el burdel. Nadie se lo había «explicado» en Nueva York.

—Podría. Pero no me preocupa. Aquí, la gente ha hecho cosas peores en política y se ha ido de rositas. Esto es América: hay unos cuantos individuos muy rudos, tanto en los negocios como en el Gobierno. No todos son caballeros. Y, además, ¿quién se lo iba a creer? Es una historia increíble. —Ella asintió, agradecida de que Andrew no se hubiera levantado y se hubiera ido de la habitación antes de que ella terminara. Empezó a quitarse el anillo y él volvió a impedírselo—. Te quiero, Angélique. Gracias por ser sincera conmigo. Deseo casarme contigo. Esto no cambia nada para mí. Solo quiero que me prometas que nunca más tendrás miedo de decirme la verdad. —Se interrumpió un momento y pensó en otra cosa que quería preguntarle, solo para asegurarse—. ¿Viste alguna vez a mi padre allí, en la casa? ¿Fue alguna vez?

Ella lo miró a los ojos, sin saber qué responder. No se sentía con derecho a arruinar su relación, aunque John la odiara. No necesitaba condenarlo para probar su inocencia, y para las chicas y ella era un deber sagrado no mencionar nunca a quién veían en el burdel. Incluso un hombre como John tenía derecho a ocultar cosas a su hijo. Antes de responder, se juró que era la última mentira que jamás le diría. Era una decisión generosa por su parte, para proteger la imagen que Andrew tenía de su padre más que al propio John.

—No, no lo vi nunca —respondió simplemente, y Andrew asintió.

—Solo me lo preguntaba. Imaginaba que no, pero nunca se sabe. Estaba indignadísimo. Hablaré con él mañana.

La besó y ella lo miró con los ojos como platos, sorprendida y agradecida.

—¿Estás seguro? —le preguntó a media voz—. Te prometo que no volveré a mentirte nunca más —le aseguró de corazón.

—Totalmente. Te quiero. —Y entonces no pudo evitar reírse—. Es bastante exótico. Voy a casarme con una madama y una duquesa.

—No soy duquesa —le corrigió con recato—. Lo es la mujer de mi hermano. Pero he sido madama. —Y también se rio—. Era la mejor casa de París, de veras. Ojalá la hubieras visto —añadió, y volvió a parecer una niña.

Luego, Andrew la abrazó y la besó con vehemencia. Lo único que quería era casarse con ella lo antes posible. El día de San Valentín, o antes, incluso ahora que sabía la verdad.

Al día siguiente, Andrew entró en el despacho de su padre poco después de que él llegara y se quedó de pie al otro lado de la mesa.

—Me lo ha contado todo —dijo, taladrándolo con la mirada.

—¿Ah, sí? —John miró a su hijo con la misma dureza—. ¿Y qué es «todo»? —Le aterrorizaba que Angélique le hubiera hablado de él.

—Que su hermano la echó de casa cuando su padre murió y la puso a trabajar de niñera, que fue a Londres y después a París sin referencias, y que montó un burdel en París. Parece que era un sitio espectacular. —La expresión de su padre se tornó más dura aún y después apartó los ojos, temeroso de cruzarse con la mirada de su hijo.

—Yo no puedo ni quiero saberlo. —No se atrevía a preguntarle si ella le había contado que lo había conocido allí o si le había hablado de sus dos proposiciones, primero para hacerla su amante y, después, su esposa. Pero Andrew no mencionó nada al respecto, lo que le llevó a abrigar la esperanza de que, por algún milagro, ella hubiera sido clemente con él. Pensaba que, de saberlo, su hijo ya habría hecho algún comentario—. ¿Y tus aspiraciones políticas? ¿Qué pasará si alguien descubre que estás casado con una puta?

—No es una puta —replicó Andrew, enfadado—. Era la madama. Y para una chica de veinte años, hija de un duque, llámame chiflado, pero me parece admirable.

—Estás loco. —John lo sabía demasiado bien. Él también había estado loco por ella, y seguía estándolo. Era la clase de mujer que impelía a los hombres a desearla con desesperación, sobre todo cuando no podían tenerla—. Y no estoy seguro de que a la gente le importe la distinción entre puta y madama. Para la mayoría es lo mismo.

—Pero no lo es. Ella llevaba un negocio.

—Llamemos a las cosas por su nombre, Andrew. Llevaba una casa de putas en París, se acostara con los clientes o no. Eso no va a ayudarte a ser senador, o presidente algún día, si es lo que quieres. Si alguien se entera, el escándalo será tu ruina, por muy alto que sea el cargo que ocupes.

—A lo mejor no me importa tanto como a ti. Correré el

riego. Ella lo vale y yo la quiero. Nos vamos a casar, lo apruebes o no.

John Hanson se quedó un buen rato callado. Después se hundió en la silla. No quería perder a su hijo, pero tampoco perdonaría nunca a Angélique por querer a Andrew y no a él. En su talante no estaba perdonar cuando lo herían, y sus enemigos lo eran para toda vida. Angélique se había convertido en su enemiga al rechazarlo en París. Podría haberle perdonado eso, pero no que prefiriera a su hijo.

—Haz lo que quieras, pero no la traigas nunca a mi casa ni me hables de ella. Creo que eres un insensato casándote, y no quiero tener nada que ver. Yo no me junto con mujeres de esa clase —mintió a Andrew—. Y tú tampoco deberías hacerlo, y mucho menos casarte con una. Te suplico que lo reconsideres.

Jamás reconocería ante su hijo que él mismo se habría casado con ella de haber tenido ocasión, fuera la clase de mujer que fuese. Era como una hermosa joya que había querido poseer. Andrew la quería de verdad, sin importarle lo que hubiera hecho en el pasado.

—Yo te pediría lo mismo a ti, que lo reconsideres. Va a ser tu nuera, y algún día la madre de tus nietos.

John se ponía enfermo de solo pensarlo y no hizo ningún comentario.

Andrew se marchó para comer con Angélique en el hotel.

—¿Cómo estaba tu padre? —preguntó Angélique nerviosa.

Le daba miedo que John le hubiera confesado que la había conocido, porque entonces Andrew sabría que le había mentido, aunque esa fuera su única mentira y lo hubiera hecho por su bien. Pero al parecer no había dicho nada, y Angélique se figuró que jamás lo haría. Ella tampoco tenía intención de decírselo a Andrew. Ya no importaba.

—A veces es un hombre poco razonable —respondió él en voz baja—. Y si nos lo va a poner difícil, no quiero esperar para casarme. Casémonos ya, en un par de semanas. Quiero vivir contigo.

A ella también le encantó la idea y planearon una boda muy íntima para Nochevieja, con dos de los mejores amigos de Andrew como testigos. Angélique los conoció unos días después y le cayeron muy bien, y ellos se volvieron locos con ella. Estaban buscando una casa, porque el piso de soltero de Andrew era demasiado pequeño para los dos, pero aún no habían encontrado ninguna.

Andrew y ella pasaron una Navidad tranquila en el hotel. Él fue a tomar una copa con su padre, pero no comió con él, y ninguno de los dos habló de Angélique.

Y en Nochevieja, con un vestido blanco de raso que había traído de Francia y que se había puesto una vez en Le Boudoir, para Navidad, Andrew y ella se casaron en una ceremonia íntima en la parroquia de San Marcos, en el Bowery, inspirada en la iglesia de San Martín del Campo de Londres.

Pasaron la noche juntos en el hotel y al día siguiente se fueron de luna de miel al hotel de lujo Greenbrier, en Virginia. Cuando regresaron al cabo de dos semanas, ella enseguida se convirtió en una de las mujeres más hermosas y elegantes de Nueva York.

Andrew no había visto a su padre desde antes de la boda y no tenía prisa por hacerlo. Angélique y él salían con mucha frecuencia en la prensa, que los definía como la pareja ideal. Un mes después de regresar de su luna de miel, Angélique supo que estaba embarazada. Habían empezado una nueva vida juntos, sus sueños se estaban haciendo realidad y Andrew le decía todos los días cuánto la amaba y que se merecían ser felices. Y ella lo creía.

20

Angélique escribió a la señora White para decirle que Andrew y ella se habían casado, que era muy feliz y que Nueva York le encantaba. Y volvió a escribirle cuando supo que estaba embarazada. La señora White informó a Hobson de las noticias, que se alegró mucho. Le tranquilizaba saber que su señora era feliz, se había casado con un buen hombre y estaba en buenas manos.

En primavera llegó una carta de la señora White con la noticia de que su hermano Edward había muerto en un accidente de caza. Decía que el funeral se había oficiado en Belgrave y había sido enterrado en el mausoleo con sus padres. Angélique pensó en escribir a Tristan para darle el pésame, pero después de hablarlo con Andrew decidió no hacerlo. No había tenido noticias de su hermano desde la última vez que lo había visto en casa de los Ferguson y él la había negado como hermana.

—No se merece ni que le des la hora —le dijo su marido, con razón.

Acababan de encontrar una casa en Washington Square y ella estaba ocupada decorándola y poniéndola a punto. Pensaban mudarse en mayo y Angélique salía de cuentas a principios de octubre. Se encontraba bien, y a Andrew le parecía que estaba más bella que nunca, con el bebé creciéndole en la barriguita cada vez más abultada.

Ella no había vuelto a ver a John Hanson, aunque Andrew quedaba de vez en cuando para comer con él y le había hablado del bebé, lo que solo había aumentado su enfado. Le recordó a su hijo que no quería saber nada de ella ni de su futura descendencia. Solo le interesaba ver a su propio hijo.

La carrera política de Andrew marchaba bien, y había decidido presentarse para el Congreso en noviembre, en unas elecciones especiales para sustituir a un congresista que había fallecido. Era una oportunidad excelente para él, su primer gran paso en política, y Angélique también estaba entusiasmada. Esperaba poder estar a su lado en las semanas previas a las elecciones, después de que naciera el bebé.

El nuevo hogar al que se mudaron era todo lo que esperaban que fuera, además de precioso. Ella estaba embarazada de cuatro meses. Recibían amigos con frecuencia y Andrew sabía que era un hombre afortunado. Tenía una mujer maravillosa a la que adoraba.

Angélique recibió carta de Fabienne en junio, desde la Provenza. Había nacido su hijo, un niño al que habían llamado Étienne, y estaban locos con él. Angélique prometió avisarla en cuanto naciera el suyo. Estaba impaciente por tenerlo. El cuarto que le había preparado parecía el sueño de cualquier niño. La única discusión que tuvo con Andrew fue porque deseaba cuidarlo ella misma y él insistía en que tuviera una niñera. Quería que pudieran salir juntos de noche y pensaba que si estaba sola no podría hacerlo. Acordaron contratar a una muchacha joven para que la ayudara, pero Angélique no pensaba ser una madre como Eugenia Ferguson o como algunas de sus amigas de Nueva York, que nunca veían a sus hijos. Andrew decía que quería muchos, y a ella le parecía bien. Le hacía ilusión ser madre. Y sería más fácil que ocuparse de los gemelos de Eugenia, eso seguro. El médico le dijo que solo llevaba uno. Esperaban que fuera niño, pero Andrew le aseguró que también estaría contento con una niña y que, de ser así, irían a por el niño después.

Alquilaron una casa en Saratoga Springs para el verano. Se quedaron allí julio y agosto, y regresaron el primer lunes de septiembre. Andrew hizo algún que otro viaje a la ciudad por trabajo y para actos de campaña. En septiembre estuvo muy ocupado, con comidas, presentaciones, reuniones y apretones de mano a los votantes siempre que podía, mientras Angélique se quedaba en casa esperando el nacimiento del bebé. Ya estaba demasiado gorda para seguir saliendo, se esperaba de ella que no se dejara ver en público y apenas tenía nada que ponerse que le cupiera. Se aburría mucho, pero estaba más cansada de lo que quería reconocer. Había decidido tener el niño en casa. Lo tenía todo preparado, y Andrew cada día estaba más enamorado de ella, y ella de él.

El primero de octubre, Angélique estaba doblando diminutas camisetas en el cuarto de su futuro hijo con la ayuda de Claire cuando rompió aguas y empezó a tener contracciones. Habían contratado a una niñera que llegaría en los próximos días desde Boston, donde había estado trabajando para una familia.

Angélique regresó a su habitación para acostarse y esperar. Claire y su nueva ama de llaves, la señora Partridge, llevaron montones de sábanas y toallas, como había visto hacer cuando Eugenia tuvo a los gemelos, y mandaron recado al médico. Él llegó una hora después y dijo que todo iba bien. El parto progresaba despacio y sin mucho dolor.

Andrew estaba en una comida importante con sus partidarios y no volvería hasta la noche. El médico no creía que el niño llegara antes de medianoche, y prometió que regresaría a la hora de cenar. Confiaba en que el parto avanzara a un ritmo más rápido para entonces y mandó a una enfermera para vigilar a Angélique, que seguía tumbada en la cama con los nervios a flor de piel, cronometrando las contracciones. Apenas había sucedido nada cuando Andrew llegó a casa, satisfecho por cómo había ido la comida.

—Es pesado esperar a que pase algo —se quejó ella cuando la enfermera bajó a cenar y Andrew se quedó haciéndole compañía. También estaba impaciente por que llegara el bebé, aunque agradecía que su esposa no tuviera demasiado dolor.

Cuando el médico llegó para volver a verla, el parto progresaba más despacio de lo que esperaba y no creyó que Angélique diera a luz hasta el día siguiente. Los dos parecieron decepcionados cuando se marchó.

—Puede que si me levanto y ando un poco...

Andrew se puso nervioso.

—No creo que sea buena idea. Deberías quedarte en la cama.

Nada más decirlo, ella tuvo la primera contracción dolorosa, a la que siguió toda una serie, una tras otra, mientras le apretaba la mano sin conseguir recuperar el aliento. Era mucho más doloroso de lo que esperaba y se recostó en las almohadas cuando por fin pasó. Andrew le dijo que iba a buscar a la enfermera, que estaba abajo tomando té con la señora Partridge.

—No, no me dejes —suplicó Angélique con voz entrecortada cuando otra oleada de contracciones la azotó como un maremoto. Se agarró a él como si le fuera la vida en ello. Se sentía como si un tren estuviera atravesándola sin que ella pudiera pararlo—. Esto es mucho peor de lo que pensaba —reconoció.

—Deja que vaya a buscar a la enfermera. —Andrew, asustado, intentó soltarse, pero ella le aferró el brazo.

—No, Andrew, no... —Angélique gritó al notar varias contracciones seguidas y se quedó aturdida cuando cesaron.

En ese momento entró la enfermera y vio lo que sucedía. Sonrió y le dijo a Andrew que podía marcharse.

—No —le suplicó Angélique—, no me dejes.

La enfermera frunció el ceño al descubrir un charco de sangre en la cama.

—¿Eso es normal? —le preguntó Andrew.

Ella asintió con la cabeza y le aseguró que la señora Hanson estaba bien. Después se marchó con discreción y pidió a la señora Partridge que mandara al cochero a buscar al médico, que lo necesitaban en la casa de inmediato.

—¿Pasa algo? —preguntó el ama de llaves con cara de preocupación.

—Algunas mujeres sangran más que otras. Parece que ella es de las que sangran —fue todo lo que dijo la enfermera antes de regresar a la habitación, donde Angélique había empezado a gritar de dolor y tenía la sensación de que se le estaba rompiendo la espalda. Dijo que notaba cómo bajaba el bebé. Andrew y la enfermera vieron que sangraba más.

—Mi madre murió cuando me tuvo. ¿Y si también me muero yo? —susurró con voz ronca.

Andrew intentó parecer más calmado de lo que estaba. Le preocupaba que hubiera tanta sangre: nadie lo había avisado, y estaban empapando montones de sábanas y toallas. Claire acababa de llevar más. Para entonces, Angélique no podía dejar de llorar y parecía cada vez más débil. La enfermera la animaba a empujar, pero ella no podía, y cada vez que lo intentaba, un chorro de sangre manchaba la cama.

—No te vas a morir —le aseguró Andrew, y rezó para fuera cierto.

—Bueno, veo que esto se anima —exclamó el médico cuando entró—. Supongo que estaba equivocado y vamos a tener un hermoso bebé esta noche. —No obstante, frunció el ceño cuando vio la sangre y Andrew se fijó en que miraba a la enfermera y le hacía un gesto con la cabeza. Supo, con una sensación de náusea en la boca del estómago, que algo iba mal—. Querida, vamos a intentar sacar al bebé cuanto antes —dijo—. No tiene sentido perder tiempo, cuando puede tener a su hijo en brazos. Voy a necesitar que empuje con todas sus fuerzas. —Pero Angélique ya estaba demasiado débil y había perdido mucha sangre. No podía empujar con la fuerza suficiente para sacar al bebé; solo era capaz de gritar y llorar de dolor. El médico miró a Andrew con expresión grave—. Necesito que la ayude. Cuando yo le diga, quiero que empuje el bebé hacia mí. No tema apretar.

Andrew asintió justo cuando su esposa tenía otra contracción. La enfermera la agarró por las piernas, Andrew apretó y Angélique hizo todo lo que pudo, mientras el médico observaba el proceso e intentaba detener la hemorragia. Continuaron así otros cinco minutos. Entonces asomó una carita diminuta y, después, toda la cabeza y los hombros. Andrew contempló el nacimiento de su hijito con lágrimas en los ojos. El bebé lanzó un vigoroso vagido cuando su madre alzó la cabeza, sonrió y perdió el conocimiento. Había un enorme charco de sangre en la cama, Angélique tenía la cara cenicienta y Andrew no podía dejar de llorar. Le aterrorizaba estar perdiéndola. El médico se puso manos a la obra en cuanto la enfermera cogió al bebé y se lo llevó para limpiarlo y envolverlo en una manta. Había nacido embadurnado de la sangre de su madre.

—Doctor... —susurró Andrew con voz ahogada, presa del pánico.

—Ha perdido mucha sangre —observó el médico.

Entonces la hemorragia se redujo de forma milagrosa. El médico la observó unos minutos y le puso sales aromáticas bajo la nariz para que recobrara el conocimiento. Estaba blanca como el papel y muy débil, pero respirando y despierta.

—¿Está bien el bebé? —les preguntó.

—Sí —respondió Andrew.

Le había dado un susto de muerte y sospechaba que aún no estaba fuera de peligro. No obstante, dos horas después el médico pareció satisfecho. Le administró unas gotas de láudano para ayudarla a dormir y a rebajar el dolor, y dio instrucciones a la enfermera de que le diera más en unas horas.

—Ha tenido una complicación conocida como placenta previa —le explicó a Andrew antes de marcharse—. Algunas mujeres mueren a causa de la hemorragia. Creo que se pondrá bien, pero tendrá que pasar un tiempo en cama. Y le costará recuperarse. —Miró a Andrew con expresión grave—. Yo no le dejaría volver a intentarlo. La próxima vez podría perderlos a ella o al bebé. Ha tenido suerte esta vez.

Andrew asintió, aturdido por lo que acababa de oír y por todo lo que había visto en las últimas horas. No se había equivocado al presentir que Angélique podría haber muerto por las complicaciones y la hemorragia. En ese momento, lo único que le importaba era que ella y su hijo estaban vivos. Volvió a entrar en la habitación y la contempló mientras dormía por efecto del láudano que le habían administrado. Sin embargo, al sentirlo a su lado, Angélique abrió los ojos soñolienta y le sonrió.

—Te quiero... —susurró, y volvió a dormirse.

—Yo también te quiero —respondió él, y lo sentía con todas las fibras de su ser. Le daba igual no tener más hijos. Ya tenían uno. Y la quería sana y salva, y a su lado durante el resto de su vida. Habían tenido suerte esa noche, pero no quería volver a tentarla. Angélique significaba demasiado para él como para correr el riesgo.

El niño se llamaría Phillip Andrew Hanson, por el padre de Angélique y Andrew. Su hermano Tristan no lo sabía, pero acababa de nacer el próximo heredero del castillo Belgrave, la hacienda y el título. Como Edward había muerto y Tristan solo tenía dos hijas, a menos que tuviera un hijo varón antes de morir, lo que parecía improbable, el niño que Angélique había alumbrado esa noche era el heredero de Tristan y del difunto conde. Se lo había explicado todo a Andrew por si tenían un varón y a ella le ocurría algo. Quería que heredara lo que le correspondía por derecho. Tristan tendría que saberlo en algún momento, pero no había prisa. Esa noche, el futuro duque de Westerfield había nacido en Nueva York.

Andrew sonrió para sus adentros al pensar en ello. Era un sistema anticuado que perjudicaba a personas que no se lo merecían, sobre todo a las mujeres, como le sucedió a su esposa. Sin embargo, era una sensación extraña saber que su hijo sería duque algún día. Y le complacía saber que el hombre que había sido tan cruel con Angélique recibiría su merecido de la manera más natural, en virtud de las mismas reglas y leyes en las que él se había amparado para hacerle daño a ella. El título significaba poco o nada para Andrew, pero Angélique lo era todo para él, y ahora también lo era su hijo. Su Excelencia Phillip Andrew, duque de Westerfield, había nacido.

21

Andrew ganó su escaño en el Congreso en las elecciones especiales, seis semanas después de que naciera su hijo. Angélique aún estaba demasiado débil para acompañarlo la noche electoral, pero estuvo presente cuando juró el cargo y se sintió muy orgullosa de él. Andrew estaba exultante, ya que había ganado por un amplio margen.

Le decepcionó mucho que su padre se negara a ver al bebé, asegurando que no lo haría jamás. Odiaba a Angélique con la misma pasión que al principio y decía que la despreciaba, lo que enfurecía a Andrew, pero no había nada que él pudiera hacer. Su padre se mantenía inflexible con respecto a ella. Por lo demás, eran felices.

Bautizaron al bebé en enero, cuando Angélique hubo recobrado las fuerzas. Estaba hermosa y dieron una fiesta en su casa para celebrar la llegada de su hijo. Llevaban casados un año. Ella envió a Tristan una carta del abogado neoyorquino de Andrew comunicándole que el próximo duque había nacido y que, como ambos sabían, un día heredaría la hacienda y el título. Le habría encantado ver la cara de su hermano al recibir la carta, pero el mero hecho de mandarla fue toda una satisfacción.

Tristan la había echado de casa, pero su hijo heredaría el título y todo lo que quedara cuando Tristan muriera, no su hermano Edward, de haber estado vivo, ni las hijas de Tristan, que no podían heredar más de lo que ella pudo. Tendrían que haber buscado un primo si su hijo no hubiera nacido. En cambio, el nieto de su padre lo sucedería algún día. Por fin se haría justicia.

El tiempo pasó apaciblemente después de eso. Al año siguiente, Andrew fue reelegido para su escaño en el Congreso por una mayoría aplastante. Pasaban largas temporadas en Washington cuando Andrew tenía que estar en la capital. Angélique siempre se llevaba al bebé y a la niñera. No soportaba estar lejos de él. Habían tenido la prudencia de seguir el consejo del médico de no tener más hijos. Andrew hacía hincapié en no volver a poner su vida en peligro.

Angélique no había visto al padre de Andrew desde antes de su boda, y su ausencia se había convertido en habitual. Era más sencillo así. Jamás le había dicho a Andrew que lo había conocido en París ni le había hablado de sus proposiciones, y no tenía intención de hacerlo, por respeto a ambos, por poco que John lo mereciera.

Tres años después de ganar las elecciones especiales, al término de su segundo período de mandato en el Congreso, Andrew se presentó para senador. Peleó duro por el escaño frente a un candidato feroz y, cuando faltaban tres semanas para las elecciones, la predicción de John Hanson antes de su boda se hizo realidad. Nunca supieron quién lo había filtrado, pero un reportero entusiasta investigó, dio con alguien que reconoció a Angélique de haberla conocido en París, en Le Boudoir, y publicó la historia completa en la prensa.

Angélique se preguntó si el padre de Andrew había informado al periódico, pero no lo creía capaz de llegar tan lejos ni de perjudicar así a su hijo. No obstante, la noticia ya era de dominio público y Andrew abandonó la carrera electoral con una digna declaración sobre su extraordinaria, abnegada y amorosa esposa. Se retiró de la vida política con discreción, mientras su padre le recordaba con rencor que ya le había advertido de que un día eso sucedería.

Andrew le dijo a Angélique una y otra vez que no le importaba. Eran felices. Ella tenía veinticinco años y era una mujer felizmente casada; Andrew tenía treinta y cuatro, y su hijo tres. Había pasado tres años en el Congreso y tras retirarse volvió a ejercer como abogado. A Angélique le dolía haberle costado las elecciones.

—No importa —le aseguró él, aunque ambos se preguntaban quién la había desenmascarado.

Andrew había intentado averiguarlo, pero el periodista se negaba a revelar su fuente. Eran muchos los que habían ido a Le Boudoir, fuera una vez en uno de sus viajes o con regularidad, y habían hablado a otros de la supuesta «duquesa» que lo regentaba. Había sido famosa en París, *sotto voce*, por un tiempo. Y su vida actual estaba muy alejada de todo aquello. Le parecía un sueño cuando pensaba en esa época.

De vez en cuando pensaba en Thomas, su mentor y protector, y se preguntaba cómo estaría, pero no podía comunicarse con él sin exponerlo a un escándalo, de manera que se limitaba a pensar en él y desearle lo mejor. Le había mandado una nota cuando se casó, y nada más desde entonces. Él respondió con corrección deseándole lo mejor, aunque la nota confirmaba lo que ya se temía: que un hombre afortunado se casaría con ella y Angélique ya no regresaría a París. No tenía forma de decírselo, pero la quería igual que siempre y sabía que lo haría hasta la tumba.

Ella seguía en contacto con algunas de las chicas. Le sorprendió enterarse de que Ambre se había casado y tenía dos hijos, lo que no parecía nada propio de ella. Fabienne había alumbrado a un hijo cada año y ya tenía cuatro. Philippine se había dedicado al teatro, Camille había retomado su carrera de actriz y Agathe tenía un nuevo protector. Angélique había perdido el contacto con las demás.

La señora White seguía manteniéndola al corriente de lo que sucedía en Belgrave. Las dos hijas de Tristan se habían casado con hombres que tenían títulos de poca importancia y mucho dinero. Hobson estaba envejeciendo y empezaba a tener la salud delicada, pero seguía vivo y aún era el primer mayordomo del castillo, y la señora Williams estaba pensando en jubilarse. Algunos de los antiguos criados con los que Angélique había crecido seguían allí. Markham, el leal ayuda de cámara de su padre, se había jubilado hacía años. Le hizo gracia enterarse de que Harry Ferguson había descubierto las infidelidades de su esposa, solo igualadas por las suyas, y los había dejado pasmados a todos plantándola por otra mujer. Al parecer, huyó a Italia con una condesa y Eugenia estaba fuera de sí. Angélique se enteró de todo en una fiesta en Nueva York, de boca de personas que los conocían.

Andrew fue increíblemente considerado con Angélique, como siempre, a pesar de ser la culpable de que se hubiera malogrado su carrera política. Lo cierto era que, para él, en cierto modo fue un alivio. Pasaron el verano siguiente en Saratoga Springs, como de costumbre, y el pequeño Phillip cumplió cuatro años en otoño. A Angélique le habría encantado enseñarle Belgrave, su futuro legado, aunque eso todavía no era posible. Tristan y sus abogados no habían respondido a la carta sobre el nacimiento de Phillip, pero la realidad del mayorazgo era ineludible, al igual que lo que ocurriría cuando Tristan muriera.

Justo antes de Navidad, Angélique recibió una carta de la señora White explicándole que Tristan tenía graves problemas económicos y estaba despidiendo a muchos criados. De momento, ella seguía en el castillo: la necesitaban demasiado como para despedirla u obligarla a jubilarse.

Angélique quiso contárselo a Andrew, pero él estaba ocupado trabajando, un año después de su fallida campaña para entrar en el Senado. Luego llegó Navidad y ella estuvo atareada comprando regalos para todos y organizando una enorme fiesta en Nochevieja para celebrar su quinto aniversario de boda.

Se había hecho un vestido para la ocasión y estaba deseando que Andrew lo viera. Había contratado una orquesta e iban a bailar después de cenar. Invitaron a un centenar de amigos para celebrar con ellos su aniversario de boda y Año Nuevo.

Se vistió mientras esperaba a que Andrew llegara. Se retrasaba, como hacía a menudo, pero había prometido que estaría en casa a tiempo de arreglarse para la fiesta. Angélique acababa de vestirse, con la ayuda de Claire, y estaba poniéndose los pendientes de diamantes que Andrew le había comprado el año anterior para su cuarto aniversario, cuando la señora Partridge entró en el vestidor, blanca como el papel. Al instante, Angélique pensó en su hijo y temió que le hubiera sucedido alguna cosa.

—Será mejor que baje de inmediato —dijo el ama de llaves, sin atreverse a darle más detalles.

Angélique bajó con el vestido rojo para la fiesta y vio a tres policías en el salón. Uno de ellos era un capitán, que la miró expectante con el semblante grave.

—¿Puedo hablar con usted a solas, señora? —preguntó con respeto. Ella lo condujo a la biblioteca, donde él se quitó la gorra y la miró con pesar—. Es su marido. Lo siento... lo han arrollado unos caballos desbocados de un coche que estaba desatendido cuando salía del despacho. Lo han derribado de inmediato, señora. Él... Lo siento —repitió.

—¿Está en el hospital? —preguntó ella, conteniendo la respiración y esperando que así fuera. Aunque estuviera grave, era la mejor que la alternativa.

El capitán de policía negó con la cabeza.

—Había testigos. Uno de ellos ha dicho que no ha mirado al bajar de la acera, que tenía prisa y no ha visto el coche. El primer caballo lo ha golpeado de pleno y lo ha derribado. Se ha dado con la cabeza en la acera... Está en el depósito de cadáveres. —Angélique se sentó en una silla, aturdida, incapaz de creer lo que le estaban diciendo. No podía ser. Eso no podía suceder. Se querían demasiado—. Lo siento, señora —repitió el policía, mientras ella creía que iba a desmayarse—. ¿Quiere que llame a alguien? ¿Necesita un vaso de agua?

Angélique negó con la cabeza. Se sentía incapaz de hablar y empezó a llorar. ¿A quién podía llamar, salvo a Andrew, que lo era todo para ella? ¿Cómo iba a vivir sin él? ¿Cómo iba a despertarse todas las mañanas del resto de su vida si él ya no estaba? Quería morirse de solo pensarlo. No podía imaginarse la vida sin él, igual que hacía ocho años sin su padre.

El policía se quedó un buen rato de pie, sin saber qué hacer, y después salió de la biblioteca en silencio mientras ella lloraba. Le explicó lo sucedido al ama de llaves y se marchó con sus compañeros. La señora Partridge fue a buscar a Angélique a la biblioteca, la acompañó a su habitación con delicadeza, la ayudó a echarse en la cama y dejó a Claire con ella.

A continuación, informó al primer lacayo y, cuando llegaron los invitados, les dieron la noticia en la puerta y los mandaron a casa. La cena para la fiesta que tenían organizada se la dieron a los criados, las sobras las mandaron a los pobres y colgaron una corona negra en la puerta. La señora Partridge preguntó al capitán si habían avisado al padre del señor Hanson y él respondió que esa era su siguiente parada, pero que antes habían querido avisar a la esposa. Habría que preparar el funeral, y suponía que la señora Hanson mandaría a alguien a la mañana siguiente para que se ocupara de todo.

Tumbada en la cama, Angélique parecía conmocionada y paralizada. Esa noche Claire le hizo compañía mientras ella sollozaba. No había nadie a quien quisiera ver, ningún amigo que pudiera consolarla. Desde el día que se habían conocido, Andrew había sido toda su vida.

El funeral de Andrew fue un triste acto al que asistieron centenares de personas que habían sido amigas suyas, habían estudiado con él o lo conocían del mundo de la política y los negocios. Todos sus clientes asistieron. Su padre y Angélique se sentaron en bancos distintos y no se dirigieron la palabra, aunque se levantaron al mismo tiempo y estuvieron a punto de chocar en el pasillo. Ella llevaba al pequeño Phillip de la mano, quien no terminaba de entender dónde estaba su padre y por qué ya no regresaría.

En el entierro, John Hanson y Angélique se colocaron cada uno en un lado del ataúd y evitaron mirarse. Phillip casi desgarró el corazón a su madre cuando le preguntó si papá estaba en la caja y ella asintió. Su abuelo lo miró varias veces con disimulo, pero no se dirigió a ninguno de los dos.

Angélique no bajó cuando los amigos de Andrew fueron a su casa después del funeral. No podía. La única vida que siempre había querido se había terminado y el hombre que amaba más que a su propia vida ya no estaba. No tenía el menor deseo de seguir adelante sin él, aunque sabía que tenía que hacerlo por su hijo.

La casa fue como una tumba durante los meses siguientes; ella apenas salió de casa y no vio a nadie, aunque pasó tiempo con su hijo. No habló con ninguno de sus amigos y no tenía la menor idea de qué iba a hacer. Andrew le había dejado todo lo que tenía, su casa, sus inversiones y su considerable fortuna, pero no había nada que ella quisiera hacer con su legado, salvo pasárselo a su hijo algún día. Gracias a Andrew se había convertido en una mujer muy rica, pero su vida carecía de sentido sin él.

En mayo recibió una carta de la señora White que la despertó de su letargo. Tristan había reconocido que estaba en la ruina. No le quedaba nada, después de sus despilfarros y los de Elizabeth, y de la prepotencia y falta de moderación con la que había administrado la hacienda. Los ojos casi se le saltaron cuando leyó que había puesto a la venta Belgrave y la casa de Londres. La señora White decía que Elizabeth estaba furiosa con él y apenas se hablaban. Tristan decía que iban a mudarse a una casa pequeña en Londres cuando vendieran las dos propiedades, a menos que los nuevos dueños de la hacienda les permitieran quedarse en la casa de campo y alquilarla. No tenían adónde ir y no les quedaba dinero, y necesitaban cada penique de la venta de las dos propiedades para poder saldar sus cuantiosas deudas. La señora White añadía que esperaba que los nuevos dueños le permitieran quedarse: estaba en Belgrave desde que era pequeña. Por su parte, Hobson pensaba jubilarse en cuanto se vendiera: decía que era demasiado viejo para adaptarse a otros dueños, cuyo sitio no era ese. Por ley, el título pasaría de forma inevitable a Phillip, pero la hacienda no lo haría si se vendía.

Angélique releyó la carta, se puso de inmediato uno de sus vestidos negros de luto y fue a ver al abogado de Andrew. Él estaba citado con otro cliente, pero la recibió en cuanto ella le mandó recado de que era extremadamente urgente. No la veía desde la lectura del testamento de Andrew en enero, y le habían dicho que estaba recluida en casa desde entonces, pasándolo muy mal. La encontró muy delgada cuando la vio, pero los ojos le brillaban. Angélique le explicó lo que ocurría en Belgrave.

—Me iré a Inglaterra en cuanto pueda y necesitaré un abogado en Londres. ¿Me ayudarás a buscar uno? —De repente, estaba llena de energía, nerviosa y muy preocupada.

—¿Qué intentas hacer? —le preguntó él, con expresión comprensiva—. ¿Ayudar a tu hermano a saldar sus deudas antes de que venda?

No tenía la menor idea de lo mal que se llevaban ni motivos para imaginar nada. Solo Andrew lo sabía. Él no se lo había contado a nadie más, aunque su abogado sabía que Phillip era el heredero del título y la hacienda porque le había mandado la carta a Tristan, duque de Westerfield, anunciando su nacimiento.

—En absoluto —respondió; parecía indignada y recordaba a la Angélique de siempre—. Quiero comprar la casa, pero sin que él sepa que soy yo, a ser posible. No quiero que se entere hasta que se complete la venta.

Patrick Murphy se sorprendió de su insólita petición, pero suponía que era viable si un abogado competente gestionaba la compra con discreción.

—¿Quieres también la casa de Grosvenor Square?

—No —respondió Angélique pensativa—. No necesito una casa en Londres, y la verdad es que a mi padre nunca le gustó. Pero deseo que mi hijo conozca la hacienda que un día heredará y aprenda a administrarla mucho antes de que sea suya. Yo puedo ser la propietaria hasta que él sea mayor de edad —Su padre la había instruido bien sobre cómo llevar la hacienda desde que era pequeña. Ella era mucho más competente que su hermano—. Me gustaría que viviera allí —añadió en voz baja, pensando en su hijo— como hice yo de niña. Es un lugar maravilloso.

—¿Renunciarás a la casa de Nueva York? —Murphy parecía sorprendido.

—No lo sé —respondió ella con sinceridad—. Aún no he pensado en eso. Lo único que sé es que quiero comprar el castillo Belgrave antes de que lo haga otra persona. —El abogado asintió. Cuando pensó en ello, supo que sería demasiado doloroso vivir en la casa que Andrew y ella habían comprado juntos, y que también lo sería vivir en Nueva York sin él. Jamás lo habría creído posible pero, en su situación actual, quería regresar a casa—. Por favor, asegúrate de que nadie la compre antes de que llegue yo. Explícaselo todo al abogado que contrates en Londres. Ofrezca lo que ofrezca cualquier otro comprador, yo daré más. No pienso volver a perder mi hogar.

El abogado no sabía a qué se refería y no se lo preguntó. Le aseguró que se ocuparía del asunto y le daría el nombre del abogado que encontrara en Londres.

Angélique regresó a casa, mandó a buscar a Claire y a la señora Partridge y les dijo que se marchaba a Inglaterra lo antes posible con su hijo. Quería que Claire la acompañara, si estaba dispuesta. La criada le dijo que sí. Había sido feliz en Nueva York, pero era joven y no había establecido lazos sólidos en esos seis años. Además, le gustaba la idea de ir a Inglaterra y estar más cerca de sus parientes de Francia.

—¿Cuándo volverá, señora? —preguntó el ama de llaves, preocupada.

A los criados le gustaba trabajar para ella y les rompía el corazón verla tan triste tras la muerte de su marido. Se preguntaban qué haría, si regresaría a Europa o se quedaría en Nueva York. Hasta entonces, no había dado señales de que fuera a hacer cambios. Apenas había salido de casa en cinco meses.

—No lo sé —respondió Angélique con tristeza—. Tengo que resolver un asunto de familia en Inglaterra. Puede llevarme un tiempo.

Aún no estaba lista para decirles que se mudaba de forma definitiva. Ni siquiera lo sabía a ciencia cierta. El ama de llaves asintió y Claire y ella salieron de la habitación. Después Angélique pidió el coche de caballos y fue a la oficina de Black Ball Line.

Descubrió que el paquebote *North America* zarpaba con rumbo a Liverpool en cuatro días y tenía intención de ir a bordo. No estaba dispuesta a perder el tiempo. No quería que Tristan vendiera Belgrave al primero que le hiciera una oferta por pura desesperación. Era una propiedad muy codiciada desde hacía años y, hasta que había pasado a manos de Tristan, estaba en perfecto estado y administrada de forma impecable por su padre. Angélique no tenía la menor idea de cuál era la situación actual, aparte de que su hermano se había quedado sin dinero.

Compró pasajes para su hijo y ella, y para Claire y la niñera. Reservó un camarote contiguo al suyo para Phillip y la niñera, y otro más pequeño para Claire, como había hecho en el viaje de ida. Cuando regresó a casa, puso a la niñera al corriente, le pidió que hiciera el equipaje de su hijo y dijo a Claire que empezara con el suyo.

—¿Qué clase de ropa nos llevaremos? —preguntó la criada con curiosidad. Su señora no había visto a nadie en cinco meses ni había llevado ninguno de sus elegantes vestidos. Seguía de luto por Andrew y solo se ponía los vestidos negros más sencillos.

—Sigo de luto —le recordó Angélique— y tengo intención de guardarlo todo el año. Pero necesitaré otra ropa para después, y quizá algunos vestidos decorosos.

—¿Nos quedaremos tanto tiempo, señora? —Claire la miró sorprendida, y Angélique fue sincera con ella, más que con la señora Partridge.

—Probablemente. Eso espero. Volvemos al castillo en el que crecí.

Se dio cuenta de que, esa vez, lo que había afirmado en el viaje de ida era cierto. Entonces mintió al decir que era viuda, pero ahora lo era. Y también se dio cuenta, mientras sacaba ropa de sus armarios y la dejaba sobre la cama, de cuánto tiempo hacía que Claire la conocía, nada menos que desde Le Boudoir, y jamás había dicho una palabra a los otros criados. Angélique sabía que podía confiar en ella.

Durante los tres días siguientes la casa fue un hervidero de actividad, entre hacer maletas y decidir qué llevarse y qué dejar, pero al menos Angélique ya no languidecía en la cama. Tenía un plan y presentía que Andrew se habría alegrado de verla otra vez ocupada, y habría estado de acuerdo en que intentara salvar Belgrave para su hijo. Le pertenecía por derecho.

Patrick Murphy le comunicó que había escrito a un abogado de Londres que le habían recomendado encarecidamente y que esperaba que la carta le llegara antes de que lo hiciera ella. Angélique estaría en Londres en tres semanas.

Al día siguiente, estaba metiendo unas pocas cosas más en uno de sus baúles y acababa de recoger todas sus joyas cuando la señora Partridge subió a avisarle de que tenía visita.

—¿Quién es?

Angélique estaba abstraída. No sabía quién podía ser y no quería ver a nadie antes de partir. Le dolía demasiado escuchar a la gente diciéndole cuánto lo lamentaba, cuando en realidad no tenían la menor idea de lo mucho que había perdido con la muerte de Andrew. Su hijo y él eran todo lo que tenía.

—No estoy segura de quién es el caballero —respondió la señora Partridge, con expresión perpleja—. Creo que es el padre del señor Hanson, señora. Ha dicho que era John Hanson. Es la primera vez que lo veo.

Angélique se sobresaltó y vaciló antes de bajar. ¿Por qué iba John a verla en ese momento? Ni siquiera le había dirigido la palabra en el entierro, y hasta ese día no había visto a Phillip ni una sola vez, ni lo había saludado en el funeral de su padre. Estuvo a punto de no recibirlo, pero al final se alisó el pelo y el vestido y bajó.

Lo encontró en la biblioteca, echando un vistazo a la casa donde el matrimonio había vivido seis años y que él no había visto nunca. Desde que se habían casado, John no había formado parte de su vida, sino solo de la de Andrew. Angélique estaba segura de que la pérdida de su único hijo también había sido un duro golpe para él. Le sorprendió ver cuánto había envejecido en los seis años y medio que habían pasado desde que lo conoció. Ya se había dado cuenta en el entierro, pero pensó que solo estaba desconsolado. De repente, con sesenta y siete años, se había convertido en un anciano.

—Buenas tardes —saludó en voz baja al entrar. John se volvió y se quedó turbado nada más verla. Estaba igual de hermosa que siempre, aunque tenía la mirada triste y había adelgazado mucho. Angélique no quería ser grosera y preguntarle por qué estaba allí—. Espero que estés bien.

—Patrick Murphy me ha dicho que te vas de Nueva York.

—Aparte de los criados, el abogado era el único que lo sabía.

—Así es. —Ella seguía de pie y no lo invitó a sentarse.

—Quería despedirme antes de que te fueras. Quise hablar contigo hace mucho tiempo, pero nunca era buen momento. Te pido perdón por cómo me porté cuando Andrew quiso casarse contigo. No comprendí hasta que murió que mi indignación no era porque hubieras sido la madama de un burdel en París, sino porque rechazaste mi proposición y no la suya. Nunca lo acepté. —Se sentó en una silla, desolado—. Estaba desesperado por casarme contigo, pensaba que eras el amor de mi vida después de todos mis años de soledad. Y entonces te casaste con Andrew y vi lo mucho que os queríais. Tenía envidia de mi propio hijo. —Había lágrimas en sus ojos cuando lo dijo y Angélique se quedó atónita. Era una confesión tremenda y no sabía cómo reaccionar. Esperaba que no repitiera su proposición ahora que su hijo no estaba. Contuvo el aliento y se mordió la lengua—. La razón por la que quería hablar contigo antes de que te vayas —continuó— era para darte las gracias por no desenmascararme nunca ante Andrew. Jamás le revelaste que me habías conocido en el burdel de París. Él me explicó que le dijiste que no me conocías. Te lo agradecí mucho. Fuiste muy generosa al permitir que mi hijo siguiera teniendo un buen concepto de mí, más de lo que yo merecía. Fuiste honesta con él, yo no. Y ahora me avergüenzo profundamente de no haberlo sido. Eso me demostró que eras una mujer buena y honrada, pero nunca se lo reconocí. Tú fuiste más sincera con él que yo. Y he desperdiciado muchos años enfadado contigo por haberlo elegido a él. Podríamos haber estado juntos todo ese tiempo. Ahora él se ha ido, y tú y mi nieto os marcháis.

—Pero tenías razón en que destruiría su carrera política —se lamentó ella.

—No creo que le importara —comentó John Hanson con sinceridad—. Nunca me pareció infeliz, ni por un instante, mientras estuvo casado contigo. Y las aspiraciones políticas eran idea mía más que suya.

—Gracias por sus palabras —susurró. Habían aclarado las cosas y saldado las cuentas pendientes. Era una buena manera de marcharse. La guerra había terminado.

—¿Volverás de Europa? —preguntó John, preocupado. Ella prefirió ser sincera con él.

—Probablemente no. Veré si a Phillip le gusta aquello, pero yo preferiría que creciera en mi antiguo hogar. Es un sitio maravilloso para un niño. Mejor que Nueva York.

—Pero ¿puedes volver, después de tanto tiempo? —Por lo que Andrew había explicado, John no creía que pudiera hacerlo, y el abogado solo le había dicho que Angélique se marchaba, no la razón.

—Estoy intentando comprarle la hacienda a mi hermano —explicó ella.

Él asintió y la miró con ojos suplicantes.

—¿Puedo ver a mi nieto? Es el vivo retrato de su padre a su edad.

Ella vaciló antes de dar su consentimiento y salió de la biblioteca para ir a buscarlo. Phillip estaba en su cuarto con la niñera, metiendo en la maleta sus juguetes preferidos. Su madre ya le había hablado del viaje en barco y estaba muy ilusionado.

—Ha venido una persona que quiero que conozcas —le dijo en voz baja cuando entró en el cuarto y se sentó en una sillita al lado de su hijo, que era idéntico a su padre, tal como había dicho su abuelo. La consolaba mirarlo y saber que Andrew seguiría vivo a través de su hijo. Y podría mirarlo todos los días y ver al hombre que había amado.

—¿Quién es? —preguntó Phillip con curiosidad.

—Está abajo y le gustaría verte. Es tu abuelo, el padre de papá.

El niño pareció sorprendido. No sabía que tuviera abuelos. Tres habían muerto y uno se negaba a verlo, algo que él no sabía ni le habían dicho nunca. Sencillamente, nunca hablaban del padre de Andrew. No existía en sus vidas. Hasta ese momento.

—¿Lo he visto alguna vez? —preguntó Phillip.

—Estuvo en el entierro de papá.

—¿Por qué no habló conmigo entonces?

—Estaba demasiado triste, como nosotros. Pero ahora le gustaría verte y quiero que bajes conmigo para conocerlo.

El niño cogió la mano que le tendía su madre y salió del cuarto con ella. Bajaron juntos la escalera y Phillip entró en la biblioteca el primero. Se detuvo cuando vio a John Hanson.

—Hola, jovencito. —John le sonrió y alargó las manos hacia él para que se acercara más—. He oído que vas a viajar en un barco muy grande.

—Sí. —Su nieto sonrió y se lo contó todo sobre el viaje.

—Eso parece muy divertido. Y te vas a Inglaterra.

Phillip asintió mientras charlaban.

—Voy a ver el castillo de mi otro abuelo. Un día será mío y yo seré duque —explicó con mucha naturalidad, como si fuera lo más normal del mundo. Su abuelo sonrió.

—Eso es admirable. ¿Crees que llevarás corona? —bromeó su abuelo, y Phillip se rio.

—No lo sé. Eso no me lo ha dicho mamá. —Se volvió hacia ella—. ¿La llevaré, mamá?

—No.

Los tres se rieron.

—Pero montaré a caballo y pescaré en un lago.

—Eso parece muy agradable. ¿Crees que podría ir a visitarte algún día? O quizá tú podrías venir a visitarme.

—Si vienes a verme, también tendrás que coger un barco.

—A veces lo hago. Y tu madre y tú podríais ir a verme alguna vez a Londres cuando voy allí por trabajo.

Phillip asintió. Todo le parecía un poco complicado.

—Tengo que terminar de hacer el equipaje. Me llevo muchos juguetes.

Su abuelo volvió a tenderle la mano y Phillip se la estrechó, hizo una pequeña reverencia y salió de la biblioteca corriendo en dirección a su cuarto.

—Es un niño maravilloso —dijo John, y añadió con la mirada triste—: Qué necio he sido y cuántos años me he perdido.

—Has venido a verlo ahora. Es un comienzo —observó ella, conmovida por el encuentro y por que John se hubiera bajado del pedestal para ir a verlos.

—¿Puedo ponerme en contacto contigo cuando vaya a Londres? Me gustaría ver a mi nieto.

Angélique asintió. A Phillip le haría bien tener al menos un abuelo, y John lo había tratado muy bien. Sabía que Andrew se habría alegrado. Había tardado mucho tiempo en ocurrir. Cinco años y medio.

—Puedes venir a verlo —confirmó con cautela, sin querer alentarlo en ningún otro sentido.

Sus confesiones habían explicado muchas cosas, pero también la habían apabullado. Jamás se le había pasado por la mente que él llevara todos esos años enamorado de ella. Creía que la había olvidado, salvo como el objeto de su odio y cólera.

John se levantó y ella lo acompañó a la puerta.

—Gracias por venir y enterrar viejos fantasmas. Lo hará más fácil a partir de ahora. —Sonrió.

—También para mí —respondió él, aliviado—. Cuídate, Angélique —añadió con dulzura; la besó en la frente y se marchó recordando a la muchacha que había conocido en París y que tanto había deseado. Por fin había pasado página. En ese momento lo único que sentía por ella era respeto.

22

El viaje en barco de Nueva York a Inglaterra fue muy tranquilo. Angélique no tenía ganas de alternar con nadie, a diferencia del crucero en el que había conocido a Andrew hacía seis años. Desayunó, comió y cenó en el camarote, jugó con Phillip, paseó por cubierta para tomar el aire y no habló con ninguno de los pasajeros. Lo único que quería era llegar a Inglaterra y resolver sus asuntos. La aterraba que algún comprador se le adelantara y su hermano vendiera Belgrave regalado. Rezaba para que eso no sucediera antes de su llegada.

En cuanto llegaron a Londres después de atracar en Liverpool, reservó una suite para todos en el hotel Mivart's de Brook Street, en Mayfair, y esa misma tarde fue a visitar al abogado, que había recibido la carta de Patrick Murphy hacía dos días y la estaba esperando. La misión que ella le encargaba estaba clara.

—Entiendo que desea comprar la hacienda y no quiere que el duque sepa quién es el comprador. —El abogado había investigado y sabía que el aristócrata tenía graves problemas económicos y estaba hasta el cuello de deudas—. ¿Quiere que no lo sepa nunca o solo en el momento de la transacción?

—Hasta que la compra de la hacienda se haya completado —respondió ella—. Después, me da igual.

—¿Puedo preguntar por qué? —El abogado tenía curiosidad, pero no necesitaba saberlo. De todas maneras, ella se lo explicó.

—Porque me da miedo que, si sabe que soy yo, se eche atrás y la venda a otra persona, aunque sea por menos dinero.

—Creía a Tristan capaz de hacer lo que fuera para perjudicarla. El odio que le profesaba era infinito y aún lo sería más a partir de entonces.

—Sería un necio si hiciera eso. No puede permitirse ese lujo. Por lo que el señor Murphy dice en su carta, usted está dispuesta a pagar casi cualquier precio por quedársela. Y, con franqueza, él necesita el dinero. ¿Sabe cuánto pide?

—No. Pero, hablando claro, me odia, me echó de casa hace años. No tiene ni idea de lo que ha sido de mí ni de que puedo comprarla.

—Tiene mucha suerte de que usted pueda hacerse con ella. Por lo que sé, sus numerosos acreedores se están impacientando. Podrían embargársela. Tenía gravámenes sobre ella, deudas de juego, y está hipotecada en su totalidad.

—Pagaremos todas las deudas para que esté libre de cargos —dijo Angélique en voz baja.

—Eso tengo entendido. Será una oferta difícil de rechazar.

—No si sabe que es mía. Lo hundirá que al final me quede con la hacienda. Nuestro padre me la habría dejado en herencia de haber podido. Mi hermano solo heredó Belgrave por ser el primogénito. Y al día siguiente me echó de casa.

—Por tanto, debo decirle que se trata de un comprador estadounidense que quiere ser discreto y anónimo y que está acostumbrado a hacer negocios de esa manera. ¿Cree que se echará atrás? —preguntó el abogado. Como todo el mundo, estaba fascinado con su belleza y determinación.

—Se la vendería a un gorila si tuviera el dinero. —Angélique le sonrió.

—¿Y está segura de que no quiere hacerle también una oferta por la casa de Londres? —Ella negó con la cabeza—.

También necesita venderla. Podría conseguir un buen trato por las dos.

—Quiero vivir en el campo. No necesito tener casa en Londres. Puedo alojarme en un hotel cuando venga, o comprar una casa más pequeña más adelante si quiero pasar tiempo aquí. Un viejo castillo con un ejército de criados para llevarlo es suficiente para mí. Y todavía tengo casa en Nueva York.

Se estaba planteando venderla, pero no tenía prisa. Había pensado en ello en el barco, intentando decidirse. Antes quería ver cómo se sentía en Belgrave después de tantos años.

—Sé quién es el abogado de su hermano y me pondré en contacto con él mañana a primera hora. ¿Dónde puedo localizarla?

—En el hotel Mivart's. Estaré esperando noticias. ¿Qué va a hacer?

—Averiguar cuánto piden y hacerle una oferta que no podrá rechazar. No intentaré engañarle —respondió él con seriedad.

—Quiero zanjar esto cuanto antes —añadió ella en tono firme, con una voluntad férrea en la mirada que sorprendió al abogado. Era una mujer que sabía lo que quería y no se detendría ante nada para conseguirlo.

—Comprendo. Haremos todo lo que esté en nuestra mano para hacerlo posible —le aseguró.

—Gracias.

Se estrecharon la mano y ella se marchó y regresó al hotel.

Esa tarde dio un paseo por Londres, admirando las tiendas, y se acostó temprano. Y al día siguiente estuvo con el alma en vilo hasta mediodía. A las doce y cinco, uno de los recepcionistas le llevó una nota para avisarle de que el señor Barclay-Squires estaba abajo y Angélique pidió que lo hiciera subir a su suite. Hizo pasar al abogado y lo condujo al salón. Tenía varios dormitorios para Claire, la niñera, Phillip y ella, y un salón solo las visitas.

El abogado se apresuró a tranquilizarla.

—Ha ido muy bien. El abogado ha sido muy directo conmigo, probablemente más de lo que a su hermano le habría gustado. Dice que está desesperado por vender cuanto antes. Pide treinta mil libras, todo incluido, lo que cubriría sus deudas y le dejaría un pequeño beneficio para poder vivir. Según parece, hay una casa de campo en la hacienda que quiere alquilar por una pequeña suma.

—Ni hablar —replicó ella con mirada glacial.

—Eso pensaba yo, y ya he dicho al abogado que no era posible.

—Gracias —dijo ella, aliviada—. Y ¿qué hemos ofrecido?

—Veintiocho. Habría bajado más, pero sé que usted quiere terminar cuanto antes. Se mantendrán en treinta y nosotros aceptaremos.

—¿Está seguro de que es prudente? ¿No deberíamos haber aceptado su precio sin más?

—Creo que así es mejor —respondió el abogado con calma—. Me ha asegurado que irá hoy a Hertfordshire y nos reuniremos mañana cuando vuelva. Su hermano está tan impaciente por cerrar este trato como usted. Creo que tendremos una respuesta muy pronto.

—¿Hay más ofertas? —preguntó Angélique, preocupada.

—Ninguna. Las deudas ahuyentan a todo el mundo, salvo a usted. —Ella sonrió y él le prometió que al día siguiente la avisaría en cuanto tuviera noticias del abogado de Tristan.

Angélique no tuvo que esperar mucho, aunque a ella le pareció una eternidad. Barclay-Squires volvió al día siguiente por la tarde y se sentó enfrente de ella en el salón de su suite.

—¿Qué han contestado? —preguntó Angélique con impaciencia.

—Treinta. Dice que no puede permitirse aceptar veintiocho. He aceptado y le he asegurado que tendrán el dinero en cuanto firmemos los papeles. No creo que nos lleve mucho tiempo. Me ha preguntado de forma confidencial quién era el comprador y yo le he respondido que, por esa misma confidencialidad, no se lo podía revelar. No creo que le importe, la verdad, mientras reciba el dinero. Le he contado que se trata de un estadounidense rico que quiere tener un castillo y he puesto los ojos en blanco. —Le sonrió—. El abogado ha especificado que la compra no incluye el título, pero ha dejado caer que lo vendería por otros diez. Le he dicho que no nos interesa.

—Exacto —confirmó Angélique—. Mi hijo lo heredará cuando mi hermano muera. Podemos esperar hasta entonces. —Le indignaba saber que su hermano estaba dispuesto a vender hasta el título.

—Muy cierto —aseveró el abogado.

Le parecía una mujer de armas tomar. No había podido heredar la hacienda, pero iba a comprarla y, por suerte, se lo podía permitir.

Cuando Angélique pensó en ello esa noche, se dio cuenta de que el dinero que su padre le había dado cubría de sobra la compra de su propia hacienda, algo que Tristan no habría sospechado jamás. De hecho, mucho después de morir, su padre estaba comprando el castillo que había sido su hogar y su hermano estaba impaciente por vender, «con el título». Era repugnante. Pero, por suerte para ella, Tristan estaba muy endeudado.

Dos días después entregaron la documentación en el despacho del abogado, firmada por Tristan, duque de Westerfield, con su sello. El letrado de Angélique había dejado claro al de Tristan que la compra incluía todos los muebles, obras de arte y contenido de la hacienda, a lo que él había accedido. Su única pregunta era cuánto tiempo le daban antes de tener que marcharse.

—Diez minutos —respondió Angélique con una sonrisa. Estaba entusiasmada—. Cuarenta y ocho horas —dijo de manera más razonable, pero sin piedad en los ojos. Era una mujer bondadosa y compasiva, pero no en lo referente a su hermano. Él no lo merecía, después de lo que le había hecho.

—Podría echarse atrás —arguyó el abogado.

—Hace nueve años, cuando yo tenía dieciocho, él me dio una noche antes de echarme de casa, solo unos días después de que mi padre muriera.

—Se lo comunicaré —respondió el señor Barclay-Squires en voz baja.

A la mañana siguiente todo el mundo se distrajo con la noticia de que el rey Guillermo había sufrido un paro cardíaco y había muerto a los setenta y un años. Sin hijos legítimos, lo sucedería su sobrina, Victoria, que había cumplido dieciocho años hacía solo unas semanas. A Angélique le pareció muy oportuno, y de lo más curioso, que una mujer subiera al trono justo cuando ella regresaba triunfal a Belgrave. Tristan jamás había esperado que lo hiciera, y seguía sin hacerlo. No tenía la menor idea de quién le había comprado el castillo, y lo más probable era que le diera igual.

Angélique firmó los papeles con su apellido de casada y su primera inicial, no con el nombre completo, para conservar el anonimato. Se los devolvió al señor Barclay-Squires y él se los llevó al abogado de Tristan, a quien informó de que el duque tenía que marcharse de la hacienda en un plazo de cuarenta y ocho horas.

—Eso no le va a sentar bien —se lamentó el abogado de Tristan.

—Es una condición de la venta, y ha firmado. Si quiere que el dinero se deposite en su banco, se marchará a tiempo —replicó Barclay-Squires en tono férreo.

—Le transmitiré el mensaje.

Regresó a Belgrave por tercera vez en tres días. Esa noche, Elizabeth puso el grito en el cielo cuando su esposo le dio la noticia.

—¿Estás loco? ¿Cómo se supone que voy a hacer el equipaje y marcharme en dos días?

—Si queremos el dinero, no tenemos alternativa. No estaba en situación de discutir. Este es el mejor trato que podríamos haber conseguido. Es mala suerte que no nos dejen quedarnos en la casa de campo, aunque de momento aún tenemos Grosvenor Square —intentó tranquilizarla Tristan, pero las relaciones diplomáticas se habían roto entre ellos desde que Elizabeth se enteró de la envergadura de sus deudas.

—Hasta que tus acreedores nos echen. —Su mujer lo fulminó con la mirada—. Tienes suerte de que el americano te haya comprado el castillo. ¿Te han dicho quién es?

—No, y me trae sin cuidado. Ya tenemos lo que necesitábamos, así que deja de quejarte y empieza a hacer el equipaje.

Dos días después todas sus posesiones estaban en el vestíbulo, metidas en montañas de baúles, y los criados corrían de acá para allá, cargando cajas y maletas en coches de caballos. Estaban muy nerviosos por la misteriosa persona que había comprado la hacienda, pero la partida de los duques les estaba resultando tan ardua que ninguno tenía tiempo de pensar en ello.

Elizabeth partió con rumbo a Londres al caer la noche y Tristan decidió que le daba igual lo que dijeran: se quedaría a pasar la noche en su cama y se marcharía a la mañana siguiente. Si al nuevo propietario no le gustaba, al diablo con él. De todas maneras, lo más probable era que no se presentara hasta pasados unos días. Subió a su habitación y los criados bajaron a sus dependencias para hablar de los inesperados cambios acontecidos en Belgrave e intentar adivinar lo que iba a ocurrir a partir de entonces.

Angélique salió del hotel Mivart's antes de que amaneciera en un coche de caballos alquilado. Quería ser la primera en llegar al castillo para echar un vistazo, ver en qué estado se encontraba y asegurarse de que había habitaciones cómodas en condiciones. Su hijo, la niñera y Claire llegarían más tarde, ese mismo día. Estaba segura de que, gracias a la señora White, sus extraordinarios criados e incluso Hobson, al menos el castillo estaría limpio. No tenía la menor idea de los cambios que habían hecho su hermano y su esposa, pero sabía que habían sido muchos mientras tuvieron dinero para sufragarlos.

A partir de esa mañana, el castillo Belgrave, sus bosques y tierras, las granjas arrendadas, la casa de campo y Dower House eran suyos, para legárselos a su hijo un día, tal como debía ser. Y si una muchacha de dieciocho años podía ser reina de Inglaterra, ella podía administrar la hacienda, Angélique estaba segura. Solo le entristecía que Andrew no pudiera verlo, aunque esperaba que velara por ellos. Siempre lo sentía cerca, igual que a su padre, deseándole lo mejor.

El viaje a Belgrave fue más largo de lo que recordaba, quizá porque estaba impaciente por llegar. Cuando el coche cruzó el portón a mediodía, Angélique contempló el familiar edificio con lágrimas en los ojos. No esperaba volver a verlo nunca más, y llevaba nueve años creyendo que lo había perdido para siempre.

Al oír el coche de caballos, los criados salieron ordenadamente del castillo y se quedaron en la puerta, esperando para saludar al nuevo señor. El cochero desplegó la escalerilla y Angélique se recogió la falda. Llevaba un sencillo vestido negro de lino con un sombrero a juego. Bajó con ligereza y miró las muchas caras conocidas que aún había en el castillo. La señora White se tapó la boca con una mano y a Hobson casi se le salieron los ojos de las órbitas cuando la reconocieron. Algunas de las criadas que solo eran unas muchachas cuando se marchó ya eran unas mujeres, y reconoció incluso a algunos de los lacayos. Una de las criadas de más edad se enjugó los ojos con el delantal. Angélique también estaba llorando cuando corrió los últimos pasos para abrazarlos.

—Oh, mi niña —repitió la señora White mientras la abrazaba. Hobson también la estrechó entre sus brazos.

Al igual que las criadas con las que había crecido, ella también era ya una mujer, no distinta, pero más madura: había dejado de ser la muchacha asustada que su hermano había echado de casa con solo dieciocho años. Había sobrevivido a todo y había regresado, como una golondrina retorna a su hogar en primavera. Y estaba deseando que conocieran a su hijo y que él viera su nuevo hogar, donde ella había vivido a su edad.

Estaban todos apiñados, llorando, riendo y sonriendo, cuando Hobson le abrió la puerta del castillo y ella vio aliviada que allí, al menos, bien poco había cambiado. Era como viajar en el tiempo hasta el lugar en el que había empezado su vida y del que esperaba no volver a separarse nunca más.

Paseó por las habitaciones de la planta baja pensando en su padre y sintiéndolo a su lado. Entonces oyó pasos en la escalera y salió de la biblioteca con el suave cabello enmarcándole la cara y el sombrero en la mano. La señora White le dijo a Hobson que aún parecía una muchachita.

El primer mayordomo le recordó que casi lo era.

Cuando llegó al vestíbulo, para asombro de ambos, se encontró cara a cara con su hermano, quien por fin estaba preparándose para irse.

—¿Qué haces aquí? —preguntó enfadado, incapaz de entender por qué estaba plantada ante él como un fantasma. Había regresado para atormentarlo en la hora final, y ninguno de los dos se alegraba de verse, pese a la sangre que compartían y el paso del tiempo.

—No deberías estar aquí —afirmó ella con voz fuerte.

—¿Y eso por qué? ¿Qué te trae por aquí, hoy precisamente? El castillo ya no es de ninguno de los dos. Acabo de vendérselo a un americano —dijo Tristan, recreándose en el hecho de haber vuelto a privarla de su hogar. Pero esta vez le había salido el tiro por la culata.

—Eso tengo entendido —respondió ella sin alterarse—. He vuelto para echar un vistazo.

—Pues más vale que te vayas antes de que llegue.

—El nuevo propietario no llegará hasta esta tarde. —Angélique se refería a su hijo. Había comprado la hacienda para él y para los hijos que un día tendría.

—¿Y tú qué sabes? —Tristan no se lo había dicho a nadie aparte de al abogado y a los criados—. Veo que aún tienes tus espías en el castillo. No te servirá de nada. —Angélique solo lo escuchaba a medias: estaba feliz de haber regresado a casa y sentía que él no se hubiera marchado aún. Pero ni siquiera su hermano podía estropeárselo. La victoria era suya, más de lo que él suponía—. Me he enterado de tus hazañas en París —le dijo Tristan con mordacidad, acercándose a ella—. No me sorprende que terminaras en un burdel. Siempre supe que lo harías. —Angélique no imaginaba cómo había podido enterarse, pero no se lo preguntó. Le traía sin cuidado—. Igual que tu madre, la puta francesa que sedujo a mi padre. Le tenía sorbido el seso, igual que tú. —Su hermano rezumaba veneno por todos los poros.

—¿Echarás de menos todo esto? —le preguntó Angélique sonriéndole con frialdad, ignorando lo que había dicho, sin rebajarse a darle una respuesta—. Es una lástima que no hayas podido vender también el título. El propietario actual no lo necesita. Ya tiene uno.

Mientras hablaba, Tristan la miró con odio, deseando agarrarla por el cuello para estrangularla, pero ella ya no le tenía miedo. Lo estaba provocando y de golpe él comprendió lo que había ocurrido. Por primera vez, supo qué hacía ella en Belgrave.

—¿Has... eres...? —Había atado cabos.

No tenía la menor idea de cómo había podido comprar la hacienda, pero de golpe estaba seguro de que así era. Jamás se le había pasado por la cabeza que el americano misterioso fuera una mujer y, de forma más sorprendente aún, su hermana. Para él, era como verla resucitar de entre los muertos.

—La he comprado para mi hijo. Estás aquí ilegalmente. Tenías que haberte ido ayer.

—Me iré cuando me dé la real gana —replicó él con su arrogancia habitual.

—No, Tristan, de hecho, no lo harás. Sal de mi casa ahora mismo o mandaré a alguien a buscar al alguacil. Este ya no es tu sitio. Jamás lo ha sido. —Pareció que su hermano fuera a darle una bofetada, pero no se atrevió—. Y si quieres tu dinero, no te acerques a mí ni al castillo. Belgrave ya no te pertenece.

Tristan pasó por su lado hecho una furia y se dirigió a la puerta a grandes zancadas. Se volvió por última vez para mirarla con odio. Por primera vez en su vida, se había quedado sin habla. Pensaba que se había librado de su hermana para siempre y, en cambio, ella había regresado y al final había ganado. Giró sobre sus talones, salió del castillo y cerró de golpe la enorme puerta mientras Angélique suspiraba aliviada. Nueve años después, la pesadilla había terminado. Tristan había intentado arrebatarle su hogar y echarla de casa para siempre, pero pese a todas sus malvadas maquinaciones, se había hecho justicia. Él se había ido. Y ella había ganado.

Angélique pasó el resto del día inspeccionando el castillo y los cambios que había hecho su hermano. Algunos eran bonitos y otros no, pero podían deshacerse. No estaba segura de en qué habitación quería dormir. En la de su padre seguro que no. Por fin se decidió por su antigua suite próxima a la de él, y eligió una soleada para Phillip y la niñera, que estaba cerca de la suya. No quería que su hijo estuviera lejos de ella, sobre todo en una casa nueva. También vio que los criados eran insuficientes.

—Despidieron a muchos cuando se quedaron sin dinero —explicó el ama de llaves.

Angélique la miró con aire pensativo.

—Sabes, si no me hubieras escrito para decirme que ponían el castillo a la venta, nunca habría sabido que podía comprarlo y ahora estaría en manos de otra persona. Gracias a Dios que lo hiciste.

El ama de llaves le sonrió, asombrada aún por todo lo que había sucedido y por el regreso de Angélique. Era como un sueño.

—Siento lo de tu esposo —dijo con ternura.

—Era un hombre maravilloso. Te habría encantado —le aseguró—. Y le habría encantado esto. Estoy deseando enseñárselo a mi hijo. ¿Quedan caballos en las caballerizas? —se le ocurrió preguntar.

—Unos pocos. Vendieron los mejores, pero aún quedan algunas buenas monturas.

Quería enseñar a Phillip a montar y llevarlo a conocer todas sus tierras. Tenía mucho que aprender antes de hacerse mayor sobre cómo administrar la hacienda, y también ella mientras lo hacía en su lugar. Aún recordaba todo lo que su padre le había enseñado sobre Belgrave antes de morir.

Salieron del castillo cuando oyeron que un coche de caballos se detenía en la puerta. Hobson también salió. Cuando el cochero abrió la puerta, el primer mayordomo cogió a Phillip en brazos y lo dejó en el suelo.

—Buenas tardes, mi señor —saludó con solemnidad—. Bienvenido a Belgrave. —Sonrió al niño y Phillip le devolvió la sonrisa con cautela antes de dar un abrazo a su madre.

—¿Ya soy duque, mamá? —le preguntó, y ella se rio.

—No, todavía no. Y es probable que no lo seas en mucho tiempo.

Entró con él en el castillo, seguidos del resto, para enseñarle su nuevo hogar. Al niño le pareció grande e intimidante. Angélique le contó anécdotas mientras lo recorrían, de su propia infancia y del abuelo de Phillip; le habló de montar a caballo, pescar en el lago y de todas las cosas que iban a hacer. Después lo llevó a su habitación y él se puso de puntillas para contemplar la vista desde la ventana.

—¡Mira, mamá, ahí está el lago! —exclamó alegremente con ella a su lado—. ¿Es nuestro todo eso?

—Sí —respondió Angélique en voz baja. Jamás había creído que llegaría ese momento—. Y un día será tuyo.

Y de sus hijos, y de los hijos de sus hijos, como antes lo fue de sus antepasados. Y con suerte continuaría en su familia durante años y años. Eran eslabones de una cadena que unía los siglos, sus antecesores tras ellos, los niños que vendrían por delante, y cada uno aportaba lo que podía antes de legarlo a la siguiente generación. Y ahora, por un extraordinario golpe de suerte, había llegado a sus manos y un día se lo entregaría todo a él.

—Esto me gusta —afirmó Phillip cuando se volvió para sonreírle.

Angélique pudo imaginar al hombre en el que un día se convertiría, cuando ocupara el lugar de su difunto padre. Ella era el puente entre ambos, pasado y presente. Se inclinó para besarlo y lo rodeó con el brazo.

—Me alegro de que te guste —dijo con ternura—. A mí también me gusta.

Las cosas eran justo como debían ser. El destino la había llevado de regreso a Belgrave, donde pertenecía. Y mientras miraban por la ventana, ambos supieron que estaban en casa.

Danielle Steel es, sin duda, una de las novelistas más populares del mundo. Sus libros se han publicado en sesenta y nueve países, con ventas que superan los ochocientos millones de ejemplares. Cada uno de sus lanzamientos ha encabezado las listas de *best sellers* de *The New York Times*, y muchos de ellos se han mantenido en esta posición durante meses.

www.daniellesteel.com
www.daniellesteel.net
f DanielleSteelSpain